Elan Mastai

Die beste meiner Welten

GOLDMANN
Lesen erleben

Elan Mastai

Die beste meiner Welten

Roman

Deutsch von Rainer Schmidt

GOLDMANN

Die Originalausgabe erschien 2017 unter dem Titel
»All our wrong todays« bei Dutton, an imprint of
Penguin Random House LLC, New York.

Dieses Buch ist auch als E-Book erhältlich.

MIX
Papier aus verantwortungsvollen Quellen
FSC® C014496
FSC
www.fsc.org

Verlagsgruppe Random House FSC® N001967

1. Auflage

Published by arrangement with TYPEWRITER BOOKS INC.
Dieses Werk wurde vermittelt durch die Literarische Agentur
Thomas Schlück GmbH, 30827 Garbsen.
Redaktion: Alexander Behrmann
Umschlaggestaltung: UNO Werbeagentur, München, unter
Verwendung eines Entwurfs von Penguin Random House UK
Umschlagmotiv: © Mike Kemp/Getty Images
TH · Herstellung: Han
Satz: Uhl + Massopust, Aalen
Druck und Bindung: GGP Media GmbH, Pößneck
Printed in Germany
ISBN: 978-3-442-31462-1
www.goldmann-verlag.de

Besuchen Sie den Goldmann Verlag im Netz

Für meine Frau

1

Die Sache ist also die: Ich komme aus der Welt, die wir haben sollten. Das sagt Ihnen natürlich nichts, denn Sie leben hier, in der beschissenen Welt, die wir *haben*. Aber die hätte nie so werden sollen. Und daran bin nur ich schuld – na ja, ich und in einem geringeren Maße mein Vater und, ja, ein bisschen vermutlich auch Penelope.

Es ist schwer zu sagen, wie man diese Geschichte anfangen soll. Aber okay – Sie kennen die Zukunft, die sich die Leute in den fünfziger Jahren für uns vorgestellt haben? Fliegende Autos, Dienstmädchenroboter, Nahrungspillen, Teleportation, Raketenrucksäcke, Fließbandgehwege, Strahlenpistolen, Hoverboards, Ferien im Weltraum und Stützpunkte auf dem Mond. Die ganze chromblitzende, alles verwandelnde Technologie, von der unsere Großeltern sicher waren, dass sie gleich um die Ecke auf sie wartete. Alles, was man auf Weltausstellungen zu sehen bekam und in Science-Fiction-Heften mit Titeln wie *Fantastic Future Tales* und *The Amazing World of Tomorrow* lesen konnte. Sehen Sie es vor sich?

Tja, es war auch so.

Es ist alles so gekommen, mehr oder weniger genau so, wie man es sich vorgestellt hatte. Ich rede nicht von der Zukunft. Ich rede von der *Gegenwart*. Heute, im Jahr 2016, lebt die Menschheit in einem techno-utopischen Paradies voller Überfluss, Sinn und Wunder.

Bloß, wir tun es nicht. Natürlich nicht. Klar, wir leben in einer Welt, wo es iPhones und 3D-Drucker gibt und, was weiß ich, Drohnenschläge und alles Mögliche. Aber es sieht wohl kaum aus wie bei den *Jetsons*. Auch wenn es so aussehen sollte. Und das hat es auch getan. Aber dann nicht mehr. Beziehungsweise es würde noch so aussehen, wenn ich nicht getan hätte, was ich getan habe. Oder, nein, Moment, was ich getan haben *werde*.

Tut mir leid, aber selbst mit der besten Ausbildung, die man als Bürger der Welt von morgen genossen haben kann, muss man die Grammatik dieser Situation als ziemlich kompliziert empfinden.

Vielleicht ist es falsch, diese Geschichte in der ersten Person zu erzählen. Wenn ich mich in die dritte Person flüchte, werde ich vielleicht ein bisschen Distanz oder Einsicht oder Seelenfrieden finden. Einen Versuch ist es wert.

2

Tom Barren erwacht in seinem eigenen Traum.

Jede Nacht, wenn er schläft, kartografieren Neuralscanner seine Träume, sodass seine bewussten wie auch seine unbewussten Gedankenmuster effizient nachgebaut werden können. Jeden Morgen senden die Neuralscanner die Daten des aktuellen Traumzustands in ein Programm, das eine virtuelle Projektion in Echtzeit generiert, in die er beim Aufwachen nahtlos übergeleitet wird. Der planlose Plot des Traums wird zunehmend linear und klar, bis im Augenblick des vollen Bewusstseins eine psychologisch erfreuliche Lösung erreicht wird …

Tut mir leid – ich kann so nicht schreiben. Es ist unecht. Es ist risikolos.

Die dritte Person ist deshalb so beruhigend, weil sie alles unter Kontrolle hat. Das ist ein wirklich angenehmes Gefühl, wenn über Ereignisse berichtet wird, die so oft außer Kontrolle geraten sind. Es ist, wie wenn ein Naturwissenschaftler eine biologische Probe beschreibt, die er durch ein Mikroskop betrachtet. Aber ich bin nicht das Mikroskop. Ich bin das Ding auf der Glasplatte. Und ich schreibe das hier nicht, damit ich mich wohlfühle. Wenn ich Wohlbehagen wollte, würde ich einen Roman schreiben.

In einem Roman fügt man all diese atmosphärischen, aufschlussreichen Details zu einem Porträt der Welt zusammen. Aber im Alltag bemerkt man diese Kleinigkeiten kaum. Das kann man gar nicht. Der Verstand rauscht an allem vorbei, erst recht, wenn man zu Hause ist an einem Ort, der praktisch kaum zu trennen ist von der Innenseite des Verstandes oder der Außenseite des Körpers.

Wenn man aus einem echten in einen virtuellen Traum erwacht, ist es, als wäre man auf einem Schlauchboot, das hierhin und dorthin rast, je nachdem, wo die verschwommenen, undurchschaubaren Strömungen des Unbewussten es hintragen, bis man auf einen weiten, ruhigen, flachen See hinaustreibt und die schlüpfrige, nervenaufreibend gespenstische Szene sich zu heitergelassener, beruhigender Klarheit auflöst. Die Geschichte kommt zu einem Abschluss, der sich richtig anfühlt, und so beunruhigend ihr Inhalt auch sein mag, man erwacht doch mit dem erfrischenden Gefühl, dass eine solide Ordnung wiederhergestellt ist. Und dann erkennt man, dass man im Bett liegt, bereit, den Tag in Angriff zu nehmen, und zwar ohne diese klebrigen Knorpel des Unbewussten, die noch in den engen Falten des Geistes hängen.

Vielleicht ist es das, was ich von der Welt, aus der ich komme, am meisten vermisse. Denn in dieser Welt hier ist das Aufwachen beschissen.

Hier hat anscheinend kein Mensch je daran gedacht, auch nur die rudimentärste Technologie anzuwenden, um diesen Vorgang erträglicher zu machen. Matratzen vibrieren nicht unterschwellig, um die Muskulatur zu lockern. Kein Ventil reinigt den Körper mit punktgenauen Dampfstrahlen, während er schlummert. Ich meine – Bettdecken bestehen hier aus Büscheln von Pflanzenfasern, die zu Fäden verzwirbelt und gelegentlich mit Federn vollgestopft sind. Mit Federn. Von richtigen Vögeln. Das Aufwachen sollte der beste Augenblick des Tages sein, der unbewusste und der bewusste Verstand synchronisiert und harmonisch.

Zum Ankleiden gehört ein Automat, der jeden Morgen ein

neues Outfit zuschneidet und näht, und zwar nach Maßgabe des persönlichen Stils und Körpertyps. Das Material besteht aus den lasergehärteten Fasern eines lichtempfindlichen Flüssigpolymers, die über Nacht für die tägliche Verwendung recycelt werden. Zum Frühstück produziert ein ähnlicher Automat eine dem jeweiligen Appetit entsprechende Mahlzeit aus einem nährstoffreichen Gel, das nach strengen Maßgaben in Bezug auf Farbe, Geschmack und Textur zusammengemischt wird. Das mögen Sie eklig finden, aber in der Praxis ist es nicht zu unterscheiden von dem, was Sie für richtiges Essen halten, nur dass es auf eine sehr individuelle Weise auf die Geschmacksrezeptoren Ihrer Zunge abgestimmt ist, sodass jedes Mal ein ideales Geschmacksempfinden zustande kommt. Sie kennen das enttäuschende Gefühl, das Sie befällt, wenn Sie eine Avocado aufschneiden, nur um festzustellen, dass sie entweder hart oder unreif oder unter der Schale braun und fleckig ist? Tja, ich wusste nicht, dass so etwas vorkommen kann, ehe ich herkam. Jede Avocado, die ich bis dahin gegessen hatte, war perfekt.

Es ist verrückt, mit Wehmut an Erlebnisse zu denken, die stattgefunden und zugleich doch nicht stattgefunden haben. Zum Beispiel, morgens komplett erholt aufzuwachen. Mir war nicht mal klar, dass ich so etwas als selbstverständlich betrachten *konnte*. Es *war* einfach so. Aber genau das ist natürlich der springende Punkt: So, wie es war … war es nie.

An eins jedoch denke ich nicht mit Wehmut zurück: Jeden Morgen, wenn ich in dieser glitzernden Utopie aufwachte und mich anzog und frühstückte, war ich allein.

3

Am 11. Juli 1965 erfand Lionel Goettreider die Zukunft.

Natürlich haben Sie noch nie von ihm gehört. Aber da, wo ich herkomme, ist Lionel Goettreider der berühmteste, meistgeliebte, bestgeachtete Mensch auf dem Planeten. In jeder Stadt sind etliche Straßen, Gebäude, Parks, alles Mögliche nach ihm benannt. Mit Hilfe des einprägsamen mnemotechnischen Liedchens kann jedes Kind seinen Namen buchstabieren: G-O-E-T-T-R-E-I-D-E-R.

Sie haben keine Ahnung, wovon ich rede. Aber wenn Sie daher kämen, wo ich herkomme, wäre das Liedchen Ihnen so vertraut wie das A-B-C-Lied. Vor einundfünfzig Jahren erfand Lionel Goettreider eine revolutionäre Methode, um unerschöpfliche, robuste, absolut reine Energie zu gewinnen. Seine Erfindung nannte man bald nur die Goettreider-Maschine. Der 11. Juli 1965 war der Tag, an dem er sie zum ersten Mal einschaltete. Sie machte alles möglich.

Stellen Sie sich vor, in den letzten fünfzig Jahren hätte es keinerlei Energieeinschränkungen gegeben. Keine Notwendigkeit, tiefer und immer tiefer in die Erde zu bohren und den Himmel schmutziger und immer schmutziger zu machen. Atomenergie war unnötig tumultuös, Kohle und Öl waren von sinnloser Düsternis. Sonne-, Wind- und selbst Wasserkraft wurden zu altmodischen Lo-Fi-Alternativen, für die sich niemand mehr interessierte, außer vielleicht ein paar schrulligen Aussteigertypen.

Und wie funktionierte die Goettreider-Maschine?

Wie funktioniert Elektrizität? Wie funktioniert ein Mikrowellenofen? Wie funktioniert Ihr Smartphone, Ihr Fernseher, Ihre Fernbedienung? Verstehen Sie das wirklich auf der, sagen wir, konkreten technischen Ebene? Wenn diese Geräte verschwänden, könnten Sie sie neu entwickeln, entwerfen, von Grund auf rekonstruieren? Und wenn nicht, warum nicht? Sie benutzen sie doch praktisch jeden Tag.

Aber natürlich können Sie es nicht. Denn wenn Sie beruflich nichts damit zu tun haben, brauchen Sie es auch nicht zu wissen. Sie *funktionieren* einfach, problemlos, wie sie es sollen.

Da, wo ich herkomme, verhält es sich mit der Goettreider-Maschine genauso. Sie war wichtig genug, um den Namen Goettreider so bekannt zu machen wie Einstein oder Newton oder Darwin. Aber wie sie funktionierte? Technisch, meine ich? Ich kann es Ihnen wirklich nicht sagen.

Sie wissen grundsätzlich, wie ein Staudamm Energie produziert? Turbinen machen die natürliche Triebkraft des Wassers, das der Gravitation folgend abwärts fließt, nutzbar, um Elektrizität zu erzeugen. Zugegeben, das ist ungefähr alles, was ich über Wasserkraft weiß. Die Schwerkraft zieht das Wasser nach unten, und wenn man eine Turbine hineinhängt, dreht das Wasser sie und erzeugt dabei irgendwie Energie.

Das Gleiche macht die Goettreider-Maschine mit dem Planeten. Sie wissen, dass die Erde sich um ihre Achse dreht und zugleich um die Sonne kreist, während die Sonne endlos durch das Sonnensystem wandert. Wie das Wasser die Turbine antreibt, nutzt die Goettreider-Maschine die unaufhörliche Rotation des Planeten, um grenzenlose Energie zu produzieren. Das hat etwas mit Magnetismus und Gravitation zu tun, und … ehrlich, ich weiß es nicht. Ich weiß auch nicht, wie eine Alkali-Mangan-

Batterie funktioniert, ein Verbrennungsmotor oder eine Glühlampe. Sie funktionieren einfach.

So ist es auch mit der Goettreider-Maschine. Sie funktioniert einfach.

Hat sie jedenfalls. Bevor – Sie wissen schon. Bevor *ich* kam.

4

Ich bin beileibe kein Genie. Wenn Sie bis hierher gelesen haben, ist Ihnen das bereits klar.

Mein Vater dagegen ist ein anerkanntes, ausgewachsenes Genie erster Güte. Nachdem er seinen dritten Doktortitel erworben hatte, arbeitete Victor Barren ein paar entscheidende Jahre auf dem Gebiet der Langstrecken-Teleportation, bevor er sein eigenes Labor gründete, um in einer speziellen Nische seines Fachs zu forschen. Sein Interesse galt der Zeitreise.

Selbst da, wo ich herkomme, galten Zeitreisen als mehr oder weniger unmöglich. Übrigens nicht wegen der Zeit, sondern wegen des Raums.

Aus folgendem Grund ist jeder Zeitreise-Film, den Sie bisher gesehen haben, absoluter Blödsinn: weil die Erde sich bewegt.

Das wissen Sie. Außerdem habe ich es im letzten Kapitel erwähnt. Die Erde dreht sich einmal am Tag um sich selbst, kreist einmal im Jahr um die Sonne, und die Sonne legt ihre eigene kosmische Strecke im Sonnensystem zurück und rast selbst durch eine Galaxie, die auf ihrer epischen Bahn durch das Universum zieht.

Der Boden unter Ihren Füßen bewegt sich sehr schnell. Am Äquator rotiert die Erde mit mehr als 1000 Meilen pro Stunde, vierundzwanzig Stunden am Tag, während sie die Sonne mit etwas mehr als 67 000 Meilen pro Stunde umkreist. Das macht 1 600 000 Meilen pro Tag. Unterdessen ist unser Sonnensystem im Verhältnis zu der Galaxie namens Milchstraße mit mehr als 1 300 000 Meilen pro Stunde unterwegs und legt so am Tag knapp 32 000 000 Meilen zurück. Und so weiter.

Wenn Sie in der Zeit nach gestern zurückreisen würden, wäre die Erde an einem anderen Ort im Raum. Und selbst wenn Sie nur eine Sekunde zurückreisen, hätte die Erde sich unter Ihren Füßen um fast einen halben Kilometer bewegt. In einer Sekunde.

Filme über Zeitreisen sind also allesamt Unsinn, weil die Erde sich bewegt, ständig und immer. Reisen Sie um einen Tag in die Vergangenheit, landen Sie nicht da, wo Sie waren, sondern im klaffenden Vakuum des Weltalls.

Marty McFly ist nicht dreißig Jahre früher in seiner Heimatstadt Hill Valley, Kalifornien, aufgetaucht. Sein aufgepimpter DeLorean ist in der endlos leeren Schwärze des Kosmos erschienen, ungefähr 350 000 000 000 Meilen weit von der Erde entfernt. Vorausgesetzt, er verlor nicht sofort das Bewusstsein wegen Sauerstoffmangels, würde die Abwesenheit des Luftdrucks alle seine Körperflüssigkeiten zum Brodeln bringen, teilweise verdampfen und gefrieren lassen. Er wäre in weniger als einer Minute tot.

Der Terminator würde im All wahrscheinlich überleben, weil er ein unaufhaltsamer Killerroboter ist, nach der Reise von 2029 nach 1984 hätte Sarah Connor allerdings einen Vorsprung von 525 000 000 000 Meilen.

Bei einer Zeitreise geht es nicht nur darum, in der Zeit zurückzureisen. Man muss auch punktgenau an einen bestimmten Ort im Raum zurückkehren. Sonst landet man genau wie bei der guten alten Teleportation am Ende *in* etwas anderem.

Denken Sie nur mal daran, wo Sie jetzt gerade sitzen – sagen wir, auf einer olivgrünen Couch. Eine weiße Keramikschale mit nachgemachten grünen Birnen und echten braunen Kiefernzapfen steht neben Ihren Füßen auf dem Teakholz-Couchtisch. Eine Stehlampe aus mattem Edelstahl leuchtet Ihnen über die Schulter. Ein grober Teppich liegt auf den Bodendielen aus aufgearbeiteten alten Scheunenbrettern, die viel zu teuer waren, aber ziemlich toll aussehen …

Wenn Sie sich nur ein paar Zollbreit in irgendeine Richtung teleportieren, sind Sie Teil eines massiven Gegenstands. Nur einen Zoll tief, und Sie sind verletzt. Zwei, und Sie sind verstümmelt. Drei, und Sie sind tot.

In jeder Sekunde des Tages sind wir alle nur drei Zoll weit davon entfernt, tot zu sein. Teleportation ist deshalb nur dann sicher und effizient, wenn sie zwischen zwei genau festgelegten Punkten innerhalb eines präzise kalibrierten Systems stattfindet.

Die frühe Arbeit meines Vaters auf dem Gebiet der Teleportation war deshalb so wichtig, weil sie ihm half, die Mechanik der Diskorporierung und Wiederzusammenfügung eines menschlichen Körpers zwischen zwei definierten Punkten zu verstehen. Bei allen bisherigen Zeitreiseversuchen war dies das Hindernis. Die Umkehrung des Zeitstroms ist gar nicht so kompliziert. Unerhört kompliziert ist die verzögerungsfreie Reise durch den Raum, möglicherweise über Milliarden von Meilen hinweg und mit absoluter Zielgenauigkeit.

Das Genie meines Vaters arbeitete nicht nur an der Lösung der theoretischen und logistischen Herausforderungen der Zeitreise. Es zeigte sich auch in der Einsicht, dass unser Retter in dieser Frage – wie in so vielen anderen Zusammenhängen des Alltagslebens – Lionel Goettreider hieß.

5

Die erste Goettreider-Maschine wurde einmal ein- und nie wieder ausgeschaltet. Sie läuft ohne Unterbrechung seit Sonntag, dem 11. Juli 1965, 14 Uhr 03.

Goettreiders erste Maschine war dazu gedacht, große Mengen von Energie zu bändigen und abzugeben. Sie war ein experimenteller Prototyp, dessen Leistung die grandiosesten Erwartungen seines Erfinders übertraf. Aber das Entscheidende an einer Goettreider-Maschine ist ja, dass sie niemals abgeschaltet werden muss, genau wie auch der Planet niemals aufhört, sich zu drehen. Also lief der Prototyp immer weiter, nachdem er einmal eingeschaltet worden war – vor einer kleinen Gruppe von sechzehn Beobachtern in einem Kellerlabor in Sektion B7 des San Francisco State Science and Technology Center.

Da, wo ich herkomme, kennt jedes Schulkind die Namen und Gesichter der Sechzehn Zeugen. Über jeden einzelnen von ihnen wurden zahlreiche Bücher geschrieben, und ihre Anwesenheit bei diesem beispiellosen Wendepunkt der Geschichte wurde als definierendes Moment in die Chronologie ihres jeweiligen Lebens eingearbeitet, ob dies den Tatsachen entsprach oder nicht.

Unzählige Kunstwerke haben *Die Einschaltung der Goettreider-Maschine* dargestellt. Sie ist *Das letzte Abendmahl* der modernen Welt, und jedes der sechzehn Gesichter repräsentiert eine bestimmte, klar kodifizierte Reaktion. Skepsis. Ehrfurcht. Bestürzung. Amüsiertheit. Neid. Zorn. Nachdenklichkeit. Angst. Unbeteiligtheit. Besorgnis. Aufregung. Gelassenheit. Panik. Dann noch drei. Verdammt, das sollte ich eigentlich wissen …

Als der Prototyp eingeschaltet wurde, wollte Goettreider eigentlich nur seine Berechnungen verifizieren und beweisen, dass seine Theorie nicht völlig fehlgeleitet war. Die Maschine brauchte nur zu *laufen*. Und sie lief auch, aber sie hatte einen größeren Defekt. Sie gab eine einzigartige Strahlungssignatur ab, die später *Tau-Strahlung* genannt werden sollte – eine kleine Reverenz an die Verwendung des griechischen Buchstabens Tau, mit dem die Physik in Relativitätsgleichungen den *richtigen Zeitpunkt* bezeichnet.

Als sich die wundersamen, energieproduzierenden Kapazitäten der Maschine ausbreiteten und allmählich die ganze Welt antrieben, wurde die Tau-Strahlungssignatur bei den im großen Maßstab industrietauglichen Modellen eliminiert. Aber der Prototyp lief weiter und theoretisch bis in alle Ewigkeit in Goettreiders Labor in San Francisco – das inzwischen eins der meistbesuchten Museen des Planeten ist –, weil Respekt, Nostalgie und eine unzweideutige Klausel in Goettreiders Testament es so bestimmten.

Mein Vater hatte die Idee, die Tau-Strahlungssignatur des Prototyps als Brotkrumenspur durch Raum und Zeit zu benutzen, jede Krume so groß wie ein Atom, ein zusammengeknoteter Faden in die Vergangenheit, der sich durch den Kosmos schlängelte und im wichtigsten Augenblick der Geschichte verankert war – im Sonntag, dem 11. Juli 1965 um 14:03:48 Uhr, in exakt der Sekunde, in der Goettreider die Zukunft in Gang setzte. Das bedeutete, dass mein Vater nicht nur in der Lage war, jemanden zu einem sehr konkreten Augenblick in der Zeit zurückzusenden, sondern dass die Spur der Tau-Strahlung den Betreffenden auch zu einem genau bestimmten Ort zurückbringen konnte –

in Lionel Goettreiders Labor, kurz bevor die Welt sich für immer veränderte.

Mit dieser Erkenntnis hatte mein Vater so gut wie jedes Einzelteil des Zeitreisepuzzles gefunden. Nur eins fehlte noch, eine Kleinigkeit im Vergleich mit dem Transport eines empfindsamen Menschen in die Vergangenheit, aber bedeutend insofern, als ja dabei nicht versehentlich die Gegenwart zertrümmert werden durfte: Es musste sichergestellt werden, dass der Zeitreisende die Vergangenheit in keiner spürbaren Weise beeinflussen konnte. Im Plan meines Vaters gab es mehrere entscheidende Sicherheitsvorkehrungen, aber die einzige, die mich interessiert, ist die *Defusionssphäre*. Denn ihretwegen kollidierte Penelope Weschlers Leben mit meinem.

6

Fast jeder Gegenstand auf dem Gebiet von Kunst und Unterhaltung ist in dieser Welt hier anders. Zu Anfang waren die Variationen eher unbeträchtlich, aber als die Sechziger zu Ende gingen und die gewaltigen technologischen und gesellschaftlichen Sprünge der Siebziger folgten, änderte sich beinahe alles. Jahrzehnte einer Popkultur, die es nie gegeben hat, fünfzig Jahre, in denen Schriftsteller, Maler und Musiker einen ganz *anderen* Korpus von Werken schufen. Manchmal finden sich faszinierende Parallelen – ein unvollendeter Strang in einer Story, der in einer anderen zum Höhepunkt führt, eine Textzeile aus dem Mund der falschen Figur, eine auffallende, visuelle Komposition im Rahmen eines neuen Kontexts, eine vertraute Akkordfolge mit radikal verändertem Text.

Der 11. Juli 1965 war der Wendepunkt der Geschichte, auch wenn es da noch niemand wusste.

Zum Glück wurde Lionel Goettreiders Lieblingsroman schon 1963 veröffentlicht: *Katzenwiege* von Kurt Vonnegut Jr.

Vonnegut schreibt anders, wo ich herkomme. Hier hat man allem Witz und Scharfsinn zum Trotz den Eindruck, dass er glaubte, ein Romanautor könne keinen wirklichen Einfluss auf die Welt ausüben. Er war gezwungen zu schreiben, aber er hatte wenig Vertrauen darauf, dass sein Schreiben etwas verändern könnte.

Weil *Katzenwiege* einen so starken Einfluss auf Lionel Goettreider hatte, galt Vonnegut als einer der bedeutendsten Philosophen des ausgehenden zwanzigsten Jahrhunderts. Für Vonnegut persönlich war das wahrscheinlich gut, für seine Romane hingegen eher nicht, denn sie wurden zunehmend predigthaft.

Ich werde Ihnen keine Zusammenfassung von *Katzenwiege* liefern. Es ist kurz und sehr viel besser geschrieben als dieses Buch hier. Also lesen Sie es einfach. Es ist müde, frech und weise – meine drei Lieblingseigenschaften bei Menschen und Kunstwerken.

Nebenbei gesagt – »müde, frech und weise« sind die drei kodifizierten Reaktionen, die mir vorhin bei den Sechzehn Zeugen der Einschaltung nicht einfallen wollten.

Katzenwiege handelt von vielen Dingen, aber ein wesentlicher Bestandteil des Plots dreht sich um die Erfindung von Eis-9, einer Substanz, die alles gefrieren lässt, was mit ihr in Berührung kommt. Ihr Schöpfer verliert die Kontrolle über sie, und sie zerstört alles Leben auf dem Planeten.

Lionel Goettreider las *Katzenwiege* und gewann eine entscheidende Erkenntnis. Er sprach von dem »Unfall«: Wenn man eine neue Technologie erfindet, erfindet man auch den Unfall, zu dem diese Technologie führen kann.

Mit der Erfindung des Autos erfindet man auch den Autounfall. Mit dem Flugzeug erfindet man den Flugzeugabsturz. Mit der Kernspaltung erfindet man die Kernschmelze. Und wenn man Eis-9 erfindet, erfindet man auch die Möglichkeit, aus Versehen den ganzen Planeten einzufrieren.

Als Lionel Goettreider die Goettreider-Maschine erfand, wusste er, dass er sie erst einschalten durfte, wenn er wusste, welchen Unfall er erfunden hatte – und wie man ihn verhindern konnte.

Mein Lieblingsexponat im Goettreider-Museum ist die Simulation dessen, was hätte passieren *können*, wenn die Maschine beim ersten Einschalten irgendeine Fehlfunktion gehabt hätte. Im Worst-Case-Szenario bringen die beispiellosen Energiemengen, die von der Maschine angezogen werden, das Aufnahmesystem zum Ausfall und lösen eine Explosion aus, die San Francisco zu einem glühenden Krater zusammenschmelzen lässt, den Pazifik mit Tau-Strahlen verseucht, zehntausend Quadratmeilen fruchtbaren Landes zu einem bösartigen Brei verbrennt und einen beeindruckenden Streifen Nordamerikas für Jahrzehnte unbewohnbar macht. Eltern beschwerten sich gelegentlich bei den Kuratoren des Museums, weil die alptraumhaften Bilder der Simulation für Kinder allzu drastisch waren. Und da das Experiment ja offensichtlich *nicht* gescheitert war, gebe es doch keinen Grund, die Aufmerksamkeit von Goettreiders majestätischem Beitrag zur menschlichen Zivilisation durch groteske Spekulationen über imaginäre globale Katastrophen abzulenken, oder? Am Ende wurde die Simulation in eine entlegene Ecke des Museums geschafft, wo Generationen von Highschool-Teenagern auf ihrem Klassenausflug im Dunkeln hockten und zusahen, wie die Welt in einer Endlosschleife auseinanderbrach.

Ich bin kein Genie wie Lionel Goettreider oder Kurt Vonnegut oder mein Vater. Aber ich habe auch eine Theorie: Den »Unfall« gibt es nicht nur in einer Technologie, sondern auch bei Menschen. Jeder Mensch, den du kennenlernst, eröffnet auch die Möglichkeit eines Unfalls mit diesem Menschen. Alles, was gut laufen und was schiefgehen kann. Es gibt keine Intimität ohne Folgen.

Und damit bin ich wieder bei Penelope Weschler und unserem Unfall. Bei unser aller Unfall.

7

Penelope Weschler sollte eigentlich Astronautin werden. In frühkindlichen Evaluationsrastern ließ sie die notwendige geistige Gewandtheit, körperliche Tüchtigkeit und einen unerschütterlichen Ehrgeiz erkennen. Schon als Kind wusste Penelope, dass dies der richtige Weg für sie war, und sie wollte nichts anderes. Sie trainierte ununterbrochen, in der Schule und außerhalb davon. Nicht das Gehen auf dem Mond. Jeder konnte auf dem Mond gehen. Jeder konnte einen Monat lang im Orbit kreisen. Penelope würde die nächste Grenze überschreiten: Sie würde das All erforschen.

Es ging nicht nur um Studieren, Trainieren und ständiges Testen. Es hatte auch eine soziale Komponente. Besser gesagt, eine antisoziale. Bei langfristigen Weltraumeinsätzen verlangten die Rekrutierungsbehörden, dass man mit Eltern und Geschwistern aufwuchs, damit man über Empathiemodelle verfügte, die man auf Missionen, die jahre- und manchmal sogar jahrzehntelang dauerten, gegenüber den anderen Astronauten zur Anwendung bringen konnte. Man sollte fähig sein, etwas für andere Menschen zu empfinden. Gleichzeitig aber sollte man niemanden zu Hause allzu sehr vermissen, damit man nicht nach den ersten sechs Monaten einer sechsjährigen Mission einen Zusammenbruch erlitt. Es ist eine gleitende psychologische Skala: Selbstsichere Einzelgänger mit nie geschiedenen Eltern sind gut, Soziopathen mit Haifischaugen eher nicht.

Von der Junior Highschool an unterhielt Penelope freundschaftliche, aber absichtlich begrenzte, persönliche Beziehungen. Niemand sollte sie an die Erde binden.

Und sie war einfach der Hammer. Die Beste ihres Jahrgangs in allen Kategorien. Allgemein anerkannt als geborene Missionsleiterin. Sie würde Pionierleistungen vollbringen. Sie würde die Stürme des Jupiter mit eigenen Augen sehen und bei einem Weltraumspaziergang auf den Ringen des Saturn surfen. Und dafür lohnte es sich, auf enge Freundschaften und romantische Beziehungen und einen treuen Hund zu verzichten.

Alles lief nach Plan. Bis sie zum ersten Mal ins All sollte.

Der Start verlief tadellos. Penelope erfüllte ihre Aufgaben derart präzise, dass man jungen Rekruten an ihrem Beispiel demonstrierte, wie glänzend die Fähigkeiten eines Astronauten sein können. Sie war vorbereitet. Sie war bereit. Sie war perfekt.

Bis sie die oberste Schicht der Erdatmosphäre hinter sich ließ und ihr Kopf plötzlich völlig leer war.

Es gibt eine kleine Unterordnung von Menschen, deren kognitive Funktionen im All durcheinandergeraten. Irgendwie hat es damit zu tun, dass die Druckveränderung durch das Vakuum sich auf die Bindung zwischen den Molekülen der Neuronen im Gehirn auswirkt. Niemand weiß genau, warum es passiert. Aber Penelope gehörte zu dieser Untergruppe. Irgendwie war diese Tatsache in den jahrelangen, rigorosen Tests unbemerkt geblieben. Gerade steuert sie die Startrakete noch geschickt durch die letzten Schichten der Atmosphäre und sieht zum ersten Mal die gähnende Weite des Weltraums vor sich, ihr Herz klopft in einem gemessenen, aber ekstatischen Rhythmus, und sie ist so glücklich wie nie zuvor. Und dann … nichts.

Sie weiß nicht, wer sie ist. Sie weiß nicht, wo sie ist. Sie weiß nicht, was sie tun soll. Etwas in ihrer grundlegenden Verfassung verhindert, dass sie eine Panikattacke bekommt, wie es den meisten Leuten passieren würde, wenn sie plötzlich am Steuer eines gottverdammten Raumschiffs aufwachten und der Planet hinter ihnen zurückwiche. Aber sie kann sich an nichts erinnern. Die Armaturen, deren Beherrschung sie in jahrelanger Arbeit erlernt hat, sagen ihr nichts; da sind nur unergründliche Akronyme über scheinbar regellos blinkenden Lampen. Sie starrt aus der Glaskuppel hinaus in den strahlenden Sternendunst, der über die schwarze Leinwand des Weltraums gestrichen ist und der aussieht wie die Pollenwolken, die aus den Zedern im Garten ihrer Großeltern wehten, wenn die Eichhörnchen von Ast zu Ast sprangen, wobei sie nicht versteht, weshalb sie jetzt an etwas denkt, das sie zuletzt mit acht Jahren gesehen hat, während diese *Stimmen* in ihrem Kopfhörer laut und beharrlich werden.

»Entschuldigung«, sagte sie, »aber ich weiß nicht genau, wo ich gerade bin.«

Ihre Kopiloten, genauso gut ausgebildet und angeheizt von kleinen Flämmchen des Neides angesichts dessen, dass sie immer hoch über ihnen gestanden hatte, enthoben Penelope ihrer Pflichten. Sie mussten die Mission zu einem hohen Preis abbrechen, weil ihre unberechenbare Anwesenheit alle anderen in Gefahr brachte. Im Handumdrehen wurde Penelope, die Beste unter den Besten der Besten, zu einer Gefahr.

Für die unvermittelte Rückkehr nach Hause auf einen Beobachtersitz geschnallt, betrachtete sie die aufsteigende Erde unter ihr, blau lackiert und von weißen, meteorologischen Wirbeln überzogen. In ihren Augen brannten Tränen. Es war das Schönste, was sie je gesehen hatte, und sie würde es nie wiedersehen, auch wenn sie das noch nicht wusste.

Auf der Erde normalisierten ihre geistigen Fähigkeiten sich wieder, und sie begriff, dass ihre Astronautenkarriere zu Ende war. Sie hatte vorgehabt, den Planeten für Jahrzehnte zu verlassen. Stattdessen hatte sie weniger Zeit im All verbracht als ein Tourist, der sein Geld für einen Samstagnachmittagsausflug mit dem Discount Shuttle durch die Thermosphäre verprasste. Dasselbe Gehirn, das sie zur perfekten Astronautin machte, machte es ihr jetzt unmöglich, ihre Arbeit zu tun.

Die meisten Menschen wären niedergeschmettert gewesen. Aber Penelope war nicht wie die meisten Menschen. Sie tauchte für ein paar Monate tief in die Schwerkraftsenke einer spiralförmigen Depression und lehnte jede pharmazeutische Intervention ab, um ihre medizinische Qualifikation für ein späteres Unternehmen nicht zu beeinträchtigen, und dann fand sie einen neuen Ehrgeiz, der ihrem Talent zu strenger Disziplin neue Nahrung gab.

Wenn sie keine Astronautin werden konnte, würde sie Chrononautin werden.

8

Ich verlasse mein Apartment in der 184. Etage eines 270-stöckigen Hochhauses, das durch ein Geflecht von Brücken mit sieben anderen Hochhäusern verbunden ist. Am Fuße des achteckigen Komplexes befindet sich ein Verkehrsknotenpunkt. Mein Vater hat ein paar Strippen gezogen; das Gebäude gehört demselben Immobilienkonzern, der auch die Wohneinheit meiner Eltern verwaltet, und deshalb ist mein Apartment nicht den dichtesten Gebäudeansammlungen von Toronto zugewandt, sondern ich habe einen ganz anständigen Blick auf den Lake Ontario und das Biosphären-Reservat der Niagara-Schichtstufe in der Ferne. Am gekrümmten Horizont funkelt die Morgensonne auf den Türmen der Innenstadt von Buffalo.

Viele Leute fahren mit ihren eigenen Autos zur Arbeit, aber ehrlich gesagt, der dreidimensionale Verkehr ist Mist. So hoch der Coolness-Faktor eines fliegenden Autos auch sein mag, er wird doch stark beeinträchtigt durch die Staus in Höhe des zwanzigsten Stocks über jeder Straße.

Ich fahre lieber mit einer Transitkapsel auf einem der übereinander verlaufenden Gleise, die durch die Stadt führen. Eine solche Kapsel ist eine schnittige Metallhülse, die sich öffnet wie eine Muschel. Darin befinden sich eine gepolsterte Sitzbank, Displays und Lautsprecher, die man mit seinem Entertainment-Interface verbinden kann. Die Kapsel fährt im innerstädtischen Verkehrssystem, wohin man will, und ein ausfahrbares Hover-Triebwerk ermöglicht es, kurze Distanzen auch unabhängig vom Netz zurückzulegen.

Ich komme zwölf Minuten zu spät zur Arbeit, was typisch für mich ist. Mein Chef ist zu sauer über praktisch jeden Aspekt meines Lebens, um sich über meine chronische Unpünktlichkeit noch aufzuregen. Mein Chef ist nämlich mein Vater.

Auf dem Schild draußen am Gebäude steht THE CHRONONAUT INSTITUTE. Ich finde das unerträglich abgeschmackt, aber da alle Angestellten meines Vaters ihn verehren, bin ich klar in der Minderheit. Niemand sonst würde auf die Idee kommen, angesichts dieses blöden Schildes die Augen zu verdrehen, wenn er morgens zur Arbeit kommt. Sie alle haben viel zu viel damit zu tun, angesichts meiner Person die Augen zu verdrehen.

Eines sollte ich deutlich sagen: Nur weil ich in einem Labor arbeite, bin ich noch lange nicht intelligent. Da, wo ich herkomme, arbeitet jeder in einem Labor.

Alle banalen Funktionen des Alltags werden durch Technologie erledigt. Es gibt keine Lebensmittelgeschäfte, keine Tankstellen, keine Fast-Food-Lokale. Niemand holt den Müll aus einer Tonne am Straßenrand ab oder repariert Ihnen das Auto, etwa mit Hilfe von Werkzeug in einer Werkstatt. Niedere körperliche Arbeiten, wie sie die globale Arbeitnehmerschaft in vergangenen Epochen beherrschten, sind jetzt automatisiert und mechanisiert, und die internationalen Konzerne, die für die entsprechenden Technologien zuständig sind, beschäftigen sich nur noch mit kleineren Verbesserungen. Wenn Ihr Bioabfall-Beseitigungsmodul kaputt ist, würden Sie keinen Klempner anrufen, selbst wenn es noch Klempner gäbe, denn in Ihrem Gebäude sind Reparaturdrohnen ständig einsatzbereit. Ein Laternenanzünder mit einem Krug Petroleum und einem Docht an einer langen Stange hat für das heutige Leben so viel Bedeutung wie Schneider, Hausmeister, Gärtner und Schreiner.

Einrichtungen wie Buchhandlungen und Cafés *gibt* es noch, aber sie sind spezialisierte Nischengeschäfte für Nostalgiefetischisten. Man kann in ein richtiges Restaurant gehen und sich sein Essen mit der Hand zubereiten lassen. Aber der Kellner, der es serviert, ist im Grunde ein Schauspieler, der eine Rolle auf einem Set spielt, auf dem Sie ebenfalls nur ein Darsteller sind, während ein umfassendes Live-Action-Narrativ sich um Sie herum in Echtzeit abspielt.

In Abwesenheit materieller Bedürfnisse hat die Weltwirtschaft sich nahezu exklusiv auf Entertainment verlegt. Entertainment ist das Fundament und der Treibstoff der modernen Zivilisation. Wir arbeiten heute fast alle in Labors, in denen wir die nächste coole Innovation im Entertainment entwerfen, entwickeln und realisieren. Eigentlich braucht man nichts anderes in einer Welt, in der fast nichts mehr von einem verlangt wird – außer der *Bezahlung* für dieses Entertainment. Je neuer und glänzender und wilder es ist, desto mehr kostet es.

Treibt einen Wissenschaftler das Bedürfnis an, unknackbare Codes zu knacken und unerschließbares Neuland zu erschließen, sind allenfalls ein paar chronisch unterfinanzierte Regierungsbehörden überhaupt motiviert, Mittel für dieses Codeknacken und Neuland-Erschließen zur Verfügung zu stellen. Wenn man es aber schafft, das Gleiche als das neueste, glänzendste, wildeste Entertainment weit und breit zu präsentieren, kann man Finanzmittel ohne Ende kassieren.

Deshalb hat mein Vater, der allgemein als eins der größten Genies der Welt gilt, seine Karriere und seinen Ruf, einfach gesagt, dem Zeitreisetourismus gewidmet.

»Zeitreise« allein ist kein Anreiz für Investitionen. Fügt man aber das Wort »Tourismus« hinzu, die Verheißung eines nie versiegenden Stroms von Kunden, die Schlange stehen, um die Ära des Lebens auf der Erde, die sie gern mit eigenen Augen sehen möchten, zu besuchen – na, dann fließt das Geld in Strömen. Daher: *Chrononauten.*

9

Das Experiment meines Vaters, das für den 11. Juli 2016 angesetzt ist, wird die ersten Menschen in der Zeit zurücksenden und sie zu Zeugen des Augenblicks machen, in dem die erste Goettreider-Maschine eingeschaltet wurde, wobei die Maschine selbst als Anker in der Zeit dienen wird, indem ihre Tau-Strahlungssignatur die Bahn der Erde durch den Raum bis zum 11. Juli 1965 verfolgen wird – einundfünfzig Jahre zurück.

Im Jahr 2015 war es fünfzig Jahre her, dass die Goettreider-Maschine eingeschaltet wurde – was natürlich eine große Sache war. Jede Stadt auf dem Planeten bemühte sich, alle anderen mit ihren örtlichen Feierlichkeiten zu übertreffen. Der kollektive Blutdruck der Dänen erklomm beängstigende Höhen, als sie die Gelegenheit nutzten, die Welt daran zu erinnern, dass Lionel Goettreider seine großen wissenschaftlichen Entdeckungen zwar in den Vereinigten Staaten von Amerika gemacht hatte, tatsächlich aber in Dänemark geboren war. Die wichtigste Veranstaltung jedoch fand im Goettreider-Museum statt, das um das alte San Francisco State Science and Technology Center herum entstanden war – dessen zementgraue Wände und niedrigen Fenster im Innern eines modernen Gebäudes erhalten waren, eines spektakulären Kristallwirbels, in dem sich tagsüber das Sonnen- und nachts das Mondlicht bricht.

Am Morgen des 11. Juli 2015, eines Samstags, stand Victor Barren auf einem Podest, für die Medien perfekt vor dem Goettreider-Museum positioniert, und eröffnete die Fünfzig-Jahr-Feier mit der öffentlichen Bekanntmachung, dass das erste Zeitreise-Experiment der Welt sich *genau* ein Jahr nach diesem Augenblick abspielen werde – morgens um 10:00 Uhr am Montag, dem 11. Juli 2016. Er deutete auf eine große Uhr auf seinem Podest und startete den Countdown: 31 622 400 Sekunden, 527 040 Minuten, 8784 Stunden, 366 Tage. Es würde das größte Experiment seit, ja, seit der Einschaltung der Goettreider-Maschine werden. Und sobald die einschlägigen staatlichen Sicherheitsanforderungen erfüllt wären, würde die Technologie der Öffentlichkeit kommerziell zur Verfügung stehen. Lizenzierte Chrononauten-Anlagen würden jedermann die Möglichkeit bieten, gefahrlos durch die Zeit zu reisen. Die Leute *flippten aus* vor lauter Aufregung. Die Zeitmaschine meines Vaters würde ganz sicher eines der erfolgreichsten Produkte aller Zeiten werden.

Auf diese Weise machte Victor Barren sich zum Star der Fünfzig-Jahr-Feiern der Goettreider-Maschine.

Die große Uhr wurde ins Chrononautische Institut nach Toronto geschafft und setzte dort ihren Countdown fort, als wäre der präzise Augenblick, in dem mein Vater seinen Platz unter den Giganten der Wissenschaft einnehmen würde, eine mathematische Unausweichlichkeit. Es war nichts weiter nötig, als dass dieser Uhr die Zahlen ausgingen.

Übrigens hatte die Sache mit dem fünfzigsten Jahrestag keinerlei wissenschaftliche Bedeutung. Es war nichts als theatralische Effekthascherei, mit der die öffentlichen Erwartungen befeuert und die Finanziers beeindruckt werden sollten, die in die vorgeblich bahnbrechende neue Form von High-End-Entertainment meines Vaters investiert hatten.

Damit daraus aber ein rentables Geschäft werden konnte, musste mein Vater *beweisen*, dass der Mensch gefahrlos durch die Zeit reisen konnte. Auftritt: die *Chrononauten.*

Aus Gründen der Sicherheit ist der Prototyp der Zeitmaschine auf ein einziges, feststehendes Ziel programmiert: auf Lionel Goettreiders Kellerlabor in San Francisco, Kalifornien, und auf den 11. Juli 1965. Dort und nur dort hin führt die Spur der Tau-Strahlung. Damit *sollte* verhindert sein, dass eine Fehlberechnung die Chrononauten in die falsche Ära schickt. Der Prototyp hängt wie eine Gondel zwischen zwei Alpengipfeln – man kann damit nicht einfach fahren, wann und wohin man will. Wenn das Experiment erfolgreich ist und der Weg zwischen 2016 und 1965 präzise in Raum und Zeit kartografiert ist, werden weitere Erkundungen möglich sein. Aber bis zum Start der Mission ist es nur eine sehr teure und unbewiesene Theorie. Die Chrononauten müssen also auf alles gefasst sein.

Das Team besteht aus sechs Personen, anscheinend die ideale Zahl für eine Mission dieser Art. Aus psychologischer Sicht ist es groß genug, um das Gefühl einer Einheit zu vermitteln, aber zugleich klein genug, um halbwegs intime individuelle Bindungen zu pflegen. Jeder der sechs ist gründlich dazu ausgebildet, auf vielfältige Weise zu überleben. Nicht nur in körperlicher, sondern auch in kultureller Hinsicht. Angenommen, es geht tatsächlich etwas schief und sie reisen nicht fünf Jahrzehnte, sondern fünf Jahrhunderte oder fünf Jahrtausende in die Vergangenheit: Das ganze Team muss äußerst vertraut mit den Vor-Ort-Bedingungen jeder Ära sein, in der sie sich vielleicht wiederfinden.

Es gibt ein Abbruchprotokoll, das sie wie mit der Schleuder in die Gegenwart zurückbringen soll, aber es kann entscheidende Sekunden kosten, es in Gang zu setzen, von der Lebensgefahr nicht zu reden. Natürlich gibt es eine Rückholfunktion, die sich im Falle eines katastrophalen Systemausfalls automatisch aktiviert, sodass selbst wenn das ganze Team stirbt, die Technologie selbst nicht in der Vergangenheit verlorengeht, wo sie unvorstellbare Konsequenzen für die Zukunft haben könnte.

Natürlich ist es unter wissenschaftlichen Gesichtspunkten sinnvoller, ein unbelebtes Objekt oder ein abgerichtetes Tier zurückzuschicken. Aber dieser vorsichtigere Ansatz ist mit zwei Problemen verbunden. Zum einen will mein Vater, dass schon vom ersten Augenblick an jeder komplett von den Socken ist, und ein Team von Leuten in der Zeit zurückreisen zu lassen ist sehr viel cooler, als wenn es sich um einen Roboter oder ein Kaninchen handelt. Zweitens ist der Spielraum für Fehler, wenn man sich an der Raum-Zeit zu schaffen macht, so winzig, dass es besser ist, wenn flinke menschliche Gehirne wohlüberlegte Entscheidungen treffen und bei unerwarteten Zwischenfällen niemand aus Versehen die Zeitlinie auf verhängnisvolle Weise verändert. Denn das wäre schlecht.

Schiefgehen konnte fast alles. Man braucht Leute, die unter höchstem Druck die Ruhe bewahren und in unberechenbaren, lebensgefährlichen Situationen am Leben bleiben können. Sechs Chrononauten, und jeder einzelne gehört zu den beeindruckendsten Persönlichkeiten unter den Lebenden.

Weshalb es völlig absurd war, dass ich an dieser Mission beteiligt war.

10

Ich schätze, dieser Augenblick ist so gut wie jeder andere, um zu erwähnen, dass meine Mutter, Rebecca Barren, bei einem tragischen Unfall ums Leben gekommen ist.

Ja, trotz der zahlreichen technologischen Wunder meiner Welt starben Menschen immer noch ohne guten Grund. Menschen benahmen sich auch ohne guten Grund wie Arschlöcher. Aber verzeihen Sie, ich wollte Ihnen jetzt von meiner Mutter erzählen, nicht von meinem Vater.

Wie bei so vielen hoch einflussreichen Denkern musste alles, was sein Superhirn nicht betraf, für ihn erledigt werden. Natürlich ließen sich die meisten dieser Funktionen automatisieren, aber meine Mutter verlieh unserer Familie eine handgemachte Qualität, die fühlbar und anheimelnd, aber auch neurotisch und traurig empfunden werden konnte. Als ob mein Vater außerstande wäre, die Geheimnisse der Zeitreise zu ergründen, wenn sie nicht persönlich seine Kleidung zusammenfaltete, sein Arbeitszimmer sauber hielt und ihm das Essen servierte. Aber es ist durchaus möglich, dass sie damit recht hatte. Denn er *ergründete* die Geheimnisse der Zeitreise, und wenige Monate nach ihrem plötzlichen Tod entwickelte sich alles zu einer totalen Katastrophe.

Sie hatten sich an der University of Toronto kennengelernt. Die Eltern meines Vaters waren von Wien nach Toronto gekommen, als er neun Jahre alt war, und seine Stimme verlor nie ihren österreichischen Klang. Meine Mutter kam im Rahmen eines internationalen Austauschprogramms aus Leeds, um ihr Examensstudium in Literatur zu Ende zu führen, und sie verlor niemals ihre britische Fähigkeit, sich reflexhaft in die strenge Klassendynamik einzufügen.

Mein Vater war ein Masterstudent der Physik, und meine Mutter bemerkte ihn auf dem Campus, wo er immer zwei verschiedene Socken trug. Sie wollte wissen, ob es sich dabei um eine modische Entscheidung oberhalb ihrer Schicht oder um das Kennzeichen eines Menschen handelte, der wichtigere Dinge im Kopf hatte. Eines Tages ging sie also auf ihn zu und überreichte ihm ein Geschenk: eine Schachtel mit hundert identischen Socken. Er hatte keine Ahnung, wer sie war. Binnen eines Jahres waren sie verheiratet und übernahmen ihre jeweiligen Rollen für den Rest des Lebens: Mein Vater war der Leuchtturm, meine Mutter die Wärterin, die das Uhrwerk aufzog, die Linsen polierte und die steinernen Stufen fegte.

Mein Vater hatte eine Ehefrau, die eher wie eine Mutter für ihn war. Und ich hatte eine Mutter, die für mich wie eine Schwester war. Das Ansehen meines Vaters beförderte ihn in der wissenschaftlichen Community nach ganz oben, aber es schirmte meine Mutter vor jeder ernsthaften, verletzlichen Freundschaft ab. Sie hatte eine Rolle zu spielen – die Hebamme für das Genie meines Vaters –, und sie konnte niemandem gegenüber eingestehen, dass sie sich hohl und einsam fühlte und voller Angst war.

Nur mir. Mir erzählte meine Mutter alles. Ich war ihr Vertrauter, ihr einfältiger Therapeut mit einem stets offenen Ohr für den unerschöpflichen Strom ihres angstvollen Geschnatters. Mein Vater hatte die Aufgabe, die Welt zu verändern. Aufgabe meiner Mutter war es, ein warmes, weiches Nest zu schaffen, in dem er sich mausern konnte. Und ich musste meiner Mutter unablässig zuhören, damit sie keinen Nervenzusammenbruch erlitt, weil sie irgendetwas Bedeutsames über sich selbst verdrängte, was meinem Vater die anhaltende Stimmung der kosmischen Kontemplation verdorben hätte.

Trost fand meine Mutter in Büchern. Nicht in den virtuellen Geschichtenmodulen, in die wir anderen eintauchten, sondern in richtigen Büchern aus Papier und Druckerschwärze, die niemand mehr herstellte, geschweige denn schrieb. Ihre Freizeit verbrachte sie mit Worten, die in einer früheren Ära geschrieben worden waren. Bevor sie meinen Vater kennenlernte, hatte sie sich vorgestellt, umgeben von Büchern zu arbeiten – als Lehrerin, Redakteurin oder sogar als Autorin.

Ich sollte klarstellen, dass mein Vater nichts von alldem *verlangte*. Es gehörte zu seiner seligen Ahnungslosigkeit im Zustand der grandiosen Selbstgefälligkeit, dass er es gar nicht *bemerkte*. Irgendwie hatte er eine Ehefrau gefunden, die sich auf natürlichem Wege zu einer grauen Wollmaus verschliss. Sie verwandelte sich in die behaglichen, daunenweichen Socken, die stets sauber in seiner Schublade bereitlagen, wenn er kalte Füße hatte. Nach allem, was er wusste, war es das Haus, das dafür sorgte, dass der Bedarf jederzeit gedeckt war.

Und dann, vor vier Monaten, saß sie mit einer Tasse Kaffee und einem Roman auf einem Rasenstück vor der Wohneinheit meiner Eltern, als ein Hovercar wegen eines Ausfalls des Navigationssystems aus der Formation ausbrach, außer Kontrolle geriet und meine Mutter auf dem Rasen zu einem nassen Streifen aus Blut und Knochen und Haut verschmierte und alles zu Ende war.

Wenn jemand stirbt, wird er sehr kalt und sehr still. Das liegt wahrscheinlich auf der Hand, aber wenn es die eigene Mutter ist, kommt es einem nicht so naheliegend vor. Es ist ein Schock. Atemlos und mit Schwindelgefühlen sieht man zu, wie die Medizintechniker das Stasisfeld neutralisieren und das synthetische Stoffwechselorgan abschalten. Bei der sentimentalen Geste eines Kusses auf die Stirn jedoch fährt man zurück, denn wenn man mit den Lippen ihre Haut berührt, wird einem im selben Augenblick klar, wie kalt und wie still sie tatsächlich ist und dass diese Kälte und diese Stille von Dauer sein werden. Der Körper bäumt sich auf, als wäre er in kochendes Wasser geworfen worden, und zum ersten Mal im Leben versteht man den Tod als biologischen Zustand: Ein Organismus hat aufgehört zu funktionieren. Wenn Sie nicht schon einmal einen Leichnam berührt haben, begreifen Sie nicht, wie instinktiv falsch es sich anfühlt, wenn lebloses Fleisch einen unbeseelten Gegenstand umschließt, der das Gesicht Ihrer Mutter trägt. Ihnen ist schlecht vor Schuld und Reue und Trauer bei dem Gedanken daran, dass Sie gereizt die Augen verdreht oder einen dringenden Wunsch abgewehrt haben oder in Gedanken abgeschweift sind, wenn sie irgendeine unbedeutende Anekdote erzählt hat. Sie können sich nicht erinnern, jemals rücksichtsvoll oder liebenswert oder zärtlich zu ihr gewesen zu sein, obwohl der Verstand Ihnen sagt, dass Sie es gewesen sein müssen. Sie erinnern sich nur, wie oft Sie schäbig und kleinlich und unaufrichtig waren. Sie war Ihre Mutter, und sie hat Sie geliebt, wie es niemand je getan hat oder tun wird, und jetzt ist sie nicht mehr da.

Nach meiner Geburt hat meine Mutter einen Zitronenbaum auf ihrem Grundstück gepflanzt, und einmal im Jahr, an meinem Geburtstag, machte sie eine Zitronentorte nach dem Rezept ihrer Großmutter. Dieser Baum, der jetzt zweiunddreißig Jahre alt war, genau wie ich, war gerade stark genug, um zu verhindern, dass das Hovercar durch das große Fenster ins Arbeitszimmer meines Vaters krachte, wo er sich gerade mit irgendwelchen Fragen von hochfliegender Bedeutsamkeit beschäftigte und dabei abwesend das gegrillte Käsesandwich verzehrte, das meine Mutter ihm zubereitet hatte, während sie für sich eine Tasse Kaffee kochte, um damit draußen in der Sonne zu sitzen und ein Kapitel aus *Große Erwartungen* zu lesen, bevor es Zeit war, eine weitere der unglaublich fürsorglichen Alltagsarbeiten zu erledigen, die das Leben meines Vaters so angenehm gestalteten und die sie dreißig Jahre lang für ihn erledigt hatte, was ihm erst klar werden würde, wenn sie nicht mehr da wäre.

Ohne diesen Baum wäre auch mein Vater ums Leben gekommen. Ich wäre jetzt Waise. Und alles wäre für jedermann viel, viel besser.

Ich weiß noch, wie ich als Kind erfuhr, dass nur die Hälfte eines Baumes sichtbar ist. Dass die Wurzeln im Boden genauso umfangreich sind wie die Äste oben und dass der Baum zur Hälfte unter der Erde versteckt ist. Ich habe sehr viel länger gebraucht, bis weit ins Erwachsenenalter hinein, um zu erkennen, dass es sich mit den Menschen genauso verhält.

11

Die Beerdigung fand an einem frischen, sonnigen Vormittag statt. Ein paar Dutzend Mitarbeiter meines Vaters, ihre Ehepartner und ihre gelangweilten Kinder, die Verwandten meiner Mutter aus Nordengland, die Verwandten meines Vaters aus Österreich, mehrere Familien aus der Unterabteilung des Wohnkomplexes meiner Eltern, ein paar gute Freunde sowie drei Exfreundinnen von mir versammelten sich da, wo meine Mutter gestorben war, um sich einen Haufen Trauerreden von Leuten anzuhören, bei denen schon nach kurzer Zeit offenkundig war, dass sie vom Innenleben meiner Mutter keine Ahnung hatten.

Ich hätte auch eine Rede halten sollen. Ich wollte es. Aber an diesem Tag brachte ich kein Wort über die Lippen.

Nach den inhaltsleeren Lobreden, bei denen ich, um das deutlich zu sagen, trotzdem heulte wie ein Schlosshund, schauten alle mit ernster Miene zu, wie mein Vater ihre Asche an dem Zitronenbaum verstreute, der am Tag meiner Geburt gepflanzt worden war und ihm das Leben gerettet hatte, und am liebsten hätte ich geschrien, das sei ein abstoßender Gedenkakt für eine gutherzige, spröde Frau, die sich um ihres Mannes willen in sich selbst zurückgezogen hatte. Aber das stimmte gar nicht. Im Gegenteil, es war ein absolut angemessenes Gedenken. Ihre letzte Tat im Leben war es gewesen, das defekte Hovercar so weit abzubremsen, dass der Zitronenbaum es in seinem tödlichen Schwung auffangen konnte. Im Tod wie im Leben war sie für meinen Vater da gewesen.

Er verstreute also ihre Asche, und nach der Feier schlief ich mit einer meiner Exfreundinnen in meinem alten Kinderzimmer.

Um ganz offen zu sein, ich schlief danach auch mit den beiden anderen Exfreundinnen, die zur Beerdigung gekommen waren, und mit einer meiner besten Freundinnen aus der Highschool, an die ich mich nie herangemacht hatte, weil sie dermaßen cool war, dass ich unsere Freundschaft nicht vermasseln wollte, indem ich sie als Liebhaber unweigerlich enttäuschte.

Das soll keine Angeberei sein. Ich meine, ich könnte diskreter darüber schreiben, aber ich bemühe mich ja schon um Diskretion, indem ich ihre Namen nicht erwähne. Aus Respekt. Oder – ich weiß es nicht, aber vielleicht wirkt es auch schmierig, ihre Namen nicht zu nennen.

Die vier Rendezvous folgten allesamt mehr oder weniger dem gleichen Drehbuch. Sie wollten unter vier Augen mit mir reden, *wirklich reden*, sagten sie alle. Mich überkam das wachsame Gefühl, dass jede von ihnen ein Schauder der Erregung überlief, wenn sie daran dachte, dass ich meine Trauer ihr und nur ihr gegenüber so offen zum Ausdruck brachte – als wäre sie die Einzige, die sie mir entlocken könnte, bevor sie faulig durch die Haut sickerte.

Im Rückblick ist es, als wäre die Trauer ein Opfer, das ich ihnen für ihre Körper brachte, und aus Gründen, für deren Verständnis mir der Tiefblick fehlt, machten meine Tränen sie heiß. Vielleicht hatten sie alle aber auch nur entschieden, dass es sich um eine Kleinigkeit handelte, die ich gerade brauchte und die sie mir geben konnten, und dafür sollte ich dankbar sein, denn es hat geholfen. In jenem Moment fühlte es sich an wie ein ehrlicher Augenblick der Trauer und der Not. Ich ruderte sozusagen mit den Armen, um etwas Lebendiges zu fassen zu bekommen.

Im Grunde war Sex das Erste, was mir einfiel, um mein aus den Fugen geratenes Herz wieder zusammenzuflicken, und wenn die vier Frauen mich abgewiesen hätten, hätte ich mir wahrscheinlich etwas anderes ausgedacht. Aber ihre sanfte Bereitwilligkeit und meine mangelhafte Fantasie führten zu vier nahezu identischen Begegnungen.

Wir waren allein, spät abends, und ich erzählte ihnen, wie ich in den Stunden zwischen dem Unfall und dem offiziellen Todeszeitpunkt bei meiner Mutter im Krankenhaus gesessen hatte, während das Stasisfeld sie von der Taille an aufwärts am Leben erhalten hatte – von der Taille an abwärts war sie ausradiert –, und wie sie immer nur denselben Satz wiederholen konnte, als ob die Billionen Neuronen in ihrem Gehirn in einem letzten, verschwommenen Flackern des Bewusstseins noch einmal zusammen dafür gearbeitet hätten, dass sie ihren letzten Gedanken an den übermitteln konnte, der gerade zuhörte.

»*Er ist verloren, mein Liebster, und du musst helfen, ihn zu finden*«, sagte sie immer wieder.

Und ich weinte und sagte, sie habe recht gehabt, ich sei verloren, aber ich glaube nicht, dass man mich wiederfinden könne. Ich wusste, wenn ich es so sagte, schluchzend und abgehackt, statt es mit einem selbstironischen Witz oder mit bissiger Abfälligkeit abzutun, würde es seinen Widerhall bei der Frau finden, mit der ich gerade sprach, denn drei von ihnen hatten aus dem gleichen Grund mit mir Schluss gemacht, nämlich weil sie genug von meinem hohlen Geschwätz hatten und begriffen, dass ich es im Leben zu nichts bringen würde, nur meine Freundin von der Highschool nicht, die mich gut genug kannte, um eine romantische Beziehung vom Tisch zu fegen, bevor sie überhaupt anfangen konnte, da sie zweifellos genau wusste, dass sie sie schließlich wieder beenden würde, weil sie genug von meinem hohlen

Geschwätz hatte und begriff, dass ich es im Leben zu nichts bringen würde.

Also weinte ich, und sie nahmen mich in die Arme, und wir schauten einander an, und ich küsste sie.

»Ich weiß nicht, ob das eine gute Idee ist«, sagten sie dann.

»Es ist die einzige, die ich habe«, sagte ich.

Da küssten sie mich zurück. Wir zogen uns aus. Ich hatte in einer Welt des grenzenlosen Staunens und der technologischen Wunder gelebt, aber verglichen mit diesen vier Nächten war mir nichts von alldem einen Dreck wert.

Ich bezweifle, dass sie mir gegenüber genauso empfanden. Vielleicht fanden sie mich nur mitleiderregend, und Mitleid ist ein seltsames Aphrodisiakum. Mit meiner Freundin von der Highschool hat es jedenfalls alles vermasselt. Sie bestand darauf, dass sie es nicht bereue, aber ich sei eindeutig in einer schwierigen Lage, und es wäre ein Fehler, mehr als das in Erwägung zu ziehen. Sie hoffe, mit der Zeit werde sich zwischen uns alles wieder normalisieren. Und ich sagte, das hoffte ich auch, aber danach haben wir uns nur noch einmal gesehen, umgeben von unseren anderen Freunden, die sich bemühten, die Atmosphäre für mich leicht und locker zu gestalten, weil sie nicht genau wussten, wie sie sich bei jemandem benehmen sollten, dessen Mutter gestorben war. Deshalb taten sie so, als wäre es gar nicht passiert, obwohl sie alle bei der Beerdigung gewesen waren. Nur sie, meine Freundin, stiller als sonst, lächelte traurig über meine blöden Witze, als dächte sie, ich bräuchte das, damit es mir besser ginge – ihr trauriges Lächeln über meine blöden Witze.

Aber nur weil wir Ferien auf dem Mond machen oder uns in eine Shopping Mall teleportieren oder zusehen konnten, wie ein Fötus im Uterus einer Prominenten heranreifte, oder weil wir Ersatz-Körperteile in einer Plasmasuppe generieren konnten oder sonst eins der unzähligen Dinge, die für Sie wie Science-Fiction klingen, für mich aber Realität waren, darf man noch lange nicht annehmen, dass wir alles durchschaut hatten. Wir waren immer noch Menschen und sonst nichts. Also rissen meine Freunde ihre Witze, und ich schlief mich durch diverse Betten, und ob das nun richtig oder falsch war, es half doch immer für eine oder zwei Stunden. Und ich werde nie wissen, ob meine Freundin und ich einen Weg gefunden hätten, wieder Freunde zu sein, oder ob ich mit einer meiner Exfreundinnen wieder zusammengekommen wäre. Ich werde nie wissen, ob eine dieser Nächte voller Trauer und Not sich in Jahre des Glücks und der Fülle verwandelt hätte.

Der Name meiner Highschool-Freundin war Deisha Cline, und sie war komisch und gescheit und boshaft und lieb. Meine Exfreundinnen hießen Hester Lee, Megan Stround und Tabitha Reese, und sie waren komisch und gescheit und boshaft und lieb. Und es ist egal, ob ich ihre Namen erwähne oder nicht, denn sie existieren alle nicht mehr.

12

Mein Vater interpretierte den Satz *Er ist verloren, mein Liebster, und du musst helfen, ihn zu finden* so, dass er mir einen Job anbot.

Wir saßen in seinem Arbeitszimmer, und vor dem Fenster stand der Zitronenbaum, der ihm das Leben gerettet hatte. Dicke Zitronen hingen schwer an den Ästen, reif für eine Zitronentorte, die nie gebacken werden würde für einen Geburtstag, den er vergaß und ich ignorierte. Mein Vater hat zahllose öffentliche Vorträge über die Zukunft gehalten, aber dieser war der einzige, der nach meiner Erinnerung etwas mit *mir* zu tun hatte. Im Kern ging es darum, dass sein Vater ihm die Freiheit gegeben habe, seinen eigenen Weg in der Welt zu finden, und dass er das Gleiche für mich tun wolle; er wolle respektieren, dass – auch wenn es den *Anschein* hatte, ich mäandere durch eine entmutigende Abfolge von sinnlosen Unternehmungen – wie durch Zauberei irgendwann aus dem Dunst einer launenhaften Beliebigkeit eine handfeste Richtung erkennbar werden würde. Aber nach zweiunddreißig Jahren war mein Vater zu dem Schluss gekommen, dieses Urteil zu revidieren. Mein Großvater war schließlich Apotheker gewesen, kein visionärer Erfinder, und so erscheint es logisch, dass ich als Spross eines großen Mannes vielleicht eine festere väterliche Hand brauchte.

In einem Wort: Er ist ein Genie, ich nicht, ich bin eine Enttäuschung, er nicht. Ich brauchte ihm nicht zu sagen, dass er ein Genie war, und ich tat es auch nicht. Er brauchte mir auch nicht zu sagen, dass ich eine Enttäuschung war, aber er tat es doch.

Es ist interessant, dass keiner von uns auch nur für einen Augenblick auf den Gedanken kam, dass meine Mutter vielleicht gar nicht von *mir* gesprochen hatte. *»Er ist verloren, mein Liebster, und du musst helfen, ihn zu finden«*, hatte sie gesagt. Wir nahmen beide an, ich sei der verlorene *er* und mein Vater sei *mein Liebster*. Obwohl ich an ihrem Bett gesessen und in jenen letzten Stunden ihre Hand gehalten, die papierne Haut an meinen Fingern gefühlt und versucht hatte zu ignorieren, dass alles unterhalb ihres Brustkorbs verschwunden war wie durch einen düsteren Zaubertrick. Die Vorstellung, *er* sei der Verlorene, war nicht weiter bedenkenswert, schon gar nicht der Gedanke, ich könne der sein, der helfen soll.

Alle Chrononauten hatten Zweitbesetzungen – *Notfallpartner* ist die offizielle Bezeichnung –, die mit ihnen zusammen trainierten, alles lernten, was sie lernten, und bereit waren, in dem unwahrscheinlichen Fall, dass einer der Chrononauten aus irgendeinem Grund ausfallen sollte, seinen Platz bei der historischen Mission einzunehmen. Als mein Vater mich zu Penelope Weschlers Zweitbesetzung ernannte, präsentierte er es mir als Vertrauensvotum, dass er mich neben seiner besten Chrononautin trainieren ließ.

Aber das war leicht durchschaubarer Blödsinn. Penelopes Zweitbesetzung war ich aus zwei Gründen. Erstens, der herablassende Teil der Persönlichkeit meines Vaters hoffte, wenn ich eng mit jemandem zusammenarbeitete, der so beeindruckend war wie sie, werde ein Teil ihrer Zielstrebigkeit und Energie auf mich abfärben. Zweitens, die pragmatische Seite seiner Persönlichkeit wusste, dass Penelope von allen Chrononauten diejenige war, bei der am wenigsten damit zu rechnen war, dass sie eine

Zweitbesetzung *brauchen* würde. Sie würde lehrreich für mich und zugleich risikolos sein.

Auf einer kleinkarierten, kläglichen, unreifen Ebene überläuft mich immer noch ein leises Kribbeln der Freude darüber, wie sehr mein Vater sich trotz seines gewaltigen Verstandes in Penelope täuschte.

Aber nicht in mir. Mich hatte er genau richtig eingeschätzt.

So kam es, dass jemandem von meinen stark beschränkten Fähigkeiten – wenn auch rein zufällig – eine Schlüsselrolle bei dem begehrtesten wissenschaftlichen Experiment auf dem Planeten gewährt wurde.

Man könnte es so deuten, dass mein Vater den letzten Wunsch meiner Mutter pflichtschuldig erfüllte. Aber ich denke, sie musste erst sterben, damit er etwas, das sie sagte, überhaupt zur Kenntnis nahm.

13

Der Tod ist schlüpfrig. Unser Verstand kann ihn nicht fassen. Mit der Zeit lernt man, die Lücke zu akzeptieren, die der Verlust ins Leben reißt. Wie ein Schwarzes Loch – man weiß, es ist da, denn es ist ein Punkt, aus dem kein Licht entweicht. Und da ist diese zähe Erschöpfung, der körperliche Tribut der Trauer, der durch den Schlaf nicht zu vertreiben ist. Wenn ich klar bei Sinnen gewesen wäre, hätte ich den Job bei meinem Vater niemals angenommen.

Meine Mutter hat mich oft wahnsinnig gemacht, aber die Vorstellung, sie kommt nie mehr zurück, ergibt für mich keinen Sinn. Sie hat mich geboren. Ich bestehe zur Hälfte aus ihr. Sie hat mein Bewusstsein geformt, bevor ich ein bewusstseinsbegabtes Wesen war. Bei all ihren Fehlern war sie ein warmer Ort, mochte ein Tag noch so kalt sein. Aber sie kommt nie mehr zurück.

Wenn man jung ist, denkt man in einfachsten Adjektiven von seinen Eltern. Wenn man älter wird, kommen mehr Adjektive dazu, und man merkt, dass einige davon einander widersprechen. Er ist groß. Er ist groß und stark. Er ist groß und stark und klug. Er ist groß und stark und klug, aber beschäftigt. Er ist groß und stark und klug, aber beschäftigt und distanziert und kritisch. Sie ist beschützend. Sie ist beschützend und gut. Sie ist beschützend und gut und fürsorglich. Sie ist beschützend und gut und fürsorglich, aber traurig. Sie ist beschützend und gut und fürsorglich, aber traurig und einsam und spröde. Die Erwachsenenreife kolonisiert den jugendlichen Verstand, wie die Ultraviolettfotografie eines riesigen kosmischen Nebels sich bei näherem Hinsehen als pointillistisches Selbstporträt entpuppt.

In einer Welt der unbedeutenden Kriminalität war der Polizeidienst zusätzlich mit versicherungstechnischen Funktionen betraut. Polizisten waren bundesbevollmächtigte Sicherheits- und Versicherungsagenten, die Schäden bewerteten, Schuldfragen klärten und Entschädigungssummen festsetzten. Innerhalb weniger Stunden nach dem Unfall, bei dem meine Mutter ums Leben kam, waren die Umstände analysiert, die entsprechenden Beträge überwiesen, ein Diagnostik-Patch auf alle verbundenen Navigationssysteme übertragen worden. Die verantwortlichen Firmen hatten ein Entschuldigungsschreiben versandt, und der Montageroboter, der die fehlerhafte Codebox zusammengesetzt hatte, war zerlegt und zu wiederverwertbarem Schrott eingeschmolzen worden.

Mein Vater arrangierte die Bestattung, erledigte ein paar rechtliche Dinge und war nach nicht einmal einer Woche wieder bei seiner Arbeit. Schließlich hatte er seine willkürlich festgesetzte Deadline einzuhalten. Die Trauer lässt die Tage sowohl länger als auch kürzer erscheinen, aber der 11. Juli 2016 stand unverrückbar im Kalender, und nichts, nicht mal der Tod seiner Frau, würde meinen Vater daran hindern, Geschichte zu schreiben. Und wenn irgendein kleiner Teil meiner selbst auch nur für einen Augenblick in Betracht zog, er denke vielleicht auch nicht klar, so war es eine winzige, schweigende Minderheit ohne Stimmrecht, die nichts zu sagen hatte.

14

Wie gesagt, es gibt zwei Gründe, weshalb ich zu Penelopes Zweitbesetzung ernannt wurde: die Herablassung meines Vaters und sein Pragmatismus. Und das Versprechen am Sterbebett, mit dem es dann wohl drei Gründe sind.

Aber es gibt noch einen vierten Grund: Penelope und ich waren genetisch kompatibel für die Defusionssphäre. Das ist eine Maschine, die den Körper mit einem molekularen Immaterialitätsfeld durchdringt und ihm gestattet, sich physisch durch Gegenstände zu bewegen und umgekehrt. Das heißt, wenn Sie in der Zeit zurückreisen und versehentlich mitten in irgendeinem großen oder kleinen Objekt landen, wird es harmlos durch Ihren Körper wandern oder umgekehrt. Chrononauten bleiben stofflos, solange sie in der Vergangenheit sind.

Das Immaterialitätsfeld hat maximal vierzehn Minuten Bestand. Danach driften Ihre Moleküle auseinander, und, na ja, Sie sterben. Vom Augenblick Ihrer Entkörperlichung an haben Sie vierzehn Minuten, um in die Defusionssphäre zurückzukehren, bevor Sie unwiederbringlich aus dem Leim gehen.

Weil das Vierzehn-Minuten-Fenster so streng definiert ist, braucht jeder der sechs Chrononauten seine eigene Defusionssphäre, damit sie gleichzeitig entstofflicht werden können, bevor die Zeitreisemaschine eingeschaltet wird. Aber es ist extrem kompliziert, einen Apparat zu kalibrieren, der Präzision auf der Molekularebene verlangt. Außerdem ist es sehr teuer.

Beim Kalibrieren und bei den Kosten ist es von Vorteil, genetisch kompatible Personen in dieselbe Defusionssphäre zu stecken. Eine Rekalibrierung wegen größerer Inkonsistenzen im Genom erfordert mehrere Tage. Und sie ist sehr kostspielig. Wenn die Erfindung meines Vaters auf den Markt kommt, wird man eine effizientere Methode finden müssen, um Zeitreisetouristen in der Vergangenheit zu dematerialisieren – aber das ist ein Problem, das er noch nicht zu lösen braucht.

Wie es sich ergab, waren Penelope Weschler und ich genetisch höchst kompatibel. Das ist etwas, auf das man bei einem Zellspende-Programm stoßen könnte, wenn Ihre fötalen Stammzellen in der Kryogenese versehentlich beschädigt worden sind und Sie eine eukaryotische, biomolekulare Erkrankung entwickelt haben. Oder bei Ihrem Dating-Profil, wenn Sie eine Familie gründen wollen und auf Fruchtbarkeitsprobleme stoßen. Unsere jeweiligen Chromosomen fügten sich nahtlos ineinander wie die Zähne eines Reißverschlusses. So würden die Techniker Penelopes Defusionssphäre schnell und mühelos rekalibrieren können, sollte ihr Notfallpartner sie benutzen müssen.

Man erklärte mir, dass ich von allen Zweitbesetzungen in Bezug auf meinen zugewiesenen Chrononauten die geringste Rekalibrierung erforderlich machte. Es war zweifellos das einzige Kriterium, in dem ich glänzende Leistungen zeigte, denn natürlich war es das einzige, in dem ich mich gar nicht *bemühen* musste. Ich brauchte nur … zu existieren.

15

Das eigentliche Erlebnis der Stofflosigkeit ist komplett bizarr. Man zieht sich vollständig aus und zieht einen hautengen – na ja, Hautanzug an. Quasi einen Anzug aus Haut. Zum Glück ist es nicht die Haut eines anderen. Der Anzug wird gentechnisch aus Hautzellen gefertigt, die man von Ihnen geerntet hat. Denken Sie nicht allzu viel darüber nach – es ist supereklig. Weil die Defusionssphäre mit Ihrer genetischen Sequenz codiert ist, um sicherzustellen, dass Ihre Moleküle bei der Rückkehr fehlerlos wieder zusammengestrickt werden können, tragen Sie entweder den Hautanzug, oder Sie reisen nackt.

Im Grunde tragen Sie also ein Trikot aus Ihrer eigenen Haut, das aber blauschwarz gefärbt ist, damit es cool aussieht. Man hat Hautstiefel und Hauthandschuhe und eine Hautkappe, die den Kopf bedeckt und verhindern soll, dass ausgefallene Haare sich unbeabsichtigt in Ihrem Gehirn materialisieren. Sie sehen aus, als ob Sie gleich durch eine Bobbahn fahren sollten.

Der menschliche Körper besteht aus rund sieben Quadrilliarden Atomen. Das sind verdammt viele Atome, die man auseinandernehmen, durch Zeit und Raum zurückschießen und präzise wieder zusammenfügen muss. Aber biologische Wesen haben einen großen Vorteil gegenüber unbelebten Gegenständen. Es handelt sich dabei nicht um separate Atome. Diese 7 000 000 000 000 000 000 000 000 000 Atome kreisen in den hundert Billionen Zellen des menschlichen Körpers herum, und jede dieser Zellen hat ihren eigenen Bauplan. Im Unterschied zu Stein oder Metall oder Plastik besteht eine Person aus hundert Billionen Blaupausen ihrer selbst.

Man braucht nur einen Quantencomputer zu programmieren, damit er die Blaupausen liest.

Wenn Sie mein Vater sind und jemanden in der Zeit zurückschicken wollen, dann ist Ihnen klar, dass es am besten ist, wenn alles, was Sie mit dieser Person zurückschicken, aus *demselben genetischen Material* wie diese Person besteht. Dazu müssen Sie ein Team von erstklassigen Gentechnikern beauftragen, ihre dunkle, dunkle Magie in ihre Plasmabottiche zu rühren und einen personalisierten, biologischen Computer zu züchten, der in jeden Skinsuit integriert wird. Eine Operationszentrale wird durch Neuralaxonfaszikel mit einem Dutzend Koordinationspunkten verdrahtet, lauter mikroskopischen Bündeln von umfunktionierten Gehirnzellen, die einfache elektrische Impulse abfeuern.

Wenn Sie also in der Zeit zurückreisen, tragen Sie dabei einen Anzug aus Haut, durchzogen von Nerven, die zu einem Dutzend winziger Gehirne führen – ein biologisches Computersystem, das nur zu einem Zweck angefertigt wurde: Es soll Sie wohlbehalten aus der Vergangenheit in die Gegenwart zurückbringen.

Sie betreten die Defusionssphäre, eine irisierende, weiße Kugel mit einer nahtlos verschließbaren Luke, und die Maschine läuft mit einem dunklen *basso profondo*-Summen an. Sie kriegen überall Gänsehaut. Ihre Körperöffnungen weiten sich. Mund und Nase sind rauchig trocken, als hätte jemand in Ihrer Kehle ein Streichholz angezündet. Ihre Knochen fühlen sich hohl an, und das Blut fließt schaumig in Ihren Venen und Arterien. Ihre Augäpfel dümpeln in ihren Höhlen, als könnten sie wie heliumgefüllte Ballone in die Höhe steigen, wenn sie nicht an den Sehnerven befestigt wären.

Und dann sind Sie ein Geist. Man kann Sie sehen, aber Sie können durch alle festen Körper hindurchgehen. Sie können nicht sprechen – die Stofflosigkeit macht irgendetwas Schräges mit Ihren Stimmbändern –, aber sehen und hören können Sie prima. Mit dem Riechen ist es komisch. Selbst wenn Sie an etwas schnuppern, das Sie dicht vor der Nase haben, kommt es Ihnen vor wie ein matter Hauch, der von ferne heranweht.

Ich konnte eigentlich nie etwas wirklich Cooles machen, wenn ich stofflos war. Alles diente nur experimentellen Trainingszwecken. Ich verbrachte im Durchschnitt zwölf Minuten mit einer Serie von routinemäßigen Tests, und wenn ich in die rote Zwei-Minuten-Zone kam, kehrte ich schleunigst in die Defusionssphäre zurück, um mich rekonstituieren zu lassen. Danach ist man für ein oder zwei Stunden schwerfällig, als müssten die Moleküle sich erst wieder mit der Schwerkraft vertraut machen, aber ansonsten fühlt man sich gut.

Nicht dass es besonders wichtig gewesen wäre, wie ich mit meinen Immaterialitätstests zurechtkam. Die Chance, dass ich in der Zeit zurückreisen würde, war gleich null. Penelope war so gut in ihrem Job, dass sie eigentlich gar keine Zweitbesetzung nötig hatte.

Ich war aus vier Gründen dabei, aber im Grunde gab es nur einen: Mitleid.

16

Warum ich bei der Defusionssphäre so sehr ins Detail gehe? Weil ich Penelope Weschler da zum ersten Mal nackt gesehen habe. Auch sie hat mich da zum ersten Mal nackt gesehen. Ersteres interessierte mich sehr viel mehr, aber Letzteres erwies sich als sehr viel bedeutsamer.

Penelope und ich absolvieren ein routinemäßiges Trainingsmodul, eine virtuelle Simulation des Gehens im Zustand der Stofflosigkeit, ohne zum Beispiel im Boden zu versinken oder in die Luft zu schweben, sondern tatsächlich einen Fuß vor den andern zu setzen. Dazu muss man die immateriellen Moleküle der Füße mit den kohärenten Molekülen des Bodens in eine Reihe bringen, als ob man über einen mit einer dünnen Eisschicht bedeckten Teich spazierte und sich bemühte, nicht einzubrechen.

Ich tue, was ich meistens tue: Ich versuche, nach besten, aber dramatisch unzureichenden Kräften zu imitieren, was Penelope tut: Sie erledigt diese Aufgabe über die Maßen glänzend und ignoriert mich dabei vollständig.

Und dann … geht etwas schief. Alarmsirenen tröten, rote Lichter blitzen, Penelope und ich werden in eine versiegelte Dekontaminationskammer gestoßen. Eine Stimme, die zu laut ist und deren Vokale blechern vibrierend aus den Lautsprechern dringen, teilt uns mit, das Sicherheitssystem habe eine nicht identifizierte Verunreinigung registriert, die das medizinisch unbedenkliche

Strahlungslevel überschreitet. Sie müssen sich an die Verfahrensvorschriften halten.

Wir sollen unsere Kleidung ablegen. Ich bin ein bisschen benebelt, weil jemand mir soeben erzählt hat, ich sei mit einer tödlichen Strahlendosis verseucht worden, und so wird mir eigentlich nicht klar, dass ich mit Penelope Weschler allein in einer kleinen Kammer bin und wir uns beide ausziehen. Ich lege alle meine Sachen ab, sie legt alle ihre Sachen ab, und wir werfen sie in einen Container, der von Roboterarmen gezogen in der Wand verschwindet.

Nackt stehe ich da. Sie steht da, nackt. Aus Düsen in der Decke besprühen sie uns mit einem Dunst, der metallisch riecht und im Grunde aussieht wie Flitter, wie Kinder ihn im Werkunterricht auf Leim streuen. Sicher gibt es einen handfesten medizinischen Grund für dieses Aussehen, aber es lässt meinen potentiellen Tod durch Verstrahlung schrecklich *festlich* erscheinen.

Wir stehen zwei Schritt weit voneinander entfernt in wirbelnden Flitterwolken. Ich bemühe mich, den Blick abzuwenden, denn sie soll mich nicht dabei ertappen, dass ich sie anstarre, aber zugleich ist mir klar, dass dies höchstwahrscheinlich meine erste und letzte Chance ist, Penelope nackt zu sehen. Also werfe ich einen verstohlenen Blick zu ihr hinüber.

Sie starrt mich an.

Physiologisch ist das, was als Nächstes passiert, eigentlich keine Überraschung, aber dennoch – und ich erzähle es Ihnen nur im Sinne vorbehaltloser Offenheit, damit Sie mir glauben, dass dies die ganze Wahrheit ist, denn wenn ich etwas zu Peinliches und Irres gestehe, werde ich Ihnen wohl kaum noch irgendetwas verheimlichen –, jedenfalls, als ich jetzt nackt mit Penelope im wirbelnden Flitter stehe und wir uns anschauen, kann ich es nicht ändern: Ich kriege eine Erektion.

Penelope sieht, das können Sie sich denken, überrascht aus. Wir werden gerade beide mit einem Notfall-Antistrahlungsmedikament berieselt. Und ich weiß, es ist lächerlich. Ich werde vielleicht eines schrecklichen Todes sterben, meine Haut wird streifig aufplatzen, meine Organe werden sich verflüssigen, meine Knochen werden sich in weiche Gelatine verwandeln. Aber ich habe nicht das Gefühl zu sterben. Es ist dumm, ich weiß, aber ich fühle mich munter und lebendig.

Und Penelope, na ja, sie sieht mich an, als sähe sie mich zum ersten Mal.

Um das klarzustellen, mein Penis ist nicht so prachtvoll, dass sie von Verlangen überwältigt ist. Eher liegt es wohl daran, dass ich in ihrer Anwesenheit noch nie etwas Bemerkenswertes getan habe, und das hier ist eine dermaßen schwachsinnige Reaktion auf die Situation, dass man sie schon als herausragend bezeichnen kann.

Mit einem durchdringenden Summton hört der Flitterregen auf. Die Lautsprecherstimme teilt uns mit, sie hätten alle erforderlichen Tests durchgeführt, und es gebe kein Strahlungsleck; eine Fehlfunktion in dem Sicherheitssystem, das die Kontaminationslevel überwacht, habe den Alarm ausgelöst. Sämtliche Vorsichtsmaßnahmen seien durchgeführt worden, wir hätten uns in einer hoch stressbelasteten Situation bewundernswert verhalten und wir könnten das Training wiederaufnehmen, sobald wir die frischen Uniformen angezogen hätten, die draußen vor der Dekontaminationskammer auf uns warteten. Aber ich höre kaum zu, denn ich versuche, mir in den letzten paar Sekunden, die wir zusammen haben, Penelopes Körper mit all seinen Konturen einzuprägen.

Zischend entweicht der Druck, die Luftschleuse öffnet sich, und wortlos wendet Penelope sich dem Ausgang zu. Und ich glaube, das wär's gewesen. Ich hätte meine furchtbare Schwärmerei in den fruchtbaren Humus des Selbsthasses gestopft, den ich in meinem Bauch bewässere, und alles andere wäre niemals passiert. Nur – als sie sich duckte, um durch die Luftschleuse zu steigen, sah Penelope sich noch einmal nach mir um. Nicht um sich zu vergewissern, dass nach diesem Schrecken mit mir alles in Ordnung war oder dass ich mich an die Verfahrensvorschriften hielt. Nein, sie wollte sehen, ob ich auf ihren Arsch starrte, als sie hinauskletterte. Was ich tat. Als ich dann begriff, warum sie das überhaupt interessierte, war es viel zu spät.

17

Da ich der Sohn des Chefs war, erregte meine Aufnahme in das Chrononauten-Team anfangs ein wenig Neugier. Ein paar der Zweitbesetzungen flirteten sogar mit mir. Aber es dauerte nicht lange, und sie verfielen in Abneigung und Verachtung. Es war, als machten meine neuen Kollegen die gleiche emotionale Reise, die mein Vater am Tag meiner Geburt begonnen hatte, nur dass sie bloß einen Monat brauchten und nicht zweiunddreißig Jahre.

Die eigentlichen Chrononauten aus der vordersten Linie waren überwiegend nett zu mir. Nicht dass sie sich irgendwie für meine Gedanken zu den Themen des Tages, für meinen Geschmack in Fragen der Popkultur oder für besonders liebenswerte, persönliche Anekdoten interessiert hätten, aber sie waren grundsätzlich höflich. Menschen, die auf diesem Level zielstrebig und konzentriert sind, denken selten an etwas anderes als an die unglaublich herausfordernden Aufgaben, vor denen sie stehen. Nichtssagende Freundlichkeit ist einfacher, als auch nur ein einziges Joule Energie darauf zu verwenden, sich eine Meinung über jemanden zu bilden, der fundamental bedeutungslos ist. Genauso war es mit den Wissenschaftlern, die an den theoretischen Modellen arbeiteten, und den Ingenieuren, die diese Technologie von exotischer Komplexität tatsächlich *herstellen* mussten. Ich war schließlich der Sohn des Chefs.

Die anderen Zweitbesetzungen dagegen *hassten* mich.

Um das ins rechte Licht zu rücken – sie gehörten zwar nicht zu den Chrononauten in vorderster Front, die für das Team der ersten Mission auserwählt worden waren, aber sie waren allesamt äußerst versierte, hochkarätige Profis, die höchstwahrscheinlich bei den nächsten Missionen dabei sein würden.

Und dann war ich noch da. Sie alle wussten, dass ich nur da war, weil mein Vater auf alle erdenklichen Qualifikationsnachweise verzichtet hatte. Jede Aufgabe, die ich versiebte, jedes Trainingsmodul, in dem ich versagte, jede kognitive Analyse, die ich nicht vollständig kapierte, machte nicht nur meine Anwesenheit zu einer desto größeren Beleidigung, sondern beeinträchtigte auch ihre kumulative Leistungsbilanz. Um einen akzeptablen Durchschnitt zu erreichen, mussten diese hart arbeitenden Männer und Frauen noch härter arbeiten.

Es war furchtbar. Ich hätte nach dem ersten Monat aufgegeben. Wenn Penelope nicht gewesen wäre.

Alle Angestellten meines Vaters hatten sich verpflichtet gefühlt, an der Beerdigung meiner Mutter teilzunehmen. Als ich im Labor anfing, gab es daher dieses unbeholfene Ritual, bei dem mir jeder bei der ersten Begegnung sofort sein Mitgefühl versicherte. Das war bestimmt aufrichtig gemeint, aber ich bin auch sicher, in Wirklichkeit wollten sie, dass ich meinem Vater gegenüber erwähnte, wie *aufmerksam* sie waren, falls sie in meinen Gesprächen mit meinem Vater vorkommen sollten, was aber nicht der Fall war, weil mein Vater und ich nur selten miteinander sprachen. Als die mühselige Dynamik zwischen uns allgemein bekannt war, versickerte das Mitgefühl zusammen mit den sporadischen Flirts und der allgemeinen Neugier.

Als ich Penelope Weschler das erste Mal begegnete, ging es nicht darum, dass ich eingeschüchtert war von ihrem Ruf oder verzweifelt darauf aus, Eindruck auf sie zu machen. Beides war ich natürlich. Auch ihr Aussehen spielte keine Rolle – schlank und kraftvoll, zu allem bereit in einem Abschnitt meines Lebens, in dem ich mich zu nichts qualifiziert fühlte. Nein – was mir als Erstes an ihr auffiel, war etwas, das sie *nicht* tat: Sie erwähnte meine Mutter mit keinem Wort.

Ich nahm an, sie sei zu sehr in ihr Training vertieft, um sich für gesellschaftliche Petitessen zu interessieren, aber dann, zwei Wochen nachdem ich zu ihrer Zweitbesetzung ernannt worden war, erschien ich in einem Seminar über den Prototyp der Goettreider-Maschine und ihre Funktionsweise – das Innere der Maschine war außerordentlich komplex, aber um sie zu steuern, brauchte man nur einen einzigen Hebel, den man zum Einschalten hoch- und zum Abschalten herunterdrückte, obgleich sie den Plänen zufolge nur im Notfall jemals wieder abgeschaltet werden sollte –, und der Techniker, der den Vortrag hielt und den ich noch nicht kannte, nahm mich zu der ritualisierten Beileidsbekundung beiseite. Ich murmelte die gesellschaftlich vorgeschriebenen Dankesfloskeln und setzte mich auf den mir zugewiesenen Platz neben Penelope. Im Laufe von zwei Wochen hatte sie nur mit mir gesprochen, um mir technische Anweisungen über Toleranzquoten und Netzdiagnostik zu geben. Deshalb war ich überrascht, als sie plötzlich sprach. Ihre Stimme war so leise, dass nur ich sie hören konnte, und sie wandte den Blick nicht von der Präsentation, die sich vor uns abspielte.

»Mitgefühl ist ein Geschäft«, sagte sie. »Wenn du deine Trauer zum Kauf anbietest, wird sie am Ende wertlos.«

Ich war so schockiert, als sie mich ansprach, dass ich keine Antwort zustande brachte. Aber ich wusste genau, was sie meinte.

Wie diese kleinen medizinischen Hämmerchen, mit denen man die Reflexe testet, hatten väterliche Distanz und mütterliche Bedürftigkeit mich im Laufe meines Lebens dazu abgerichtet, unverzügliche Bindungen einzugehen – wie ein verlassenes

Entenküken einem vorüberziehenden Schwan folgt –, sobald ich eine spezifische Frequenz phatischer Empathie wahrnehme: aufrichtiges Verständnis ohne jedes Mitleid.

Ich war in sie verliebt. Das wusste sie nicht, es kümmerte sie nicht, und sie brauchte es nicht, aber trotzdem. Dass sie es nicht wusste, es sie nicht kümmerte und sie es nicht brauchte, war ein intrinsischer Teil ihres Reizes für mich. Hätte mich jemand gefragt, hätte ich wohl behauptet, wenn Penelope mich tatsächlich gemocht hätte, wäre ich davon abgestoßen gewesen. Aber wie immer irrte ich mich.

18

Wenn man im ganzen Leben nie gewusst hat, was man eigentlich will, ist es faszinierend, viel Zeit in der engeren Umgebung eines Menschen wie Penelope Weschler zu verbringen. Ihr war klar, dass ihr Job meine Anwesenheit an ihrer Seite beim gemeinsamen Training verlangte, und sie akzeptierte es, ohne zu fragen. Wie die Uniformen, die wir im Labor trugen, war ich einfach ein Bestandteil der Übung.

Dachte ich zumindest. Wenn man von einer Klippe springt, kann das Fallen große Ähnlichkeit mit dem Fliegen haben. Eine Zeitlang jedenfalls.

Stundenlang scrollte ich durch die Datenalgorithmen und versuchte, mein Profil so auszuschmücken, dass das System mich Penelope zuordnete, aber nie kam dabei ihr Name heraus. Ein paar andere Zweitbesetzungen deckten sich teilweise mit meinem Attraktivitätsspektrum, denn der Beruf gilt als hochergiebiges Kriterium für romantische Kompatibilität. Laut den umfassenden Standards der künstlich intelligenten Datenkorrelation jedoch passten Penelope und ich nicht zusammen. Unsere Gleichung ging nicht auf.

Ich verbrachte drei Monate im Training an Penelopes Seite. Sie band ihr Haar zu einem festen Pferdeschwanz zusammen, aber manchmal löste sich eine Strähne und tanzte im Lufthauch der Klimaanlage. Es war das Einzige an ihr, das man wenigstens als annähernd launenhaft beschreiben konnte. Davon abgesehen war sie unerbittlich konzentriert, entschlossen und hartnäckig.

Es war eindeutig unschicklich und irgendwie pervers, sie zu begaffen, wenn sie keine andere Wahl hatte, als mit mir zu trainieren. Also zwang ich mich, sie nur anzusehen, wenn es dafür eine vernünftige, professionelle Rechtfertigung gab. Eine Ausnahme waren ihre Hände. Da ich von ihr lernen sollte, war es okay, ihre Hände an der Simulator-Steuerung zu beobachten. Ihre langen, schlanken Finger, die spitzen Knöchel, die seltsam zarten Handgelenke, irgendwie zu schmal für die sehnige Kraft, die sie erkennen ließen, die straffen, drahtigen Muskeln. Ich studierte ihre Dermatoglyphen wie ein Handleser aus alten Zeiten.

Penelope war jeder Aufgabe, die man ihr stellte, meisterhaft gewachsen, und wenn ich an der Reihe war, sah sie geduldig und leidenschaftslos zu, wie ich mich hilflos rudernd bemühte, ihre Bewegungen zu imitieren. Ich war beschämt, aber die Scham umhüllte etwas anderes wie eine isolierende Schicht – ich wusste, je länger ich scheiterte, desto länger würde sie mich anschauen.

Ja, das klingt, als wäre ich ein unglaublicher Loser. Aber meine Mutter war tot, mein Vater distanziert, meine Kollegen waren abweisend, meine Freunde beklommen, meine Exfreundinnen noch beklommener, und Penelope Weschler war das Beste, was der Tag mir brachte.

Sie behandelte mich niemals respektlos. Sie war höflich, aber desinteressiert. Natürlich war sie zu allen höflich, aber desinteressiert, aber verglichen mit dem offenen Spott der anderen Zweitbesetzungen wirkte es beinahe warmherzig. Ich war ihr Schatten, während sie in allem glänzte, und sie ignorierte mich diplomatisch. Bis zu dem Tag, an dem wir einander nackt in der Dekontaminationskammer sahen. Danach ignorierte sie mich immer noch die meiste Zeit. Aber da war noch etwas, das schwer zu definieren war, eine Art elektrische *Ladung* – dieses magnetische Summen der Pheromone, das zwischen uns hing wie ein Spinnennetz, die meiste Zeit unsichtbar. Aber aus einem bestimmten Winkel betrachtet und beträufelt vom Morgentau konnte es einen Augenblick lang funkeln.

Wir waren nie zusammen allein, aber ich ertappte sie dabei, dass sie mir bei den Simulatoren einen Blick zuwarf, bei einem der täglichen medizinischen Scans oder in einem Workshop über die kulturellen Bezüge der sechziger Jahre. Wenn unsere Blicke sich trafen, errötete sie über den Schlüsselbeinen. Ich nahm nicht an, dass jemand wie Penelope Weschler sich zu mir *hingezogen* fühlen konnte. Ich vermutete, sie sei verlegen wegen der Vorgänge in der Dekontaminationskammer. Aber dann war da dieser Blick zurück gewesen, als sie durch die Luftschleuse kletterte. Was hatte dieser Blick zu bedeuten?

Da hatte ich nun endlich eine Einladung in das Allerheiligste meines Vaters, stand im Begriff, eine kleine, aber nicht völlig unbedeutende Rolle bei einem bahnbrechenden, wissenschaftlichen Experiment zu spielen, während ich noch um meine kürzlich verstorbene Mutter trauerte, und ich konnte an nichts anderes denken als an Penelope.

19

Am Sonntag, dem 10. Juli 2016, am Abend vor dem offiziellen Start des Experiments, gab es einen eleganten Empfang in der gelackten, opulenten Zentrale eines der Konzerne, die das Projekt finanzierten. Alle warfen sich in Schale und mischten sich unter die Konzernmanager, Regierungsbeamten und wissenschaftlichen Berater, die mein Vater als Unterstützer seiner Initiative versammelt hatte.

Bevor wir kamen, zählte mein Vater alle wichtigen Leute auf, die dort sein würden. Was er damit meinte, war klar: Dies ist eine Liste von Leuten, mit denen du auf keinen Fall reden solltest, damit du mich nicht in Verlegenheit bringst.

Ich klebte mir dicht über der Leber ein pharmazeutisches Pflaster auf den Bauch, mit dem ich meinen bevorzugten Blutalkoholgehalt einstellen konnte, eine Art Tempomat für das Trinken. Wenn ich das eingestellte Limit überschritt, würde meine Leber mit Toxinfiltern geflutet werden. Ich wählte einen redseligen Schwips ohne Beeinträchtigung der Motorik oder den Verlust sozialer Hemmungen, den idealen Punkt zwischen Selbstbewusstsein und Arroganz: entspannt, aber nicht salopp.

Und so trank ich ein paar Gläser Champagner und plauderte mit Leuten, die um mindestens zwei Ecken von den Personen auf der Liste meines Vaters entfernt waren. Ich tat mein Bestes, den stolzen, aber bescheidenen Sohn zu spielen. Schließlich spazierte ich davon, um mich im Gebäude umzusehen, was aber nicht besonders interessant war, weil alles Interessante hinter verschlossenen Türen versteckt war.

So kam ich in einen Innenhof, in dem lauter Skulpturen standen, das Lebenswerk irgendeines Künstlers, das man in einen obskuren Winkel gestellt hatte, um den kulturellen Kredibilitätsindex des Unternehmens zu demonstrieren. Die Skulpturen stellten stilisierte menschliche Gestalten dar, die mit blankpolierten Glasaugen in den Himmel schauten. Der Mond stand hell am Himmel, und die Glasaugen spielten ein raffiniertes visuelles Spiel mit dem Mondlicht, das sich im hohlen Innenraum der Skulpturen brach und sie von innen sanft leuchten ließ.

Deshalb fiel sie mir auf. Sie war die einzige Gestalt, die nicht von innen leuchtete.

Es war Penelope. Wir waren miteinander allein.

20

Sie stand da und schaute im blauen Mondlicht in den schwarzen Himmel. Ich wusste nicht, sollte ich mich nähern oder zurückziehen. Auf dem Empfang wurden die übrigen Chrononauten von der Menge mit Schmeicheleien überschüttet. Sie hatte es vorgezogen, einen Augenblick für sich zu haben, und ich konnte mir kein Szenario vorstellen, in dem ich ihr dabei willkommen wäre. Doch dann, ohne den Blick vom Nachthimmel zu wenden, sprach Penelope mich an.

»Ich muss immer noch die ganze Zeit daran denken«, sagte sie. »Da oben zu sein. Alle sagen, das hier ist so viel wichtiger. Ich wäre die millionste Astronautin gewesen, aber ich darf die erste Chrononautin sein. Warum wünsche ich mir also, ich wäre stattdessen da oben?«

Ich ging zu ihr, und unsere Schultern berührten sich beinahe, aber nicht ganz. Ich ahmte ihre Pose nach und schaute in den Himmel hinauf. Natürlich hatten wir vorher schon gelegentlich miteinander gesprochen, aber meistens war es dabei um technische Dinge und Trainingsprotokolle gegangen. Nicht so wie jetzt, so persönlich und vertrauensvoll. Ich wusste, wenn ich nicht sofort etwas sagte, würde mich mein Mut verlassen.

»Vielleicht, weil wir über das Ziel, zu dem du jetzt reisen wirst, schon alles wissen«, sagte ich. »Die Vergangenheit hat keine Geheimnisse. Es geht nur darum, wie du hinkommst. Du wolltest ja nicht in den Weltraum fliegen, um ein Raumschiff zu testen. Du wolltest Dinge sehen, die noch niemand je gesehen hat.«

Ich habe keine Ahnung, woher das kam. Ich sagte es einfach so dahin. Penelope antwortete nicht, und ich befürchtete schon, ich hätte das Falsche gesagt, und zwar gleich mehrfach. Aber als ich sie ansah, starrte sie mich an. Irgendwie gelang es mir, den Mund zu halten und ihren Blick zu erwidern.

Sie küsste mich.

Sooft ich es mir ausgemalt hatte, ich war auf diesen Kuss trotzdem nicht vorbereitet. Ich meine nicht emotional. Ich meine die taktile Beschaffenheit des Kusses. Den emphatischen Sog ihrer Lippen an meinen. Vielleicht war es das erste Mal, dass unsere Körper sich absichtlich berührten, mein Mund auf ihren gepresst, umgeben von leuchtenden Skulpturen auf der harten, 200 000 000 Quadratmeilen umfassenden Oberfläche einer Kugel aus Stein und Erz und Wasser, vor der endlosen Leere geschützt durch ein 300-Meilen-Polster aus atmosphärischem Gas.

Es war der großartigste Kuss meines Lebens, und zugleich hatte ich das Gefühl, bis zu diesem Augenblick immer falsch geküsst zu haben.

Penelope beendete den Kuss, schaute noch einmal zum Himmel und ging weg. Einen Moment lang dachte ich, ich würde es nicht ertragen – das Herzweh, wenn ich den Rest meines Lebens versuchen müsste, mit anderen Frauen nachzuahmen, wie dieser Kuss sich angefühlt hatte.

Aber dann blickte sie sich noch einmal um.

»Komm schon«, sagte Penelope.

21

Als ich noch ein Teenager war, habe ich oft damit gedroht wegzulaufen, und zwar aus dem banalsten, plattesten Grund: Ich wollte, dass meine Eltern mir mehr Beachtung schenkten, oder eine andere Art von Beachtung, umfassender und beeindruckt von meinen kargen, jugendlichen Erfolgen. Ich behaupte nicht, dass ich deshalb etwas Besonderes war. Ich habe mich nie für etwas Besonderes gehalten. Deshalb wollte ich ja weglaufen.

Aber einmal – und vielleicht war das der entscheidende Moment meiner Kindheit – reagierte mein Vater tatsächlich auf diese Drohung. Er kämpfte gerade mit der vertrackten Frage, wie die unberechenbare Bahn eines magnetisch geladenen Asteroiden sich auf die rückwärts gerichtete Trajektorie eines Zeitreisenden auswirken könnte, wenn sie sich einander annähern sollten, wobei die Tatsache, dass der Asteroid vielleicht schon lange nicht mehr existierte, als zusätzliche Erschwernis hinzukam. Also suchte er sich etwas anderes, worauf er sich konzentrieren konnte, und entschied sich – zum ersten und einzigen Mal in meinem Leben, wie mir schien – für mich.

Ich sagte ihm, ich würde weglaufen.

»Solltest du auch«, sagte er.

Für diese Antwort hatte ich keinen Referenzrahmen. Mein Vater war immer zu beschäftigt, um sich mit mir zu befassen. Aber jetzt schaute er mir in die Augen, als hätte er sich diesen Moment willkürlich auserwählt, um mich einzuschätzen. Er hatte bemerkt, dass ich da war, und jetzt wollte er wissen, wer sein Sohn wirklich war.

Was sollte ich schon tun? Ich packte eine Tasche und lief von zu Hause weg.

Ich war zwölf Jahre alt. Ich blieb neunzehn Tage weg.

22

Bevor ich bei meinem Vater arbeitete, hatte ich mehrere andere Jobs. Es war immer das Gleiche. Die Firma nahm Kontakt mit mir auf, weil irgendein unternehmenseigener Anstellungsalgorithmus meinen Namen ausgespuckt hatte, und eine kleine Welle des Interesses durchzitterte sie, wenn sie begriffen, wer mein Vater war. Sie fragten sich dann, ob ich vielleicht auch ein Genie war und ihr Produkt oder ihre Dienstleistung oder ihr System revolutionieren könnte. Bei den Vorstellungsgesprächen verwechselten sie meine einfältige Ambivalenz mit frecher Nonchalance. Ich bekam den Job – ich bekam ihn immer –, und sie brauchten zwei Wochen, um ihren Irrtum zu erkennen. Ich war kein Genie. Ich war nur ein Typ mit einem bekannten Nachnamen.

Zuletzt hatte ich für eine Werbeagentur gearbeitet, die auf Perzeptionsmarketing spezialisiert war. Sie sorgten dafür, dass die Anzeigen, die jemand in seinem Alltag sah, auf seinen spezifischen Geschmack abgestimmt waren, auf seinen Stil, seine demografische Zugehörigkeit, seine Kaufgewohnheiten und zahllose andere, miteinander verflochtene Kriterien. Wenn man an einer Reklametafel vorbeigeht, zeigt sie einem etwas, das man tatsächlich haben möchte, oder ein Upgrade für etwas, das man schon hat. Dazu verwenden sie in Realzeit ablaufende Datenströme, sodass man unterschiedliche Werbung zu sehen bekommt, je nach Stimmung vor oder nach dem Lunch, ob man es eilig hat oder nicht, ob man in der vergangenen Nacht Sex hatte oder sich mit seinem Ehepartner am Morgen gestritten hat. Hatten Sie negative Erfahrungen mit dem Produkt einer Firma, bieten sie der Konkurrenz Gelegenheit, Ihre Markenloyalität umzuleiten.

Meine großartige Idee war es, dass die Kunden eine monatliche Gebühr dafür zahlen könnten, überhaupt keine Werbung sehen zu müssen. Statt eines individualisierten Nischenmarketings könnte man eine glückselige Welt erleben, die frei von allem Werbemüll war. Ein totaler Fehlschlag.

Denn wie sich zeigte, *mögen* die Menschen Werbung. Vor allem, wenn sie darauf abzielt, ihre visuelle Umgebung so zu verzerren, dass sie ihre *eigenen* Bedürfnisse über die aller anderen erhebt, als wären sie das unentbehrliche Zentrum der globalen Ökonomie. Niemand wollte für das Privileg bezahlen, für kommerzielle Interessen bedeutungslos zu sein. Außer mir. Im Grunde brachte ich meinen Arbeitgeber dazu, ein kostspieliges, neues Produkt zu meiner alleinigen Verwendung anzubieten. Eine Ein-Mann-Industrie.

Davor arbeitete ich für eine Firma, die auf Mikrotrends spezialisiert war – Modeerscheinungen, die innerhalb eines Tages, ja innerhalb von Stunden entstehen, ihren Höhepunkt erreichen und wieder verschwinden. Manchmal waren sie global, meistens eher hyperlokal: Tausende von Leuten in einer bestimmten Gegend trugen auf dem Weg zur Arbeit identische Jacken, Schuhe oder Frisuren, und schon am Mittag würde keiner von ihnen sich noch freiwillig damit sehen lassen.

Angesichts mobiler Kleidungsrecycler wird die Häufigkeit modischer Entwicklungen schwindelerregend. Man kann seine Bekleidung nach Lust und Laune auflösen und neu konfigurieren. Aber wenn man sich für so etwas interessiert – und Milliarden taten es –, kann es sehr anstrengend sein, die Leitlinien seines Erscheinungsbilds ständigen Updates zu unterziehen. Manche Leute fanden es einfacher, einen einfarbigen Bodysuit mit Markierungspunkten zu tragen und ihr Outfit digital darauf projizieren zu lassen, damit sie ihren Look so fließend wie möglich gestalten konnten.

Die Firma, für die ich arbeitete, verwertete ungeheure Massen von Daten, um beschleunigte Moden für die großen Designerlabels vorauszusagen und zu manipulieren, und sie hofften, ich könnte ihnen helfen, ihr Geschäft zu erweitern. Das Problem ist, ich falle nicht gern auf, und deshalb reagiere ich gereizt auf Mode. Mein Kleidungsrecycler zu Hause ist so eingestellt, dass er geringfügige und willkürliche Änderungen an meinen Outfits vornimmt, sodass Leute, die so etwas bemerken, mich in Ruhe lassen. Davon abgesehen trage ich eigentlich jeden Tag so ziemlich das Gleiche. Anfangs vermuteten meine Arbeitgeber, ich sei in meinem Äußeren absichtlich undurchschaubar, um sie durcheinanderzubringen, aber am Ende der ersten Woche wurden sie misstrauisch.

Tatsächlich gelang es mir, die Gewinne fast augenblicklich zu steigern, bis sie darauf kamen, dass ich nur das getan hatte, was ich auch zu Hause tat: Ich stellte ihre Vorhersage-Algorithmen auf »zufällig«. Millionen Menschen trugen Hosen eines bestimmten Stils, Hemden mit einem bestimmten Schnitt, Gürtel in einer bestimmten Breite, weil das System es ihnen befahl. Aber es war eine Sache des Zufalls, nicht der Ästhetik. Ich hatte einen Vertrag, und deshalb konnten sie mich nicht feuern. Sie versetzten mich in ein Seitenprojekt, das mit Haustieren zu tun hatte.

Leider hatte die Firma kein besonderes Interesse am Gewinn. In einer Welt des universellen Überflusses streben die Menschen aufrichtig danach, Dinge zu produzieren, die gut funktionieren.

Sie wollen ihre Kunden nicht betrügen. Sie wollen ihnen helfen, glücklicher zu sein.

Während meine Spezialität, wie sich zeigte, Enttäuschung und Zerstörung sind.

In den zehn Jahren nach dem College ließ ich mich treiben, und ich verschmähte die Gelegenheiten, die sich meines Vaters wegen boten, während ich aber gleichzeitig keine anderen Ziele verfolgte. Mir ist klar, dass das bei einem erwachsenen Menschen kein feiner Charakterzug ist. Meine Exfreundinnen machten mir das bei zahlreichen Anlässen mit unterschiedlichem Nachdruck deutlich. Wenn man ein gesundes Verhältnis zu wenigstens einem Elternteil hat, ist es schwer zu verstehen, was zum Teufel das Problem ist. Werde doch einfach mal *erwachsen*, okay? Aber meinem Vater die Schuld zu geben fühlt sich so *gut* an. Es ist eine juckende Stelle, die immer wieder gekratzt sein will.

Wenn man alles an Penelope und mir abschälen und nur das übrig lassen könnte, was uns auf fundamentaler Ebene antreibt, dann ist es das, was wir gemeinsam hatten. Wie eine Uhr mit einer zerbrochenen Unruh können manche Leute die Zeit nicht anzeigen, sooft man sie auch aufziehen mag.

23

Als ich von zu Hause weglief, traf ich eine wesentliche und im Rückblick ziemlich scharfsinnige Entscheidung. Ich würde mit niemandem sprechen, der älter aussah als sechzehn. Ich packte einen Lebensmittelsynthesizer, einen Kleidungsrecycler und ein Entertainment-Interface in meine Tasche, schaltete das eingebaute Tracking-Protokoll ab und ging zur Tür hinaus.

Mit einer Transitkapsel fuhr ich in einen der äußeren Vororte von Toronto und sprach den ersten Jungen an, den ich sah. Ich sagte ihm, ich sei von zu Hause weggelaufen und bräuchte eine Bleibe für die Nacht. Sofort kam er zu dem Schluss, ich sei ein krasser Typ, und ließ mich bei sich schlafen. Seine Eltern bekamen gar nicht mit, dass ich da war. Wir hingen in seinem Zimmer herum und zockten bis tief in die Nacht hinein virtuelle Immersionsspiele. Am nächsten Tag zog ich weiter; ich nahm eine Kapsel in einen anderen Teil der Stadt und tat das Gleiche wie am Vortag: Ich sprach einen Jungen an, sagte ihm die Wahrheit, schlief bei ihm, ohne dass seine Eltern es bemerkten, und zog am nächsten Tag weiter.

Anfangs sprach ich nur Jungen an, weil ich zwölf war und Mädchen mich einschüchterten. Ich erwartete, dass wenigstens ein paar der Kids, an die ich mich wandte, mich verpfeifen würden, aber keiner tat es. Nach zwei Wochen sprach ich ein Mädchen an. Sie fuhr noch entschiedener darauf ab als irgendeiner von den Jungs. Ihr Leben lang hatte sie darauf gewartet, dass ein

Wildfremder kam und ihr ein Abenteuer vorschlug, aber eins, bei dem sie die Sicherheit ihres Zimmers nicht verlassen müsste. Gezockt haben wir an dem Abend nicht, es sei denn, man bezeichnet vier Stunden lang Knutschen als Spiel. Es war das erste Mal, dass ich ein Mädchen geküsst habe. Sie hieß Robin Swelter.

Ich blieb fünf Nächte bei Robin, bis ihr älterer Bruder uns in Unterwäsche in ihrem Zimmer erwischte. Er riss mich von ihr herunter, während sie ihre halb entwickelte Brust bedeckte, und schlug mir mit der Faust ins Gesicht. Ihre Eltern stolperten herein, und weil es ihnen so peinlich war, dass ich fünf Nächte in ihrem Haus gewesen war, ohne dass sie es bemerkt hatten, wurden sie nicht mal richtig wütend. Sie riefen meine Eltern an, während ihre häusliche Medizindrohne mein blaues Auge kühlte. Meine Mutter kam mit grimmigem Gesicht und holte mich ab.

In den fünf Nächten adoleszenten Gefummels lernten Robin und ich über die organischen Funktionen unserer jeweiligen Körper genug, um uns in die oberste Liga der sexuellen Erfahrung an unseren Schulen zu katapultieren. Ich wandelte als neugeborene Legende durch die Flure. Alle Mädchen, die mich bis dahin entschlossen ignoriert hatten, nahmen plötzlich Notiz von mir. Und dank Robin und ihrer knochigen, großzügigen Neugier hatte ich eine gewisse Vorstellung von dem, was ich mit dieser Aufmerksamkeit anfangen sollte.

Robin und ich blieben in Verbindung, aber wir wussten beide, dass der Bann zwischen uns gebrochen war. Ich kann nicht sagen, dass ich sie liebte, aber nie habe ich einen anderen Menschen mehr zu schätzen gewusst.

Meine Mutter redete sich ein, ich sei *wegen* Robin weggelaufen und hätte sie nicht erst auf meiner Reise kennengelernt. Jugendliche Schwärmerei war akzeptabel. Die gedankenlose Herausforderung meines Vaters war es nicht.

Was meinen Vater angeht, so war er verhalten besorgt, hauptsächlich, weil die panische Sorge meiner Mutter in diesen neunzehn Tagen seine normale Routine beherrscht hatte. Als er herausfand, dass ich auf unbegrenzte Zeit hätte überleben können, wenn Robin Swelters kuschelwarme Umarmung mich nicht verführt hätte, kam er zu dem Schluss, dass er seine Aufgabe als Vater erfüllt habe. Wenn man mich allein in die Welt hinausschickte, würde ich nicht sterben. Ich würde es sogar bis zur dritten Base schaffen.

24

Als ich, nachdem ich weggelaufen war, in die Schule zurückkam, machte ich die wichtigste Entdeckung meiner Jugend: Du brauchst nicht gescheit oder geschickt zu sein, wenn du nur irgendwie *Erster* sein kannst.

Meine fünf Nächte mit Robin Swelter machten mich zum Pionier auf dem prestigeträchtigen Gebiet der jugendlichen Sexualität. Die Jungen waren zurückhaltend und schroff; sie lechzten danach, von meinen Entdeckungen zu hören, beharrten aber zugleich darauf, schon alles zu wissen, was ich vielleicht sagen könnte. Schon bald lernte ich eine weitere wichtige Lektion: Niemand mag einen Alleswisser. Der Neid gerann zu Feindseligkeit, und die Reihen der Jungen schlossen sich vor mir. Aber das machte mir nichts aus, denn ich hatte die Mädchen. Und die Mädchen wollten keine Beschreibungen. Sie wollten *Beweise*. Ausnahmsweise hatte meine Attraktivität nichts mit meinem Nachnamen zu tun. Da, wo ich herkomme, ist es tatsächlich ziemlich schwer, ein schlechter Schüler zu sein. Der Lehrplan für jedes Kind wird maßgeschneidert auf personalisierte Lernmethoden, die routinemäßig evaluiert und aktualisiert werden, um sicherzustellen, dass niemand zurückbleibt. Insofern war ich, der Sohn des großen Victor Barren, besonders missraten, weil ich die Schule vernachlässigte und mich stattdessen einer einzigen außerschulischen Aktivität widmete: Ich bandelte mit jeder an, die mich haben wollte.

Eine Zeitlang jedenfalls. Ich ahnte nicht, dass die Währung meiner frühen Erfahrung durch Übersättigung radikal entwertet werden würde. Mit fünfzehn, meines Geheimwissens restlos entledigt, kollidierte ich mit einem unüberwindlichen Hindernis. Die Mädchen wollten, dass es etwas *bedeutete*. Sie wollten sich auf mich verlassen können. Sex war nicht mehr genug. Sie wollten Liebe.

Ich kam mir vor wie ein Läufer, der feststellt, dass er in Wahrheit nicht an einem Marathon teilnimmt: Es ist ein Triathlon, und er hat nicht nur vergessen, sein Fahrrad mitzubringen, er kann auch nicht schwimmen.

Ich war fünfzehn, ohne Freunde, ein mittelmäßiger Schüler – ich weiß nicht, was aus mir geworden wäre, wenn ich auf einer Klassenfahrt zum Goettreider-Museum in San Francisco nicht neben Deisha Cline gesessen hätte. Ich hatte sie nie besonders beachtet, weil sie eine abweisende, asexuelle Ausstrahlung besaß, die ich erst wahrnahm, nachdem ich ein gesellschaftlicher Außenseiter geworden war. Deisha verhielt sich distanziert gegenüber den anderen Mädchen und misstrauisch gegen die Jungen mit Ausnahme ihrer besten Freunde aus der Grundschule, Xiao Moldenado und Asher Fallon. Wir vier verbrachten den ganzen Tag in dem Saal mit der Simulation der defekten Goettreider-Maschine und schauten zu, wie die Welt wieder und wieder unterging. Wir wurden zu einer eng verbundenen Clique, die Bestand hatte, bis wir weit über zwanzig waren.

Die meisten Experimente scheitern. Die meisten Theorien ebenfalls. Aber wenn man meinen Vater ansieht, würde man das nicht vermuten. Sollte er in den Jahrzehnten seiner Arbeit am Zeitreiseprojekt jemals gescheitert sein, so sprach er nie darüber. Als Einziger in der Geschichte der Wissenschaft machte Victor Barren keine Fehler. Im Haus meiner Kindheit war Scheitern eine Schande. Und so war ich beschämt, wohin ich auch ging.

Bis ich Deisha, Xiao und Asher begegnete und lernte, mich stattdessen zu *amüsieren*. Unsere Altersgenossen begeisterten sich ausnahmslos selbst für die unbedeutendste technologische Neuerung, und so wurden wir zu Liebhabern des Scheiterns, besessen von Erfindungen, die nicht so funktionierten, wie sie sollten. Holografische Tattoos, die unbeabsichtigt die Haut durchscheinend werden ließen. Wettergeneratoren für den Garten mit einem kleinen Defekt, der dafür sorgte, dass winzige Tornados das Haus mit einer Windgeschwindigkeit von 250 Meilen pro Stunde umkreisten. Häuser, eingebettet in Landschaftsemulatoren, die einem die Aussicht verschaffen sollten, die man hätte, wenn keine anderen Gebäude sie blockieren würden, die aber durch eine Fehlfunktion dreihundert Meter hohe Abbildungen dessen projizierten, was immer die Bewohner in ihren Badezimmern trieben.

Dass sich nach der Highschool unsere Wege trennten, konnten wir abwenden, indem wir zusammen auf die University of Toronto gingen, und wir konnten den Zusammenhalt nach dem Examen noch ein paar Jahre fortsetzen, indem wir gelegentlich gemeinsame Wochenendausflüge in das nächstgelegene Biosphärenreservat machten. Aber was zweimal im Jahr stattfand, gab es bald nur noch jährlich, dann alle zwei Jahre und dann gar nicht mehr, als die anderen fortzogen und richtige Karrieren begannen, während ich zu Hause blieb und zunehmend verlotterte.

Asher lebte mit seiner Verlobten Ingrid Joost in Auckland, wo sie beide als Ingenieure bei einer Firma arbeiteten, die *Antipodale* entwickelte, Fahrzeuge, die sich durch die unterirdischen Schichten des Planeten bohren und auf der anderen Seite wieder herauskommen konnten. Sie waren in die Planung ihrer Hochzeit vertieft, die anscheinend kaum weniger kompliziert war als das Bohren eines achttausend Meilen langen Tunnels durch Eisen und flüssige Lava. Xiao heiratete seine College-Freundin Noor Priya, und sie bekamen eine kleine Tochter namens Fae, die möglicherweise das Niedlichste war, was der menschliche Geist sich vorstellen konnte. Sein Labor in Mexico City arbeitete an einer gutachterlichen Einschätzung der juristisch zulässigen Nutzung von Teleportationsdaten nach einem Skandal, in dem eine Angestellte die Archive der biometrischen Scans gehackt und nach Männern gesucht hatte, die ihr gefielen, um dann mittels eines plasmatischen Modellsynthesizers DNA-identische Sex-Surrogate zu züchten. Deisha, unerforschlich solo wie immer, tat irgendetwas – der Himmel weiß, was – für einen geheimnisumwobenen Think Tank, der, wie sie andeutete, aber niemals offen zugab, die Realisierbarkeit einer Mars-Kolonie erkundete und zu diesem Zweck Gerätetests in einer Biokuppel in der Antarktis durchführte. Ich sah darin einen Hauch von Ironie, weil Deisha in all den Jahren notorisch eisig auf unsere jeweiligen Freundinnen reagiert hatte. Nur Noor gegenüber taute sie auf, nachdem Fae geboren war.

Das letzte Mal, dass wir vier als Gruppe zusammen waren, war bei Xiaos Hochzeit vor drei Jahren. Aber zwei Wochen nach dem Tod meiner Mutter hatten meine Freunde einen Tag, der verdächtig frei von irgendwelchen Verpflichtungen war, und sie ließen sich von ihren entlegenen Wohnsitzen hereinteleportieren. Seit der Beerdigung hatte meine hauptsächliche Tätigkeit darin bestanden, mit meinen drei Exfreundinnen zu schlafen und dann jede Spur von Zuneigung, die sie mir entgegenbrachten, zu eliminieren, indem ich ihre Nachrichten nicht beantwortete. Insofern erschien mir ein Wiedersehen mit Deisha, Xiao und Asher als eine ziemlich gute Abwechslung vom Dasein eines gramgebeugten, mit sich selbst beschäftigten Idioten.

25

Asher steuerte das Hovercar, Xiao saß vorn neben ihm, und Deisha und ich saßen hinten. Wir flogen über das Biosphärenreservat der Niagara-Schichtstufe: 25 000 Quadratmeilen Wildnis beiderseits der amerikanisch-kanadischen Grenze, eines von vielen globalen Umweltschutzgebieten, die sich unbehelligt vom menschlichen Erfindungsreichtum entwickeln sollten. Niemand lebt hier mehr seit den urbanen Massenmigrationen der siebziger Jahre, als beschleunigte technologische Entwicklungen industrielle Produktion und Ressourcenabbau unnötig machten. Aus der Höhe sahen wir vereinzelte Kleinstädte, die von der Natur zurückerobert worden waren, und mit dichtem Laub überwucherte Gebäude. Ich hatte nicht mehr in einem Hovercar gesessen, seit meine Mutter zwei Wochen zuvor von einem getötet worden war, aber entweder war das niemandem bewusst, oder es handelte sich um eine wirklich intensive Form der Konfrontationstherapie.

Nachdem wir eine Stunde in der Luft gewesen waren, beschlossen wir, uns eine der verlassenen Städte anzuschauen – Ubly in Michigan, wenngleich niemand sie mehr so genannt hatte, seit 1978 die letzten Bewohner weggezogen waren, was ich der Zeitung entnahm, die sich in einem verrosteten Briefkasten an der Main Street erhalten hatte. Es war ein kalter Apriltag, aber die Thermalfasern in unserer Kleidung wärmten uns, als wir umherstöberten.

Auf ihre bemooste, verwahrloste, verrottete Art war die verlassene Stadt ein Denkmal der Vergangenheit, die wir hinter uns gelassen hatten und in der die Menschheit sich in einem endlosen Wettlauf gegen den Muskelschwund des Planeten gefangen sah, der Natur, die sie verschlucken wollte, immer einen Schritt voraus. Die meisten Häuser waren eingestürzt, umhüllt von Zweigen und Ranken und gründlich zerlegt von den Elementen. Nachdem das Holz vermodert und das Mauerwerk zerbröckelt war, brauchten sie nur noch von den Menschen in Ruhe gelassen zu werden, um wieder zu Bäumen und Erde zu werden.

Als sarkastische Kids hätten wir gejohlt beim Anblick der obsoleten Technologie und der primitiven Materialien – Häuser aus Holz und Backstein anstelle von synthetischen Polymeren und rekombinanten Legierungen. Aber die Stimmung auf diesem Ausflug war angespannt, frei von Insiderwitzen, nostalgischen Anekdoten und den alltäglichen Geschichten, die sich alte Freunde beim Wiedersehen zu erzählen haben. Um die wachsende Spannung zu entschärfen, berichtete ich von einem wissenschaftlichen Fiasko aus jüngerer Zeit, das uns als Teenager in endlose Heiterkeit gestürzt hätte.

»Habt ihr von der Schlankheitsklinik in der Schwerelosigkeit gehört?«, fragte ich. »Okay, da gab es eine medizinische Einrichtung in einer Orbitalstation, um experimentelle Verfahren mit Personen durchzuführen, die unter normalen Gravitationsverhältnissen scheinbar kein Fett verbrennen können. Aber etwas läuft schief, und die Kunden entwickeln dicke Fettgewächse unter den Achseln und in den Kniekehlen, die drainiert und kosmetisch geglättet werden müssen.«

»Ich glaube, das habe ich gesehen, ja«, sagte Xiao.

»Muss mir entgangen sein«, sagte Asher. »Aber es klingt, weißt du, es klingt irre komisch.«

»Nein, tut es nicht«, widersprach Deisha. »Es klingt schlimm für die Leute, denen es passiert ist.«

»Na komm«, sagte ich. »Früher fandst du so was lustig.«

»Als Jugendliche«, sagte sie. »Bevor ich wirklich versucht hatte, etwas zu machen, und feststellen musste, wie schwer das ist. Wenn das Projekt, an dem ich arbeite, schiefgeht, lachst du dann auch über mich?«

»Lasst uns zurück zum Hovercar gehen«, meinte Xiao. »Wir müssen uns darüber nicht unterhalten.«

»Klar, lasst uns nie darüber reden«, sagte Deisha. »Wir treffen uns einfach ohne ihn und erzählen uns, welch große Sorgen wir uns darüber machen, was er mit seinem Leben anfängt.«

»Deisha, seine Mutter ist gerade gestorben«, sagte Asher.

»Stimmt. Dann lasst uns darüber reden. Statt so zu tun, als wären wir immer noch eine Bande von Kids, die herumsitzen und sich über die Loser lustig machen, denen tatsächlich etwas liegt an dem, was sie tun. Denn wisst ihr was? Die hatten recht, und wir hatten unrecht. Es ist ein gutes Gefühl, wenn einem etwas wichtig ist. Und wisst ihr, was ein noch besseres Gefühl ist? Wenn man einen kleinen Beitrag zur Welt leistet. Mehr will ich nicht sagen, Tom. Tu etwas. Sei etwas. Mach etwas.«

»Wie denn?«, fragte ich. »Ich bin *nichts*. Und das wird nur schlimmer werden. Mein Vater testet im Juli seinen Prototyp. Und wenn er funktioniert, was er natürlich tun wird, ist er ein noch größeres Genie, und ich bin noch weniger als … ein Nichts.«

Darauf wusste niemand etwas zu sagen. Das Problem mit Leuten, die man zu gut kennt, besteht darin, dass ihre Worte nichts mehr bedeuten, ihr Schweigen hingegen alles.

26

Zu viert schlenderten wir zurück zum Hovercar, vorbei an den verfallenen, von Vegetation überwucherten Häusern. Xiao und Asher gingen voraus und sprachen diskret über die Hochzeit. Xiao sollte Trauzeuge werden. Ich merkte Deisha an, dass sie darauf brannte, mehr zu sagen, aber ich hatte keine Lust, es zu hören, denn ich hatte genug damit zu tun, darüber nachzudenken, dass die drei ohne mich zusammengehockt hatten, um darüber zu sprechen, was für ein kolossaler Versager ich war.

Was von dem Gehweg übrig war, löste sich zusehends auf, und aus den Rissen wuchs kniehohes Unkraut, sodass ich zu Boden schauen musste, um nicht zu stolpern. Nur deshalb sah ich etwas Metallenes, das da aus der Erde schimmerte. Es war eine antike Taschenuhr. Das goldplattierte Gehäuse war verkratzt und fleckig, aber das Glas unter dem geschlossenen Deckel war nicht allzu sehr verschrammt. Das Zifferblatt hatte pfeilförmige Stunden- und Minutenzeiger, und in den unteren Teil war ein kleineres Zifferblatt mit einem winzigen Sekundenzeiger eingelassen. Auf der Porzellanfläche stand: HAMILTON WATCH CO., 1909.

Wenn man einen Zug erfindet, erfindet man auch das Entgleisen. Zu Beginn des zwanzigsten Jahrhunderts waren Eisenbahnunglücke etwas Alltägliches, weil Züge, die auf denselben Gleisen fuhren, nicht präzise synchronisiert waren. Zeiten einzuhalten war tatsächlich eine Frage von Leben und Tod. Eine solche Uhr war dazu gemacht, Menschen zu beschützen. Jedes Stück Technologie in meiner Welt beinhaltete einen globalen Chronometer, auf die Mikrosekunde genau mit allen anderen koordiniert – ein Planet voller Menschen, die im Gleichtakt lebten. Aber diese Taschenuhr stammte aus einer Ära der zeitlichen Isolation, von einem Planeten, auf dem jeder Mensch in seiner eigenen Definition der Zeit lebte.

Das Gleiche empfand ich jetzt auch. Deisha, Xiao und Asher lebten buchstäblich in verschiedenen Zeitzonen, aber sie hatten einen gemeinsamen Zeittakt gefunden, während ich zurückblieb.

»Tom«, sagte Deisha, »das musst du dir anschauen.«

Ich war erbost und bereit, ihr eine beschissene Antwort zu geben, aber sie stand vor einem zweigeschossigen Backsteingebäude und spähte durch ein Fenster. Das Glas war gesprungen und verdreckt, und als ich hindurchschaute, sah ich, dass hier einmal eine Bibliothek gewesen war. Der Boden war übersät von Hunderten zerfallener Bücher, und aus dem modrigen Papiermulch spross ein Dutzend spindeldürrer Kiefern dem Sonnenlicht entgegen, das durch das zur Hälfte eingefallene Dach schien. Deisha starrte mich mit Glotzaugen an, auf eine scherzhafte Art, wie ich sie wahrscheinlich seit zehn Jahren nicht mehr gesehen hatte. Sie hatte sich im Laufe der Jahre verhärtet, und ich wusste nicht, war das eine natürliche Entwicklung oder hervorgerufen durch menschliche Irrtümer. Wir standen einander nicht mehr so nah wie früher. Die fieberhafte Intimität einer Teenagerfreundschaft war längst verschwunden.

»Ich hätte das alles nicht sagen sollen«, sagte Deisha. »Aber ich weiß nicht, wann ich noch einmal Gelegenheit dazu haben werde. Wir sehen uns ja nicht mehr.«

»Du lebst auf einem geheimen Stützpunkt in der Antarktis.«

»Es gibt Teleporter«, sagte sie. »Wir könnten miteinander reden. *Wirklich* reden.«

Meine Freunde und ich hatten über unsere jugendlichen Beziehungsdramen diskutiert, aber, von gelegentlichen schmutzigen Witzen abgesehen, nicht über Sex geredet. Und *niemals* hatten wir auf diese Weise über Deisha gesprochen. Es gab ein gemeinsames Einverständnis, unausgesprochen, aber hart wie Granit, dass wir diese Grenze bei ihr nicht überschreiten würden. Aber als ich jetzt neben ihr stand und unsere Schultern sich berührten, fragte ich mich plötzlich, wie unüberwindlich diese Grenze in Wirklichkeit war. Wozu ist eine Grenze schließlich da, wenn man sie nicht überschreiten kann?

Beim Hovercar waren Xiao und Asher dabei, Sandwiches und Bier zu synthetisieren. Schweigend flogen wir in die Stadt zurück, und Asher schaltete den Autopiloten ab, um uns persönlich nach Hause zu steuern. Deisha starrte auf die Baumwipfel unter uns, Xiao hatte auf dem Rücksitz den Kopf auf meine Schulter gelegt und schlief ein bisschen, und ich versuchte, mich auf meine Trauer zu konzentrieren, statt mir vorzustellen, wie es wäre, meine beste Freundin zu küssen. Gibt es ein Wort für etwas, von dem man weiß, dass man es unter keinen Umständen tun sollte und dass es in jeder Hinsicht falsch wäre, wobei man gleichzeitig ziemlich sicher ist, dass man es trotzdem tun wird? Oder ist das einfach – menschlich?

Mir wurde plötzlich klar, dass die antike Uhr in meiner Tasche war. Ich hatte nicht vorgehabt, sie mitzunehmen. Das internationale Recht verbietet es, irgendetwas aus einem Biosphärenreservat mitzunehmen. Aus Versehen hatte ich meine erste Straftat begangen. Es sollten noch weitere folgen.

Nachdem wir uns von Asher und Xiao verabschiedet hatten, sagte ich zu Deisha, jetzt könnten wir *wirklich reden*. Meine Hinterbliebenennächte mit Hester, Megan und Tabitha hatte ich bereits hinter mir. Ich kann also nicht behaupten, ich hätte keine

Ahnung gehabt, wohin das führen könnte. Zu Hause erzählte ich ihr von den letzten Worten meiner Mutter. Ich weinte. Sie nahm mich in die Arme, wir küssten uns, und wir schliefen miteinander. Hätte ich eine andere Möglichkeit finden können, einen Menschen, dem etwas an mir lag, vor den Kopf zu stoßen? Wahrscheinlich. Aber ich halte mich gern an die Klassiker.

Am nächsten Tag trat ich meinen Job im Labor meines Vaters an. Drei Tage später lernte ich Penelope Weschler kennen. Deisha, Xiao und Asher sah ich noch ein letztes Mal und dann nie wieder. Eine Bar, dumme Witze, betrübtes Lächeln. Deisha blieb auf Distanz und war angespannt, als wir einander zum Abschied umarmten – alte Freunde, die auseinanderdrifteten, denn das ist es, was alte Freunde tun.

27

Das Leben ist hauptsächlich dadurch definiert, wie man mit Fehlschlägen umgeht. Ich war nie mit irgendetwas erfolgreich gewesen, deshalb ist das Scheitern weitgehend synonym mit dem Leben selbst. Bei anderen Leuten wiederum, die mehr oder weniger bei allem erfolgreich sind, was sie in Angriff nehmen, Leuten wie meinem Vater und Penelope, können die Reaktionen auf Fehlschläge unvorhersehbar sein.

Penelope zum Beispiel hatte nach ihrem Scheitern als Astronautin oft ungeschützten Sex mit Fremden. Sie traf sie irgendwo, ging mit ihnen nach Hause, und wenn das Gespräch auf die Frage der Empfängnisverhütung kam – lächerlich wenige ihrer Partner brachten dieses Thema überhaupt zur Sprache, weil sie annahmen, wenn Penelope es nicht erwähnte, hätte sie sicher vorgesorgt –, log sie nie. Sie sagte einfach, sie verhüte nicht, und wenn ihr Gegenüber sie haben wolle, würden sie es eben drauf ankommen lassen. Die meisten Männer gingen ohne Zögern darauf ein, viel zu sehr davon gefangen, von dieser hungrigen, schönen Frau begehrt zu werden, als dass sie sich wegen der Implikationen den Kopf zerbrachen, und die paar, die doch zögerten, ließen sich von ihrem Verlangen und ihrer Schönheit leicht verführen.

Warum ungeschützter Sex, wenn es doch so einfach war zu verhüten? Tja, wissen Sie, wegen Schicksal oder so. Penelope dachte sich, das Schicksal habe ihr Gehirn so verdrahtet, dass sie eine perfekte Astronautin wäre, und ihr gleichzeitig einen nicht feststellbaren, neurologischen Fehler spendiert, der dafür sorgte, dass sie niemals durch den Kosmos fliegen würde. Das Schicksal hatte sich mit ihr angelegt. Also würde sie sich mit dem Schicksal anlegen. Wetteinsatz sollte ihr Körper sein, und jeder Morgen, an dem sie aufwachte und nicht schwanger war, wäre wieder ein Tag, an dem sie dem Schicksal um einen Schritt voraus wäre.

Sollte es passieren, sagte sie sich, würde sie das Baby behalten. Wer immer der Vater wäre, sie würde sich nach besten Kräften bemühen, mit ihm zusammen als Elternpaar zu funktionieren. Sie würde ihren außerordentlichen Ehrgeiz auf die Mutterschaft konzentrieren. Vielleicht würde sie niemals zwischen den Planeten umherreisen, aber sie wäre die beste Mom, die je gelebt hatte.

Aber Penelope wurde nie schwanger. Sie konnte mit noch so vielen Männern nach Hause gehen, ihr Schicksal konnte sie nicht wegvögeln.

Natürlich wusste ich von alldem nichts, als wir miteinander schliefen. Ich dachte, ich wäre etwas Besonderes. Und dass sie als Pionierin einer Experimentalmission durch Raum und Zeit, von der sie möglicherweise nicht zurückkehren würde, vielleicht ein letztes Mal flachgelegt werden wollte. Und aus einem unerklärlichen Grund gefiel ihr mein Aussehen.

Als sie nichts von Verhütung sagte, na ja, da war ich wohl einer von den Typen, die einfach annahmen, dass sie sich darum kümmerte. Niemand erwartete je, dass *ich* mich um irgendetwas kümmerte. Schon gar nicht um etwas so Naheliegendes wie die Vorsorge dagegen, dass mein Sperma ihr Ei befruchtete.

Wenn das alles irgendwie so klingt, als würde ich moralisieren, drücke ich mich nicht klar genug aus. Es stört mich nicht im Geringsten, dass Penelope mit einem Haufen Fremder geschlafen hat. Ich war ja einer von ihnen. Mich stört nur, dass ich zu blöd war zu begreifen, dass es ihr nichts bedeutete. Zumindest nicht so, wie ich es mir wünschte.

28

Penelope und ich verbrachten die Nacht miteinander, und vielleicht kann ich hinreichend gut schreiben, um ein wenig von der schwindelerregenden Erotik zu vermitteln. Aber das will ich nicht. Ich hatte sie vorher nackt gesehen, aber das Sehen ist eigentlich der am wenigsten betörende Sinn. Wie sie sich *anfühlte*, ihre Haut an meiner Haut, ihr Gewicht auf mir, mein Körper in ihrem Körper, Geschmack und Geruch, die Geräusche, die wir machten – die Dichte all dieser Sinneserlebnisse lässt ihr Aussehen irgendwie nebensächlich erscheinen. Obwohl ich mich an ihr Aussehen restlos erinnern kann, denn sie befahl mir, das Licht anzulassen.

Ich habe schon zu viel gesagt. Ich will, dass es privat bleibt, *das* wenigstens, wenn auch sonst nichts. Ich weiß, es ist nicht wichtig, es war nicht wichtig. Aber es war doch wichtig, und für mich ist es immer noch wichtig.

Ich will es noch einmal versuchen – wir schliefen miteinander. Danach lagen wir in meinem Bett – denn sie war mit zu mir gekommen, damit sie gehen konnte, wann immer sie wollte –, und wir redeten.

Das ist es, was ich dazu sagen will: Es waren nicht nur achtunddreißig Minuten Aerobic-Gerammel und ein angespanntes Auf Wiedersehen. Sie blieb fast drei Stunden. Wir lagen ineinandergerollt da und sprachen über unser Leben. Die meiste Zeit sprach sie von ihrem Leben, und ich hörte zu, bemühte mich, die richtigen Fragen zu stellen und mir ihre Antworten einzuprägen für den Fall, dass es kein One-Night-Stand war, sondern mehr daraus werden sollte.

Ich *weiß*, es ist entzückend und traurig, dass ich dachte, dies könnte der Anfang einer Beziehung sein.

Sie erzählte mir von ihrer Kindheit, von der Astronautenausbildung, ihrem Scheitern und ihren Depressionen und von ihrer sexuell irrationalen Phase. Alles, was ich Ihnen über sie erzählt habe, hat sie mir in dieser Nacht selbst erzählt. Und ich war wie gebannt. Wenn sie mich an diesen intimen, persönlichen Offenbarungen teilhaben ließ, musste ich ihr ja etwas bedeuten.

Jetzt kommt es mir eher so vor, als wäre die Tatsache, dass sie mir das alles erzählte, eher ein unmittelbares Beispiel für Penelopes brutale Gewohnheit, sich selbst zu sabotieren. Ich meine, ich war der Sohn ihres Chefs. Der Sohn, von dem alle wussten, dass er eine Niete war. Mit mir zu schlafen, mir ihre Probleme anzuvertrauen, sich die halbe Nacht um die Ohren zu schlagen, obwohl sie am nächsten Morgen in aller Frühe im Labor sein musste, um am Start eines Billionen-Dollar-Zeitreise-Experiments teilzunehmen – ich war zu verknallt, um zu begreifen, was wirklich vor sich ging.

Und die Wahrheit ist, es ist mir immer noch egal. Selbst nach allem, was passierte … ich habe sie geliebt. Ich glaube nicht, dass meine nachfolgenden Handlungen damit gerechtfertigt sind. Aber es erklärt sie.

Irgendwann, so spät in der Nacht, dass es schon früh am Morgen war, erzählte Penelope mir, warum sie sich dafür entschieden hatte, den Raum gegen die Zeit einzutauschen und Chrononautin zu werden.

»Ich habe mich mein Leben lang bemüht, die beste Astronautin zu werden, die es je gegeben hat«, sagte sie, »und in Erinnerung behalten wird man mich als warnende Fallstudie über gefahrlose Abbruchprozeduren. Lange war ich deswegen deprimiert. Bis mir eines Tages ein Licht aufging. Es kommt nicht darauf an, die Beste zu sein, solange du nur die *Erste* bist.«

Das verstand ich natürlich. Es war die Lektion, die ich mit zwölf gelernt hatte – deine Fehler, deine Verletzungen, deine Kompromisse, Fehlschläge, der Schmerz und die Fäulnis, das alles verweht wie trockenes Laub, wenn du Erster bist.

29

Irgendwann schlief ich von Penelope umflochten ein, und irgendwann entflocht sie sich und schlich davon. Ausnahmsweise kam ich nicht zu spät zur Arbeit. Überall herrschte quecksilbrige Umtriebigkeit. Beobachter aus Wissenschaft, Wirtschaft und Politik warfen alle fünfzehn Sekunden prüfende Blicke auf ihre Kommunikationsgeräte. Der heutige Tag war die Krönung des Lebens meines Vaters: die erste Mission der Menschheit in die Vergangenheit.

Alles war startbereit. Was noch blieb, waren die routinemäßigen medizinischen Checks, die sicherstellen sollten, dass das primäre Chrononauten-Team einsatzfähig war. Aber sie waren im letzten Monat jeden Morgen gecheckt worden. Was also konnte sich seit gestern geändert haben?

Ich spazierte möglichst nonchalant ins medizinische Zentrum, während ich umherspähte, nach Penelope suchte und mich fragte, was für ein Gesicht sie machen würde, wenn sie mich sähe. Es war, als wäre der Rest meines Lebens abhängig von diesem ersten Gesichtsausdruck, bevor irgendwelche emotionalen Barrieren ihre nonverbalen Reaktionen blockierten. Ich wollte sie sehen, bevor sie mich sah, damit ich mitbekäme, was immer über ihr Gesicht huschte – Erregung, Reue, Verlegenheit, Hoffnung, Liebe.

Was bin ich für ein Idiot.

Ich schätze, das ist das Problem, wenn man in seinen eigenen

Träumen aufwacht. Das macht es leicht, romantische Illusionen für Realität zu halten.

Ich sah Penelope als Erster. Sie war umringt von einer nervösen Traube von Medizintechnikern. Es war seltsam still im Raum, wie nach einem Schneefall oder wie wenn jemand ins alles aufsaugende Vakuum des Weltalls hinausgetreten ist. Niemand sprach. Alle warteten nur darauf, dass Penelope etwas sagte, und ihre Blicke wanderten überallhin, nur nicht zu ihr. Der Einzige, der sie geradewegs anschaute, war ich. Und als sie mich sah, war es anders als alles, was ich erwartet hatte.

Sie sah grimmig aus. Niemand hatte mich je so angesehen, so grimmig, seit ich zwölf Jahre alt war und meine Mutter mich bei Robin Swelter abholte, neunzehn Tage nachdem ich weggelaufen war.

Und dann tat Penelope Weschler etwas Unvorstellbares. Sie brach in Tränen aus.

30

Sie war schwanger.

Nicht sehr. Die Befruchtung hatte gerade erst stattgefunden. Mein ehrgeizigstes Spermatozoon hatte sich mit der Oozyte zweiter Ordnung im äußeren Drittel ihres Eileiters verbunden. Zu diesem Zeitpunkt, nach sechs Stunden, war die Zygote noch nicht einmal gefurcht. Sie war immer noch ein einzelliger Organismus. Bis zur Mitose waren es noch ungefähr achtzehn Stunden. Dreiundzwanzig Chromosomen von mir und dreiundzwanzig Chromosomen von ihr hatten sich zu einer Furchungsspindel verbunden und waren zu den entgegengesetzten Enden der mikroskopischen Kugel gewandert, die in ihr pulsierte. Noch notdürftiger kann menschliches Leben nicht sein.

Es gibt ungefähr 37 000 000 000 000 Zellen im menschlichen Körper, die Mikroorganismen im Verdauungstrakt nicht mitgezählt. Siebenunddreißig Billionen Zellen, die aus Ihrer spezifischen DNA bestehen. In diesem Augenblick, sechs Stunden nachdem ich in ihren Vaginalkanal ejakuliert hatte wie ein verfickter Schwachkopf, bestand die namenlose Weschler-Barren-Zygote aus einer einzigen Zelle. Es fehlten noch 36 999 999 999 999, bevor sie etwas wäre, das nach Recht und Gesetz einen Namen bekommen könnte.

Ich meine, man verliert dreißig- bis vierzigtausend Hautzellen pro Stunde, fast eine Million am Tag, achtzig Pfund des Körpergewichts pro Jahr – Massen von toten Zellen.

Was ist da eine Zelle?

Genug, um Penelopes Karriere als Chrononautin zu beenden.

Es kam nicht darauf an, dass die Zygote – unsere Zygote – ein einzelliger Organismus war. Sie modifizierte ihre genetische Zusammensetzung in einem unvertretbaren Maß. Anhand der täglichen medizinischen Scans wurde eine hyperpräzise Vorhersagekarte aller physiologischen Zyklen im Team der Chrononauten erstellt. Selbst eine einzige zusätzliche Zelle deformierte dieses Modell und verfremdete Penelopes einzigartige DNA-Matrix.

Penelope bestand auf dem sofortigen Abbruch der Schwangerschaft. Es *gab* ja kaum etwas abzubrechen – nur eine einzige lausige Zelle. Eine pharmazeutische Drohne konnte sie mit einer zehn Sekunden dauernden Prozedur von jeder Spur befreien, die ich in ihr hinterlassen hatte.

Irrelevant. Protokoll ist Protokoll. Hier geht es um Zeitreise. Der menschliche Körper ist so komplex, so dornenreich, die Instrumente sind so fein abgestimmt, die Energien, die im Spiel sind, so machtvoll – es ist zu kompliziert, zu gefährlich, zu wichtig. Selbst bei einem sofortigen Abbruch hätten sich in ihrem Körper bereits winzige, aber messbare biologische Veränderungen vollzogen. Ihr Kreislauf müsste von den Toxinen gesäubert werden, die zum Schwangerschaftsabbruch verwendet worden waren. Man würde ein Diagnoseprogramm starten und die neuen medizinischen Scans mit den alten korrelieren müssen, um sicherzustellen, dass diese Billionen-Dollar-Mission nicht durch einen unerwarteten Zwischenfall aus der Bahn geworfen wurde.

Na ja, so *unerwartet* wie die Tatsache, dass die leitende Chrononautin ungeschützten Sex mit dem idiotischen Sohn des Genies hatte, das die ganze Sache erfunden und zahllose Interessenten aus Wirtschaft, Politik und Wissenschaft überzeugt hatte, gewaltige Summen in seinen großartigen Plan zu stecken.

Selbst wenn sie den Start um die zwei Monate hinausschieben *könnten*, die es dauern würde, um sicher zu sein, dass Penelope einsatzbereit war – sie würden es nicht tun. Es handelte sich hier um eine mit öffentlichen und privaten Mitteln finanzierte Initiative. Vollständige Transparenz war unerlässlich. Mein Vater konnte diesen Sachverhalt nicht vor den Investoren verbergen. Und niemand würde nach einer solchen Fehlentscheidung noch mit Penelope einverstanden sein.

Nein, für Penelope war es aus. Sie würde niemals in der Zeit zurückreisen.

Der ganze Sinn eines Backup-Teams besteht darin, die Kontinuität der Mission zu gewährleisten. Für den Fall, dass es aus irgendeinem Grund notwendig werden sollte, ein Mitglied des ersten Teams von seinen Pflichten zu entbinden, wurde ein Ersatzpartner ausgebildet, auf Herz und Nieren untersucht, gescannt und einsatzbereit gemacht.

Penelope gehörte nicht mehr zum ersten Team. Und ich war ihr Notfallpartner. Was bedeutete, dass ich den Vorschriften entsprechend ihren Platz bei der Mission einnehmen würde.

31

An Penelopes Angriff erinnere ich mich nicht. Ich erinnere mich nur an ihren Gesichtsausdruck. In meinen Fantasien hatte sie sich in mich verliebt, aber das Einzige, was ich in ihrem Blick sehen konnte, war Hass, eiskalt und weißglühend. Das hätte ich absichtlich getan, kreischte sie. Ich hätte ihren Platz bei der Mission haben wollen. Das alles sei der Plan eines kranken Hirns, und damit dürfe ich nicht durchkommen.

Ist es verrückt, dass ich mich irgendwie geschmeichelt fühlte? Weil sie mich für gerissen genug hielt, um einen Plan von so brillanter Schmutzigkeit auszuhecken? Bedeutete das, sie war irgendwie *beeindruckt* von mir, und letzten Endes würde so etwas wie emotionale Alchemie den ganzen Hass in Liebe verwandeln? Wir schufen ein ganz neues Leben zusammen, und auch wenn es ein Unfall gewesen war, musste da doch etwas Bedeutsames und Verbindendes in diesem buchstäblichen Band sein … oder?

Die Tatsache, dass mir dieser Schwachsinn durch den Kopf ging, während Penelope versuchte, mich mit bloßen Händen zu erschlagen, und die Medizintechniker sich mit den Armen rudernd bemühten, sie zurückzuhalten, war ein hinreichender Beweis dafür, dass ich nicht gerissen genug war, einen solchen Plan auszuhecken, geschweige denn zu realisieren – sie zu verführen und zu schwängern, um ihren Platz bei der Mission einzunehmen.

War ihr klar, dass mir die Mission völlig egal war? Ich *hasste*

Zeitreisen. Mein Vater war davon besessen, nicht ich. Als Zweitbesetzung war ich nur dabeigeblieben, um in ihrer Nähe zu sein. Ich glaube, keiner von uns beiden kannte den anderen wirklich.

Aber die Biologie braucht keine Seelenverwandten, um ihren Geschäften nachzugehen.

Die Security stürmte herein, riss Penelope von mir weg und trug sie hinaus. Die Medizintechniker machten sich mit ihren Hautregenerationslampen über meine geringfügigen Kratzwunden her, und ich saß da und starrte einen Bildschirm an der Wand an. Das Bild zeigte etwas Rundes mit unscharfen Rändern und einer kleinen Delle an der Oberseite.

Das war die Zelle in Penelope. Unsere Zelle.

32

Penelope und ich saßen im Büro meines Vaters, und sie berichtete ihm mit taktlosen, medizinischen Begriffen, was in der vergangenen Nacht passiert war, welche Schritte sie unternehmen würde, um es aus der Welt zu schaffen, und dass sie immer noch die Idealbesetzung für die Leitung des Missionsteams war.

Zu hören, wie die Person, mit der du letzte Nacht geschlafen hast, deinem Vater das ganze Erlebnis schildert, während du wie ein unartiger Schuljunge danebensitzt, war höllisch unbehaglich, aber *viel* schlimmer war es, Penelope mit morbidem Interesse dabei zuzusehen, wie sie versuchte, die demütigende Situation ins Gegenteil zu wenden. Das Furnier ruhiger Rationalität, mit dem sie sich umgab, nachdem das Security-Team sie zehn Minuten zuvor um sich tretend und kreischend aus dem medizinischen Zentrum geschleift hatte, war so schmerzhaft spröde, dass es mir schwerfiel, mit ihr in einem Raum zu sein.

Es war eine bemerkenswerte Wendung, wenn man bedachte, dass ich mir noch elf Minuten zuvor nichts anderes auf der Welt gewünscht hatte, als mit ihr im selben Raum zu sein, in irgendeinem Raum, irgendwo.

Mein Vater hörte zu. Er hatte uns den Rücken zugewandt und starrte durch das Panoramafenster auf die Plattform, auf der der Chrono-Spatiale Transport-Apparat stand. Die *Zeitmaschine*. Der großen Uhr gingen die Zahlen aus: noch siebenundfünfzig Minuten bis zu dem Augenblick, den mein Vater vor einem Jahr mit großem Tamtam bekannt gegeben hatte. Ein Trupp Techniker stand unbeholfen herum und wartete auf Anweisungen, während sie eigentlich bei den letzten Vorbereitungen für den Start sein sollten.

Ich weiß noch, dass ich dachte, was für ein Beschiss das alles war. Ich wusste genau, mein Vater hatte die Maschine so gebaut, dass sie von einer einzelnen Person betrieben werden konnte. Die Techniker waren nichts als Show, damit die Investoren das Gefühl hatten, sie kriegten etwas für ihr Geld. Klar, jeder dort auf der Plattform hatte eine bestimmte Aufgabe, aber sämtliche Funktionen waren automatisiert. Wenn die Berechnungen derart präzise sind, ist jede menschliche Intervention ein Risiko. Mein Vater hatte immer geplant, selbst am Steuerpult zu sitzen. Er war der Einzige, dem er zutraute, alles richtig zu machen.

Das sind die Dinge, die dir durch den Kopf gehen, wenn deine Zukunft vor deiner Nase in Stücke geht.

Mein Vater unterbrach Penelope in ihrem wilden Monolog. Er verstehe ihren Standpunkt, sagte er, aber darauf komme es nicht an. Chrononauten benötigten ein klares Urteilsvermögen unter intensivem Druck, wenn selbst ein scheinbar bedeutungsloser Fehler zu katastrophalen Resultaten führen konnte. Mit der Tatsache, dass sie ausgerechnet an diesem Tag einen so entsetzlichen persönlichen Fehltritt begehen konnte, war ihre Teilnahme beendet. Man könne ihr nicht vertrauen, sagte er. Sie sei nicht vertrauens*würdig*.

Verdattert erklärte Penelope, es sei ja sehr praktisch, dass ich jetzt ihren Platz einnehmen würde – sein eigener Sohn. Da sah mein Vater mich an, und in seinem Blick lag absoluter *Abscheu*. Es sei völlig ausgeschlossen, sagte er, dass er mich mit der Mission beauftragen würde. Das Experiment sei auf unbestimmte Zeit ausgesetzt.

Und das war der Tag, auf den mein Vater drei Jahrzehnte lang hingearbeitet hatte.

Ich sagte gar nichts, aber ich glaube, mein Gesichtsausdruck genügte, um ihn an die Decke gehen zu lassen. Nach zweiunddreißig Jahren des kühlen Desinteresses bekam ich die Hitze seiner Wut zu spüren. Als Kind hatte ich mir immer nur gewünscht, ihm möge so viel an mir liegen, dass er wütend wurde, aber jetzt flutete diese aufrichtige Wut einfach über mich hinweg. Seine Augen waren wässrig auf eine Weise, die ich noch nie bemerkt hatte. Die Haut unter seinem Kinn schwabbelte. Seine Stimme wurde um eine Oktave höher, als er anfing zu schreien, und irgendwie unterhöhlte sie den Donner seiner Wut.

Der Kern dessen, was er schrie, war dies: Er wünschte, ich wäre nie geboren worden.

Alles wäre besser, wenn es mich nicht gäbe. Lustlos, ziellos. Nutzlos – mein Leben habe keinen Wert. Und schlimmer noch, ich hätte das Leben derer ruiniert, die besser seien als ich. Nämlich *seins* und in einem sehr viel geringeren Maße auch Penelopes. Meine Mutter könne von Glück sagen, dass sie gestorben sei, ehe die wahre Ungeheuerlichkeit meines Versagertums ans Licht gekommen sei.

Ganz plötzlich begriff ich: Mein Vater glaubte, bei dem, was ich mit Penelope gemacht hatte, sei es um *ihn* gegangen. Es sei ein Akt der vatermörderischen Aggression gewesen. Penelope Weschler war seine Gesalbte, unsere Missionsleiterin, die Chrononautin, mit der alle anderen verglichen und für zu leicht befunden wurden, und in der Nacht vor dem Experiment, das sein wissenschaftliches Vermächtnis auf den Sockel stellen sollte, gehe ich nicht nur mit ihr ins Bett, sondern schwängere sie auch noch. Als ob ich sie *für mich* in Besitz nehmen wollte.

Um ehrlich zu sein, ich war nie auf die Idee gekommen, dass

tief unter meinem sehnsüchtigen Verlangen die dornige Wurzel der Rache vergraben sein könnte. Nein, das war sogar für meine Verhältnisse zu verkorkst. Deshalb, verdammt, war ich *total stinkwütend.* Weil – *natürlich* versuchte mein arroganter, egozentrischer, humorloser Vater, es mir wegzunehmen und für sich zu beanspruchen. Vielleicht finden wir gerade die Wahrheiten am anstößigsten, die wir nicht zugeben können.

Ich entschied, dass es an der Zeit war, die fundamentale Frage meines Lebens zu stellen.

»Warum hast du mich eigentlich in die Welt gesetzt?«

»Weil ich zu arbeiten hatte«, sagte mein Vater. »Und deine Mutter war einsam.«

Der heutige Tag sollte in die Geschichte der Menschheit eingehen. Und das tat er auch. Es war der Tag, an dem mein Vater endlich ehrlich zu mir war.

Ich saß da und hörte seinen Tiraden zu, während die Frau, die ich liebte, sich auszurechnen versuchte, wie sie das Ganze zu ihrem Vorteil wenden könnte, und ich fühlte mich tatsächlich wie auf einer Zeitreise, als reiste ich zu jedem Augenblick in meinem Leben zurück, in dem mein Vater hätte wütend auf mich sein können. In dem er *irgendetwas* hätte sein können. Es war wie ein flüchtiger Blick darauf, wie es gewesen wäre, wenn ich mit diesem Vater aufgewachsen wäre, mit dem ehrlichen, und nicht mit dem Lügner, dem Genie, dem Geist.

Als ich für neunzehn Tage von zu Hause weglief, war es *das* gewesen, was ich gewollt hatte. Stattdessen machte meine Mutter mir ein gegrilltes Käsesandwich und weigerte sich, irgendetwas von alldem zu besprechen. Mein Vater schlenderte in die Küche, ohne auch nur zur Kenntnis zu nehmen, dass ich wieder da war, nahm sich das Sandwich in der Annahme, es sei für ihn, und verschwand in seinem Arbeitszimmer, um es hinter der geschlossenen, schweren Tür zu essen. Meine Mutter weinte, und ich nahm sie in die Arme und bat immer wieder um Verzeihung.

Irgendwann versiegte das Gift meines Vaters, und Penelope versuchte, das Gespräch wieder auf die Bedeutung zurückzubringen, die sie für das Projekt immer noch haben könnte.

»Sie haben mit meinem Sohn geschlafen«, sagte mein Vater. »Sie werden niemals an diesem oder irgendeinem anderen Projekt teilnehmen. Alle Welt wird erfahren, was Sie getan haben. Für Sie ist es aus.«

»Aber diese Mission bedeutet mir alles«, sagte Penelope. »Bitte, Dr. Barren …«

»Um Himmels willen, nennen Sie mich doch Victor«, sagte er. »Da Sie ja jetzt nicht mehr für mich arbeiten.«

Ich weiß nicht, wollte er sie verletzen oder wirkte der äußere Strahlenkranz seines Zorns ätzend auf alle, die sich in seine Nähe wagten – jedenfalls schaltete sich etwas in ihr einfach ab. Sie war wie betäubt, die Züge bleich und erschlafft, die Augen glasig und stumpf. Sie hatte verstanden.

Mein Vater befahl ihr, einen letzten Bericht einzureichen, und informierte seine Investoren, dass das Experiment wegen eines unglückseligen Personalproblems auf unbestimmte Zeit verschoben worden sei.

Er tat es tatsächlich. Er cancelte die erste Reise zurück in die Zeit. Auf den besten Tag meines Lebens folgte der schlimmste Tag meines Lebens. Alle würden es erfahren. Alle würden auf ewig davon wissen.

Penelope ging ohne ein weiteres Wort. Ich stand auf und wollte auch gehen, aber er sagte, er sei noch nicht fertig mit mir. Er war nicht mal mehr wütend. Es war, als hätte er mit dem letzten Hieb gegen Penelope sein Gift verschossen und könnte sich jetzt wieder distanziert und überlegen geben. Er redete und redete und zählte die Kaskaden von Enttäuschungen auf, mit denen ich ihn im Laufe der Jahre überschüttet hatte: meine wenig beeindruckenden akademischen Leistungen, mein Mangel an persönlichem Interesse, meine lustlose berufliche Entwicklung, meine Unfähigkeit, wenigstens eine einzige gesellschaftlich, kulturell oder auch politisch bedeutsame Beziehung zu unterhalten. Ich muss gestehen, ich war überrascht, dass er sich an all das erinnerte, denn normalerweise nahm er kaum zur Kenntnis, dass ich mit ihm im selben Zimmer war.

Und dann ging mir ein Licht auf, das mich fast zur Explosion brachte.

Penelope würde keinen Bericht einreichen. Sie hatte nichts mehr zu sagen. Sie ging woanders hin, und sie war schon unterwegs.

33

So genial mein Vater auch war, er hatte keine Ahnung, warum ich plötzlich zur Tür stürzte. Er hatte nicht durchschaut, was Penelope tun würde.

Ich rannte den Flur hinunter, verrenkte mir den Knöchel, als ich zu schnell um eine Ecke bog, prallte hart genug gegen eine Wand, um einen blauen Fleck zu kassieren, und polterte die Treppe hinunter. In meinem Fuß loderte der Schmerz. Ich wusste, dass ich recht hatte, denn ich hörte das vertraute *basso profondo*-Summen schon, als die Tür sich öffnete, die in den hohen Saal mit den Defusionssphären führte.

Eine der Sphären war aktiv.

Wie angewurzelt stand ich da, und mein Kopf war leer wie nie zuvor. Vielleicht hatte Penelope sich so gefühlt, als sie im Weltraum war. Ich hörte, wie Leute auf rutschenden Sohlen hinter mir hereinstürmten, und Techniker riefen durcheinander, weil die Sicherheitsprozedur nicht eingehalten worden war. Die Alarmsirene plärrte los wie an dem Tag, an dem Penelope und ich einander zum ersten Mal nackt gesehen hatten. Aber das war der Anfang von etwas gewesen, und dies hier war das Ende.

Penelope kam aus der Defusionssphäre. Nur dass die Einstiegsluke noch geschlossen war. Sie ging geradewegs hindurch. Was unmöglich hätte sein sollen, weil die Defusionssphäre aus einem Material von hoher Dichte bestand, das die Immaterialität unterdrückt. Das tat es zumindest innerhalb sicherer Dosierungsparameter. Niemand hat je gesehen, was bei unsicherer Dosierung passiert.

Deshalb verstummten alle, als Penelope herausstieg. *Hindurchstieg.*

Sie sah nicht anders aus als sonst. Sie schimmerte gespenstisch, wie man es im immateriellen Zustand tut, als könnten die stofflosen Moleküle der äußersten Hautschicht mit den kohärenten Molekülen der Umgebungsluft nicht richtig interagieren. Aber davon abgesehen sah sie aus wie immer.

Nur dass niemand sie berühren oder festhalten oder in die Defusionssphäre zurückschieben konnte. Es war gleichgültig, wie sehr jemand schrie und rief und sie anflehte, es nicht zu tun. Es spielte keine Rolle, wie klar jemandem in diesem Augenblick wurde, dass all das, von dem er nie gewusst hatte, dass er es sich wünschte, in Stücke zerfiel. Es spielte keine Rolle, dass mindestens eine Zelle in dem Geist, der einmal ihr Körper gewesen war, zur Hälfte jemand anderem gehörte.

Es spielte keine Rolle, denn was ich wollte, war immateriell.

Wir hätten so vieles tun können. Wir hätten ein neues Leben in diese Welt der Wunder bringen können, und dieses Leben hätte uns beide verändern, uns besser machen, die zerbrochenen Uhren in unseren Hirnen reparieren können, die uns nicht glücklich sein ließen, als das Glück in Reichweite war. Da war nicht nur ein *Wer* in ihr, sondern auch ein *Wo*, ein Ort, an dem wir beide endlich hätten frei von den Leuten sein können, die wir nie hatten sein wollen, denn das ist der Zaubertrick beim Erschaffen neuen Lebens: Es nimmt jede schlechte Entscheidung, die du bis dahin getroffen hast, und macht sie zu einem notwendigen Schritt auf dem tückischen Pfad, der dich nach Hause gebracht hat. Für einen kurzen Moment hatte ich ein Zuhause. Es hatte die Größe einer einzelnen Zelle, aber da passte alles hinein, was ich mir je gewünscht hatte.

Ich sackte zu Boden und starrte sie nur an. Penelope starrte zurück.

Sie legte die Hand auf ihren Bauch. Ich denke gern, dass dies der Augenblick war, als sie es sich anders überlegte und beschloss, unser Kind zu bekommen und eine Familie zu gründen.

Aber natürlich war es zu spät. Selbst wenn sie in die Defusionssphäre zurückflüchten und den Prozess umkehren wollte, sie konnte sich nicht mehr bewegen. Sie war aus dem Leim gegangen. Ihre Neuronen waren nicht mehr fähig, ihre Muskeln zu befeuern, ihre Muskeln konnten ihre Knochen nicht mehr herumreißen, ihre Knochen waren keine Knochen mehr, und ihr Herz, sein Herz, das Herz unseres Babys, würde niemals in dem schlagen, was nicht mehr ihr Leib war.

Sie trieb vor meinen Augen auseinander. Sie beide. Sie trieben auseinander vor meinen Augen. Ihre Hand auf dem Bauch. Ihre Augen, erstarrt in Entsetzen, Reue, Trauer. Genau wie meine.

Ich wollte mir jede Kontur ihres Körpers einprägen, solange sie ihre Form noch hatte, aber es war mir unmöglich, den Blick von ihren Augen zu wenden. Ihre Moleküle wehten in alle Himmelsrichtungen davon, durch die Wände, die Decke, den Boden, bis nichts mehr da war.

34

Man kann nicht sagen, dass alles in meiner Welt vollkommen war. Die Menschen waren auch dort verkorkst durch Ängste und Stress und entgleiste Neurochemie. Der Gebrauch von Pharmazeutika grassierte. Statuspanik desgleichen. Macht korrumpierte immer noch, Untreue tat immer noch weh, Ehen zerbrachen immer noch. Liebe blieb unerwidert. Die Kindheit konnte Spielplatz und Verlies sein. Manche Menschen sind einfach anlagebedingt schlecht im Bett, und auch der größte Aufwand an interaktiver Pornografie kann daran nichts ändern.

Aber in der Welt, die auf der unbegrenzten Energie der Goettreider-Maschine erbaut war, war Öl irrelevant, die grundlegenden Ressourcen waren reichlich vorhanden, und jedermann hatte Zugang zu allen möglichen technologischen Hilfen, großen wie kleinen. Nicht jeder entschied sich für ein Leben in unserer globalen Techno-Utopie, und es war nicht so, als hätte es zwischen einzelnen Ländern nicht angespannte Meinungsverschiedenheiten und diplomatisches Imponiergehabe gegeben, aber die Waffentechnik war so hoch entwickelt und das Leben so behaglich, dass es seit drei Jahrzehnten keinen richtigen geopolitischen Konflikt mehr gegeben hatte. Worum hätte man kämpfen sollen?

Tut mir leid, wenn sich das ein bisschen kulleräugig oder schlicht anhört, aber es war, wie es war.

Wissenschaftliche Entdeckungen waren der beherrschende gesellschaftliche Motivator, denn angesichts ungeheurer Ressourcen konnten auch die obskursten Theorien verfolgt werden. Religion spielte in der öffentlichen Sphäre kaum eine Rolle. Hunderte Millionen Leute waren immer noch religiös, aber das war eher eine kulturelle Manieriertheit wie Volkstanz und Piroggen.

Die Moral versackte nicht im Nihilismus. Die Menschen waren freundlich, die Menschen waren grob, die Menschen waren großzügig, die Menschen waren habgierig, sie waren mutig und feige, verständnisvoll und begriffsstutzig, selbstaufopfernd und selbstzerstörerisch, eigensinnig und entspannt, glücklich und betrübt. Man konnte immer noch in eine Prügelei geraten, wenn man in der falschen Bar zu der falschen Person das Falsche sagte. Beschädigte Menschen trafen manchmal schlechte Entscheidungen. Kluge Leute begingen manchmal Dummheiten. Aber jeder, der wollte, hatte einen Platz auf der Welt.

Was ist Religion? Was Philosophie? Was Kunst? Eine Frage. *Warum?*

Wenn man in einer elenden Welt der systemischen Ungleichheit und toxischen Not lebt, ist die Antwort unfasslich und unbefriedigend. Und es gibt immer einen Grund, etwas, das schuld an allem ist. Wegen der menschlichen Natur. Wegen des Geldes. Wegen der Regierung. Wegen der magischen Marionettenspieler, die uns von ihrem himmlischen Bau aus manipulieren. Die Gründe können das *Warum* nie wirklich beantworten.

Der existentielle Unterschied zwischen meiner Welt und dieser hier ist der, dass der Grund da, wo ich herkomme, auf der Hand liegt. Man braucht sich nur umzusehen. Niemand musste fragen, *warum*. Die Antwort war offensichtlich. Wir waren glücklich. Unsere Aufgabe war es, das in Gang zu halten und es, wenn wir irgendwie dazu beitragen konnten, ein winziges bisschen besser für die zu machen, die nach uns kamen, wie es die getan hatten, die uns vorausgegangen waren.

Ja, ich weiß, das ist eine ziemlich gute Arbeitsdefinition von Ideologie: ein Glaubenssystem, das so allumfassend ist, dass Fragen nicht mehr gestellt werden können.

Es war nicht perfekt. Fehler wurden begangen. Unfälle passierten. Ambitionen wurden vereitelt. Menschen wurden verletzt. Mütter starben. Söhne konnten nicht verstehen, warum ihre Väter sie nicht liebten. Frauen wurden schwanger und wollten das Kind nicht behalten. Selbstmorde wurden begangen.

Aber es war eine gute Welt, eine geistig gesunde Welt mit Milliarden von Menschen, die ein lohnendes Leben führten, die einen selbstsüchtig, die anderen selbstlos, die meisten beides ein bisschen. Keiner von ihnen hatte verdient, was ich ihnen angetan habe.

35

Ich wachte in einem Krankenhaus auf. Meine Gedanken waren schwammig und ungeordnet. Zuerst dachte ich, ich wäre taub, aber das war nur die Schalldämmung des sterilen Genesungskubus. Meine Augen brauchten eine ganze Weile, um wieder scharf zu sehen, als würden die Lichtwellen, die sich durch meine Sehnerven hereinschlängelten, unterwegs zerfranst. Ich musste denen eine Heidenangst eingejagt haben, dass sie mich so sehr mit ihren Drogen vollgepumpt hatten. Vielleicht kam alles, was danach passiert ist, nur daher, dass die Ärzte sich mit der Dosierung vertan hatten. Vielleicht hatten die Neuralscanner meine endokrinen Level falsch gemessen. Vielleicht war überhaupt keine meiner folgenden Entscheidungen wirklich eine Entscheidung.

Aber andererseits, ist denn irgendeine unserer Entscheidungen wirklich eine Entscheidung? Das Gehirn ist ein trübes Gewitter, das knatternd in drei Pfund nassem Fleisch herumwirbelt. Gibt es so etwas wie bewusste Entscheidungen überhaupt, oder ist alles nur eine instinktive Reaktion, aufgepeppt mit deformierter Logik?

Das sind Fragen von der Art, die ich ganz gewiss *nicht* stellte, als der chemische Dunst verflog und die bleierne Wirklichkeit zurückkehrte. Penelope fort. Unsere Zelle fort. Das Genie meines Vaters ruiniert. Sein Labor verlassen. Die Mission auf unbestimmte Zeit verschoben. Das ganze Team – Chrononauten,

Techniker, Berater, mein Vater –, alle separiert in kommunikationssicheren Suiten, während die Anwälte sich für die erforderliche Untersuchung versammelten und schon rechtliche Sanktionen kommen sahen, geschwärzte Namen, staatliche Razzien, Unternehmensprüfungen und einen Rückschlag für das gesamte Gebiet der Zeitreise um eine Generation.

Erstaunlich, wie viel Schaden ein einziger Penis anrichten kann.

36

Da, wo ich herkomme, haben die Menschen ein anderes Verhältnis zu den Behörden. Lebensmittelsynthesizer, Kleidungsrecycler und gigantische, miteinander verbundene Wohntürme bedeuteten, dass niemand Essen, Kleidung und Unterkunft entbehren musste. Eigentumsdelikte kamen praktisch nicht mehr vor, denn alles war codiert und konnte nachverfolgt werden. Selbst wenn man etwas klaute, konnte man es weder benutzen noch wegschaffen. Geisteskrankheiten und Drogenmissbrauch existierten wohl, aber sie fielen in die Zuständigkeit des Gesundheitssystems. Drogen konnte man sich in einer lokalen Behandlungseinrichtung selbst synthetisieren, und so konnte man eine Schaumverstärker-, eine Binär-Süße- oder eine Morphocain-Sucht entwickeln und unter der Brücke schlafen, wenn man das wirklich wollte, aber das tat niemand.

Die Welt war einfach nicht rebellisch. Vielleicht klingt das lahm und zu wenig nach Punkrock, aber Punkrock gab es in meiner Welt überhaupt nicht. Punkrock war nicht erforderlich.

Das soll nicht heißen, dass die Entropie das System niemals in Unordnung stürzte, aber wenn das geschah, warteten die meisten Leute geduldig darauf, dass die Behörden ihren Kram wieder in den Griff bekamen, sodass wir alle weiterhin in Sicherheit, Luxus und Wohlstand leben konnten. Für all unsere materiellen Bedürfnisse sorgten aufmerksame Konzerne mit einem ausgezeichneten Kundendienst, und die gewählte Regierung war hauptsächlich zuständig für die Rechtsaufsicht, die öffentliche Sicherheit, internationale Handelsbeziehungen und Katastrophenschutz. Die Menschen hatten Vertrauen zum System.

Darum war es kein Problem, einfach aus der Klinik zu spazieren, auch wenn ich mich nach der Entlassung formal gesehen in Polizeigewahrsam hätte begeben müssen. Niemand war da, der mich aufhielt, denn in dieser Gesellschaft verstieß niemand absichtlich gegen die Vorschriften.

Im schalldichten Genesungskubus zu liegen sollte ein Gefühl samtener Ruhe hervorrufen. Aber als ich mit meinen Gedanken allein war, fühlte ich mich eher, als läge ich lebendig begraben in einem Sarg. Mein Hirn wies jede geordnete Einschätzung meiner Situation zurück, als hätte es sich abgeschaltet, um nicht kontaminiert zu werden. Kann das Hirn eine Kruste über eine Erinnerung wachsen lassen, wie die Haut es bei einer Wunde tut? Verdammt, mein Hirn würde es jedenfalls versuchen.

Ich öffnete den Kubus und sah mich in dem engen, fensterlosen Raum um, in dem er stand. Eine Wache war nicht da. Niemand wäre auf den Gedanken gekommen, ich könnte eine Wache brauchen. Ich rekonstituierte meine Kleidung und spazierte den Gang hinunter. Die Medizintechniker waren mit Patienten beschäftigt, und diejenigen, die mich trotzdem sahen, nahmen an, ich verließe das Krankenhaus, weil es mir erlaubt worden sei. Meine Gelassenheit war keine Coolness unter Druck. Die Ursache war akuter Schock. Mein Blut kochte wie Lava. Mein Herz spuckte Feuer. Aber der ganze Schmerz, der meine Nerven brennen ließ, fand nicht den Weg in mein betäubtes Hirn.

Vor dem Krankenhaus lag ein weitläufiger Platz mit Hovercar-Landeslots, Transitkapseldocks und Teleportationsplattformen. Hunderte von Leuten liefen durcheinander. Sie waren auf dem Weg zur Arbeit, wollten Patienten besuchen oder Untersuchungen machen lassen, sie brachten Ehepartner her und holten Verwandte ab, schwatzten mit Kollegen, plauderten mit Freunden und flirteten mit Fremden – ein Fraktalknoten des Alltags. In der Nachmittagssonne ahnte niemand etwas von meiner Vernichtung.

Ich schaute hinauf zum Verkehrsnetz der Hovercars, die über mir vorbeisausten. Weil man sie von unten genauso oft sieht wie von oben, wird die Unterseite der Hovercars ebenfalls sehr ansehnlich gestaltet. Die schlanken Rippen der irisierenden Rohrleitungen und die runden Verkleidungen der Antigravitationsmaschinen schimmerten mit verhaltener Kraft. Mir wurde plötzlich bewusst, dass ich mich nicht erinnern konnte, was aus dem Fahrer des Hovercars geworden war, das meine Mutter umgebracht hatte. Ich konnte mir sein Gesicht nicht vor Augen und seinen Namen nicht ins Gedächtnis rufen. Waren die Insassen auch verletzt worden? Im selben Krankenhaus behandelt, das ich soeben verlassen hatte? Waren sie auf der Beerdigung gewesen, verlegen am hinteren Rand der Menge, ohne recht zu wissen, ob sie persönlich ihr Beileid zum Ausdruck bringen oder stumm und demütig an der Peripherie bleiben sollten? Was empfanden sie bei dem, was sie meiner Familie angetan hatten? Ihre Anwesenheit war wie ein Schatten, den eine Lichtspiegelung warf, die Anwesenheit dieser Person, die mein ganzes Leben verändert hatte und die ich völlig vergessen hatte.

Ich lächelte liebenswürdig jedem zu, dem ich begegnete, als ich den Platz überquerte und in eine Transitkapsel stieg.

Ich hätte nicht erklären können, was ich tat. Ich hatte keinen Plan. Ich war wieder zwölf Jahre alt und wollte weglaufen. Irgendwohin, wo niemand mich jemals finden würde.

37

Ich fuhr in meine Wohnung zurück. Dass die Polizei mich suchen könnte, befürchtete ich nicht, daher blieb ich im überwachten öffentlichen Raum und betrat das Gebäude am helllichten Tag durch den Vordereingang. Ich wollte mich nicht verstecken. Ich wollte weglaufen. Das war ein Unterschied.

Zu packen brauchte ich nicht, aber ich wollte mich körperlich reinigen und meine Kleidung rekonstituieren. In meinem Schlafzimmer entdeckte ich es – ein Haar von Penelopes Kopf. Es genügte, um eine genetisch akkurate, androide Sexpuppe mit geschmeidiger Haut, einem warmen Inneren und einer nachsichtigen, künstlichen Intelligenz zu produzieren, die tun würde, was immer ich wollte und wann immer ich es wollte, und sie würde aussehen wie Penelope.

Und wenn diese Möglichkeit allzu mühelos und nicht spontan genug wäre, könnte ich mich in einer Partnerbörse einloggen und eine Fremde finden, die bereitwillig mit digitalem Make-up herüberkäme – mit einer virtuellen Echtzeit-Bildprojektion auf dem Gesicht. Sie könnte aussehen, wie ich wollte – wie ein Tiger, wie ein Delphin oder wie eine Gans, wenn mich das anmachte –, aber sie wäre ein lebendes, unberechenbares menschliches Wesen, das dieses Rollenspiel aus eigenen kuriosen Gründen als Erfüllung empfand.

Oder ich könnte ein Bild von Penelope in einen der zahllosen Dating-Algorithmen einscannen und eine Frau finden, die möglichst große Ähnlichkeit mit ihr hätte. Der könnte ich sagen, was immer ich sagen müsste, um sie dazu zu bringen, sich in mich zu verlieben, und ihr zusätzliche Pheromongaben verabreichen, die auf dem Schwarzmarkt erhältlich waren, um eine hormonelle Bindung zwischen uns herzustellen. Vielleicht könnte ich sogar ihr Selbstvertrauen stetig so weit unterminieren, dass sie die kosmetische Operation schließlich für ihre eigene Idee hielte, und dann könnte ich sie heiraten, und wir könnten ein Kind bekommen, und ich könnte alt werden mit einem Simulacrum des Lebens, das sich vor meinen Augen aufgelöst hatte.

Ich will damit sagen, es gab einen Augenblick, in dem sich andere Optionen präsentierten. Keine klugen Optionen. Unvernünftige Optionen, verrückte, verdrehte, selbstzerstörerische Optionen. Aber Optionen, deren Konsequenzen unmittelbar auf meinen eigenen emotionalen Radius beschränkt waren. Es wäre mein Ding gewesen, und dabei hätte ich es belassen können.

Aber das tat ich nicht.

Hätte ich genug Zeit gehabt, dann hätte ich vielleicht einfach nach vorn geschaut. Ich hätte ein Loch gegraben, es darin verbuddelt und darauf etwas Neues gebaut. Aber ich hatte eine andere Zeit im Sinn.

38

Es war gespenstisch im Labor. Da ich normalerweise spät kam und früh ging, war ich daran gewöhnt, dass auffallend viel Betrieb herrschte. Aber jetzt war der Laden leer.

Mein Vater hatte seine Zeitreisemaschine so entworfen, dass sie elegant aussah und einfach zu bedienen war. Ein Idiot konnte sie benutzen. Oder ein zutiefst enttäuschender Sohn.

Wenn man eine Maschine baut, die fünfzig Leute benötigt, um sie zu betreiben, was passiert dann, wenn bei einer Reise in die Vergangenheit etwas schiefgeht? Angenommen, dem Team stößt etwas zu und das Leben seiner Mitglieder, die Zukunft des Projekts, die Zukunft von *allem*, hängt ab von einem verletzten oder desorientierten Überlebenden, der mit zitternden Fingern die Bumerang-Prozedur startet, die sie im Notfall in die Gegenwart zurückbefördern soll? So verschnörkelt komplex die Maschine, so absolut präzise die Kalibrierung auch sein mag, der Apparat selbst ist einfach zu bedienen, denn das muss er vielleicht einmal sein.

Keine Alarmanlage schrillte los, als ich am Eingang gescannt wurde. Wie gesagt, da, wo ich herkomme, arbeiteten die Behörden nicht so. Niemand würde zu verbrecherischen Zwecken in das Labor eindringen. Es gab keine geschäftliche Konkurrenz, keine wissenschaftlichen Rivalitäten. Mein Vater war ein Pionier auf einem Gebiet, auf dem wenige andere arbeiteten, und die, die dort arbeiteten, engagierte er.

Sogar vor dem gewölbten, hangarähnlichen Saal, in dem die Zeitmaschine stand, gab es keine zusätzliche Security. Man nahm an, niemand werde durch die Gleittür in die kühle, antiseptische Luft treten und vor dieser Maschine stehen bleiben, die Billionen gekostet hatte und Billiarden einbringen sollte, wenn er nicht einen guten Grund dazu hätte. Als die Anlage gebaut wurde, gehörten die derzeitigen Umstände – das Projekt suspendiert, die Teamleiterin tot, das Vermächtnis meines Vaters in Trümmern – nicht zu den langfristigen Projektionen.

Aber hier stand ich.

Der Chrono-Spatiale Transport-Apparat ist nicht besonders groß, wenn man bedenkt, was er tut. Eine zentrale Achse verbindet sechs ovale Kojen, in denen stählern glänzende Anschlussleitungen hängen, flankiert von leuchtenden Instrumententafeln, vibrierend vor Möglichkeiten.

Ich schaltete ihn ein.

Eine Maschine, die nie benutzt wird, ist wie ein Baby, das nie zur Welt kommt.

39

Lionel Goettreider hat die Zukunft, die er erfunden hat, nicht mehr erlebt. Er und die Sechzehn Zeugen des ersten Experiments waren innerhalb von drei Monaten tot, Opfer der unerwartet massiven Tau-Strahlung, die der Maschine entströmte, als sie das erste Mal eingeschaltet wurde. Goettreider konnte nicht vorhersehen, als wie machtvoll seine Erfindung sich erweisen würde. Oder wie tödlich für diejenigen, die dabei waren.

Ganz gleich, was die berühmten Gesichter in dem Augenblick, als die Zukunft aus Goettreiders Erfindung hervorbrach, zum Ausdruck brachten – Skepsis, Ehrfurcht, Bestürzung, Amüsiertheit, Eifersucht, Zorn, Nachdenklichkeit, Angst, Unbeteiligtheit, Besorgnis, Aufregung, Gelassenheit, Panik, Müdigkeit, Frechheit und Weisheit –, sie wurden allesamt tödlich verstrahlt. Hämatopoetische Degradation führte zu aplastischer Anämie, irregulärer Zellteilung, genetischen Verzerrungen, Verflüssigung im Gastro-Intestinalbereich und vaskulärem Kollaps, katastrophalen neurologischen Schäden, Koma, Gebet und Exitus.

Goettreider selbst war der Erste, der starb. Moses an der Grenze zum Gelobten Land. Die anderen folgten nach und nach, Märtyrer der Wissenschaft.

Wenn es da, wo ich herkomme, eine Religion gibt, ist es die Selbstopferung auf dem Altar der Wissenschaft. Lionel Goettreider gab sein Leben dafür, dass die Welt zu einem Paradies erblühen konnte, das er sich nicht hätte träumen lassen. Die

Tatsache, dass sein Opfer ein Versehen war, kann als poetisch gelten.

Die Entscheidung, zum 11. Juli 1965 zurückzukehren, war eine pragmatische, denn die Strahlungsspur, die die ursprüngliche Maschine hinterlassen hat, verbindet uns mit der Vergangenheit. Brotkrumen aus halb zerfallenen Atomen verbinden die Punkte zu einem Pfad, der zu den exakten Koordinaten in Raum und Zeit führt, auf denen meine Welt geboren wurde. Aber dieselbe Atomkette ist zugleich eine Spur des Blutes oder des Giftes oder der Poesie, denn dieselbe Strahlung war es, die Goettreider und die Sechzehn Zeugen tötete.

Das ist es, was die erste Goettreider-Maschine von jeder anderen unterscheidet und sie zu derjenigen macht, der wir durch Raum und Zeit folgen können: die mit dem verhängnisvollen Mangel, der bei späteren Modellen behoben werden konnte, dank des Opfers, das diese siebzehn Leute im heiligen Tempel unserer glorreichen Zukunft unwissentlich darbrachten.

Durch die Zeit zu reisen, um die Erschaffung meiner Welt zu sehen, ist nicht bloß ein wissenschaftliches Experiment der historischen Neugier. Es ist auch eine Morduntersuchung. Man erlebt die Geburt der Zukunft und den Tod der Person, die sie möglich gemacht hat.

Ich habe es immer geschätzt, dass dieser turmhoch aufragende Visionär gestorben ist, weil er sich unterschätzt hatte. Hätte die Maschine nicht eine so epochale Bedeutung gehabt, wäre Goettreider katastrophal gescheitert.

Was eine künstlerische Darstellung der Einschaltung interessant macht, sind nicht die Reaktionen der Sechzehn Zeugen – die im Laufe der Zeit formalisiert wurden –, sondern der Ausdruck, den der Künstler Lionel Goettreider in dem Augenblick verleiht, da er seine Erfindung auf die Welt loslässt. Skepsis? Ehrfurcht?

Bestürzung? Amüsiertheit? Eifersucht? Zorn? Nachdenklichkeit? Angst? Unbeteiligtheit? Besorgnis? Aufregung? Gelassenheit? Panik? Müdigkeit? Frechheit? Weisheit? Die Entscheidung des Künstlers bei diesem vielsagenden Detail sagt alles über sein Werk.

Der wahre Grund, weshalb mein Vater diesen spezifischen Augenblick aufsuchen wollte, war der, dass er Goettreiders Gesicht sehen wollte, *bevor* er seine Erfindung einschaltete. Er wollte wissen, ob er diesen Gesichtsausdruck vom Spiegel her kannte. Einfach gesagt, er wollte herausfinden, ob Victor Barren und Lionel Goettreider einander so ähnlich waren, wie er glaubte.

Da bin ich ebenfalls neugierig. Denn wie sich herausstellte, waren sie einander ähnlicher, als mein Vater es vorhersah. Genies, die sich in einem entscheidenden Punkt verrechneten, was unvorhersehbare Konsequenzen hatte, die alles beendeten, was sie kannten, und ihre Welt veränderten.

Für Goettreider war die Tau-Strahlung, die ihn tötete, der verhängnisvolle Mangel. Für meinen Vater war ich es. Ich war der verhängnisvolle Mangel.

40

Ich ging durch das leere Labor zum Umkleidebereich der Chrononauten, wo es private Umkleidekabinen und Spinde für unsere persönlichen Sachen gab. Ich öffnete Penelopes Spind. Viel war nicht drin. Ihr Skinsuit war in der versiegelten, sterilen Gelpackung, die dafür sorgte, dass er nicht durch irgendetwas kontaminiert wurde, bevor sie die Reise durch die Zeit antrat, die sie nun niemals antreten würde. Eine Zweituniform, säuberlich zusammengefaltet auf einem Bord neben einem Päckchen Extra-Haargummis für ihren gewohnten Pferdeschwanz. Und noch etwas – eine antike Taschenuhr.

Ich weiß nicht, wie lange ich so dastand, aber irgendwann schüttelte ein raues Schluchzen meinen Körper so heftig, dass ich mich hinsetzen musste. Ich hielt die Taschenuhr in der Hand und rieb das kühle Metall zwischen den Fingern.

Ungefähr sechs Wochen zuvor hatten wir eine Trainingssimulation zum Notfall-Bumerang-Protokoll der Zeitmaschine absolviert, um zu ermitteln, wie schnell wir es manuell einleiten konnten, sollten wir wegen eines Rechenfehlers im Weltraum stranden. Bei allen Versuchen rettete Penelope erfolgreich das gesamte Team. Ich schaffte es ein paar Mal, alle sterben zu lassen. In der Nachbesprechung erklärte Penelope mir, statt das Ganze als eine einzige, lebenswichtige Prozedur zu betrachten, zergliederte sie es in eine Serie von individuellen Aufgaben, die jeweils nur eine Sekunde dauerten, und zählte sie im Kopf ab, während sie sie erledigte. Dabei sei jede Sekunde eine separate Zeiteinheit – wie bei einer alten Uhr, die die Sekunden in gleichmäßigem Rhythmus heruntertickte.

Am nächsten Tag brachte ich die Taschenuhr mit, die ich mit meinen Freunden in der verlassenen Stadt gefunden hatte, und zeigte sie ihr, wie ein Hündchen seinem Frauchen einen Ball bringt. Sie funktionierte nicht, sagte ich, aber vielleicht könnte ich einen Techniker bitten, sie für mich zu reparieren.

»Tu das nicht«, sagte Penelope. »Entweder sie sind sauer, weil eine Zweitbesetzung ihnen die Zeit stiehlt, oder sie haben Angst, du erzählst es deinem Vater, wenn sie nein sagen.«

»Oh«, sagte ich. »Stimmt. Ja, natürlich.«

»Gib sie mir«, sagte sie. »Wenn ich sie bitte, es zu machen, werden sie gar nicht auf die Idee kommen, es als Gefälligkeit zu betrachten.«

Ich gab ihr die Taschenuhr und erwähnte sie nicht wieder. Wenn sie sich überhaupt an dieses Gespräch erinnerte, dachte ich mir, würde es für sie kaum Priorität haben.

Die Taschenuhr tickte in meiner Hand. Sekunden wurden zu Minuten und zu Stunden, als ich dasaß und mich fragte, was es bedeutete, dass Penelope sie hatte reparieren lassen und sie mir dann nie zurückgegeben hatte. Ich legte sie wieder in ihren Spind und schloss die Tür. Dann öffnete ich meinen eigenen Spind, zog mich aus, riss die Gelpackung auf und zog meinen Skinsuit an. Ich wusste, was ich tun musste.

Ich würde sein, was sie nicht mehr sein konnte. *Der Erste.*

41

Es gibt immer noch so vieles auf der Welt, aus der ich komme, das ich Ihnen noch nicht erzählt habe.

Die Luft. Sie ist nicht wie hier. Sie ist schwerelos und leicht, als wäre man mit einem Boot auf einem endlosen See, nicht auf dem Ozean mit seinem scharfen Algenduft, sondern in einer reinen, süßen Leere. Nach 1970 brauchte niemand mehr Kohlenstoff zu verbrennen, und deshalb war die Atmosphäre frei von den beißenden, öligen Überresten. So etwas bemerkt man nur, wenn man etwas anderes gewohnt ist – wie ein Süßwasserfisch, den man ins Meer wirft, wo ihm das Salz die Kiemen verätzt.

Baubotanik – Sie haben keine Vorstellung. Häuser, die ganz und gar aus Bäumen bestehen und die Atemluft organisch filtern, durch natürliche Spaltungszyklen im Boden Strom erzeugen und an Ihrer Küchenwand frisches Obst und Gemüse wachsen lassen. Sie waren nicht verbreitet, aber man konnte für den Urlaub so ein Haus mieten, und manche Leute wohnten das ganze Jahr über drin.

So viele gesellschaftliche Beklemmungen wurden behutsam eliminiert, denn wann immer man jemanden Neues kennenlernte, konnte man einen Schnellscan laufen lassen und anhand der korrelierten Daten erkennen, inwiefern man zusammenpasste: ob als Freunde, als Liebespaar, Eheleute oder Fremde. Und man musste nicht unbedingt akzeptieren, was die Daten vorschlugen. Viele ignorierten sie, und das Resultat war manchmal wunderbar und manchmal beschwerlich. Man konnte sogar herausfinden, ob die Person, die man in Betracht zog, die Bewertungsdaten in der Vergangenheit schon einmal ignoriert hatte und ob es gut oder schlecht ausgegangen war.

Ich könnte endlos so weitermachen und Dinge aufzählen, die quasi-cool oder schrecklich technokratisch wirken, je nach der persönlichen Neigung, aber Sie sehen schon, worauf ich hinauswill.

Vielleicht auch nicht: Ich meine die banalen, alltäglichen Wunder. Ich habe nie über die Luft nachgedacht, die ich geatmet habe. Ich habe nie in einem dieser Baumhäuser Urlaub gemacht. Ich fand die Datenprofile immer hilfreich, aber mein Lieblingsspielzeug war ein Pheromondetektor, der ein leises *ping* von sich gab, wenn die Frau, mit der man sich unterhielt, ein Wölkchen Attraktionspheromone absonderte, sodass man wusste, sie war zumindest interessiert genug, um das Gespräch fortzusetzen …

Selbst das hier, eine Erzählung Wort für Wort zu komponieren und dabei so zu tun, als wüsste ich nicht, wie sie endet – das ist merkwürdig für mich. Wenn man nicht ein ausgesprochener Roman-Enthusiast ist, wie meine Mutter es war, jemand also, dem es Spaß macht, sich wie ein Kind an der Hand durch ein Heckenlabyrinth führen zu lassen, ist narrative Unterhaltung zumindest passiv interaktiv und verwendet die gleiche neurale Trackingtechnologie, die Ihrem virtuellen Umgebungssimulator dabei hilft, Sie morgens behutsam aus Ihren Träumen zu holen. Jede Geschichte ist in einzigartiger Weise personalisiert, und Ihre Sehnsüchte, Ängste, Beklommenheiten, Launen und Schrullen werden in einen vorstrukturierten Plot eingeflochten – wie ein Skelett, auf dem Ihr eigenes kleines, verrücktes Gehirn einen einzigartigen Körper wachsen lässt.

Déjà-vu ist ein entscheidender Bestandteil der narrativen

Palette, das unbehagliche Gefühl, dass man die Geschichte schon einmal gehört hat, ohne zu wissen, wann und wo. Dieses seltsame, vibrierende Unbehagen ist eine der köstlichen Freuden unseres Geschichtenerzählens, während es hier fast völlig fehlt. Hier beschweren sich die Menschen, wenn sie zu wissen glauben, worauf eine Geschichte hinausläuft. Als käme es vor allem auf den Plot an. In dieser Welt stehen dieselben Worte immer in derselben Reihenfolge, bedingt durch die persönlichen Eigenarten des Autors. Das Gefühl, diese Geschichte handelt von *mir*, gefällt mir nicht. In meiner Welt handelt jede Geschichte immer von *Ihnen*.

Es tut mir leid – ich weiß, ich bin wie jemand bei einem schlechten Date, der immer nur von seiner Ex redet und darauf besteht, dass er es tut, damit Sie ihn besser kennenlernen können, und nicht, weil er einfach nicht loslassen kann. Ich möchte nicht, dass dieser Teil meiner Geschichte vorbei ist, aber es wird Zeit.

42

Die Countdown-Uhr stand auf 00:00:00. Die Zeit war abgelaufen.

Im Chrono-Spatialen Transport-Apparat gab es sechs Kojen, eine für jedes Mitglied des chrononautischen Standardteams. In meinem Skinsuit ließ ich mich in der Koje nieder, die für Penelope oder ihren Notfallpartner bestimmt war – für mich. Ich könnte lügen und behaupten, einen Moment lang verspürte ich Reue oder zumindest Bedenken, aber dazu war der Schock, unter dem ich stand, viel zu groß.

Ich folgte meinem Instinkt, aber nicht meinem Selbsterhaltungstrieb. Ich wollte Rache, das begreife ich jetzt, auch wenn ich es damals wohl Gerechtigkeit genannt hätte. Was hysterisch und melodramatisch ist, ich weiß, aber ich befand mich in einem hysterisch-melodramatischen Geisteszustand.

Wenn ich gekonnt hätte, wäre ich gerade weit genug in die Vergangenheit zurückgereist, um Penelope das Leben zu retten. Einen halben Tag, mehr brauchte ich nicht. Aber leider funktioniert die Zeitmaschine nicht so. Sie mag das am weitesten fortgeschrittene Stück Technologie sein, das der menschliche Geist erfunden hat, aber sie ist immer noch nicht mehr als ein Prototyp. Selbst wenn ich ihren spatio-temporalen Navigationscode hätte umprogrammieren können, was ich nicht kann, war die Maschine ja mit Bedacht dazu gebaut, nur ein bestimmtes Ziel zu erreichen.

Deshalb – nein, ich konnte Penelope nicht retten. Aber ich konnte zu Ende bringen, was sie angefangen hatte.

Ich würde etwas tun, was mein Vater mir nicht mehr wegnehmen könnte. Ich würde als erster Mensch in der Zeit zurückreisen. Selbst wenn man mich verklagen oder verhaften oder von mir aus *hinrichten* sollte – ich meine, sind Zeitreisen vielleicht *illegal*? –, wäre dies ein dauerhafter Erfolg. Wer immer es noch täte, ich würde immer der Erste gewesen sein.

In Anbetracht dessen, dass dies womöglich die letzten Augenblicke meines Lebens sein würden, zögerte ich nicht, wie ich es vielleicht getan hätte, wenn ich rational gedacht hätte. Aber ich dachte nicht rational. Ich dachte überhaupt nicht. Ich absolvierte eine eingeübte Serie von Aufgaben, die ich unverzüglich einleitete, während ich in gleichmäßigem Rhythmus Sekunde für Sekunde abzählte, wie sie es mir beigebracht hatte. Wie sich zeigte, hatte ich in diesen vielen hundert Stunden der Trainingssimulationen doch nicht nur auf Penelope geachtet.

Die Zeitmaschine arbeitete mit einer dreiteiligen Zugangsprozedur: mit einem genetischen Scan, einem komplizierten Passcode und einem großen, roten Knopf. Biologisch, intellektuell, physisch.

Ich schaltete die Zeitmaschine ein.

Mit dem Zeitreisen verbinden sich keine speziellen visuellen oder akustischen Phänomene, aber mein Vater befürchtete, die ersten Nutzer der Technologie könnten enttäuscht sein, wenn nicht irgendein Klimbim dabei wäre. Es war wissenschaftlich sinnlos, reines Showgeklingel – als wäre eine bloße Reise durch die Zeit nicht cool genug für die High-End-Verbraucher, auf die die Finanziers meines Vaters es abgesehen hatten.

Also wurde ein Team von Psychologen damit beauftragt, herauszufinden, wie man Menschen dazu bringen könnte, eine emotionale Beteiligung an diesem Erlebnis zu fühlen, und was sie vorschlugen, war ein melodisches Summen und ein sanft oszillierendes, warmes Licht.

Die Psychologen verstanden ihren Job. Als das Summen und Leuchten losging, verschwanden Trauer, Zorn und Schock. Ich fühlte mich ernüchtert, hoffnungsvoll und frei.

Und erkannte mit absoluter Klarheit, dass dies eine beschissene, entsetzliche Idee war.

Aber es war zu spät.

Das blöde, verdammte Summen und das blöde, verdammte Leuchten wären fantastisch gewesen, wenn ich sie, sagen wir, *vor* dem Einschalten der Maschine erlebt hätte statt *danach* …

Ich fühlte, wie mein Hirn sich anspannte wie eine Schnecke, die sich in ihr Haus zurückzog. Ich hatte das ungraziöse Gefühl, auf Eis auszurutschen, im freien Fall einer Landung entgegenzurauschen, die niemals kam, frei schwebend in dem Augenblick, da das Gleichgewicht der Schwerkraft unterliegt. Mein Blut fühlte sich schwer und dickflüssig an, und Venen und Arterien blähten sich wie nasse Handtücher an der Wäscheleine. Meine Finger- und Zehennägel kribbelten und krümmten sich, als wüchsen sie in einem schockierenden Tempo und rollten sich zu Schleifen aus kalkigem Keratin zusammen. Meine pulsierenden Augäpfel füllten sich mit falschem Licht, und der viskose Sirup in ihnen fing an zu kochen. Seltsame Geschmacksempfindungen flimmerten über meine Zunge – saurer Tee, faule Zitrone, süßes Gras, Penelopes Lippen. Die Haare auf meinem Kopf wuchsen nach innen, durchbohrten meinen Schädel und verhäkelten sich in die Dendriten, oder die Dendriten gruben sich heraus, schlängelten sich aus meiner Kopfhaut wie die zartfaserigen Schuppen eines Seesterns.

Es war ein zutiefst unheimliches Gefühl.

Und dann war ich fort.

43

ZUSAMMENFASSUNG – Kapitel 1 bis 42

Tom Barren lebt in der Welt, die wir hätten haben sollen. Die technologische Utopie in der optimistischen Science-Fiction der fünfziger Jahre wurde möglich, als 1965 ein Wissenschaftler namens Lionel Goettreider ein radikal neues Verfahren zur Energieproduktion erfand – sauber, robust und unerschöpflich. Die Goettreider-Maschine beschleunigte den wissenschaftlichen Fortschritt ungeheuerlich. 2016 hat jeder, was er braucht, um ein glückliches, komfortables Leben zu führen. Da sämtliche Alltagsfunktionen automatisiert oder synthetisiert sind, arbeiten die meisten Menschen daran, das Einzige weiterzuentwickeln, was noch wichtig ist: das Entertainment.

Wie beinahe jeder auf der Welt arbeitet Tom in einem Labor. Sein Chef ist sein Vater Victor Barren, ein genialer Pionier auf einem innovativen Gebiet, der Zeitreise. Der wissenschaftliche Aspekt selbst ist radikal und brillant, aber zur Sicherung der wirtschaftlichen Finanzierung und der staatlichen Autorisierung seiner Experimente hat Victor sein Projekt als High-End-Tourismus verpackt.

Als Toms Mutter Rebecca Barren bei einem Unfall ums Leben kommt, bietet Victor seinem Sohn Tom schuldbewusst und mitleidig einen Job an. Die Vater-Sohn-Beziehung ist seit langem angespannt, weil beide ständig beschäftigt sind, Victor mit wichtiger Forschungsarbeit, Tom mit seinem Dasein als chronische Enttäuschung.

Tom bekommt den Auftrag, an der Seite Penelope Weschlers zu trainieren, der Teamchefin der ersten Mission zurück in die Zeit, damit er in dem unwahrscheinlichen Fall, dass mit ihr etwas irreparabel schiefgeht, ihren Platz einnehmen kann.

Schon bald verliebt Tom sich Hals über Kopf in Penelope. Er nimmt an, dass sie sich nicht für ihn interessiert, weil sie ihn die meiste Zeit ignoriert. Aber Penelope hat größere Probleme, als irgendjemand ahnt. Sie kann es nur sehr gut verbergen.

Am Abend vor dem Start kommt es auf dem Empfang der Projektförderer zu einer unauffälligen Begegnung zwischen Tom und Penelope. Sie schlafen miteinander, und es ist die beste Nacht in Toms Leben.

Der nächste Tag jedoch erweist sich als der schlimmste seines Lebens. Bei der routinemäßigen medizinischen Untersuchung vor der Mission stellt Penelope fest, dass Tom sie geschwängert hat, wodurch sie für den Einsatz automatisch ausscheidet. Weil Tom ihre offizielle Zweitbesetzung ist, bezichtigt sie ihn, absichtlich darauf hingearbeitet zu haben. Victor, wütend und beschämt darüber, dass sein Lebenswerk durch die verantwortungslose Handlung seines Sohnes kompromittiert wurde, wendet sich gegen beide und verschiebt die Mission. Gedemütigt angesichts dessen, dass ihre hart erkämpften, professionellen Erfolge zerstört sind, tut Penelope etwas Furchtbares: Sie bringt sich um.

Das Projekt wird auf unbestimmte Zeit verschoben. Das Labor ist geschlossen, bis die rechtlichen Komplikationen geklärt sind. Geschockt durch die Trauer um Penelope und kochend vor Wut auf seinen Vater beschließt Tom, die Mission selbst durchzuführen. Er schleicht sich in das Labor und schaltet die Zeitmaschine ein.

44

Beim Materialisieren in der Vergangenheit kommt es zu dieser anfänglichen Synästhesie, meine Sinne sind verwirrt, Tastsinn verwandelt sich in Geruch, Geruch in Geräusch in Sehen in Fühlen und wieder in Tastsinn, und dann zieht alles sich in sich selbst zusammen wie Gelatine, die sich in einer Form verfestigt. Zwar bewirkt die Erfindung meines Vaters, dass eine Zeitreise binnen eines Augenblicks stattfindet, aber man bekommt einen Tritt in die Eingeweide, neben dem sich eine routinemäßige Teleportierung anfühlt wie eine Fußmassage. Ich bin soeben dabei, der erste Zeitreisende in der Geschichte der Menschheit zu werden, doch von der Majestät des Augenblicks spüre ich eigentlich nichts, denn ich habe große Mühe, mein Frühstück von 2016 nicht auf den Boden des Jahres 1965 zu kotzen.

Ich brauche ein paar Sekunden, bis ich fest auf den Beinen stehe und mich in meiner Umgebung orientiere, und dann sehe ich es: Ich stehe tatsächlich in dem Labor, in dem die Zukunft geboren wurde. Natürlich hat man das ganze Gebäude als permanentes Museumsstück erhalten. Aber diesen Saal in meiner Zeit zu besuchen ist natürlich nicht dasselbe, wie tatsächlich *hier* zu sein.

Ich kann das industrielle Scheuermittel riechen, das von dem rissigen Fliesenboden heraufweht. Die Beleuchtung, Glühlampen unter Metallgittern, warm und gleichmäßig, überflutet jede Fläche mit kupfernem Glanz. Die Maschine ist für ihre Zeit ultramodern, aber sie sieht hinreißend archaisch aus – wie eine Herz-OP mit scharfgeschliffenen Holzstücken.

Und da ist die Goettreider-Maschine selbst. Sie ist dick und klobig, verglichen mit den schlanken, verbesserten Nachfolgern, die Goettreider in den letzten Wochen seines Lebens entwarf, um sie posthum bauen zu lassen. Das Gehäuse ist aus mattem Stahl, von Goettreider nach seinen eigenen Spezifikationen handgehärtet. Die Absorptionsspulen sind dicke Rollen aus elastischen Fasern. Die Anzeigeinstrumente bestehen tatsächlich aus pfeilförmigen Zeigern, die auf Zifferblättern zittern, und die Zählwerke sind Stahlscheiben, in die winzige Ziffern geprägt sind und die sich um eine Achse drehen. Die Getriebe wirken komisch in ihrer Größe, und die Lüftungsrohre erinnern an rauchspeiende Schornsteine der viktorianischen Ära. Das entscheidende Bauteil, der radiometrische Pulsfeld-Emitter, ist das Einzige, was halbwegs modern aussieht, denn seine innovative Form mit den abgestuften Kanten und blütenblattförmigen Wellen und verschränkten Segmenten hatte großen Einfluss auf den zeitgenössischen Stil, weit über das Labor hinaus in Architektur, Industriedesign, Mode, Kunst, Kulinarik – in allem eigentlich.

Wenn man dort im Saal steht und sie anschaut, sieht die Maschine, die die Welt verändert hat, lächerlich handgemacht aus. Es ist ein Wunder, dass Goettreider von den versammelten Beobachtern eine andere Reaktion bekam als augenrollende Herablassung.

Vom theoretischen Standpunkt aus betrachtete man seine Arbeit als einigermaßen interessant, aber nicht gerade vielversprechend. Ein Bürokrat, dessen Befugnisse gerade ausreichten, um geringe Fördermittel zu bewilligen, hatte Gefallen an Goettreider gefunden, weil dieser die Antragsformulare der Verwaltung mit gewissenhafter Akribie ausgefüllt hatte und der Bürokrat ein Mann war, dem ordentliche Unterlagen über alles gingen.

Die Goettreider-Maschine selbst ist kompakt, aber die Lüftungskanäle und dicken Bündel von Kühlleitungen nehmen Platz in Anspruch und sind bereit, die Maschine im Fall einer Fehlfunktion herunterzufahren und die akkumulierte Energie harmlos entweichen zu lassen, damit das Ganze nicht beispielsweise in rasender, globaler Zerstörung explodiert.

Als ich mich orientiere, sehe ich, dass ich nicht allein hier bin. Jemand sitzt über einen Notizblock gebeugt da und kritzelt Gleichungen mit einem Bleistift. Ich erkenne den Notizblock schneller als den Mann, denn ich habe ihn schon in einer bruchfesten Vitrine im Goettreider-Museum gesehen. Es ist der Notizblock, auf dem Lionel Goettreider seine letzten Berechnungen anstellte, bevor er die Maschine einschaltete.

Das bedeutet, der Mann, der da mit einem halb zerkauten, gelben Bleistift seine berühmten Zahlen notiert, ist Lionel Goettreider.

45

Lionel Goettreider war nicht berühmt, als er starb. Seine Asche trug der Wind durch das Golden Gate hinaus über den Pazifik. Anfangs dachte niemand daran, seine Ansichten abseits der technischen Details der Maschine zu Papier zu bringen. Später erwuchs natürlich eine prachtvolle Industrie der Thesen und Abstraktionen aus jeder seiner Äußerungen, an die sich seine wenigen gesellschaftlichen Kontakte und Kollegen erinnern konnten – Leute, die dafür bekannt sein wollten, dass sie ihn gekannt hatten.

Geboren 1923 im dänischen Aarhus – in meiner Welt gibt es ungefähr fünfzehn verschiedene dänische Feiertage, die ihm gewidmet sind –, wuchs Lionel Goettreider in einem Mittelklassehaushalt mit einer dänischen Mutter, einem polnischen Vater und zwei jüngeren Brüdern auf. Eine behagliche, angenehme Kindheit, getrübt nur durch die gelegentlichen Anfälle seines Vaters, der unter paranoiden Wahnvorstellungen litt. Als die Deutschen 1940 in Dänemark einmarschierten, hatte die Paranoia seines Vaters bald immer weniger mit Wahnvorstellungen zu tun. Jemand hatte es tatsächlich auf ihn abgesehen. Aber das Leben ging weiter, wie es das immer tut. Mit siebzehn erhielt Lionel ein Stipendium am Institut für Theoretische Physik der Universität Kopenhagen, und während die dänische Regierung sich der Naziherrschaft unterwarf und der Verstand seines Vaters vor Angst eine Sepsis bekam, zog Lionel nach Kopenhagen zu seiner Tante und studierte bei dem Gründer des Instituts, dem Träger des Nobelpreises für Physik, Niels Bohr, seinem wissenschaftlichen Idol.

Am 29. September 1943 erhielt Bohr die frühzeitige Warnung, dass die Nazis für den 1. Oktober eine Massenrazzia gegen die dänischen Juden planten, weil sie annahmen, dass sie wegen des Feiertags Rosch ha-Schanah alle zu Hause sein würden. Bohr reiste unverzüglich nach Schweden ab, und die Legende will es, dass er dort den schwedischen König Gustav V. überredete, zusammen mit dem Dänenkönig Christian X. die dänischen Juden zu retten. Unter den mehr als siebentausend Juden, die mit Fischkuttern, Ruderbooten und Kajaks über den Öresund nach Schweden gebracht wurden, war auch Lionel Goettreider. Seine Rettung war ein unschätzbares Geschenk für die Welt, aber auch eine bittere persönliche Tragödie.

Fünf Monate zuvor hatte sein Vater von Freunden in Polen gehört, dass man die Juden dort zusammengetrieben und ihnen Asyl versprochen hatte, wenn sie sich kooperativ zeigten – nur um sie dann in Konzentrationslager zu sperren. Der Vater überredete die Mutter, mit der Familie aus Dänemark zu fliehen, bevor es zu spät wäre. Lionel, beschäftigt mit seinem Studium und fest davon überzeugt, dass der dänische König ihn beschützen würde, weil Niels Bohr darauf beharrte, dass es so sei, lehnte es ab, sich seinen Eltern und seinen Brüdern anzuschließen, als sie Fischer dafür bezahlten, sie mit ihrem Boot über die Nordsee nach Schottland zu schmuggeln. Lionel hörte nie wieder etwas von ihnen. Nach dem Krieg fand er heraus, dass ein deutsches Patrouillenboot den Kutter aufgebracht hatte und seine Familie ins Vernichtungslager Chelmno transportiert worden war, nicht weit von Lodz, dem Geburtsort seines Vaters in Polen. So war Lionel gerettet worden, weil er einem Mann mit einer Krone vertraut hatte.

Ein paar Tage nach seiner Ankunft in Schweden, davon überzeugt, dass seine Familie wohlbehalten in Schottland und nicht etwa schon in einem Massengrab im Wald von Rzuchow verscharrt war, lag Lionel Goettreider auf einer Wiese vor dem Bauernhaus, in dem er wohnte, und starrte zu den Sternen am kalten, klaren Nachthimmel hinauf. Der Krieg schien wie das Ende der Welt, dachte er, aber ganz gleich, was die Menschen einander antaten, der Weg der Erde durch das Sonnensystem war davon gänzlich unberührt, ihr Orbit unverändert und unveränderlich, konstant bis in alle Ewigkeit. Er fühlte sich vollkommen machtlos, allein in einem fremden Land, aber in dieser endlosen Rotation fand er Trost. Nicht nur Trost – auch *Kraft*.

Und in diesem Moment hatte Lionel Goettreider eine Idee.

Nach dem Krieg erwarb er sein Master-Diplom in Oxford und seinen Doktortitel in Stanford, und bis zu seinem Tod im Jahre 1965 blieb er in San Francisco. Dort wurde 1972 das Goettreider-Institut für Fortgeschrittene Physik gegründet, an dem die brillantesten und ehrgeizigsten jungen Wissenschaftler der Welt noch brillanter und ehrgeiziger werden konnten, unter anderem Victor Barren, der zwei seiner drei Doktortitel dort erwarb. Müsste ich den genauen Zeitpunkt benennen, an dem mein Vater mich vollends abschrieb, würde ich sagen, es war der Tag, an dem das Goettreider-Institut meine Bewerbung ablehnte. Er galt als einer der angesehensten Ehemaligen, und doch machte man keine Ausnahme für sein einziges Kind. Ich zog aus der Wohneinheit meiner Eltern in die Eigentumswohnung im 184. Stock und ging stattdessen zur University of Toronto.

Nach seinen Kriegserlebnissen befragt, antwortete Lionel Goettreider immer nur, Niels Bohr habe ihm das Leben gerettet. Er kam nur ein einziges Mal nach Dänemark zurück, und zwar zu Bohrs Beerdigung 1962. Und anscheinend vertraute er nie wieder jemandem vollständig. Seine wenigen Freunde waren in Wirklichkeit höfliche Kollegen. Er lebte allein. Er heiratete nie und blieb kinderlos. Statt anderer Menschen hatte er die grenzenlosen Möglichkeiten seines eigenen Verstandes und den unermüdlichen Drang, eine bessere Welt zu erbauen.

So zumindest lehrt man es an jeder Schule auf dem Planeten.

46

1965 war Lionel Goettreider zweiundvierzig Jahre alt. Er war kein graubärtiger Hohepriester der Wissenschaft, sondern ein Mann, nicht jung, aber auch nicht besonders alt.

Er hatte ein langes, eckiges Gesicht mit scharfen Wangenknochen, eine krumme Nase, die aussah, als wäre sie vor langer Zeit in einem Faustkampf gebrochen worden, geschwungene Lippen, dichte, braune Locken und drahtige Augenbrauen, die sich über seiner Brille sträubten, deren Gläser an den Rändern mit Fingerabdrücken verschmiert waren. Die Iris seiner Augen war dreifarbig: ein blauer, ein grüner und ein brauner Ring. Er hatte lange Wimpern und permanent gefurchte Glabellarfalten, war knapp über eins achtzig groß und breitschultrig, aber schlaksig; Arme und Beine waren zu lang für den Torso.

Das sind ein paar der Dinge, die man bemerkt, wenn man vor der wichtigsten Person der Menschheitsgeschichte steht und diese dich nicht sehen kann, weil du von einem Störfeld umhüllt bist, das die Photonen um deinen Körper herum verzerrt und dich für Kamera und Auge unsichtbar macht.

Aber etwas anderes hatte ich nicht bedacht. Den Geruch.

Lionel Goettreiders Nase kräuselt sich. Er atmet scharf ein, und sein Blick huscht im Labor hin und her. Er *riecht*, dass etwas anders ist. Ich weiche einen Schritt zurück und bin erschrocken, denn er riecht – *mich*.

Es ist unvorstellbar, dass mein Vater etwas so Elementares wie den Geruch vernachlässigt haben könnte, aber dann fällt es mir ein: Ich sollte immateriell sein. Meine Moleküle sollten körperlos, unfassbar und infolgedessen *unriechbar* sein. Aber ich habe es versäumt, in die Defusionssphäre zu gehen, bevor ich in der Zeit zurückgereist bin. Das bedeutet, ich kann trotz meiner Unsichtbarkeit Dinge berühren. Und zwar nicht nur absichtlich. Die Moleküle meines Körpers können mit den Molekülen meiner Umgebung interagieren. Wenn ich immateriell wäre, würden die volatilen Schwebstoffe, die von meinem Körper wegwirbeln, unbemerkt durch die olfaktorischen Rezeptoren in Lionel Goettreiders krummer Nase dringen. Aber ich bin nicht immateriell.

Mein ganzes Leben lang haben alle darauf gewartet, dass ich etwas Spektakuläres tue. Dass ich mich als Sohn meines Vaters erweise. Na, endlich habe ich es getan. Ich habe mich als spektakulär dämlich erwiesen.

Ich habe einen sehr, sehr schlimmen Fehler begangen.

Einen Schritt weit von ihm entfernt stoße ich gegen eine Konsole und bringe den Kaffeebecher, der darauf steht, ins Wackeln. Die ölig schwarze Flüssigkeit schwappt über den Rand. Kaffee schiebt sich wie ein flüssiger Finger außen am weißen Porzellan herunter und tropft auf die grün-graue Metalloberfläche der Konsole.

Auch Goettreider sieht es. Das Kräuseln seiner Nase erfasst die Augenbrauen, und die Glabellarfalten furchen sich noch tiefer. Eine Kaffeepfütze sammelt sich unten um den Becher. Er hebt den Becher hoch, wischt die Flüssigkeit mit der bloßen Hand weg und wischt die Hand an seinem gestärkten Laborkittel ab. Beunruhigt sieht er sich um.

Ich weiß nicht, ob es das durch Penelopes Selbstmord verursachte emotionale Trauma war, das mich daran hinderte, mich der Defusionssphäre zu stellen, oder ob ich einfach nur ein kompletter, gottverdammter Vollidiot bin. Die Tatsache, dass die Zeitreisemaschine ohne Bestätigung meiner Immaterialität überhaupt *eingeschaltet* werden konnte, deutet auf ein massives Versäumnis auf Seiten meines Vaters hin, aber diese Erkenntnis würde mir sehr viel mehr Vergnügen bereiten, wenn ich nicht gerade so große Mühe hätte, nicht auszuflippen.

Ich sehe mich nach einer Stelle um, wo ich stehen kann, ohne zu riskieren, dass ich jemanden oder etwas berühre. Aber das Problem sind nicht nur gezielte Handlungen. Mein Körper ist ein Mahlstrom von autonomen Reaktionen, Wärme, Hormonen, Gasen, Chemikalien und Strahlung. Ich versuche, einen Plan zu fassen, aber mein Kopf ist erfüllt von einer toxischen Brause aus Reue, Panik und Selbsthass – als hätte jemand eine Sprudelflasche geschüttelt und in meinem Hirn geöffnet. Mein Verstand fühlt sich seltsam verdoppelt, verdrei- und vervierfacht an, wie ein kognitives Stottern oder ein Echo. So fühlt sich wohl *Angst* an. Ich habe bisher offenbar ein sehr behütetes Leben geführt, denn jetzt bringe ich nicht die nötige Konzentration auf, um einen Fuß vor den anderen zu setzen.

Mein Verstand ließ mich im Stich, wie er es in meinem Leben so oft getan hatte, aber diesmal war niemand da, der mich vor mir selbst rettete. Keine grimmig blickende Mutter, die an die Tür klopfte, um ihren sexbesessenen, weggelaufenen Sohn nach Hause zu bugsieren. Es hatte große Ähnlichkeit mit dem Augenblick, in dem man begreift, dass man nicht mehr träumt, sondern wach in seinem Bett liegt, und dass es an der Zeit ist, sich auf den Weg zur Arbeit zu machen. Nur besteht meine Arbeit in diesem Fall darin, schleunigst aus der Vergangenheit zu verschwinden.

Auf der einen Seite ist eine Nische zwischen zwei Konsolen, die in der hinteren Ecke nicht ganz zusammenstehen. So lautlos wie möglich klemme ich mich dort hinein, um zu Atem zu kommen, bevor das alles noch mehr außer Kontrolle gerät. Ich muss über einen Lederrucksack mit offenen Messingschnallen steigen, den man aus dem Weg geschoben hat. Eine in Geschenkpapier verpackte Schachtel mit einer Satinschleife liegt darin. Ich erkenne den Rucksack. Er gehört Goettreider, und die Verbindung mit ihm sorgt dafür, dass das Modell niemals aus der Mode kommen wird. Aber das Geschenk, das sich darin versteckt, ist ein Detail, das ich noch bei keiner der Simulationen bemerkt habe. Es tut gut, sich auf solche Kleinigkeiten zu konzentrieren, nicht auf das große Ganze. Nämlich, dass ich soeben sehr nah an die totale Katastrophe herangekommen bin.

47

Das Hauptproblem dabei, ein brauchbares Modell des kognitiven Eindrucks der Zeitreise auf ein menschliches Subjekt zu entwerfen, besteht darin, dass niemand diese Erfahrung je gemacht hat.

Man fragt sich, warum mein Vater nicht einfach einen Probelauf veranstalten konnte. Sie wissen schon, die Chrononauten um eine Minute zurückschicken, oder eine Stunde, einen Tag. Ein paar Messungen vornehmen, ein paar Zahlen durch den Rechner jagen, die Bestätigung finden, dass es wenigstens halbwegs ungefährlich ist. Das wäre immer noch eine Zeitreise gewesen – ist das nicht umwerfend genug?

Nein, offensichtlich nicht. Einige der klügeren Berater meines Vaters hatten diese Fragen von Zeit zu Zeit angesprochen. Aber sie wurden kurzerhand entlassen, weil ihnen die für ein so bahnbrechendes Unternehmen erforderliche Kühnheit fehlte, und man ermutigte sie, mit ihrer Vorsicht in einem anderen Labor hausieren zu gehen.

Ich komme aus einer Welt, in der das Unmögliche alltäglich ist. Deshalb darf das Experiment meines Vaters, das sein Vermächtnis werden soll, nicht einfach nur erfolgreich sein. Es muss dramatisch sein. Atemberaubend. Ein zuversichtliches, visionäres Statement, das niemand je vergessen wird. Die Mission muss darin bestehen, Zeuge des wichtigsten wissenschaftlichen Experiments in der Geschichte der Menschheit zu werden, denn damit will mein Vater sich verglichen wissen. Sein Ziel ist es, dafür zu sorgen, dass die Namen Barren und Goettreider so oft wie möglich in einem Atemzug genannt werden.

Und hier bin ich, tatsächlich Zeuge der Geschichte, und erfülle den Plan, der meinem Vater ein Denkmal errichten soll – aber mein enttäuschend katastrophaler Verstand verdirbt sogar diese, meine einzige große Chance, einen bleibenden Eindruck zu hinterlassen. Es ist kaum zu glauben, dass ich monatelang für diesen Einsatz trainiert habe, Seite an Seite mit Penelope, so nah neben ihr, dass ich den Flieder- und Orangenblütenduft ihres Haares riechen konnte, wenn wir im Wind des zu hoch aufgedrehten Klimagebläses saßen. Meine Gedanken kehren in Schleifen zu sich selbst zurück, driften hohl umher wie ein kaputtes Navigationssystem, wie das in dem Hovercar, das meine Mutter umgebracht hat.

Ich bin hergekommen, um etwas zu tun, das niemand vor mir getan hat. Um Erster zu sein. Geschichte zu schreiben, indem ich Zeuge der Geschichte bin, Zeitzeuge. Irgendwo in den fraktalen Nebeln meines wirren Bewusstseins ertönt ein lauter, klarer Imperativ, tief eingeschliffen durch mein Chrononautentraining: *Konzentration*. Konzentriere dich auf konkrete Informationen. Was du siehst. Was du hörst. Was du riechst. Was du schmeckst. Was du berührst. Was du *fühlst*, spielt keine Rolle. Schmerz spielt keine Rolle. Trauer, Zorn, Demütigung, Liebe, Ehrfurcht, alles ohne Belang. Konzentriere dich auf die Fakten.

Fakt ist, dass du in der Tinte sitzt. Fakt ist, dass du einen Fehler gemacht hast. Fakt ist, dass du hier die Gelegenheit hast, dich einer Herausforderung gewachsen zu zeigen, selbst wenn diese Herausforderung durch deine eigene Dummheit entstanden ist.

48

Lionel schaut sich um. Die Phantombewegung ist ihm unheimlich. Aber bevor er weitere Untersuchungen anstellen kann, kommt eine Frau durch die einzige Tür ins Labor, eine dicke Stahltür mit einem soliden Schloss, das sie einrasten lässt. Ich erkenne sie sofort – sie ist die Frechheit.

Ihr Name ist Ursula Francoeur, Professorin für Physik an der Stanford University, die erste Lehrstuhlinhaberin für Physik, die sie dort je hatten, wenn ich mich recht an meine Geschichtskurse an der Highschool erinnere. Sie ist eine Hälfte des einzigen Ehepaars unter den Sechzehn Zeugen. Ihr Mann ist die Eifersucht, Jerome Francoeur, der Bürokrat, der die Mittel für Goettreider bewilligt hat. Wieso ein Bundesbeamter der Finanzverwaltung, zuständig für wissenschaftlich-technologische Projekte, auf einen obskuren Naturwissenschaftler selbst im Augenblick seines unerwarteten Triumphs eifersüchtig sein sollte, ist eines der vielen ungelösten Rätsel dieses endlos faszinierenden historischen Augenblicks.

Ich denke gerade, dass es doch ein bisschen merkwürdig ist, wenn Ursula Francoeur die Tür abschließt – die Geschichte behauptet, die beiden kannten einander kaum –, aber da sieht Lionel Goettreider sie mit einem eigenartigen Lächeln an. Bang. Vorsichtig. Anzüglich. Vieles steckt in diesem Lächeln.

Und dann sehe ich etwas mit an, das die zahllosen biografischen Analysen, wissenschaftlichen Diskussionen, künstlerischen Fantasien und virtuellen Darstellungen bislang unerwähnt gelassen haben. Etwas, das offensichtlich niemand auch nur in Betracht gezogen hat, bevor es jetzt vor meinen Augen passiert.

Lionel und Ursula küssen sich.

49

Sie küssen sich nicht zum ersten Mal. Es ist ein zugreifender, pressender, sehnsuchtsvoller Kuss zwischen zwei Mündern, die einander gut kennen.

Scheiße, verdammt. Ich weiß, für Sie bedeutet es außerhalb des Kontextes nicht sehr viel, aber mir fliegt der Schädel weg. Niemand, ich meine, wirklich *niemand* weiß, dass Lionel Goettreider und Ursula Francoeur eine, ja, ich denke, eine Affäre hatten. Ist das der Grund für die Frechheit in ihrem Blick? Für die Eifersucht im Gesicht ihres Mannes? Was hätte es für Goettreider bedeutet, wenn sein Experiment fehlgeschlagen wäre, wenn er überlebt, ja, wenn irgendeiner von ihnen überlebt hätte?

Selbst in ihren letzten Wochen, als Goettreider und die meisten anderen Zeugen an den Folgen der Verstrahlung gestorben waren, hatte keiner der beiden Francoeurs je auch nur eine Andeutung darüber gemacht, dass Ursula eine romantische Beziehung unterhalten und Jerome davon gewusst haben könnte.

Aber hier sind sie bei einem heimlichen Stelldichein, Minuten vor dem geplanten Start des Experiments. Und es ist kein kurzer Schmatzer. Sie *knutschen.* Ich komme mir ein bisschen pervers vor, wenn ich hier stehe und sie beobachte, aber es ist so verrückt, dass ich nicht wegschauen kann.

Wenn dies das Einzige ist, was ich in der Vergangenheit zu sehen bekomme, habe ich die Goettreider-Forschung schon für alle Zeit verändert. Sein Gesichtsausdruck, mit dem der Kuss zu

Ende geht – ich meine, jedes Schulkind hat schon Tausende Bilder von Goettreiders Gesicht gesehen, aber ich kann ohne Zögern behaupten, dass er darauf nicht ein einziges Mal *sinnlich* ausgesehen hat.

»Sie werden jeden Augenblick da sein«, sagt Ursula. »Ich muss die Tür aufschließen.«

»Kommst du heute Abend rüber?«, fragt Goettreider.

»Ich kann nicht«, sagt sie. »Ich glaube, er weiß, dass etwas im Gange ist.«

»Mit uns?«

»Nein, mit mir. Ich kann nichts dafür. Ich kann nicht nach Hause gehen und ihn berühren, wenn ich bei dir war. Ich bin dann distanziert. Bösartig. Das hat er nicht verdient.«

»Er hat dich nicht verdient«, sagt Lionel.

»Du weißt, dass ich es nicht leiden kann, wenn du so redest. Das ist keine Seifenoper. Das ist mein Leben.«

»Meins auch«, sagt er.

»Das ist nicht das Gleiche.«

»Du hast recht. Es tut mir leid. Ich weiß, du hast viel mehr zu verlieren. Aber wenn dieses Experiment gut geht …«

»Du glaubst, es wird nicht gut gehen?«

»Ich weiß es nicht«, sagt er. »Meine Berechnungen, die Ergebnisse, die ich vorzeigen kann – es erscheint unmöglich. Aber dein Mann sagt, sie stellen die Finanzierung ein, wenn ich keine konkreten Resultate liefere. Etwas, das ich publizieren kann. Selbst wenn es scheitert, habe ich zumindest ein paar handfeste Resultate und nicht nur einen Haufen Theorien.«

»Du weißt, dass Donald Hornig auf Jerome hört …«

»Hornig wurde von Kennedy eingesetzt. Man munkelt, Johnson hört nicht auf seine wissenschaftlichen Berater, weil sie alle gegen Vietnam sind.«

»Hier geht's aber nicht um Hanoi«, sagt Ursula, »sondern um den Mond. Wenn du auch nur einen Bruchteil dessen an Energie produzieren kannst, was deine Prognosen versprechen, dann kann das einen ungeheuren Beitrag zu den Gemini- und Apollo-Programmen leisten. Das ist das Vermächtnis, das Johnson hinterlassen möchte – eins, das jeder Mann, jede Frau und jedes Kind auf Erden sehen kann, wenn sie nur zum Nachthimmel schauen.«

»Ursula, warum sollte ausgerechnet dein Mann mir Zugang zum Präsidenten verschaffen?«

»Du verstehst wirklich nichts von Politik, nicht wahr?«

»So denke ich einfach nicht«, sagt er.

»Ich liebe deine Art zu denken«, sagt sie. »Das und einiges mehr.«

Sie stehen dicht beieinander, und ihre Körper wirken wie komplementäre Magnete. Ursula wirft einen Blick zur verschlossenen Tür. Sie weiß, sie sollte aufschließen.

»Eine Menge Leute haben ihn gefragt, was du hier unten vorhast«, sagt sie. »Er bringt ein paar Bekannte mit.«

»Wie viele sind ›ein paar‹?«

»Ich weiß es nicht«, sagt sie. »Ein Dutzend vielleicht?«

»Das heißt, wenn das hier in die Hose geht, werde ich dastehen wie ein verdammter Idiot.«

»Versuch einfach, nicht die halbe Stadt in die Luft zu jagen«, sagt sie.

»Wohl eher den halben Kontinent«, sagt er.

»Sag bitte, dass das bloß ein Witz ist.«

»Größtenteils schon.«

»Na, wenn das das Ende ist, bin ich froh, dass wir letzte Nacht noch hatten«, sagt Ursula.

»Ich auch«, sagt Lionel.

Sie küssen sich noch einmal.

Jemand rüttelt an der Türklinke. Ursulas Augen blitzen erschrocken auf. Lionel deutet auf ihren Mund und den verschmierten Lippenstift. Sie wühlt ein Röhrchen aus der Handtasche und zieht sich die Lippen nach, dann überprüft sie ihr Aussehen in der spiegelnden Oberfläche des Maschinengehäuses. Lionel wischt sich mit dem Handrücken über den Mund.

Dann öffnet er die Tür mit einer lahmen Bemerkung über das klemmende Schloss. Jerome Francoeur kommt herein. Sein höfliches Lächeln beginnt zu flackern, als er sieht, dass seine Frau schon da ist. Sie begrüßt die anderen und redet davon, wie aufgeregt sie sei, weil sie jetzt sehen können, woran Goettreider gearbeitet hat.

Nacheinander kommen sie herein – Skepsis, Ehrfurcht, Bestürzung, Amüsiertheit, Zorn, Nachdenklichkeit, Angst, Unbeteiligtheit, Besorgnis, Aufregung, Gelassenheit, Panik, Müdigkeit und Weisheit. Frechheit baut sich neben Eifersucht auf und hakt sich bei ihm unter, während sie mit den anderen plaudert.

Es ist Sonntag, und das Gebäude ist ansonsten leer, was zeigt, wie wenig man sich von dem Experiment erwartete, das die Welt verändern würde – niemand hatte Lust, seine Zeit nach einer geschäftigen Arbeitswoche mit der obskuren Vorführung eines unbekannten Naturwissenschaftlers zu verschwenden. Die historischen Aufzeichnungen behaupten, diejenigen, die da waren, kamen aus professioneller Neugier und loyaler Hingabe an die großen Ideale des wissenschaftlichen Entdeckergeistes. Aber ihrem allgemeinen Benehmen – höflich, aber ungeduldig – und Ursulas Freundlichkeit einer Gastgeberin ist der wahre Grund anzumerken: Sie sind hier, um der Frau des Mannes einen Gefallen zu tun, der die Schecks zur Finanzierung ihrer eigenen Forschung unterschreibt.

Dieser Mann, Jerome Francoeur, blinzelt Lionel an und sieht aus wie einer, der nicht genau weiß, welches Wort ihm gerade auf der Zunge liegt.

Lionel vermeidet jeden Blickkontakt. Er kritzelt eifrig und mit gerunzelter Stirn auf seinem Notizblock herum. Dann bemerkt er den Lippenstiftfleck auf seiner Manschette, mit der er sich den Mund abgewischt hat. Er sieht den Fleck und schaut reflexhaft Jerome an, der ihn anschaut und den Fleck bemerkt. Lionel Goettreider mag ein Genie sein, aber geschmeidig ist er nicht gerade.

Er schaut weg und versucht, sich auf seine Berechnungen zu konzentrieren. Jerome drückt Ursulas Arm so fest an sich, dass er sie von ihrem Smalltalk ablenkt. Als sie ihren Mann ansieht, schaut er weg.

50

Lionel ignoriert die Zuschauermenge. Auf seinen Schläfen glitzert der Schweiß, und er späht auf die Reihe der Steuerinstrumente. Und er sieht etwas … Merkwürdiges. Er klopft auf das Glas einer Anzeige. Runzelt die Stirn.

»Ist alles in Ordnung, Mr Goettreider?«, fragt Jerome.

»Selbstverständlich«, sagt Lionel. »Ich muss nur die Werte ein letztes Mal prüfen.«

»Alle sind gespannt darauf zu sehen, was Ihre Apparatur kann«, sagt Jerome. »Wir sind bereit für den großen Moment.«

»Jerome, bitte«, sagt Ursula. »Hab doch Geduld.«

»Das amerikanische Volk hat das alles finanziert«, sagt Jerome, »und es ist meine Pflicht, dafür zu sorgen, dass diese Investition sich auszahlt.«

Die versammelten Beobachter wechseln verlegene Blicke, aber es ist schwer zu sagen, ob sie sich Lionels wegen schämen oder ob ihnen Jeromes lärmende Unverschämtheit peinlich ist.

Lionel stöpselt ein Gerät in die Steuerkonsole, einen modifizierten Geiger-Müller-Tubus, den er selbst entworfen hat und der die Halbwertsfrequenz bestimmter Formen von Strahlungswellen einschätzen soll – für den Fall, dass die Maschine bisher unbekannte Radioaktivitätstypen generiert, die er identifizieren und katalogisieren müsste. Die primitiv gefärbten Lampen an dem Gerät leuchten auf, und die Sensoren geben schrille Quiek- und Kratzgeräusche von sich, als sie eine Strahlungssignatur unbekannter Herkunft entdecken. Lionel kritzelt hastig ein paar Berechnungen auf das Papier und bittet Ursula in angespanntem Ton, sich die Zahlen anzusehen. Sie reden murmelnd miteinander, so leise, dass ich sie da, wo ich stehe, nicht hören kann, aber dann ist Ursulas Neugier anscheinend stärker als ihre Diskretion.

»Wie kann das sein?«, sagt sie. »Sie haben sie doch noch nicht mal eingeschaltet.«

Das ist eine ausgezeichnete Frage. Woher kann eine unbekannte Art der Radioaktivität kommen, wenn die Maschine noch nicht eingeschaltet ist? Die Antwort ist: von mir.

Zu spät erkenne ich, dass die Immaterialität nicht nur dazu dient, die Chrononauten daran zu hindern, Kaffeebecher umzustoßen. Sie soll auch dafür sorgen, dass nichts aus der Zukunft physisch in der Vergangenheit anwesend sein kann. Zum Beispiel unbekannte Arten von Radioaktivität.

51

Ich bin hin- und hergerissen zwischen dem panischen Drang, in die Gegenwart zurückzukehren, bevor ich 1965 irgendetwas unwiderruflich versaue, und meiner aufrührerischen Faszination für alles, was ich hier miterlebe. Beides ist durchtränkt von der Erkenntnis, dass ich möglicherweise *schon längst* etwas in der Vergangenheit versaut habe, was bedeuten würde, dass meine Gegenwart vielleicht schon nicht mehr existiert.

Aber nein, die Tatsache, dass ich 1965 existiere, bedeutet, dass 2016 noch da sein muss, denn von irgendwoher muss ich ja zurückgekommen sein … oder? Man weiß, dass der Tag ernsthaft im Arsch ist, wenn *Ontologie* eine Frage von Leben und Tod ist.

Mein Vater hat die Zeitreisemaschine mit mehreren Sicherheitsvorkehrungen ausgestattet, die sicherstellen sollen, dass ich exakt zu dem Punkt in Raum und Zeit zurückkehre, von dem ich abgereist bin. Die Chrononauten nennen es »Bumerang-Protokoll«, weil … ehrlich gesagt, ich weiß nicht, warum. Vielleicht nur, weil es cool klingt. Diese Sicherheitsvorkehrungen sollen dafür sorgen, dass ich eine Minute nach meiner Abreise im Labor meines Vaters rematerialisiert bin. Ich meine, immer vorausgesetzt, dass die Goettreider-Maschine nicht fehlerhaft läuft, wenn sie eingeschaltet wird, weil ich vielleicht aus Versehen mit der an mir kleben gebliebenen Energie ihr prekär kalibriertes Innenleben aus dem Gleichgewicht gebracht habe, sodass jetzt der halbe Kontinent verdampft, einschließlich der Grundstücksparzelle in Toronto, auf der das Labor meines Vaters stehen wird.

Also sollte ich wohl zumindest abwarten und schauen, was passiert, wenn Lionel Goettreider den Schalter umlegt, bevor ich mich wie ein Bumerang in eine Zukunft zurückschleudern lasse, die vielleicht gar nicht da ist.

52

Lionel scheint sich der Tatsache überaus bewusst zu sein, dass die Stimmung im Raum kippt, von Neugier zu Ungeduld. Jemand fragt Jerome, wie lange es dauern wird, und der zuckt theatralisch die Schultern, grinst und genießt den beißenden Ozongeruch des drohenden Fehlschlags.

Ich habe damit gerechnet, Zeuge eines Wendepunkts der menschlichen Erkenntnis zu werden, bedeutungsvoll und erhaben, aber stattdessen mieft es hier nach leichtfertigem Ehebruch, lahmer Bürointrige und den Schweißperlen auf der klammen Stirn, hinter der das größte Genie der Menschheitsgeschichte wohnt.

»Alles in Ordnung«, sagt Lionel. »Die Werte sind nicht gravierend genug, um das Experiment zu beeinflussen.«

Was Lionel nicht weiß, ist, dass er soeben *Tau-Strahlung* entdeckt hat, eben die Spur, der ich durch die Zeit zurück gefolgt bin, die einzigartige Energiesignatur der Goettreider-Maschine selbst, die durch meine Moleküle geweht ist und sich paradoxerweise genau in dem Moment zu erkennen gegeben hat, als es sie noch gar nicht gibt auf der Welt. Also, ja – ein Riesenbockmist meinerseits.

Ursula zögert, aber sie nimmt Platz. Es ist nicht klar, ob es die Strahlungswerte sind, die sie beunruhigen, oder die starre Wut im Blick ihres Mannes, als sie sich neben ihn setzt. Lionel schaut in die Runde der versammelten Beobachter und lächelt schmal.

»Danke, dass Sie gekommen sind, um eine, wie ich hoffe, erhellende Vorführung mitanzusehen«, sagt Lionel. »Ich glaube, Mr Francoeur hat Ihnen allen die Grundzüge meiner Arbeit erläutert, und Sie waren geduldig genug, mir dabei zuzusehen, wie ich an der Maschine herumfummle. Deshalb will ich nur sagen, wenn – und es ist ein gewaltiges *Wenn* –, wenn meine Theorie Bestand hat und die konstante Rotation des Planeten sich als effiziente und robuste Energiequelle nutzbar machen lässt, dann könnte das von großem Wert für unsere technischen Unternehmungen sein. Natürlich erwarte ich von dem heutigen Experiment nicht viel, aber es sollte doch wenigstens einen Hinweis darauf geben, dass an meinen Theorien etwas dran ist, das sich weiterzuverfolgen lohnt.«

Was Goettreider sagte, bevor er den Prototyp einschaltete, ist nicht aktenkundig. Er machte sich keine Notizen, sondern sprach aus dem Stegreif. Das Wesentliche wurde in den folgenden Wochen von den verschiedenen Zeugen überliefert, aber als Wissenschaftler beachteten sie kaum, was er sagte, bevor die Maschine eingeschaltet wurde und ihnen allen den Atem verschlug mit dem, was dabei entfesselt wurde. In den darauffolgenden Jahrzehnten haben Tausende von Schriftstellern versucht, sich seine Rede auszumalen und sie mit Pomp und Prophezeiungen, Politik und Philosophie zu durchtränken. Forscher haben sämtliche Möglichkeiten seziert, Dichter haben gewaltige und unheimliche Vorträge erdacht.

Und ich habe es soeben gehört, sein tatsächliches Statement, zurückhaltend, bescheiden und mit einem Unterton von Selbstachtung. Es war immer höchst umstritten, ob Goettreider ahnte, was er gleich erreichen würde, oder nicht. Während ich jetzt dastehe und seine Worte höre und sehe, wie er sich hält, hat er offensichtlich hochfliegende Ambitionen, aber realistische Erwartungen. Er sieht aus wie jemand, der vor allem hofft, eine öffentliche Demütigung vermeiden zu können.

Ursula schaut Lionel mit einem liebevoll ermunternden Nicken an, und er steht aufrechter als vorher. Sein Blick wandert über die Konsole und vergewissert sich noch einmal, dass alles so ist, wie es sein soll. Er holt tief Luft, zieht scherzhaft eine Braue hoch und schaut die Beobachter an. Dann legt er den Schalthebel um, der die Goettreider-Maschine startet.

53

Ich klemme immer noch in der Nische hinter den Beobachtern, und so habe ich, bevor die Maschine den Betrieb aufnimmt, ungefähr dreißig Sekunden, um mich neu zu positionieren, wenn ich die Gesichter der versammelten Zeugen und ihre berühmten Reaktionen sehen will.

Ein Kribbeln in meinem Hinterkopf sagt mir, dass ich da, wo ich bin, in Sicherheit bin, selbst wenn ich nicht den allerbesten Blick auf das Experiment und die Beobachter habe. Die beste Methode, dafür zu sorgen, dass ich keinerlei materielle Interaktion mit den bevorstehenden Ereignissen habe, besteht darin, zu bleiben, wo ich bin. Leider ist die Vernunft kein Gegner für Eitelkeit und Neugier.

Als die Maschine anläuft und die Absorberspulen anfangen zu knistern, schlüpfe ich aus der Nische und positioniere mich auf der anderen Seite des Saals, Lionel gegenüber, dessen Hände immer noch auf dem Einschalthebel liegen. Ich habe freien Blick auf die Beobachter. Der Gesichtsausdruck ist bei allen fast der gleiche – milde interessiert, aber kaum beeindruckt. Nur Ursula legt das Gesicht in bange Falten, und ihre Kiefermuskeln arbeiten, als sie mit den Zähnen knirscht.

Die Maschine kommt auf Touren und gibt ein Grollen von sich, das meine inneren Organe in gelatinöse Schwingungen versetzt. Unbefestigte Objekte wie der Kaffeebecher, den ich angestoßen habe, tanzen auf der Stelle. Ein paar Beobachter zeigen ein nervöses Halblächeln, aber zumindest schauen jetzt alle aufmerksam zu. Lionel starrt seine Erfindung an und lässt die Hand auf dem Hebel, bereit, sie abzuschalten, falls irgendetwas schiefgeht, aber auch fasziniert von dem, was vielleicht kommt.

Was kommt, ist eine glitzernde, strahlende Wolkenfahne, die aus den Absorberspulen schießt und quer durch das Labor schnellt, um die Beobachter mit einem silbrigen Lichtwirbel zu umschließen.

Ein paar Leute schreien. Ein paar heben die Hände, um sich zu schützen. Der Rest ist starr und stumm vor Schrecken. Ursula lacht, hell und entzückt. Die Wolke tut niemandem weh, aber allen stehen die Haare zu Berge, als wären sie der Schwerkraft entronnen.

Eine zweite schillernde Energiewolke kreist harmlos durch den Saal.

Und jetzt sehe ich die sechzehn Gesichter. Die Reaktionen sind nicht ganz so, wie man sie wiedergibt. Skepsis versteht einfach nicht, was er da sieht. Ehrfurcht ist wahrscheinlich übertrieben, aber er reißt die Augen ziemlich weit auf. Bestürzung streckt die Arme aus, um die Energiewolke zu berühren, während Amüsiertheit davor zurückweicht. Zorn findet die Lightshow nur unheimlich. Nachdenklichkeit begreift, dass sie etwas nie Dagewesenes miterlebt, genau wie Angst, dem die Konsequenzen allerdings nicht gefallen. Unbeteiligtheit wirkt eher entsetzt, Besorgnis eher neugierig, Aufregung ist übertrieben, Gelassenheit untertrieben, Panik und Müdigkeit sind schwer zu unterscheiden, Weisheit ist eher beeindruckt, und während Eifersucht absolut zutreffend ist, kann ich Frechheit nirgendwo entdecken – da ist nur Stolz.

Wieder springt eine silberne Wolke aus der Maschine, und sie rollt diesmal geradewegs auf mich zu. Sie ist faszinierend. Aus der Nähe sehe ich, dass der schillernde Effekt im Innern des

Energiewirbels – dieser Molluske, die sich spiralförmig in sich zusammenrollt und mittlerweile alles symbolisiert, was Goettreiders Genie uns geschenkt hat –, dass dieser schillernde Effekt daher kommt, dass der große Wirbel aus zahllosen kleineren Wirbeln besteht, die ihrerseits wiederum aus immer winzigeren Wirbeln zusammengesetzt sind und sich endlos spiralig bis zur subatomaren Ebene in sich selbst hineindrehen, jeder einzelne ein sich drehender Strang aus reiner Energie, die eine Tür zu einer Zukunft öffnet, wie die versammelten Zeugen sie nur aus den billigen Science-Fiction-Heften kennen, die sie, zu drei Vierteln beschämt und zu einem Viertel fasziniert, lesen und sich dabei fragen, was wohl nötig wäre, um ihre lebhaften Träume Wirklichkeit werden zu lassen. Wie bei dem virtuellen Umgebungsprojektor, der mich jeden Morgen ins Bewusstsein geleitete, waren sie in diesem Augenblick alle in einen Schwebezustand zwischen einer halb wachen Vergangenheit und einer halb wachen Zukunft versetzt. Sie wussten es noch nicht, aber die Goettreider-Maschine war das Werkzeug, durch das ihre unerhörtesten Träume das Licht der Welt erblicken würden.

»Herr im Himmel!«, sagt Lionel.

Alle schauen ihn an. Ich schaue ihn an. Und erkenne, dass er mich anschaut.

Er kann mich *sehen*.

Denn die prachtvoll funkelnde Wolke, die ich bestaunt habe, hat das Unsichtbarkeitsfeld durchdrungen, das mich umhüllt, sodass ich jetzt zwar durchscheinend, aber sichtbar bin – und ich würde über einen weiteren kolossalen Fehler im grandiosen Plan meines Vaters frohlocken, wenn ich nicht allzu sehr mit einer Panikattacke beschäftigt wäre. Lionel Goettreider steht starr und bleich da und schaut den Geist an, der ihn da quer durch das Labor anglotzt.

Wie sich herausstellt, bin ich der Siebzehnte Zeuge. Der Idiot.

54

Ich fummle mit dem Notfall-Reset-Schalter auf dem Tastenblock an meinem Handgelenk herum, und er macht mich wieder unsichtbar, bevor die Sechzehn Zeugen die Köpfe zu mir herumdrehen können.

»Haben Sie das gesehen?«, fragt Lionel. »Hat irgendjemand das gesehen?«

»Was gesehen?«, fragt Ursula. »Was gesehen, Lionel?«

»Seid ihr jetzt schon per du?«, fragt Jerome.

Wieder wallt eine Wolke aus der Maschine. Niemand weiß, wo er hinschauen soll. Das wichtigste Experiment der Menschheitsgeschichte läuft vor ihren Augen ab, und alle starren die leere Stelle an, wo ich stehe und gleich das Notfall-Bumerang-Protokoll auslösen werde, um schleunigst aus der Vergangenheit zu verschwinden.

Alle wissen, was als Nächstes passiert.

Die anfängliche Pyrotechnik ist vorüber, und die Maschine stabilisiert sich. Mit einer schwungvollen Bewegung dreht Goettreider eine Glühlampe ein, um zu beweisen, dass die Maschine Strom generiert. Die Birne strahlt hell auf, zu hell, glüht und platzt. Die Elektrizität schießt heraus wie drahtige Finger und versengt die Betondecke. Der Strom fällt im ganzen Gebäude aus, dann im Block, im Viertel, in der Stadt und schließlich auf dem Kontinent. Aber in Dunkelheit und Durcheinander läuft die Maschine weiter, saugt endlose Mengen von Watt auf und lädt im Handumdrehen die Hochleistungsbatterie auf, die Goettreider für den unwahrscheinlichen Fall, dass seine Erfindung wirklich funktionieren sollte, aufgestellt hat. Als der Aufruhr wegen des Blackouts sich gelegt hat, wird die Maschine von einer Vielzahl von Teams mit überlappenden Zuständigkeiten evaluiert, und als die Gutachten erstellt sind, werden zuerst die Vereinigten Staaten, dann Kanada, Mexiko und Mittelamerika und schließlich fast die ganze Welt an den Prototyp angeschlossen, der unaufhörlich weiterläuft, bis ein Netzwerk aus zugehörigen Maschinen in Relaiszentren überall auf der Welt entsteht. Eine Handvoll Länder besteht darauf, ihre eigene Energieversorgung aufrechtzuerhalten, aber auf dem Sterbebett – kalkweiß und ausgemergelt von der Strahlungsvergiftung, ohne Zähne, Haare und Fingernägel, die Augen milchig und blind, die Organe zu einer schwarzen, trüben Suppe verflüssigt – gibt Goettreider jeden Rechtsanspruch auf seine Konstruktion auf, sodass jeder sich die Maschine selbst bauen kann.

Er starb unverheiratet und ohne Erben, es gab niemanden, dem er das Geld hätte vermachen können. Also schenkte er der Welt grenzenlose Energie, und die Welt schenkte ihm unsterbliches Ansehen. Die Zukunft begann.

Was nicht passieren soll, ist dies.

Goettreider soll nicht in Panik geraten, weil er einen halb durchsichtigen Fremden in einem glatten Hautanzug in seinem Labor stehen sieht.

Er soll den Einschalthebel nicht herumreißen und die Maschine mitten im Betrieb stilllegen.

Die Maschine soll nicht erbeben und Funken sprühen, weil die ungeheuren Mengen an Energie, die sie erzeugt, nirgendwo hinkönnen.

Das harmlos pulsierende, silberne Licht soll nicht in feurigem Blau erstrahlen.

Das blaue Pulsieren soll nicht in die Steuerkonsole fahren, Metall und Glas schmelzen lassen, sich durch den Beton brennen und Flammen an der Wand hinauflecken lassen.

Ursula soll Lionel nicht anschreien, er solle von der Maschine weggehen.

Der nächste blaue Blitz soll nicht auf sie zuschießen, als wäre er absichtlich auf sie gerichtet worden.

Jerome soll nichts Unverständliches brüllen, auf Ursula zustürzen und sie beiseitestoßen.

Der blaue Blitz soll nicht Haut und Muskeln von seinem Arm unterhalb des Ellenbogens herunterschälen und die Wand dahinter durchschlagen, während Jerome den skelettierten Arm umklammert, an dem die Blutung im ersten Augenblick kauterisiert worden ist, und vor Schmerz und Entsetzen schreit, als die entblößten Knochen zu pulveriger Asche zerfallen.

Ursula soll nicht den Mund aufreißen, um ein Geräusch zu machen, das nie aus ihrem Mund kommt, als ihr Mann auf die Knie fällt und mit seinem qualmenden Armstumpf wedelt.

Die anderen vierzehn Beobachter, lauter scharfsinnige, vernünftige, wissenschaftliche Köpfe, sollen nicht unverzüglich zu einer krampfenden Meute werden, die – gehetzt von weinender, wirrer und bibbernder Angst – Stühle umwirft und zum einzigen Ausgang drängt. Sie fallen übereinander, brechen sich die Finger und bohren harte Zähne in weiche Lippen, als der nächste blau pulsierende Blitz in die Decke fährt und ins nächste Stockwerk durchdringt. Ein Stahlträger schmilzt bei dem Kontakt, und Flammen schlagen hinauf zu den gezackten Rissen, die spinnennetzartig über die Decke zucken, wo schwere Betonbrocken bedrohlich herabhängen.

Lionel soll nicht in sinnloser Abwehr gegen die ausströmende Hitze des Aufnahmekabels die Hände hochreißen, während die

Maschine sich zur Kernschmelze zusammenzieht. Blasen schwellen und platzen an seinen Handflächen, die feinen Härchen seiner Wimpern und Augenbrauen fangen Feuer, aber die Katastrophe lähmt ihn, und er kann nicht einmal blinzeln.

Aber vor allem soll *ich* nicht hier sein. Alles, was nicht passieren soll, passiert also.

Die Wahrheit ist, dass alle in diesem Raum dem Tode geweiht sind. Allerdings erst *nachdem* sie Geschichte geschrieben haben, als Visionäre, die den Märtyrertod gestorben sind, für die Zukunft verewigt. Nicht so, heulend und einander stoßend und auf Händen und Knien in Deckung kriechend, nicht wie Ursula, die den verstümmelten, betrogenen Ehemann in den Armen hält, nicht wie der größte Erfinder der Welt, der die Trümmer seiner Genialität anstarrt, während seine Nasenspitze verbrennt und roher Knorpel zutage tritt.

In diesem Augenblick voller Chaos und Entsetzen entdecke ich an mir etwas, das irgendwie ganz nett ist: Ich bleibe halbwegs ruhig unter Druck. Statt mich in eine blubbernde Amöbe des Grauens zu verwandeln, stürme ich unsichtbar durch das Labor und stoße Lionel von der Maschine weg, so hart ich kann, und lasse ihn gegen die gegenüberliegende Wand prallen, wo er seiner Rettung wenigstens ein paar Schritte näher kommt.

Eine neue Feuerwolke birst aus der Maschine und wallt über mich hinweg. Sie müsste mich einäschern, aber mein Skinsuit ist dazu gedacht, gegen physikalische Beschädigung weitgehend unempfindlich zu sein. Allerdings lässt sie einen katastrophalen Stromstoß durch die biologischen Schaltkreise fahren, was zu einem kaskadenförmigen Systemausfall führt. Zum Glück haben mein Vater und seine Ingenieure eine Notsicherung eingebaut: Im Falle einer totalen, umfassenden Fehlfunktion wird automatisch das Notfall-Bumerang-Protokoll ausgelöst.

In einer Sekunde werde ich nach Hause zurückkehren.

Gegen alle Wahrscheinlichkeit und möglicherweise zum ersten und einzigen Mal in meinem Leben arbeitet mein Hirn mit größter Effizienz. In einer Sekunde hat mein Nervensystem gerade genug Zeit, eine einfache Nachricht an die Muskeln in Schulter, Arm, Hand und Fingern zu senden. Die Nachricht lautet: Schaltet die Maschine wieder ein, damit sie nicht den halben Kontinent zerstört.

Mit meiner unsichtbaren Hand lege ich den Einschalthebel um.

Dann bin ich weg.

55

ZUSAMMENFASSUNG – Kapitel 44 bis 54

Getrieben von Schock, Trauer, Wut und Idiotie benutzt Tom Barren den Prototyp der Zeitreisemaschine seines Vaters, um von 2016 nach 1965 zu reisen, ein paar Minuten bevor Lionel Goettreider seine Erfindung startet, die die Welt verändern soll – die Goettreider-Maschine.

Unsichtbar für Auge und Kamera versäumt Tom es, sich überdies in einen immateriellen Zustand zu versetzen, und so kann er jetzt physisch mit seiner Umgebung interagieren. Was er auch bald tut. Wodurch er die verwirrte Aufmerksamkeit Lionel Goettreiders auf sich lenkt.

Lionels Neugier wird gestört durch Ursula Francoeur, die Frechheit der Sechzehn Zeugen. Die beiden glauben sich unbeobachtet, und so erfährt Tom etwas, das niemand zuvor entdeckt hat: dass Lionel und Ursula ein Verhältnis miteinander haben.

Die anderen fünfzehn Beobachter treffen ein, unter ihnen Ursulas Ehemann Jerome Francoeur, der Regierungsbürokrat, der Lionels Forschung genehmigt hat und die Mittelverwendung beaufsichtigt. Niemand erwartet, dass irgendetwas Erstaunliches passieren wird.

Lionel stellt ein paar letzte Berechnungen an und bemerkt etwas Seltsames: Spuren einer bis dahin unbekannten Radioaktivität. Tom erkennt, dass die Strahlung von *ihm* ausgeht. Weil er nicht immateriell ist, werden die Energien, die er durch die Zeit mitgebracht hat, von Lionels Instrumenten registriert.

Zum Glück ist der gesellschaftliche Druck des Augenblicks stärker als Lionels Bedenken. Die Zukunft seiner Forschung hängt von dem Experiment ab, das er durchführen will, und jedes erkennbare Zögern könnte einen jetzt schon argwöhnischen und gereizten Jerome weiter gegen ihn aufbringen.

Er legt den Hebel um und schaltet die Maschine ein.

Zunächst läuft alles, wie es soll. Die Maschine kommt auf Touren und fängt an, große Mengen Energie anzuziehen. Wirbelnde Wolken aus schimmerndem Silberlicht ziehen wild durch den Raum, gleißend, aber harmlos.

Dann aber trifft eine dieser Wolken Tom und zerstört sein Unsichtbarkeitsfeld. Nur Lionel sieht ihn, und natürlich ist es ein Schock, eine geisterhafte Gestalt im Labor stehen zu sehen.

In seiner Panik schaltet Lionel die Maschine unvermittelt ab, als sie gerade auf vollen Touren läuft und Sturzbäche an Energie freisetzt. Erzitternd läuft sie heiß und zerschmilzt. Die harmlos funkelnden Wolken explodieren zu feurig blauen Blitzen der Zerstörung, durchstoßen die Betonwände, lassen die Stahlträger schmelzen und die Decke beinahe einstürzen. Jerome stößt tapfer seine Frau Ursula vor einer solchen Wolke beiseite, und sein Arm wird unterhalb des Ellenbogens abgetrennt. Die anderen Beobachter versuchen, sich mit Klauen und Zähnen in Sicherheit zu bringen, aber es gibt kein Entkommen. Lionel, der der überhitzten Maschine am nächsten steht, beginnt Blasen zu werfen und zu verbrennen. Wenn man sie nicht stoppt, wird die Kernschmelze halb Nordamerika verdampfen lassen.

Tom bleibt nichts anderes übrig, als einzugreifen und Lionel mit einem Stoß in Sicherheit zu bringen. Die immense Hitze, die von der Maschine ausgeht, verschmort die Schaltkreise der Zeitreisemaschine, wodurch die Notrückkehrfunktion aktiviert wird, und er schaltet die Goettreider-Maschine wieder ein, bevor es zu spät ist.

Ohne zu wissen, ob seine letzte verzweifelte Tat etwas gebracht hat, verschwindet Tom.

56

Fuck. Fuck fuck fuck fuck fuck shit fuck. Fuck fuck fuck. Shit. Fuck fuck fuck. Fuck fuck shit shit shit shit fuck. Fuck fuck fuck fuck shit fuck shit fuck shit shit fuck fuck fuck fuck fuck fuck fuck fuck fuck fuck fuck fuck fuck fuck fuck fuck fuck fuck fuck fuck fuck fuck fuck fuck fuck fuck fuck fuck fuck fuck fuck fuck fuck fuck fuck fuck fuck fuck fuck fuck fuck. Shit. Shit shit shit shit shit fuck. Fuck fuck fuck. Shit shit fuck shit. Fuck fuck fuck fuck fuck fuck fuck fuck fuck fuck fuck fuck fuck fuck fuck fuck fuck fuck fuck fuck fuck fuck fuck fuck fuck fuck fuck fuck fuck fuck fuck shit fuck fuck fuck fuck fuck fuck fuck shit fuck fuck fuck fuck fuck fuck fuck fuck fuck fuck fuck fuck fuck fuck fuck fuck fuck fuck fuck fuck fuck fuck fuck fuck fuck fuck fuck fuck fuck fuck fuck fuck fuck fuck fuck fuck fuck fuck fuck fuck fuck fuck fuck fuck fuck fuck fuck fuck fuck fuck fuck fuck fuck fuck fuck fuck fuck fuck fuck fuck fuck fuck fuck fuck fuck fuck fuck fuck fuck fuck fuck fuck fuck fuck fuck fuck fuck fuck fuck fuck fuck fuck fuck fuck shit shit fuck fuck fuck fuck fuck fuck fuck fuck fuck fuck fuck fuck fuck fuck fuck fuck fuck fuck fuck fuck fuck shit shit shit shit shit shit shit shit shit fuck fuck fuck fuck fuck fuck fuck fuck fuck fuck fuck fuck fuck fuck fuck fuck fuck fuck fuck fuck shit. Fuck fuck shit fuck fuck fuck shit. *Fuck.*

57

Du wachst in einem Krankenhaus auf.

Du wachst in einem Krankenhaus auf, und sie sagen dir, du bist auf einer Baustelle zusammengebrochen.

Du wachst in einem Krankenhaus auf, und sie sagen dir, du bist auf einer Baustelle zusammengebrochen, und sie sind nicht ganz sicher, was genau mit deinem Gehirn passiert ist, aber was immer es war, resultierte darin, dass du dich zuckend auf dem Betonboden gewunden und immer wieder »Fuck« und gelegentlich auch »Shit« gesagt hast.

Sie sagen, du heißt John Barren.

Sie sagen, du heißt John Barren, und sie wissen nicht, wie du auf die Idee kommst, dass du Tom Barren heißt.

Sie sagen, du heißt John Barren, und sie wissen nicht, wie du auf die Idee kommst, dass du Tom Barren heißt, aber wahrscheinlich hat es etwas mit dem Zusammenbruch zu tun, mit dem Zucken und Winden und Fluchen.

Du bemühst dich nach Kräften, ruhig zu bleiben.

Du bemühst dich nach Kräften, ruhig zu bleiben, und erklärst ihnen, dass du nicht weißt, wie sie auf die Idee kommen, dass du John heißt und nicht Tom.

Du bemühst dich nach Kräften, ruhig zu bleiben, und erklärst ihnen, dass du nicht weißt, wie sie auf die Idee kommen, dass du John heißt und nicht Tom, aber dass du soeben ein paar ziemlich bemerkenswerte Sachen gesehen hast, die unsere Vorstellung von den möglicherweise wichtigsten zehn Minuten aller Zeiten für immer ändern werden, und wenn du nur mal deinen Vater sehen könntest, auch wenn er wütend ist, was du verstehen würdest, wenn du ihm einfach nur erzählen könntest, was du gesehen hast, dann wird er erkennen, wie wichtig es ist, das weißt du, und er wird dir helfen, ihnen zu erklären, wie die Tatsache, dass du überhaupt noch lebst, dass *irgendeiner* von ihnen noch lebt, beweist, dass du keinen so großen Bockmist gebaut hast, wie es möglich gewesen wäre, denn gegen alle Wahrscheinlichkeit hast du es geschafft, eine rapide eskalierende Situation herumzureißen, die kurz davor war, sich in ein wirklich entsetzliches Chaos zu verwandeln, und, na ja, dir ist natürlich klar, dass es keinen, sagen wir, *Preis* dafür geben kann, dass es einer *unterlassen* hat, den grundlegenden roten Faden der Menschheitsgeschichte unwiderruflich zu verdrehen, aber unter diesen Umständen wäre ein einfaches *Danke schön* vielleicht nicht zu viel erwartet.

Sie schauen dich an.

Sie schauen dich an, und du begreifst.

Sie schauen dich an, und du begreifst, sie sind deine Eltern.

Deine Mutter lebt.

Deine Mutter lebt, und du fängst an zu weinen.

Deine Mutter lebt, und du fängst an zu weinen und kannst nicht mehr aufhören.

58

Ich bin nicht besonders gut darin, Spannung aufzubauen. Deshalb lasse ich alle erzählerischen Tricks weg und erkläre, was zum Teufel los ist. Ich bin hier. Ich meine, *hier*. In dem Hier, in dem Sie auch sind. In dem Hier, in dem ich nicht sein sollte.

Es ist 17 Uhr 57 am Montag, dem 11. Juli 2016. Anscheinend war ich fast drei Stunden bewusstlos.

Als das Notfall-Bumerang-Protokoll der Zeitreisemaschine durch die einsetzende Kernschmelze der Goettreider-Maschine ausgelöst wurde, katapultierte es mich automatisch zurück in meine eigene Zeit, genauer gesagt, zu einem Zeitpunkt, der sechzig Sekunden nach meiner Abreise lag. Mein Vater hätte die Rückkehr auch so programmieren können, dass sie augenblicklich stattfand, aber er dachte sich, eine dramatische Minute mit angehaltenem Atem würden seine Investoren spannend finden. Ich bin allerdings nicht in sein verlassenes Labor zurückgekehrt. Denn *hier* wurde das Labor nie gebaut. Denn *hier* hat mein Vater die Zeitreisemaschine nie erfunden. Denn *hier* war der 11. Juli 1965 nicht der Wendepunkt der Geschichte. Denn *hier* war es ein ganz gewöhnlicher Tag.

Verstehen Sie? Ich bin in derselben Welt wie Sie. In der Welt, von der Sie glauben, dass Sie *immer* schon darin waren. Langweilig, fad, uncharmant und kaum weiterentwickelt seit dem 1965, aus dem ich gerade gekommen bin.

Sie glauben, seitdem hat sich vieles verändert, denn Sie kennen iPhones und Drohneneinsätze und 3D-Drucker und, was weiß ich, glutenfreie Brezeln. Aber mir kommt so etwas vor wie Anfang 1970. Das Krankenhaus, in dem ich aufgewacht bin, könnte ebenso gut eine mittelalterliche Folterkammer sein, so plump und barbarisch sieht alles aus.

Ich konnte verhindern, dass die Goettreider-Maschine halb Nordamerika zerstört – aber die Goettreider-Maschine selbst und die Welt, die sie mit ihrer grenzenlosen Energie geschaffen hat… es hat sie nie gegeben.

Es hat sie nie gegeben, und Sie halten meine Geschichte bis hierher für halbwegs schlüssige Science-Fiction.

Das alles versuchte ich meinen Eltern zu erklären, und sie reagierten freundlich, fürsorglich, besorgt, mitfühlend und in der Hoffnung, es handele sich um einen zeitweiligen Kurzschluss und nicht um eine irreparable neurologische Katastrophe. Die Ärzte mit ihren archaischen medizinischen Untersuchungsapparaten waren keine große Hilfe. Ich wusste, ich war nicht verrückt geworden, aber ich sah auch, worauf es hinauslaufen würde, nachdem eine Serie von Tests ergeben hatte, dass mit meinem Gehirn organisch alles in Ordnung war: auf psychologische Beratung.

Und dann werde ich sozusagen gerettet durch eine Intervention von unerwarteter Seite.

Meine Eltern sind in eine hitzige, gedämpfte Unterredung mit einer Meute Ärzte vertieft, als die Tür zu meinem Zimmer sich öffnet.

Sie hat scharfe Augen und einen breiten Mund und zwischen den gebogenen Augenbrauen eine permanente Falte infolge einer allgemeinen Neigung zu skeptischen Blicken. Für jemanden, den ich noch nie gesehen habe, kommt sie mir gespenstisch bekannt vor.

Meine Eltern umarmen sie, und sie windet und wehrt sich gegen ihre Anhänglichkeit. Sie kommt an mein Bett und schaut mich mit schmalen Augen an, als rechnete sie halb damit, das Ganze sei ein kranker Scherz.

»*Fuck*, Alter, was soll das denn?«, sagt sie. »Mom und Dad sind ausgeflippt deinetwegen.«

Sieht ganz danach aus, als hätte ich eine Schwester.

59

Meine Schwester heißt Greta Barren. Sie ist drei Jahre jünger als ich und übernimmt auf der Stelle das Kommando, schickt die Ärzte weg, damit wir als Familie unter uns sind, und befiehlt meinem Vater und meiner Mutter – die, ich sage es noch einmal, am *Leben* ist –, sich hinzusetzen. Meine Eltern tun gehorsam, was sie sagt, und zwängen sich nebeneinander auf die verschlissene, orangegelbe Couch unter dem Fenster, während Greta – die, ich sage es noch einmal, meine Schwester ist – sich neben meinem Bett an die Wand lehnt, die Arme verschränkt, die Brauen zusammengezogen, und mich auffordert, meine Geschichte zu wiederholen.

Und mit all der Klarheit, die ich aufbringen kann – man bedenke, ich bin in einer Realität, die nicht existieren sollte, rede mit einer Schwester, die nie geboren wurde, während meine tote Mom mit meinem Dad auf der Couch sitzt und Händchen hält, was ich in meinem ganzen Leben noch nie gesehen habe –, erzähle ich, was passiert ist. Greta hört zu, nickt ab und zu und unterbricht mich nicht. Ungefähr nach der Hälfte meiner Geschichte aber glättet sich ihre Stirn, und sie presst die Lippen zusammen, als müsste sie sich das Grinsen verkneifen. Was mich langsam sauer macht. Aber ich erzähle unbeirrt weiter und schildere die Ereignisse, die sich am 11. Juli 1965 in Goettreiders Labor zugetragen haben. Und die schließlich dazu geführt hätten, dass ich hier bei ihnen bin, statt ohne sie da, wo ich sein sollte.

Als ich fertig bin, schaut Greta mir in die Augen und prustet vor Lachen. Sie dreht sich zu meinen verwirrten und beunruhigten Eltern um, die immer noch Händchen haltend auf der orangegelben Couch sitzen.

»Leute«, sagt sie, »das ist bloß sein *Roman*.«

60

Meine Eltern haben keine Ahnung, wovon meine Schwester da redet. »Erinnert ihr euch nicht mehr an die Geschichten, die er als Kind geschrieben hat?«, fragt Greta. »Wie er, keine Ahnung, in der Zukunft lebte und so was? Und die Bilder, die er gemalt hat, wisst ihr, die verrückten Gebäude mit lauter Schnörkeln? Fliegende Autos, Roboter, Düsenrucksäcke, der ganze Quatsch?«

»Natürlich erinnern wir uns«, sagt meine Mom. »Aber was hat das mit einem Roman zu tun?«

»Ich glaube, das war vor ein paar Monaten«, sagt Greta, »da hat er mir erzählt, er hat einen Packen von seinen alten Geschichten und Bildern gefunden und sich gedacht, sie taugen was für ein Buch, vielleicht sogar für einen Film oder so. Er meinte, er wollte das Buch schreiben und diesen Produzenten bitten, es zu lesen. Ihr wisst schon, der, der das Haus in Malibu in Auftrag gegeben hat?«

»Dessen letzten Film haben wir gesehen«, sagt mein Vater. »Der den Golden Globe gewonnen hat. Der wissenschaftliche Aspekt war grundfalsch dargestellt. Ich meine, ich war kurz davor, dem Mann zu schreiben und ihm zu erklären, dass die eigentliche Wissenschaft *faszinierend* ist und dass man sie nicht mit all dem Unfug zukleistern muss, damit der Plot funktioniert.«

»Bleib bei der Sache, Schatz«, sagt meine Mom.

»Entschuldige«, sagt mein Dad.

»Ich glaube, ich verstehe es immer noch nicht«, sagt meine Mom. »Wann hat er ein Buch geschrieben?«

»Hat er gar nicht, glaube ich«, sagt Greta. »Aber was er gerade erzählt hat, dieser ganze Zeitreisekram, das ist der Plot seines Romans. Als er mir davon erzählt hat, dachte ich, er macht Witze. Weil, ich meine – als ob er Zeit hätte, einen Roman zu schreiben. Aber egal, ob er ihn tatsächlich geschrieben hat oder nicht, der springende Punkt ist, dass es sich nicht um einen schizoiden Anfall handelt oder so was. Er ist nur ein bisschen durcheinander und hat das wahre Leben mit seiner Story-Idee vermischt. Er wird schon wieder.«

Mom und Dad schauen Greta dankbar an. Sie halten immer noch Händchen.

Ich sitze aufrecht im Krankenhausbett und bin frustriert, gekränkt und verärgert, denn ich weiß, sie irrt sich, es ist kein gottverdammter *Plot*. Es ist mein Leben.

Außer, ich meine, was ist, wenn sie recht hat? Bin ich meiner Sache so sicher, weil ich recht habe … oder weil mein Gehirn aus noch unbekannten Gründen aus der Kurve geflogen ist?

»Hey, Blödmann, komm zu dir«, sagt Greta. »Ich hab heute Abend ein Date.«

61

Sieht ganz so aus, als hieße ich John Barren. Mein Geburtsdatum ist anscheinend dasselbe, der 2. Oktober 1983. Anscheinend bin ich *Architekt.*

Mein Master-Diplom habe ich vor fünf Jahren am Massachusetts Institute of Technology erworben. Ich habe ein Postgraduiertenjahr an der Königlich-Dänischen Kunstakademie in Kopenhagen verbracht und einen Job bei einer Spitzenfirma in Amsterdam bekommen. Ich habe bei einer Vielzahl von Projekten überall auf der Welt mitgearbeitet, unter anderem an dem Haus des Produzenten in Malibu, einem Bürogebäude in Kuala Lumpur, einem weiteren Bürogebäude in Boston, einem Skiort in der Schweiz, einem Bankhochhaus in Singapur und einem Kongresszentrum in Dubai.

Vor neun Monaten wurde meine Firma wegen eines Apartmenthochhauses in meiner Heimatstadt Toronto angefragt. Nach einem Streit mit meinen Chefs über die Entwürfe entschloss ich mich, auch wenn es überstürzt klingt, zu kündigen und mich selbständig zu machen. Aus Gründen, die ich nicht verstehe, die aber vermutlich etwas mit einer leidenschaftlichen Rede vor dem Vorstand des Immobilienunternehmens zu tun haben, darüber, wie dieses Hochhaus nicht nur die Skyline von Toronto neu definieren werde, sondern das, was die Welt überhaupt unter einem Gebäude versteht, quasi eine neue Avantgarde der Architektur einleitend – ich habe keine Ahnung, was das alles bedeuten soll –, aus solchen Gründen also gab man mir die oberste Leitung bei dem Apartmentprojekt, und ich bin vor sechs Monaten nach Toronto zurückgekommen, um meine eigene Firma zu gründen. Nach kurzer Zeit hatte ich mehrere hochkarätige Aufträge und einen jungen Mitarbeiterstab, der sich komplett in Schwarz kleidet und durch exzentrische Brillen auffällt. Mehrfach erschienen schmeichelhafte Porträts von mir in den Medien wegen meiner visionären Designphilosophie.

Das ist Wahnsinn, denn ich habe nicht die leiseste Ahnung von Architektur.

Wobei, doch, auch wenn es eigentlich nicht sein kann. In meinem Hirn kullern Jahre des Studierens herum, Jahre des Nachdenkens und Experimentierens und Scheiterns und Scheiterns und Scheiterns und einer nicht völlig grässlichen Idee, des Scheiterns und Scheiterns und Scheiterns und des Blicks auf eine nicht total peinliche Vorstellung und des Scheiterns und Scheiterns und Scheiterns und Scheiterns und dann eines unbedeutenden Erfolgs und dann eines etwas weniger unbedeutenden Erfolgs und schließlich des unverkennbaren Abstiegs in narzisstische Selbstüberschätzung in Gestalt der Selbständigkeit mit ein paar nebelhaften, aber zuversichtlich artikulierten Erklärungen zur Zukunft der Architektur.

Trotzdem muss ich wohl ein hundertprozentiger Hochstapler sein, denn wie könnte ich – der nie einen originellen Gedanken hatte, der immer nur enttäuscht und niemals beeindruckt hat –, wie könnte ich etwas anderes zustande bringen als unberechenbare, neue Methoden, nicht nur mein eigenes Leben und das Leben derer, die ich liebe, zu zerstören, sondern auch die fundamentale Integrität des Raum-Zeit-Kontinuums?

Und dann sehe ich ein paar Fotos von Gebäuden, an denen ich gearbeitet habe. Und mir wird so einiges klar.

Nach meiner Entlassung aus dem Krankenhaus bestehe ich darauf, dass Mom und Dad und meine Schwester mich zu der Baustelle bringen, auf der ich kollabiert bin. Sie besteht aus einem großen, viereckigen Loch im Boden, einem Fundament aus Beton und einem Stahlgerüst für die ersten Stockwerke. Im Bauwagen hängt eine detaillierte Darstellung des Gebäudes, das hier entsteht, und ich starre sie lange an. Denn es ist genau so, wie es sein sollte. Es sieht aus wie zu Hause.

Ungeachtet der widersprüchlichen Erinnerungen, die in meinem Kopf herumrauschen, weiß ich, dass ich Tom Barren bin aus dem wirklichen Jahr 2016. Aber John Barren ist auch in mir, und seine Erinnerungen und Gedanken und Vorlieben und Ansichten hängen an meinen eigenen Erinnerungen und Gedanken und Vorlieben und Ansichten wie die klebrigen Rückstände auf der Haut, wenn man ein Pflaster abgerissen hat.

Das weiß ich übrigens nur, weil ich das Pflaster an meiner Ellenbeuge abgezogen habe, wo sie mir Blut abgenommen haben. Da, wo ich herkomme, wäre es ein unfassbar urzeitliches Verfahren, eine Wunde mit einem Stück Stoff zuzukleben.

Aber allmählich kapiere ich. Bis heute Nachmittag, als mein Bewusstsein allmählich wieder das Kommando übernahm, hatte Johns Bewusstsein die Oberhand. Ich – also ich, Tom – war auch da, versteckt wie ein Geldschein in der Tasche einer Jeans, die in der Wäscherei war. Noch so eine Analogie, die ich nicht verstanden hätte, bevor ich mich an einem Ort wiederfand, wo Kleidung aus Vegetationsbestandteilen und Tierhäuten hergestellt wird, nicht aus rekombinierten Molekülen.

Es gab eine Barriere zwischen mir und John, aber sie war durchlässig. Von den ersten Augenblicken seines Bewusstseins an partizipierte John an meinen ersten Augenblicken des Bewusstseins. Er sah, was ich sah, aber er nahm es als eigene Fantasie. Seine Kindheitszeichnungen mit den riesenhaften, verrückten Stadtlandschaften – ich habe sie aus einer Kiste im Keller meiner Eltern gegraben, und sie sind gespenstisch präzise Abbildungen meiner eigenen Welt. Die avantgardistischen Ideen, die er in seinen Entwürfen für das holländische Architekturbüro verwandte, die kühnen Konzepte – sie sind typisch für die einfachsten und funktionalsten Gebäude in der Welt, aus der ich komme. Für seine Arbeitgeber machten sie ihn zu jemandem, den sie im Auge behalten mussten, während seine Kollegen ihn beneideten, verabscheuten, sabotierten und imitierten.

All seine vorgeblich innovativen Designkonzepte, die eleganten, aber organischen Innenräume und die modernen, aber majestätischen Außenverzierungen, die als Schlichtheit verkleidete Komplexität und natürlich die *Wirbel*, diese Wirbel allenthalben – das alles ist komplett abgekupfert von der Architektur meiner Wirklichkeit. Die Entwürfe, an denen er gerade arbeitet, einschließlich des Apartmenthochhauses in Toronto, dessen stählerne Skelettfinger langsam in den Himmel hinaufkriechen, sind geklaute Gebäude aus meiner Welt, der Welt, die wir haben sollten. Das Projekt in Toronto sieht fast *exakt* so aus wie das Gebäude, das auf demselben Grundstück in der anderen Welt steht. Er hat nachgebildet, was hätte da sein sollen, und es als sein Werk ausgegeben.

Ich bin kein Visionär. Ich bin ein Plagiator. Aber ich stehle die Pläne von Gebäuden, die es nie gegeben hat, entworfen von Architekten, die nie geboren wurden, in einer Welt, die nicht existiert.

62

Mein Dad, Victor Barren, ist Professor für Physik an der University of Toronto mit dem Fachgebiet Photonik. Er erforscht die Möglichkeit, konventionelle Elektronik durch exponentiell schnellere und leistungsfähigere Photonen anstelle der kläglichen, kleinen Elektronen zu ersetzen, um ehrgeizige Projekte wie zum Beispiel Quantencomputer mit der Energie zu versorgen, die sie brauchen. Er hält Seminare für Studenten und Doktoranden, er publiziert in geheimnisvollen Fachzeitschriften, er hat sieben Jahre als Vertreter seines Fachbereichs im Campus Union Council gesessen, hat sich zweimal als Dekan beworben und ist zweimal abgelehnt worden, und gelegentlich darf er in den Lokalnachrichten als Kommentator auftreten, wenn irgendeine Entwicklung in der Welt der Physik spektakulär genug ist, um die flüchtige Aufmerksamkeit der allgemeinen Öffentlichkeit zu erregen. Das verdankt sich vor allem seiner tiefen, gebieterischen Stimme, die mit seiner unterhaltsamen Neigung kontrastiert, mit Pokermiene aus populären Science-Fiction-Filmen zu zitieren, wenn er komplexe, wissenschaftliche Grundlagen erläutert.

Niemand, auch nicht er selbst, hält ihn für ein Genie. Er ist nicht mal besonders erfolgreich. Sein einziger Versuch als Autor eines populärwissenschaftlichen Werkes war ein Flop, ein dünnes, peppiges, wortspiellastiges Buch mit dem Titel *Der DeLorean und die TARDIS – Zeitreisen in Kunst und Wissenschaft.*

Also, ja, mein Dad war immer noch von Zeitreisen fasziniert, aber nicht in einem professionellen Zusammenhang. Seinen Kollegen an der Universität gegenüber bezeichnete er das Buch verlegen als Spaß: ein amüsantes Kindheitsinteresse, befeuert durch die Frustration des Wissenschaftlers angesichts der lächerlichen technischen Tricksereien in den Zeitreisegeschichten dilettantischer Autoren, die lieber harte wissenschaftliche Fakten so verbiegen, dass sie sich ihren wackligen Plot-Versuchen anpassen, statt sich der schwierigen, aber lohnenden Herausforderung zu stellen, das Thema tatsächlich mit Klarheit und Präzision zu behandeln.

Mein Dad ist leutselig, weitschweifig, gelegentlich zerstreut, großzügig mit Zeit und Rat, bewundert von seinen Studenten, meiner Mom treu ergeben, geduldig und gütig zu seinen Kindern, ein guter, liebevoller, über die Maßen angenehmer Mensch.

Der Mann ist nicht mein Vater. Es ist unmöglich, dass mein Vater und dieser Mann dieselbe DNA teilen.

63

Trotz des weitverbreiteten politischen Chaos, gesellschaftlicher Dysfunktion, technologischer Inkompetenz und der stinkenden Giftigkeit dieser Welt gibt es doch etwas, das hier *viel* besser ist. Die Bücher.

Da, wo ich herkomme, liest kein Mensch Romane, es sei denn, er wäre wie meine Mutter, die die künstlerischen Medien einer längst vergangenen Ära fetischisiert, vermutlich weil sie damals zum letzten Mal glücklich war. Normale Menschen lesen dort keine Bücher. Der quasi-telepathische Pakt zwischen Autor und Leser war für das allgemeine Publikum von geringem Interesse. Weil das vorherrschende erzählende Medium in meiner Welt die nahtlose Integration des individuellen Unterbewusstseins in die Erzählung beinhaltete und dadurch tiefgreifendes, persönliches Staunen und Entsetzen, Vertrautheit und Freude, Sehnsucht und Wut hervorrufen und eine derart fesselnde und essentielle Katharsis auslösen konnte, dass die bloße Vorstellung, man sollte sich hinsetzen und in einem Roman blättern, der nicht mal dazu *gedacht* ist, von der geheimen Schachtel in deinem Kopf zu handeln – ja, warum sollte irgendjemand so etwas, sagen wir, *zum Spaß* tun? Es sei denn, er neigte anlagebedingt dazu, sich in einer stärkeren Persönlichkeit aufgehen zu lassen: In diesem Fall ist die Lektüre eines Buches, in dem jedes Wort durch die absichtsvolle Entscheidung einer beherrschenden Vision seinen festen Platz hat, und die Auslieferung der eigenen Vorstellungskraft an einen

Fremden, dem man höchstwahrscheinlich nie begegnen wird, eine Art masochistisches Vergnügen.

Zumindest habe ich Romane immer so empfunden. Nur, nachdem ich hergekommen bin, muss ich zugeben, dass es eine Menge gute gibt. Die Menschen in dieser Welt betrachten den Roman als moribunde Kunstform. Aber da, wo ich herkomme, ist er ein mumifizierter Leichnam, der die Fäden seines längst vergangenen Reichtums in den verdorrten Fingern hält. Im Vergleich dazu sind hier die Regale selbst eines spärlich sortierten Buchladens von überwältigender Kraft und Vielfalt.

Meine Mutter, Rebecca Crittendale-Barren, ist Professorin für Literatur, und ihr Spezialgebiet sind die Fortsetzungsromane des viktorianischen Zeitalters: Wilkie Collins, George Eliot, Elizabeth Gaskell, Thomas Hardy, Robert Louis Stevenson und natürlich Charles Dickens. Sie war zehn Jahre lang Fachbereichsleiterin und wurde vor drei Jahren Dekanin für Geistes- und Naturwissenschaften an der University of Toronto. Sie ist kollegial und unvoreingenommen, aber entschlossen in ihren Absichten und manchmal kratzbürstig. Ihr flinker Verstand versteht sich auf politisches Kalkül und die Entwaffnung intellektueller Gegner, sie macht aus ihren Ambitionen kein Hehl und schreckt nie vor einem notwendigen Streit zurück. In philosophischer Weise betrachtet sie jeden, der anderer Meinung ist, als lediglich schlecht informiert und nimmt an, wenn er alle Fakten kennt, wird er begreifen, dass sie die ganze Zeit recht hatte.

Sie hat eine verschmitzte Vorliebe für kitschige Souvenirdekorationen, die hausbackene, aber scharfsinnige Erkenntnisse präsentieren. An der Wand in ihrem Büro hängt ein besticktes Tuch in einem Holzrahmen, auf dem in verschnörkelten, volkstümlichen Lettern steht: WIR MÜSSEN DEN DUMMKOPF MIT

FREUDEN ERTRAGEN, DENN WIE SONST KÖNNEN WIR IHM HELFEN, KEIN DUMMKOPF MEHR ZU SEIN?

Diese Frau ist meine Mutter. Sie ist meine Mutter ohne die Ketten des väterlichen Genies.

64

Vielleicht fragen Sie sich jetzt: Wenn er die Geschichte verändert hat, wie kann es dann sein, dass er überhaupt lebt? Wie kann er existieren? Wie war es möglich, dass sich so viel, ja, praktisch alles ändert, aber das *exakt* identische Spermium im *exakt* selben Moment in das *exakt* identische Ei eindringt und den *exakt* identischen Idioten hervorbringt?

Tja, es war nicht möglich, es ist nicht möglich, es hätte nicht passieren dürfen. Wenn ich die Geschichte verändere, bevor ich geboren werde, sollte ich nicht geboren werden *können*. Aber ich habe und ich wurde.

Im Grunde bin ich das, was man einen *zeitlichen Anker* nennt. Die Tatsache meiner Existenz verzerrt die Chronologie, um meine Existenz sicherzustellen. Unabhängig davon, wie die Bahn der Ereignisse ohne mich ausgesehen hätte, haben die folgenden Ereignisse sich so angepasst, dass ich hier produziert wurde, wie ich dort war. Der Fachausdruck – Verzeihung, der theoretische Terminus, den ich unabsichtlich bewiesen habe – lautet *temporale Verzögerung*.

Was immer zwischen dem 11. Juli 1965 und dem 2. Oktober 1983 geschehen ist, die Quantenwahrscheinlichkeit verlangte, dass mein Vater und meine Mutter genau die waren, die sie waren, und genau dann miteinander schliefen, als sie es taten, um mich zu genau dem zu machen, der ich bin.

Andere Leute, mehr oder weniger alle anderen, die nach dem

11. Juli 1965 geboren wurden, hatten weniger Glück. Der Dominoeffekt wurde langsamer. Millionen Menschen wurden planmäßig geboren, unbeeinflusst von meinem verzerrenden Effekt. Aber bis zum Jahr 2016 sind Milliarden Menschen geboren worden, die es niemals hätte geben sollen, und Milliarden Menschen, die es hätte geben sollen, wurden nie gezeugt.

Ich persönlich habe nicht den Tod, sondern die *Nichtexistenz* von Milliarden Menschen verursacht. Dass ich auch das Leben von Milliarden zu verantworten habe, macht die Sache nicht besser. Meine emotionale Loyalität gilt denen, die meinetwegen nie sein durften.

Ich will nicht monströs zungenfertig sein, aber es gibt nicht mal einen Namen für mein Verbrechen. *Chronozid*? Ein schicker Science-Fiction-Ausdruck dafür verschleiert nur die Ungeheuerlichkeit. Für manche Handlungen gibt es weder ein Etikett noch einen Maßstab.

Vier Milliarden Menschen wurden zwischen 1965 und 2016 geboren. Tatsächlich waren es da, wo ich herkomme, eher drei Milliarden, denn wir hatten eine effizientere Geburtenkontrolle, weniger Religion und besseres Entertainment. Aber es sind immer noch eine Menge Menschenleben, die da zwischen Existenz und Nichtexistenz hin- und hergeschoben werden, zumal da die zusätzliche Milliarde auf dieser feuchten Blase von Welt festsitzt. Und es war eine verdammte Katastrophe für das Ökosystem. Es ist, als könnte der Planet nur eine bestimmte Tonnage Leben tragen, sodass für jeden Menschen, der geboren wird, etwas anderes sterben, eine andere Spezies in den Gully gespült werden muss.

Ich habe das alles nicht gewollt, aber es gibt niemanden, dem ich die Schuld geben kann. Nicht mal meinem Vater. Und offensichtlich habe ich die Orientierung verloren, denn *immer* habe ich meinem Vater die Schuld an allem geben können, was in meinem Leben schiefging. Meinem Vater die Schuld zu geben ist im Grunde meine Superkraft.

Aber das hier kann ich ihm nicht anhängen – nicht das Grauen, das ich zu verantworten habe, und nicht mein Schuldbewusstsein angesichts meiner Unfähigkeit, es überhaupt zu verarbeiten. Was immer das karmische Gewicht oder die moralischen Konsequenzen sein mögen, die ich zu tragen habe – ich werde sie akzeptieren müssen, wenn es so weit ist, und der Tag wird kommen. Mit der Existenz spielt man nicht herum.

65

Übrigens, es gibt keinen Roman, okay? John hat nie etwas so Formales niedergeschrieben. Aber es gibt Notizen, Seiten über Seiten von handschriftlichen Notizen in einem Moleskine-Notizbuch, was ich, offen gesagt, ein bisschen prätentiös finde. Vielleicht lehne ich das aber auch nur ab, weil meine Handschrift so miserabel ist. Da, wo ich herkomme, schreibt niemand etwas mit der Hand. Das steht nicht mal im Lehrplan. Ich meine, ich *kann* mit der Hand schreiben, aber ich muss es nie tun.

Was im Krankenhaus zu einer totalen Katastrophe geführt hat. In einem landläufigen Test der kognitiven Leistungsfähigkeit haben die Ärzte mich gebeten, mit der Hand bestimmte Wörter niederzuschreiben. Das Resultat haben sie dann mit Proben meiner früheren Handschrift verglichen, die natürlich keinerlei Ähnlichkeit aufwies. Mein krummes Gekrakel bot ein ganz anderes Bild als Johns gleichmäßige Architektenschrift, und sie waren sicher, dass ich einen Schlaganfall erlitten hatte.

Ich musste mich einer ganzen Batterie von Kognitionstests und medizinischen Scans unterziehen. Ohne Ergebnis, was zu einer neuerlichen Batterie von Tests und Scans führte. Auch diese ergaben nichts, was zu mehreren im Flüsterton geführten Besprechungen führte, durchzogen mit medizinischem Jargon und besorgten Blicken, bis mir schließlich eine exzellente Lösung einfiel. Ich nahm mir einen Tag Zeit, um mir Johns Handschrift beizubringen. Als sie mich das nächste Mal testeten, war meine Imitation so gut, dass sie die Sache fallenließen.

Über die Ärzte hier habe ich dabei etwas gelernt: Sie haben meistens keine Ahnung, was in deinem Körper vorgeht, wenn es nicht exakt den Standardvorgaben entspricht. Wenn etwas nur um ein Haar davon abweicht, sind sie ratlos. Natürlich geben sie das niemals zu. Offensichtlich lernen sie im Medizinstudium, sich stets allwissend zu geben, während sie in Wahrheit nicht den leisesten Schimmer haben. Das klinische Kauderwelsch hilft ihnen, den Schleier der Kompetenz über alles zu legen; die Panik von Patienten und Angehörigen tut dazu ihr Übriges. Als ich meine eigene Handschrift imitieren konnte, waren sie jedenfalls so erleichtert, dass sie mich eilends für gesund erklärten.

Nach meiner Entlassung und dem Besuch auf der Baustelle fahren meine Eltern mich zu meinem Apartment. Mit einem Wagen, der auf luftgefüllten Rädern auf Straßen aus Bitumen und Stein fährt, angetrieben von einem Verbrennungsmotor, der raffiniertes Erdöl verbraucht. Meine Wohnung befindet sich in einem spindelförmigen Hochhaus. Zwischen einem runden Dutzend anderer spindelförmiger Hochhäuser hindurch bietet sich ein schmaler Blick auf den Lake Ontario, und die Wohnung liegt hoch genug, um die auf Stelzen geführte Schnellstraße vor unseren Gebäuden nicht allzu grotesk aufdringlich wirken zu lassen.

Das Gebäude hat eine Menge Glasfenster – Glas, wissen Sie, aus *geschmolzenem Sand*, nicht aus polymorphem Harz –, aber diese Fenster machen weiter nichts Cooles, außer dass sie das Licht hereinlassen und dich hinausschauen lassen. Ein Gerät, das aussieht wie eine viktorianische Dampfmaschine, produziert anscheinend Espresso. Die ganze Wohnung kombiniert Grautöne mit dunklem Holz, und scharf konturierte, niedrige Möbel betonen die Deckenhöhe. Ich nehme an, diese Inneneinrichtung soll Frauen beeindrucken, aber mir kommt sie abgeschmackt vor. Mir drängt sich der Verdacht auf, John Barren könnte ein Arschloch sein, was ich verstörend finde.

In einem massiven Bilderrahmen an einer Wand hängen ungefähr hundert alte Magazin-Titelbilder in symmetrischen Reihen und Spalten, lauter Science-Fiction-Hefte aus den Fünfzigern in grellen Farben: Abenteurer mit kantigem Kinn und Wissenschaftlerinnen mit großen Brüsten, Roboter und Strahlenpistolen, Raumschiffe und Raketenrucksäcke. Ich starre dieses ironische Denkmal meiner verlorenen Welt an und möchte John ins Gesicht schlagen. Wobei das natürlich mein *eigenes* Gesicht wäre.

Ich habe eigentlich keine Lust, mein angebliches Heim zu erkunden. Ich muss nur diesen »Roman« finden, den Greta erwähnt hat, und, falls es ihn gibt, schauen, was drinsteht. Der konfuse Wirbel von Impulsen, aus dem Johns Erinnerung besteht, schickt mich zu dem Moleskine-Notizbuch auf seinem Nachttisch, und es ist genau das, was ich gesucht habe.

Für mich stellt sich das Ganze so dar: Sein ganzes Leben lang hat John von meinem Leben geträumt. Als er klein war, hat man es seiner Fantasie zugeschrieben, fürsorgliche Eltern und amüsierte Lehrer haben es gefördert; er hat es in Zeichnungen zum Ausdruck gebracht und mit Actionfiguren vor einem Ein-Mann-Publikum inszeniert, seiner kleinen Schwester Greta, für die es eine private Science-Fiction-Seifenoper war. Die Visionen aus meinem Leben erschienen ihm offenbar im selben Augenblick, in dem sie sich zutrugen. Ich erlebte etwas, und er träumte davon. Auf einem Regalbord im Wandschrank steht ein Karton mit einem Stapel Zeichnungen: Augenblicke aus meinem Leben in Buntstift auf Konstruktionspapier. Es gibt eine ganze Serie im Comic-Stil mit Panels und Sprechblasen, die erzählt, wie ich mit zwölf von zu Hause weggelaufen bin. Robin Swelter geküsst habe.

Von ihrem Bruder ins Gesicht geschlagen wurde. Der grimmige Blick meiner Mutter.

Als er erwachsen wurde, hatte John weiterhin solche Träume, aber er erwähnte sie selten. Greta erzählte er ab und zu davon, aber sie war damit beschäftigt, ein Teenager zu sein, und interessierte sich einen Dreck für ihre Familie. Greta vertritt die vernünftige Philosophie, es gebe im ganzen Universum nichts Langweiligeres als die Träume anderer Leute.

Die Träume haben nie aufgehört, aber John hat nicht viel darüber nachgedacht, während er erwachsen wurde. Das Ausmaß, in dem die Stadt seiner immer wiederkehrenden Träume ihn dazu inspirierte, Architekt zu werden, und die Ästhetik seiner Entwürfe definierte, ist offenkundig. Es ist *sehr groß*. Aber John wusste nicht, dass er meine Welt klaute. Er hielt sich einfach für genial.

Vor vier Monaten änderte sich etwas. John hatte einen furchtbaren Alptraum, in dem seine Mutter bei einem Unfall durch ein fliegendes Auto getötet wurde. In Panik wachte er auf, desorientiert und aufgeregt, und rief sie an. Natürlich lebte sie noch. Aber die Erinnerung war so lebendig, dass sie sich ihm einbrannte, schmerzhaft und unfassbar.

Er begann, seine Träume in das Notizbuch zu schreiben. Es lag auf seinem Nachttisch, sodass er, wenn er aufwachte, seinen Traum sofort zu Papier bringen konnte, bevor er sich dem Zugriff seines Bewusstseins entzog. Seite um Seite enthält es halbverständliche Kritzeleien, Details, Beobachtungen, Erkenntnisse, Dinge, die ich gesagt und gehört hatte, Gedanken, die ich gehabt, aber niemals ausgesprochen hatte. Wahr ist alles.

John kam zu dem Schluss, dass sein Unterbewusstsein ihm eine Geschichte erzählte, die er aufschreiben musste. Das war sein »Roman« – mein Leben in den Monaten nach dem Tod meiner Mutter.

Er fing nicht richtig mit dem Schreiben an, aber er verfasste eine Zusammenfassung der Story auf seinem Laptop. Er war in einer Kaffeepause auf der Baustelle damit beschäftigt, wenige Augenblicke bevor er in einem Anfall von lautem Fluchen und frenetischen Zuckungen zusammenbrach.

Was er geschrieben hat, haben Sie bereits gelesen. Ich habe es als Kapitel 43 und 55 hier wiedergegeben.

Also.

66

Ich bin als Einzelkind aufgewachsen, und deshalb ist es *wirklich* schräg, plötzlich eine erwachsene Schwester zu haben, die mich – oder den, für den sie mich hält – anscheinend besser kennt als sonst jemand auf der Welt. Mein Geschwätz scheint sie in den Wahnsinn zu treiben, und trotzdem macht mein Geschwätz ihr anscheinend überhaupt nichts aus. Ich hatte noch nie mit einer Frau zu tun, die ungefähr in meinem Alter war, ohne auch nur im Geringsten zu befürchten, ich könnte etwas sagen, das mich unattraktiv macht. Selbst bei Frauen, für die ich mich gar nicht interessierte, wollte ich, dass sie mich attraktiv fanden.

Aber bei Greta, ja – nichts von alldem. Ich weiß, es klingt naheliegend, aber ich habe ja keinen Referenzrahmen für die Dynamik unter Geschwistern. Ich war ein Einzelkind. Ich habe niemals bedingungslose Zuneigung zu jemandem empfunden, der mich nicht biologisch hervorgebracht hatte.

Während ich mich durch diese Flut von Johns Erinnerungen arbeite, ist Greta dabei, meine Schwester – bei allen Erfahrungen, die mich zu dem gemacht haben, was ich bin, was *er* ist –, und unwillkürlich frage ich mich, ob ich vielleicht mein Leben lang ein Sexist gewesen bin.

Ich meine, wenn ich ein paar meiner früheren Kapitel noch einmal lese – wie ich Penelope das erste Mal nackt gesehen und wie ich nach dem Tod meiner Mutter mit meinen Exfreundinnen geschlafen habe –, dann würde ich mich genieren, wenn

Greta diese Sachen zu lesen bekäme. Ich will damit nicht über irgendwelche rückschrittlichen Fehltritte in meiner Art, über die Frauen in meinem Leben zu sprechen, hinwegsehen. Es ist nur schwer, die eigenen blinden Flecke zu erkennen, wissen Sie?

Das Problem besteht zum Teil darin, dass diese Welt ein Sumpf der Misogynie ist, der männlichen Anmaßung und zutiefst wahnsinniger Gender-Konstrukte, was gleichwohl von erschütternd großen Teilen der Bevölkerung gleichmütig akzeptiert wird. Da, wo ich herkomme, ist die Gleichstellung der Geschlechter eine Selbstverständlichkeit. Ich rede nicht von absurd fundamentalen Dingen wie Einkommensgleichheit, sondern davon, dass es keinen wesentlichen Unterschied in der Art gibt, wie Männer und Frauen in politischen, wirtschaftlichen oder kulturellen Zusammenhängen wahrgenommen werden. Deine Genitalien sind für deinen Status nicht relevanter als die Farbe deiner Augen.

Natürlich bedeutet das auch, dass manche Dinge, die da, wo ich herkomme, als normal gelten, hier als superschräg empfunden werden würden. Zum Beispiel, okay, wenn man sich in meiner Welt von jemandem trennt, gilt es als höflich, der abservierten Person eine Haarlocke zu schenken, damit sie, wenn sie will, einen genetisch identischen Ersatz züchten lassen kann, falls ihr das hilft, über dich hinwegzukommen. Dieser Ersatz hat kein Bewusstsein, sieht aber genauso aus wie du und kann zu rudimentären physiologischen Funktionen benutzt werden. Zum Sex beispielsweise. Wenn der Expartner bereit ist, wieder nach vorn zu schauen, wird erwartet, dass er das Surrogat zu biologischem Schmadder dekonstituieren lässt und an den Hersteller zurückschickt, damit der es desinfizieren und recyceln kann. Mir ist klar, dass es bizarr klingt, wenn man es so beschreibt, aber tatsächlich ist es eine ziemlich alltägliche Angelegenheit.

Deshalb ging mir die demutsvolle Hingabe meiner Mutter an

meinen Vater so sehr gegen den Strich. Nicht nur, weil *ich* im Zentrum ihrer Aufmerksamkeit stehen wollte, sondern weil ihre Selbstverleugnung so unnötig war. Das meiste von dem, was sie tat, bemerkte er gar nicht, bis sie weg war. Es gab keinen Grund für sie, so zu leben, abgesehen von ihrer eigenen, freiwilligen Entscheidung. Genau genommen war es *schwerer* für jemanden wie meine Mutter, nichts anderes zu tun als meinem Vater zu Diensten zu sein, während ihr so viele Optionen offenstanden. Ihr und *allen anderen*.

Aber vielleicht bin ich immer noch sexistisch. Ihre Entscheidungen sind ihre Entscheidungen.

Ich bin zu Kapitel 11 zurückgekehrt und habe ein paar indiskrete Bemerkungen über das Privatleben meiner Exfreundinnen gestrichen. Ich kannte sie seit siebzehn Jahren, und im Kreis meiner Freunde ist es okay, private Sachen über sie zu erzählen, aber ich kann nicht aufrichtig behaupten, Hester oder Megan oder Tabitha würden mir erlauben, Details über ihr Leben zu verbreiten. Und wenn es scheinbar *noch* weniger Respekt vor ihrem Andenken zeigt, sie aus meiner Geschichte zu eliminieren – tja, Sie können sich unmöglich vorstellen, wie sehr es einem auf die Nerven gehen konnte, eine Beziehung mit mir zu haben. Ihre Privatsphäre ist jedenfalls wohlverdient.

Es ist wie mit Johns Apartment. Mein erster Eindruck war, das Ganze ist ein Fake, um Frauen zu beeindrucken. Aber je mehr Zeit ich in seinem Kopf verbringe, desto klarer wird mir, dass es einfach sein *Stil* ist. Ich empfand es als abgeschmackte Verführungskulisse, weil es das bei *mir* gewesen wäre, wenn ich auch nur eine Spur von Vertrauen in meinen eigenen Geschmack gehabt hätte. Bei jeder Leistung meines Lebens, die mir irgendetwas bedeutet hat, ging es auch darum, Eindruck auf jemanden zu machen, der nicht von Natur aus dazu neigte, mich attraktiv zu finden. Aus dem Tod meiner Mutter mache ich eine Geschichte, in der ich mit mehreren Frauen schlafe. Aus dem Ende meiner Realität mache ich eine Geschichte über mein gebrochenes Herz.

Ich fühle mich John überlegen, weil ich aus einer Welt komme, die technologisch und gesellschaftlich weiter fortgeschritten ist. Aber nichts davon hat irgendetwas mit *mir* zu tun. Ich bin nur dort geboren. Ich habe nichts dazu beigetragen. Trotzdem habe ich das Gefühl, ein Anrecht darauf zu haben.

67

Ich gehe die Sache falsch an. Ich sollte nicht endlos von meinen unausgegorenen Gender-Offenbarungen faseln, sondern die »Figuren« meiner Eltern und meiner Schwester entwickeln, statt bloß aufzuzählen, inwiefern sie nicht waren, wie sie gewesen waren, oder – in Gretas Fall – wie sie nie gewesen waren.

Ich war zum Abendessen mit Greta bei meinen Eltern zu Hause und tauchte mühelos in die Unterhaltung über die diversen Stränge der unendlich dichten Seifenoper unseres Familienlebens ein – die Fachbereichspolitik meiner Mutter, Forschungsprojekte, interessante und/oder hirnverbrannte Bemerkungen von Kollegen in ihren Konferenzen, die Fachbereichspolitik meines Vaters, Forschungsprojekte, interessante und/oder hirnverbrannte Bemerkungen von Studenten in seinen Seminaren. Was ein Nachbar gesagt hat, was ein Nachbar getan hat, was ein Nachbar tun will. Ein Lunch mit einem alten Freund, der eine amüsante und/oder traurige Anekdote erzählt hat, über die sie lachen und/oder weinen mussten – das alles garniert mit sarkastischen Bemerkungen von Greta und durchsetzt von vereinzelten Witzen meinerseits, über die meine Mom und mein Dad viel zu laut lachten.

Es ist behaglich und entspannt. Es ist erschreckend, wie behaglich und entspannt es ist, mit diesen Fremden am Esstisch zu sitzen, und ich muss mir immer wieder in Erinnerung rufen, dass es nicht real ist. Dies ist nicht meine Familie. Behagen und

Entspanntheit sind eine Lüge. Nur das Gefühl, dass ich hier nicht hingehöre, ist wahr.

Meine Eltern wohnen in dem viktorianischen Reihenhaus, in dem Greta und ich aufgewachsen sind, in einem Viertel namens The Annex, ein halbes Dutzend Straßen weit vom Campus entfernt, wo sie beide arbeiten. Meine Mom findet, es gibt keinen besseren Zimmerschmuck als ein Bücherregal, und das ganze Haus legt davon Zeugnis ab. Die Zimmer sind nach Gattungen sortiert: zeitgenössische Romane im Esszimmer, Kochbücher in der Küche, im Schlafzimmer nicht-antiquarische Ausgaben viktorianischer Romane, Literaturkritik in meinem alten Schlafzimmer, das jetzt das Arbeitszimmer meiner Mom ist, im Bad die Sammlung munterer, populärwissenschaftlicher Bücher meines Vaters, die seriösen wissenschaftlichen Bände in seinem Arbeitszimmer, und das Wohnzimmer ist eine Kolonie gut erhaltener, früher Ausgaben viktorianischer Romane, wobei die seltenen Erstausgaben in einer Vitrine stehen, um die Bücher an einem prominenten Platz zu präsentieren und sie gleichzeitig vor dem natürlichen Sonnenlicht zu schützen. Infolgedessen wirkt jedes Zimmer beengt und still, denn durch die dicken Holzregale rücken die Wände um einen halben Meter nach innen, und die Papierbände absorbieren die meisten Umgebungsgeräusche.

Ich bin im Arbeitszimmer meines Vaters und versuche, möglichst unbeteiligt auszusehen, während ich nach Büchern über Zeitreisen suche, als ich merke, dass Greta am Türrahmen lehnt.

»Du benimmst dich komisch«, sagt sie.

»Gar nicht«, sage ich.

»Du reißt dauernd Witze.«

»Sind sie nicht lustig?«

»Sie sind okay. Aber du machst nie Witze bei Mom und Dad. Du bist immer total ernst bei ihnen.«

»Vielleicht, weißt du, vielleicht versuche ich, eine erwachsene Beziehung zu ihnen zu entwickeln.«

»Quatsch.«

»Was willst du von mir, Greta?«

»Du hattest einen schweren neurologischen Was-weiß-ich, und du hast allen erzählt, du wärst ein Zeitreisender«, sagt Greta.

»Und du hast dich über mich lustig gemacht.«

»Weil du kein Zeitreisender *bist*«, sagt sie.

»Ja, ja.«

»Und jetzt benimmst du dich komisch, Mann. Du machst dauernd irgendwie Witze, als ob du dich nicht erst vor drei Tagen in blubbernden Krämpfen gewunden hättest. Wenn du und Mom und Dad so tun wollt, als ob nichts gewesen wäre, schön, soll mir recht sein. Aber es ist etwas gewesen. Und deshalb sage ich, drauf geschissen. Du benimmst dich nicht wie du selbst.«

»Weil ich ein paar Witze gemacht habe.«

»Genau. Mein Bruder ist eine ganze Menge, aber komisch ist er nicht.«

»Vielleicht hebe ich mir mein bestes Material für meine Freunde auf.«

»Für welche Freunde?«, fragt Greta. »Du hast keine Freunde. Du hast Arbeitskollegen, und du hast mich.«

Sie boxt mich gegen die Schulter, härter als nötig.

»Ich habe Freunde«, sage ich. »Du glaubst, ich habe keine Freunde?«

»Glaubst du ehrlich, du kommst aus der verdammten Zukunft?«

»Nein. Ich komme nicht aus der Zukunft.«

Und das stimmt natürlich. Ich komme nicht aus der Zukunft. Ich komme aus einer alternativen Zeit. Es ist immer noch heute. Es ist nur ein anderes Heute.

68

Ich wache steif und benommen auf und bin verärgert, weil mein virtueller Umgebungsprojektor ausgefallen ist, bis mir einfällt, dass ich im Schlafzimmer in Johns Eigentumswohnung bin. Ich nehme an, meine bohrenden Kopfschmerzen kommen von einem neuerlichen neurologischen Krampf, wie ich ihn vor vier Tagen auf der Baustelle hatte, aber dann durchdringt ein einzelnes Wort den geistigen Nebel: *Kaffee*. Es gelingt mir, die Dampfmaschine so zu manipulieren, dass sie einen öligen Strahl Espresso ausspuckt. Kopfschmerzen kuriert.

Endlich mal etwas in dieser beschissenen Welt, das genau das tut, was es tun soll.

Ich wünschte, ich könnte die ganze Komik à la »Fisch auf dem Trockenen« mit etwas mehr Humor nehmen, während ich versuche, mich in diesem rückständigen Schlamassel zurechtzufinden, den Sie Zivilisation nennen. Natürlich wirkt es absurd bei einem erwachsenen Menschen, dass der nicht weiß, wie man ein Glas Erdnussbutter aufmacht oder mit dem Aufzug fährt oder eine Kreditkarte benutzt. Auf einen unbeteiligten Beobachter mache ich vermutlich den Eindruck, als wäre ich durch irgendein kognitives Trauma beeinträchtigt.

Bewusste Entscheidungen fallen schwer. Ich brauche ewig, um mir meine Kleidung auszusuchen, und am Ende trage ich eine Misstrauen erweckend enge Jeans und etwas, das sich später als Pyjamaoberteil erweist.

Etwas aus Johns Gedächtnis kann ich nur aufrufen, wenn ich aufhöre, darüber nachzudenken – beispielsweise, wie ein Laptop oder sein Mobiltelefon funktioniert, die beide mit beharrlichem Piepsen Nachrichten seines Architekturbüros anzeigen, die ich auf *keinen* Fall beantworten werde.

Die Küchengeräte erkenne ich aus dem Geschichtsunterricht an der Grundschule. Ich bin ganz aufgeregt, als ich einen Essenssynthesizer finde, bis mir klar wird, dass es ein Mikrowellengerät ist. John isst viel auswärts, und deshalb ist der Kühlschrank leer bis auf einen Becher Joghurt und eine Avocado. Ich *weiß*, es ist so poetisch. Wahrscheinlich denken Sie, ich schneide die Avocado auf, weil sie reif aussieht, aber innerlich ist sie braun und matschig wie eine Metapher. Nur, ich *schneide* sie auf, und sie *ist* braun und matschig, aber Poesie interessiert mich nicht, denn ich habe Hunger und esse sie trotzdem. Sie schmeckt fad und wässrig. Ich schlucke ein paar Löffel von dem Joghurt, bevor ich sehe, dass das Verfallsdatum zwei Wochen zurückliegt. Dass ich nicht weiß, was ein »Verfallsdatum« ist, entbehrt jeder »Fisch auf dem Trockenen«-Komik, als ich mich ins Spülbecken übergebe, weil ich soeben verdorbenen Joghurt gegessen habe.

Es sind die Kleinigkeiten, die mich fertigmachen. Ich weiß nicht, wie eine Dusche funktioniert, denn eine Dusche ist für mich ungefähr das, was ein Plumpsklo im Garten für Sie sein dürfte – die malerische und irgendwie eklige Erinnerung an eine Zeit, die Gott sei Dank längst vorbei ist. Und es sind die großen Dinge, die mich fertigmachen, wie das gerahmte Foto auf dem Schreibtisch, auf dem meine Schwester, Mom und Dad zu sehen sind, wie sie neben einem Fremden mit meinem Gesicht in die Kamera lächeln.

Ich studiere Fotos von John und versuche, mein Haar so hinzukriegen, dass es aussieht wie seins, aber ich habe es noch nie mit Shampoo und Conditioner gewaschen – ich muss erst das Kleingedruckte auf der Flasche lesen, um herauszufinden, wozu ein Conditioner gut ist –, und »Schaumfestiger« habe ich mir bislang schon gar nicht in die Haare geschmiert. In meiner Welt stülpt man sich eine Frisierhaube über den Kopf, und die reinigt, schneidet und formt das Haar. Wenn mein Haar hier zu lang wird, muss ich anscheinend einen anderen Erwachsenen dafür bezahlen, dass er es mit einer *Schere* abschneidet, wie man sie zum Basteln im Kindergarten benutzt.

Ich wasche mich, ziehe mich an und frühstücke – ganz allein. Ich könnte stolz auf mich sein, wären das nicht die Erfolge eines frühreifen Kindes. Und genauso fühle ich mich – wie ein Kind, das in einem leeren Haus aufwacht und nicht weiß, ob seine Eltern schlafen oder weggegangen oder gestorben sind, und das jetzt die gewohnte Morgenroutine absolviert, weil es nur so die Panik in Schach halten kann.

69

Ich kann hier nicht bleiben. Es ist wunderbar, dass meine Mom lebt und mein Dad kein distanziertes Arschloch ist, und Greta – ich meine, sie ist sagenhaft. Geschmacklos, verwegen und scharfsinnig. Sie verdient es zu leben, sehr viel mehr als ich. John hat sein Leben offensichtlich viel besser im Griff als ich. Er ist erfolgreich, energisch und beeindruckend. Selbst wenn seine besten Ideen aus seinen Träumen von meiner Welt geklaut sind, selbst wenn er sein Leben auf die Arbeit beschränkt und sich einredet, das sei genug, und selbst wenn ich den Grund dafür kenne – weil er immer schon dieses unerschütterliche, graue, überwältigende Gefühl hatte, dass nichts von alldem so ist, wie es sein sollte. Wem er auch begegnet, wohin er auch geht, jeder Gedanke in seinem Kopf, alles ist unerklärlich, aber unabweislich *falsch*. Er hält Abstand zu allen, weil er auf einer Ebene, die er nicht artikulieren, aber auch nicht abschütteln kann, weiß, dass sie nicht existieren sollten. Die einzige Ausnahme ist Greta, aber nur weil sie nie bereit war, sich wegstoßen zu lassen, und offen, gnadenlos und unaufhörlich darum gekämpft hat, John im Hier und Jetzt zu behalten. Mein Leben lang habe ich mir gewünscht, dass meine Eltern mich beachten. John besitzt ihre hingerissene Aufmerksamkeit und schüttelt sie mit chronischem Desinteresse ab. Er hat alles, was ich haben wollte, aber es füllt die Leere nicht aus, die sich jede Nacht in seinen Träumen öffnet. Und jetzt hat die Leere ihn erobert, denn ich, ich bin die Leere.

Ich kann sie aber auch nicht an mich heranlassen. Nicht Greta, nicht meine Eltern, nicht diese Version meines Lebens. Ich muss Johns Bewusstsein unterdrücken und einsperren, muss jegliche Zuneigung herunterschlucken, die er den Individuen, die das Spaliergitter seines Lebens bilden, vielleicht entgegenbringt, denn diese Welt ist ein klammer, schmutziger Horror, und *ich kann hier nicht bleiben.*

Ich muss herausfinden, wie ich die Zeitlinie wieder ins Gleis bringen und uns alle in die Zukunft zurückführen kann, in der wir leben sollen. Ich bin der Einzige, der das kann, und so erfreulich dieses Zwischenspiel auch gewesen ist, es wäre monumental selbstsüchtig, wenn ich den Rest der Welt, ja, die Wirklichkeit selbst, zu dieser falschen Existenz verdammen wollte, nur weil mein kleines Leben besser geworden ist. Ich bin nicht wichtig, nicht im Vergleich zu den Milliarden, die nie wissen durften, wie es hätte sein können.

70

Aber wie fängt man es an, die letzten fünfzig Jahre der Geschichte einer Welt zu verändern, in der Zeitreisen als amüsantes Gedankenspiel betrachtet werden? Selbst wenn es die wissenschaftlichen Grundlagen gäbe, angesichts des Fehlens entscheidender Fortschritte auf verwandten Gebieten – Teleportation, Immaterialität, Unsichtbarkeit, selbst der einfachen Komponentenherstellung – wäre das ganze Unternehmen sinnlos. Und natürlich war der Plan meines Vaters abhängig von der Möglichkeit, der Strahlungsspur zu folgen, die von der originalen Goettreider-Maschine ausgegangen war. Selbst wenn es mir irgendwie gelingen sollte, die technischen Probleme zu lösen, ohne sie hätte ich immer noch keine Möglichkeit, im exakt richtigen Augenblick zum exakt richtigen Punkt im Raum zu gelangen.

Außerdem, ich habe keine Ahnung, wie das alles wirklich funktioniert. In den Monaten meiner Arbeit im Labor und im höflichen Umgang mit den Jüngern meines Vaters habe ich ein paar Insiderausdrücke aufgeschnappt, aber eine Zeitmaschine kann ich ebenso wenig aus dem Nichts konstruieren wie Johns Espressomaschine.

Außerdem gibt es eine Büchse der Pandora, die nur darauf wartet, geöffnet zu werden: mein Dad. Er hat schließlich ein Buch über Zeitreisen geschrieben, auch wenn man es als exzentrischen Makel auf seiner akademischen Reputation betrachtet. So liebenswert und fürsorglich mein Vater in dieser Version auch erscheinen mag, ich bin doch nicht bereit, ihn um diese Art Hilfe zu bitten. Noch nicht.

Ich muss herausfinden, was mit der Goettreider-Maschine passiert ist. Alles hat seinen Ursprung dort, alles, was schiefgegangen ist, und alle Möglichkeiten, es vielleicht wieder in Ordnung zu bringen. Ich benutze Johns Laptop, um online nach »Goettreider-Maschine« zu suchen, aber der Computer meldet mir keinen Treffer. Ich versuche es mit »Lionel Goettreider«. Nichts. Eine Milliarde Websites, und keine einzige erwähnt den wichtigsten Menschen, der je gelebt hat.

Weil ich ohnehin gerade im Internet bin, suche ich nach meinen Exfreundinnen, bevor ich aufgebe. Hester Lee – nichts. Megan Stround – nichts. Tabitha Reese – nichts. Robin Swelter – nichts. Ich versuche es mit meinen Freunden, aber ich finde weder Deisha Cline noch Xiao Moldenado, Noor Priya oder Asher Fallon und auch nicht Ingrid Joost. Es gibt online keine Spur von ihnen, nicht in den sozialen Netzwerken, keine Blogs, keine Artikel, keine Tags. Sie existieren nicht. Sie haben nie existiert.

Aber ich finde die offizielle Website von Ubly, Michigan, der verlassenen Kleinstadt, die wir besucht haben. Nur ist sie hier nicht verlassen. Meine Freunde gibt es nicht, aber in Ubly leben zurzeit ungefähr 830 Menschen. Johns Handy schätzt, dass die Fahrt dorthin etwa fünf Stunden dauern dürfte. Auf dem Don Valley Parkway zur 401, auf der 401 bis zum Abzweig der 402, dann über die Blue Water Bridge und auf der 25 am Lake Huron entlang zur East Atwater Road, die zu Ublys Main Street wird und durch das Stadtzentrum führt. Die Bücherei, die ich gesehen habe, in der die Bäume aus vermoderten Büchern wuchsen, steht noch. Ich könnte in der Stadt an jede Tür klopfen und fragen, wem die Taschenuhr gehört hat. Wenn die Person noch lebt und die Uhr noch hat, könnte ich ihr ein exorbitantes Angebot machen und jeden Preis dafür zahlen, den sie verlangt. Dann könnte ich exakt dieselbe Uhr in meinen Händen halten wie an dem letzten Tag im Labor.

Aber was hätte das für einen Sinn? Es ist nur eine Uhr. Sie hat kein Leben. Sie hat keine Karriere wie Deisha oder eine Verlobte wie Asher oder ein Kind wie Xiao. Sie ist nicht meine Freundin, auch wenn ich selbst nicht gerade ein besonders guter Freund bin. Sie liebt mich nicht, nicht mal vielleicht ein bisschen, wie Hester oder Megan oder Tabitha es irgendwie getan haben, wenigstens eine kurze Zeitlang und ohne dass es viel eingebracht hätte. Sie hat die Bahn meines Lebens nicht geändert, wie Robin es für fünf unbeholfene, glorreiche Nächte getan hat. Sie ist bloß ein Ding.

Und dann, unwillkürlich, suche ich online nach »Penelope Weschler«.

Mindestens dreißig Sekunden lang starre ich auf den Bildschirm, bis mir die Augen tränen, und das kommt nicht daher, dass ich nicht blinzeln kann.

Sondern weil sie da ist – Penelope Weschler.

Es gibt sie.

Nur ist sie *nicht* Penelope Weschler.

71

Penelope Weschler wohnt hier in Toronto. Sie nennt sich *Penny*, und sie besitzt eine Buchhandlung in einem Viertel namens Leslieville, auf der Ostseite der Stadt, gleich hinter dem Rinnsal der trüben Brühe, das unter dem Namen Don River bekannt ist. Im Netz finden sich eine Menge überschwängliche Kommentare zu der Buchhandlung. Sie veranstaltet eine Reihe von Autorenlesungen und wöchentliche Buchclubtreffen. Und sie heißt »Print Is Dead«.

Ich klicke herum, bis ich ein Foto von ihr finde.

Ich starre es an, benommen und nervös zugleich.

Sie ist nicht Penelope Weschler. Oder nein, sie ist es doch, aber sie sieht aus wie jemand anders. Sie *ist* jemand anders.

Wie sich herausstellen wird, werden ihr Vater, Felix Weschler, und ihre Mutter, Joanne Davidson, trotz der Veränderungen, die ich an der Zeitlinie bewirkt habe, immer noch ein Highschool-Liebespaar, und kurz nach dem College beschließen sie immer noch, eine Familie zu gründen, und Felix will seine erstgeborene Tochter immer noch nach seiner geliebten Großmutter auf den Namen Penelope taufen, und Joanne ist immer noch einverstanden. Die Penelope Weschler, die ich kannte, kam nie am 12. Januar 1985 zur Welt. Aber eine andere Penelope Weschler wurde am 9. Juni 1985 geboren, knapp fünf Monate später.

Statt der *Penelope Weschler, die ich kannte*, habe ich eben zunächst *meine Penelope* geschrieben und es wieder gelöscht – als hätte sie mir *jemals* gehört. Als *könnte* sie es je.

Diese Penelope sah in mancher Hinsicht aus wie sie, in anderer nicht. Wie Schwestern, aber das sind sie nicht. Diese hier ist eine genetische Variation, gezeugt fünf Monate später von denselben Eltern, die identische Kombination von Chromosomen mit einem alternativen Ergebnis. Ihre Sommersprossen sind allesamt falsch angeordnet – wie die Karte des Nachthimmels für einen anderen Planeten. Das Gleiche gilt für Haar- und Augenfarbe, für die Form ihres Kiefers, ihren Brillenpass, die Epidermallinien ihrer Fingerabdrücke.

Und für ihre Art zu küssen.

Aber ich greife vor. Wie immer in meinem Leben, in meinen beiden Leben, in allen meinen Leben, geht es schief, wenn Penelope Weschler im Spiel ist.

72

Ich stehe auf dem Gehweg vor »Print Is Dead«. Ich habe vorher nicht angerufen; vielleicht ist sie gar nicht da, und vielleicht ist das am besten so, denn ich kann nicht klar denken. Das Geflecht meiner Gedanken ist zu einem Meeresrauschen verwirbelt. Ich musste einfach sofort herkommen. Ich habe keinen Plan.

Die Öffnungszeiten stehen auf der Glasscheibe der Eingangstür. Der Laden schließt in zwölf Minuten. Das Geschäft liegt im Erdgeschoss eines fleckigen Backsteinbaus. Darüber sind Apartments, rechts daneben befindet sich eine schmuddelige Anwaltskanzlei, deren staubige Fensterläden geschlossen sind, und links ein Coffeeshop, in dem ein bärtiger Barista schaumige Getränke aus einer zischenden Maschine an die Gäste ausschenkt, die auf nicht zusammenpassenden Stühlen an einem Gemeinschaftstisch hocken; ihre Gesichter leuchten bläulich-weiß im Licht der Smartphone-Displays. Eine Straßenbahn rumpelt über die Queen Street East und quietscht in den Stahlschienen.

Ich trete ein. Es ist warm und hell und riecht nach Druckerschwärze und Leim. Reihen von Regalen aus recycelten Scheunenbrettern, voller Astknoten und angenehm asymmetrisch. Einbände und Buchrücken in allen Farben und mit den verschiedensten Schrifttypen bedruckt. Aufsteller mit signierten Büchern von heimischen Autoren. Gerahmte Nachdrucke von Coverillustrationen alter Ausgaben an den Wänden.

Und Penny Weschler auf einem Hocker hinter der Ladentheke,

wo sie einen Roman liest. Der Laden ist leer. Sie blickt nicht auf. Ich könnte immer noch gehen, ohne dass sie mich sieht.

Aber ich gehe nirgendwohin.

Ich tue so, als stöberte ich herum, damit ich etwas anderes anstarren kann als sie. Die meisten dieser Autoren hätten nie geboren werden sollen, aber hier stehen ihre Bücher in adretten, kleinen Reihen, Millionen von Wörtern, die nie geschrieben werden sollten und Dinge sagen, die nie gesagt werden sollten. In der Abteilung *V* stehen acht Romane von Kurt Vonnegut, die es nicht geben sollte. Ich streiche mit den Fingern über ihre Rücken.

Jeder Schritt fühlt sich schwer an, als ob mein Herz seine eigene Gravitation geltend machte und versuchte, mich mit pulverisierender Kraft zu Boden zu ziehen und mich auf den Fischgrätfliesen zu verflüssigen.

Sie hebt den Kopf und sieht mich an. Die Schicklichkeit verlangt es, dass ich nicke oder lächele oder den Blick abwende, aber sie *nicht* anstarre wie ein Wahnsinniger. Ich beschließe, cool zu bleiben. Aber mein Entschluss hält nicht bis zur ersten Silbe.

»Penelope Weschler«, sage ich.

»Hey«, sagt sie. »Sorry, aber kennen wir uns?«

Ihre Stimme ist anders, weil ihr Kehlkopf und ihre Zunge und ihre Zähne und Lippen anders sind. Aber wie sie mir in die Augen sieht, wenn sie mit mir spricht, das ist unverändert.

»Ja und nein«, sage ich. »Ich komme aus einer alternativen Realität.«

Penny klappt ihr Buch zu, ohne ein Lesezeichen zwischen die Seiten zu legen.

»Das heißt, wir kennen uns in einer anderen Realität, aber nicht in dieser?«

»Ja«, sage ich.

»Und wie sind Sie hergekommen? In diese Realität?«

»Das ist eine lange Geschichte.«

»Das glaube ich gern«, sagt Penny.

»Ich kann sie Ihnen erzählen, wenn Sie wollen.«

»Sie sind John Barren«, sagt sie.

»Woher wissen Sie das?«

»Ich habe Sie auf einem Foto gesehen. Sie haben das Hochhaus entworfen, das da in der Stadt gebaut wird. Die Leute im Internet sagen, vielleicht sind Sie so was wie ein Genie. Und nicht nur im Internet. Echte Leute sagen es auch.«

»Na ja«, sage ich, »ich habe alle meine Ideen aus einer anderen Realität gestohlen.«

»Aus der Realität, aus der Sie kommen.«

»Ja. Sie nehmen das ziemlich gut auf. Sie halten mich nicht für wahnsinnig?«

»Ich weiß nicht«, sagt sie. »Vielleicht sind Sie wahnsinnig. Aber hier sind Überwachungskameras, die uns aufnehmen, und Sie sind ziemlich bekannt. Nicht gerade berühmt. Aber halbwegs erkennbar für jeden, der sich für den lokalen Kram in der Stadt interessiert. Wenn Sie hier gewalttätig oder verrückt werden oder so was, wird man Sie sofort finden.«

»Da bin ich sicher.«

»Und warum sind Sie hier? Ich meine, in meinem Laden?«

»Um Sie zu sehen.«

»Um *mich* zu sehen«, sagt Penny.

»Mir ist klar, dass alles, was ich sage, extrem abgedreht klingt. Das tut mir leid. Ich hätte mit einem richtigen Plan hierherkommen sollen. Aber als ich Sie gesehen habe, konnte ich Sie nicht mehr anlügen.«

»Darüber, dass Sie ein halbwegs berühmter Architekt sind, dessen brillante Ideen in Wirklichkeit Plagiate aus einer anderen Dimension sind?«

»Bis vor ein paar Tagen wusste ich nicht, dass es so ist«, sagte ich.

»Was ist vor ein paar Tagen passiert?«

»Das würde ich Ihnen gern erzählen«, sage ich, »aber es geht dabei um Zeitreisen, und ich befürchte, dass Sie unwiderruflich ausflippen, wenn ich es Ihnen nur erzähle. Ich weiß nicht, warum ich mich genötigt fühle, ehrlich zu Ihnen zu sein, obwohl ich weiß, dass es sich anhört, als wäre ich verrückt. Aber es ist eine ziemlich gute Story. Selbst wenn Sie mir nicht glauben, werden Sie sich wahrscheinlich gut unterhalten fühlen.«

»Okay«, sagt sie.

»Okay was?«

»Okay, ich schließe in ein paar Minuten«, sagt sie. »Gehen Sie raus, während ich ein paar Leute per SMS informiere, dass ich mit Ihnen was trinken gehe, und wenn ich vermisst werde, haben Sie mich ganz sicher ermordet und möglicherweise aufgegessen.«

»Sehr gut.«

»Sie haben nichts dagegen, dass ich den Leuten so etwas schreibe?«

»Ich bin nur froh, dass Sie nach dem, was ich Ihnen erzählt habe, bereit sind, noch ein paar Minuten mit mir zu verbringen.«

»So ziemlich alles, was Sie erzählt haben, klingt verrückt«, sagt Penny. »Aber wissen Sie, was noch verrückter ist? Ich glaube, ich habe vielleicht mein ganzes Leben darauf gewartet, dass Sie hier hereinspazieren.«

73

Ich beschließe, Penny einen *Teil* der Wahrheit zu erzählen, aber die eher beunruhigenden, schmerzhaften Details wegzulassen. Ich verspreche mir selbst, dass ich sie später offenbaren werde, vielleicht, wenn sie mir genügend vertraut, um die ganze Geschichte zu hören …

Aber kaum sitze ich ihr an einem wackligen Tisch in einer Bar gegenüber und sie sieht mich an, kaum gilt ihre umfassende Aufmerksamkeit ganz mir, da sprudelt alles aus mir heraus. Ich erzähle ihr meine Geschichte.

Es dauert ein paar Stunden. Wir sitzen in einer dumpfigen, schlecht beleuchteten Bar, einen Block weit von ihrer Buchhandlung entfernt, einem Überbleibsel aus der heruntergekommenen Vergangenheit des Viertels, vereinnahmt von der gentrifizierten Gegenwart, sehr zur Freude der Eigentümerin, die jetzt feststellt, wie viel sie für ein Glas Alk verlangen kann, wenn sie die richtige Atmosphäre betörender Verworfenheit präsentiert. Unser Zweiertisch steht am vorderen Fenster, abseits vom Rest der Bar, perfekt für zwei Leute, die bis zur Sperrstunde bei mehreren überteuerten Bourbons miteinander reden wollen.

Penny hat viele Fragen über die andere Penelope. Wie sie wurde, was sie war. Ihr Scheitern als Astronautin. Wie sie sich neu erfunden und neu zerstört hat. Welche Rolle ich dabei gespielt habe. Sie weint, als ich ihr erzähle, wie Penelope gestorben ist und warum. Ich erzähle ihr, wie ich ins Labor eingedrungen und in der Zeit zurückgereist bin, wie ich die Welt vermasselt habe und hier gelandet bin, als John. Sie begreift nicht genau, wie die temporale Verzögerung funktioniert, aber ich ja auch nicht. Und dann erkläre ich ihr, dass ich das jetzt alles wieder in Ordnung bringen muss, aber nicht weiß, wie ich es anfangen soll.

Als ich fertig bin, schweigt Penny lange. Die Bar ist leer, und die Barfrau wirft uns ätzende Blicke zu. Penny trinkt ihren vierten Bourbon aus, wirft Geld auf den Tisch und steht auf.

»Komm«, sagt sie.

74

Sie wohnt ein paar Straßen weiter in einer alten Fabrik, die entkernt und mit deckenhohen Fenstern, Zementböden und Edelstahlinstallationen ausgestattet wurde. Ungefähr zweihundert Stadtbewohner haben hier ein Zuhause. Vor den Fenstern ihres Apartments liegen mehrere Baustellen, wo ähnliche Fabriken dekonstruiert und durch Hochhäuser ersetzt werden, die bald auch noch den letzten Rest ihres Blicks auf die zerklüftete, grau- und türkisfarbene Skyline und die weite Fläche des Lake Ontario verdecken werden.

Sie hat mich eingeladen, mit zu ihr nach Hause zu kommen. Das scheint mir ein gutes Zeichen zu sein. Ein Zeichen wofür? Ich weiß es nicht genau.

Penny schleudert die Schuhe von den Füßen und schüttet uns beiden ein Glas Wasser ein. Sie macht kein Licht, aber die Umgebungshelligkeit der Stadt, die zu den Fenstern hereinfällt, genügt, um ihre Silhouette sanft leuchten zu lassen, als sie mich anschaut.

»Hör zu«, sagt Penny, »du bist entweder erstaunlich verrückt, oder du bist der interessanteste Mensch, den ich je kennengelernt habe. Wenn du mir diese Geschichte erzählt hast, um mich ins Bett zu kriegen, dann gebe ich aufrichtig zu, dass es ziemlich gut funktioniert. Wobei die vier Glas Bourbon auch nicht ganz unschuldig daran sind. Zu meinen Superkräften gehört ein ziemlich empfindsames Gespür für das Zeug, das Männer labern, um eine Frau aus ihren Klamotten zu kriegen. Und wenn es das ist, was dahintersteckt, dann aber Hut ab, du Arschloch. Es gibt keinen Grund, dir zu glauben. Aber ich habe eigentlich schon immer das Gefühl, dass mein Leben nicht das ist, was es sein soll. Der Buchladen läuft gut, und ich habe ein hübsches, ordentliches, kleines Leben, beschränkt auf mein Viertel, und meine Kunden mögen es anscheinend, dass mein Geschäft in einer Gegend existiert, die dabei ist, sich selbst zu verschlingen. Sie sehen mich wohl als Symbol dafür, dass vielleicht sogar etwas Besseres daraus werden könnte, zumindest besser als das, was hier vorher war – etwas Echtes und Besonderes anstelle der öden Kettenrestaurants und Nullachtfünfzehn-Läden. Aber ich hatte nie das Gefühl, das ist es, das ist das richtige Leben für mich. Ich habe viel Fantastik gelesen, ich meine, so richtiges Hardcore-Nerd-Zeug, und ich liebe es, ich habe es immer geliebt, auch wenn die einzigen Jungs, die auf mich standen, viel zu viel Angst vor Mädchen hatten, um irgendetwas zu unternehmen, was bedeutete, dass ich immer den ersten Schritt tun musste, na ja, nicht nur den ersten Schritt, sondern *alle* Schritte. Die hatten so eine panische Angst vor Zurückweisung, dass sie mich lieber als Schlampe beschimpften, als das Risiko einzugehen, miserabel im Bett zu sein. Was ich damit sagen will: Meine Fantasie kennt keine Grenzen, okay? Ich habe viele andere Leben in Betracht gezogen, die ich anstelle dieses Lebens führen könnte. Ich habe *geschwelgt* in dem, was alles möglich wäre. Und jetzt kreuzt du auf und erzählst mir, dass all diese verpeilten Fantasien, die ich als frustrierte Jugendliche und einfältige Erwachsene gepflegt habe, gar nicht so ehrgeizig waren? Dass das Leben, das ich führen sollte, so weit weg ist von allem, was ich mir auch nur annähernd vorstellen könnte? Dass ich eine gottverdammte Löwin bin, die lebt wie eine Maus?«

»Ja. Ich glaube, das trifft es ziemlich genau.«

Und Penny küsst mich.

75

Später fragt Penny mich, warum ich glaube, dass ich ein unfreiwilliger Plagiator bin – in meiner ersten Erzählung war ich oberflächlich darüber hinweggegangen, weil ich viel Whiskey getrunken hatte und weil ich zu der Stelle kommen wollte, an der ich herausfand, dass es sie gab – und so fange ich noch einmal von vorne an.

»Okay«, sagt sie, »aber was ist, wenn jede kreative Idee, die jemand hat, nur von seinen Erfahrungen in einer anderen Realität herrührt? Vielleicht sind *alle* unsere Ideen Plagiate, ohne dass wir es wissen, weil sie uns durch irgendeine kryptische und nicht beweisbare Macke in der Realität erreichen?«

»Soll das heißen, die Version deiner selbst, die in der anderen Realität eine Idee hatte, hat sie ebenfalls gestohlen? Von einer anderen Version deiner selbst in einer *anderen* Realität?«, frage ich.

»Ich weiß nicht«, sagt sie. »Vielleicht haben wir nur Zugang zu einer begrenzten Zahl von, sagen wir, benachbarten Realitäten, und wir stibitzen ständig Ideen aus verschiedenen Versionen unserer Welt und halten sie für unsere eigenen Erkenntnisse.«

»Obwohl manche Realitäten dann anderen in Bezug auf die Qualität der Ideen überlegen sein dürften«, sage ich. »Ich möchte kein Klugscheißer sein, aber es gibt anscheinend nicht viel, was meine Realität von dieser hier lernen kann.«

»Ja«, sagt sie, »aber nach allem, was du weißt, wurden die besten Ideen deiner Realität aus dieser hier gestohlen, nur dass wir sie *hier* nie richtig umsetzen konnten, weil wir keinen Zugang zu dieser … wie heißt die Maschine gleich?«

»Die Goettreider-Maschine.«

»Genau«, sagt Penny. »Wir hatten nicht die Ressourcen, um wirklich herzustellen, was wir uns ausgedacht haben, also haben wir alles in unserer Science-Fiction verarbeitet. Wir haben unsere Ideen in unseren Träumen sicher aufbewahrt. Und dann habt ihr Arschlöcher unsere Fantasien geplündert, habt unsere Ideen als eure ausgegeben und euch ein Paradies erschaffen.«

»Ehrlich gesagt, das ist nicht … nicht ganz abwegig.«

»Vielleicht geben wir auch dem Einzelnen zu viel Ehre. Vielleicht legt eine gigantische Alien-Intelligenz die Saat origineller Konzepte in unsere Köpfe, um zu testen, ob sie die Grenze zwischen uns und anderen Dimensionen durchdringen können. Manche Ideen können es vielleicht, andere können ihrer Wurzelrealität nicht entkommen. Vielleicht sind die besten Ideen diejenigen, die sich frei umherbewegen können und nicht einer einzelnen Person gehören.«

»Du bist nicht wie die andere Penny«, sage ich.

76

Sie war wirklich anders. Die andere Penny – es kommt mir bereits seltsam vor, sie Penelope zu nennen – war ein harter Brocken, körperlich und emotional. Es war, als sirrte ihr Körper, wenn sie einen Schritt machte, so kalibriert waren ihre Bewegungen. Ihre Muskeln befanden sich im Einklang mit der Schwerkraft, und kein Joule Energie wurde verschwendet. Sie war zurückhaltend in einer bedächtigen, katzenartigen Weise; zum Beispiel sprach sie nur die minimale Anzahl von Worten, die nötig waren, um den Kern dessen, was sie dachte, zum Ausdruck zu bringen. Nicht weil sie nicht mehr zu sagen gehabt hätte, sondern weil sie wusste, dass im Fall der Fälle jedes ihrer Worte gegen sie verwendet werden könnte, und je präziser und zurückhaltender sie formulierte, desto geringer war die Gefahr, dass ihre vergangenen Äußerungen ihr zum Verhängnis werden konnten. Sie war erfüllt von Entschlossenheit und der Angst, dass Entschlossenheit nicht genug sein könnte. Sie hatte ihr Leben jederzeit so fest im Griff, dass die Knöchel vor Anspannung weiß wurden, um ohne Arg und Fäulnis zu erscheinen: gänzlich unverdorben.

Die Penny hier *redet*. Die Worte sprudeln aus ihrem Mund, und sie gestikuliert nachdrücklich. Sie hat leicht gerundete Schultern, einen lockeren Gang und ein entspanntes Lachen. Sie wirkt kein bisschen zurückhaltend. Sie hat ihre Probleme wie jeder von uns, aber das Gefühl einer beschämenden Unrichtigkeit, das zu verbergen Penelope sich antrainiert hatte und das nur manchmal wie Wasser aus einem geplatzten Rohr hervorrauschte, davon besitzt die Penny hier keine Spur. Nicht dass es ihr an düsteren inneren Widersprüchen mangelt – davon hat sie eine ganze Menge –, aber sie hält es nicht für falsch, sie zu haben, und sie schämt sich deshalb nicht. Wie jeder Mensch schleppt sie einen Koffer voller Probleme überall mit sich herum, aber sie verschließt ihn nicht, und jeder kann darin herumwühlen, wenn er neugierig genug ist.

Es gibt noch andere Unterschiede, körperliche, aber es kommt mir irrelevant und unhöflich vor, sie aufzuzählen. Sie trugen denselben Namen und hatten dieselben Eltern, aber mit erkennbar unterschiedlichem Ergebnis.

Eins hatten sie gemeinsam: ihre Hände. Ich kannte Penelopes Hände nach den vielen Stunden an den Simulatoren sehr genau, und Penny hat die gleichen langen, schlank zulaufenden Finger und die schmalen, zierlichen Handgelenke, auch wenn die Linien, Falten und Wirbel in der Handflächenhaut ihre eigenen sind.

Dann war da noch die Art, wie sie einen anschauten. Penelope stellte selten Blickkontakt her, aber wenn sie es tat, fühlte man sich wie das Zentrum des Universums. Penny ist genauso. Es ist, als flösse die Aufmerksamkeit aus ihren Augen in deine und als könnte es unmöglich etwas auch nur annähernd so Interessantes geben wie das, was du in diesem Augenblick zu ihr sagst.

Ich meine, zugegeben, ich war entweder ein zeitreisender Abgesandter aus einer anderen Realität oder ein beschädigter Irrer mitten in einer radikalen schizoiden Episode, was mich vielleicht so oder so interessant machte. Penny dagegen brauchte keine verrückte Geschichte, um meine Aufmerksamkeit zu fesseln. Sie gehörte ihr schon, sie würde nirgendwo anders hingehen, ebenso wenig wie ich von jetzt an.

77

In Wahrheit gibt es keine alternativen Realitäten, zumindest nicht so, wie Penny sie beschreibt. Vielleicht entsteht aus jeder einzelnen Handlung ein endloses Multiversum, ob nun zwei Atome zusammenstoßen oder zwei Menschen. Vielleicht fluktuiert die Realität unablässig um uns herum, nur sind unsere Sinne nicht dazu eingerichtet, diese Quantenvariationen wahrzunehmen. Vielleicht ist es *das*, was unsere Sinne sind: ein plumpes organisches Sieb, durch welches das Chaos der Existenz gefiltert wird, sodass es immerhin so weit bewältigt werden kann, dass man morgens aus dem Bett kommt. Vielleicht ist die Totalität dessen, was wir mit unseren Sinnen wahrnehmen können, ein so ungelenkes Porträt der Realität, wie es die Kreidezeichnung eines Kindes auf dem Gehweg ist, wenn man sie mit dem Gesicht der Frau vergleicht, in die du dich bereits verliebst und die neben dir zwischen zerwühlten Laken und Decken liegt und die noch gespitzten Lippen von deinem Mund löst.

Auf der Ebene unseres tatsächlichen Erlebens allerdings gibt es nur eine Realität, nämlich diese. Die andere, meine, Realität ist nicht mehr da. Ich habe sie gelöscht, als ich mit der Vergangenheit interagiert habe – *interagiert* ist eine nette Art zu sagen, ich habe *in katastrophaler Weise eingegriffen*. Niemand in meiner Welt fragt sich, wo ich bin, weil meine Welt nicht existiert. Die Welt hier ist die einzige, die es gibt.

Das alles sage ich Penny. Mit Ausnahme der Bemerkung, dass

ich dabei bin, mich in sie zu verlieben. Irgendwie schaffe ich es, das für mich zu behalten, da wir uns gerade erst gestern Abend kennengelernt haben und ich versuche, mich in ihrer Gesellschaft nicht ständig wie ein Irrer aufzuführen.

»Die *Wahrheit* ist«, sagt sie, »dass du nicht die leiseste Ahnung hast, wovon du redest. All der Quatsch über alternative Realitäten und Zeitreiseparadoxien und Bewusstseinsübertragung – in Wahrheit weißt du nichts. Du mimst den Bescheidwisser, weil es ein beruhigendes Gefühl ist, alles unter Kontrolle zu haben. Entspann dich, Mann, und genieße das, was du *weißt*. Nämlich, dass du in *dieser* Realität Gelegenheit hast, mit mir ins Bett zu gehen.«

Und das tue ich. Aber ich weiß auch, dass ich recht habe – denn ich fange an zu vergessen.

Als ich aus dem Krankenhaus kam und Johns Notizbuch fand, habe ich vieles aufgeschrieben, von dem ich sicher war, dass es sich ereignet hatte, und ich habe versucht, das Durcheinander in meinem überforderten Gehirn in Ordnung zu bringen. Das ist nur ein paar Tage her, aber wenn ich mir diese Notizen heute anschaue, kann ich mich an das meiste kaum noch erinnern. Die Erinnerungen sind zart und fadenscheinig, und sie haben sich zum Schlafen in irgendeine kognitive Falte gekräuselt, die ich nicht erreichen kann. Vielleicht heilt das Hirn auch Wunden und wächst über die Spitze des Splitters hinweg, die abgebrochen ist, als du den Rest mit einer Pinzette herausgezogen hast, wodurch das Fragment eines Fremdkörpers zurückblieb, das jetzt in dir verrottet.

Beim hastigen Hinschreiben dieser Notizen kam es mir prätentiös vor, allzu detaillierte Beschreibungen zu geben. Ich notierte die Ereignisse in Grundzügen, und natürlich ließ mein Narzissmus die Geschichte immer wieder entgleisen, sodass sie bei meinen Ängsten und Zweifeln und Schuld- und Reuegefühlen landete. Aber wenn ich gewusst hätte, dass ich anfangen würde, all diese Erinnerungen zu vergessen, dann hätte ich jeden Tag damit verbracht, zu schreiben und zu schreiben und alles aufzuschreiben, woran ich mich aus meiner Welt erinnern konnte, mochte es noch so irrelevant oder banal oder selbstverständlich sein. Denn jetzt sind diese Seiten mit verstreuten und einfältigen Beschreibungen praktisch alles, was ich noch habe. Es könnte genauso gut erdichtet sein. *Ich* könnte erdichtet sein. Ein Leben, eine Welt, ein ganzes Universum, reduziert auf siebenundzwanzig vollgekritzelte Seiten.

Ich fühle mich von Tag zu Tag weniger wie Tom. Ich spüre, wie es passiert. Ich werde zu ihm. Ich werde zu John.

78

Wir verbringen die Nacht und den Tag zusammen. Wir spazieren mit Kaffeebechern durch ihr Viertel. Wir frühstücken in einem Café, das ihr gefällt. Sie beschließt, den Buchladen heute nicht zu öffnen, und wir gehen einfach weiter nach Westen in Richtung Zentrum. Penny möchte mir ihre Stadt zeigen, den Ort, an dem ich den größten Teil meines Lebens verbracht habe und den ich kaum erkenne.

Ich rede darüber, dass die Gebäude alle gleich sind. Haut und Haare variieren, aber Skelette und Muskeln, Nerven und Organe sind praktisch identisch. Gut, wenn man Menschen macht, langweilig, wenn man Städte baut. Wie bei Menschen muss man mit der Unausweichlichkeit der Schwerkraft und des Verfalls zurechtkommen. Anders als bei Menschen ist man beim Baumaterial nicht beschränkt auf Knochen und Fleisch. Da, wo ich herkomme, gab es kaum so etwas wie architektonische Nostalgie. Die Vergangenheit betrachtete man als unansehnliche Warze, irgendwie peinlich, großenteils gutartig, aber auch eine implizite Warnung davor, dass manche Dinge sich übel entwickeln können, wenn man sie nicht im Auge behält. Natürlich gab es Denkmäler, die Taj Mahals und Eiffeltürme und Washington Monuments der Ansichtspostkartenhistorie, aber ansonsten war es ein Akt der Freundlichkeit, sie einfach abzureißen.

Und ich rede darüber, dass Gebäude so verschieden sind. Meine Welt hat sich vor langer Zeit den Begriff *Makroarchitektur* zu eigen gemacht: Man entwirft einzelne Gebäude als ineinandergreifende Teile eines großstädtischen Ganzen, in das kulturelle Vorläufer, regionaler Geschmack, globale Trends, Umweltkontext und geografische Eigenheiten einfließen. Gelegentlich kam dabei ein dubioses Makrodesign zum Vorschein, beispielsweise, dass Peking aus der Luft aussieht wie ein Drache, San Antonio wie eine gigantische Version des Alamo – und das Straßennetz von Brasilia hat Ähnlichkeit mit der Landkarte von Brasilien. Aber in den meisten Fällen erspart die Makroarchitektur den Großstädten die ästhetische Zusammenhanglosigkeit dieser Welt.

Penny ist anderer Meinung. Wenn sie durch eine Straße geht, die von nicht zusammenpassenden Gebäuden gesäumt ist, sieht sie keinen visuellen Wirrwarr, sondern Geschichte, die hier lebendig ist, die Gegenüberstellungen, die von der Stadt erzählen. Jedes Originaldetail, jede mit Datumsstempel versehene Renovierung, jeder Ziegel, jede Schindel, alle Türen, Fenster und Treppen haben etwas über die Stadt zu sagen, die sie zusammen bilden. Und jede Stadt hat Hunderte von solchen Blocks, Tausende – lauter Seiten in ihrer niemals endenden Geschichte.

Ich denke an die andere Penelope und frage mich, wie wahrscheinlich es ist, dass wir einen solchen Tag zusammen verbracht hätten. Wir hatten nur die eine Nacht miteinander, und dann … plötzlich wird mir die Parallele klar, hart und schonungslos: Dies ist der Morgen nach der vergangenen Nacht. Ich stehe hier mit Penny auf dem Gehweg, und es ist fast genau der gleiche Zeitpunkt, zu dem Penelope aus der Defusionssphäre trat und vor meinen Augen auseinanderdriftete. Aber hier ist sie, diese andere Version, die Vergangenheit ist ausradiert, und sie trinkt ihren Kaffee, während der Verkehr um uns herum rauscht. Diese Welt ist so plärrend, mahlend, kreischend laut, und in Augenblicken wie jetzt fällt es schwer, geradeaus zu denken.

»Alles okay?«, fragt Penny.

»Ja«, sage ich. »Ich dachte gerade an die, äh, andere Welt.«

»Die andere Welt?«, sagt sie. »Oder mein anderes Ich?«

»Dein anderes Ich gibt es nicht mehr.«

»Doch. In deiner Erinnerung. Ich bin oft genug mit Jungs gegangen, die Probleme mit Exfreundinnen hatten, um das zu verstehen. Frauen werden zu vollkommenen Engeln oder nörgelnden Biestern in der Erinnerung der Männer, die sie geliebt haben. Ich bin sicher, sie hat nie genörgelt. Und heißer als ich war sie wahrscheinlich auch. Aber das ist okay. Ich verspreche, ich werde nicht eifersüchtig auf mich selbst sein. Ich meine, ein bisschen vielleicht …«

Sie kommt nah an mich heran und lächelt verspielt. Aber ich fühle mich ungefestigt und verunsichert.

»Ich glaube, ich bin noch nicht so weit, dass ich Witze darüber machen kann«, sage ich. »Selbst wenn es so aussieht, als wäre alles okay mit mir.«

»Entschuldige«, sagt Penny. »Ehrlich, ich rechne dauernd damit, dass du mit dem Theater aufhörst und zugibst, dass diese Zeitreisegeschichte eine Nummer ist, die du abziehst, um Mädels aufzureißen, und wenn du genug von mir hast, gehst du für immer zurück in deine eigene Dimension, was im Grunde nur heißt, dass du mich eiskalt abservierst und ich dich nie wiedersehe.«

»Ich kann nicht zurück, selbst wenn ich wollte. Ich weiß nicht, wie man eine Zeitmaschine erfindet.«

»Aber wenn du es könntest, würde das bedeuten, ich wäre nie geboren. Ich und alle andern.«

Ich denke daran, wie Penelope mir erzählt hat, dass sie Aufgaben in Sekundenabschnitte aufteilt. Ob das mit allem funktioniert? Würde es mir helfen, all die Menschen zu vergessen, die ich ausradiert habe? Könnte dieser gleichmäßige Tick-Tack-Rhythmus eine ganze Welt wegräumen?

»Übrigens fällt mir auf, dass du noch nicht gesagt hast, welche von uns beiden heißer ist.«

»Du«, sage ich.

»Gute Antwort. Küss mich ein bisschen, dann glaube ich es dir vielleicht sogar.«

Wir küssen uns, und wir gehen, und wir reden. Wir essen spät zu Mittag, kehren in ihr Apartment zurück und schlafen bis in den Nachmittag hinein.

Es ist der beste Tag, den ich je hatte. Mit Abstand.

Als ich aufwache, liegt Penny zusammengerollt neben mir und schläft.

Sie ist nicht Penelope. Sie wird nicht auseinanderdriften.

79

Wir liegen im Bett und mäandern auf die Entscheidung zu, was mit dem Abendessen werden soll, als mein Handy klingelt. Ich will nicht rangehen, denn ich möchte mit niemandem reden, der nicht hier in Pennys Bett liegt, aber da steht sie auf und geht ins Bad. Also gehe ich ran. Seit Tagen ignoriere ich die Anrufe aus meinem Büro. Wenn ich ihnen bestätige, dass ich zumindest noch lebe, werden sie vielleicht aufhören, mich zu nerven.

Aber am Telefon ist eine panische Programmassistentin, die wissen will, wo ich bin. Sie sagt, sie versuchen seit Stunden, mich zu erreichen, und haben gerade erst festgestellt, dass sie Büro- und Handynummer verwechselt haben. Sie sagt, das Essen sei fast vorbei, und mein Grundsatzreferat sei in einer halben Stunde fällig.

Die *International Conference on Architecture and Urban Design* findet an diesem Wochenende statt, zum ersten Mal in Toronto, und als einheimisches Wunderkind soll ich den Eröffnungsvortrag halten. Ich habe vor Monaten zugesagt, und ich weiß nicht, warum man es nicht gecancelt hat, als ich im Krankenhaus war, aber niemand hat die Tagungsorganisation informiert, und jetzt rasten sie aus, weil ich beim Essen vorher nicht aufgetaucht bin, denn fünfhundert Architekten, Stadtplaner, Kulturkritiker, Postgraduierte und was weiß ich wer noch – fünfhundert Leute jedenfalls schwirren vor dem Auditorium herum und warten auf meinen Vortrag.

Fünfhundert Architektur-Nerds, denen ich *nichts* zu sagen habe. Aber ein aufdringliches Gerassel in meinem Unterbewusstsein sagt mir, es ist wichtig für John. Obwohl ich nicht John sein will, sage ich der Person am Telefon, dass John zur geplanten Zeit da sein wird. Ich erkläre Penny die Situation und merke, dass sie befürchtet, ich könnte mit dieser List versuchen zu verschwinden, nachdem ich in den letzten achtzehn Stunden vier Mal mit ihr geschlafen habe, und deshalb lade ich sie ein mitzukommen, und wir duschen zum ersten Mal zusammen und, yeah, eigentlich will ich die Dusche gar nicht mehr verlassen, aber sie wird plötzlich ganz geschäftsmäßig und zieht ein reizendes Kleid an und fängt an, sich zu schminken, während ich mich mit dem Apparat rasiere, den sie für ihre Achseln und Beine benutzt.

Wir fahren mit dem Taxi zu mir und lassen es draußen warten, während ich mich in einen Anzug werfe und sie sich ein bisschen umsieht. Sie bindet mir die Krawatte um, und das fühlt sich so intim an, dass ich fast weinen muss. Sie lächelt mich an, warmherzig und neugierig zugleich, und ich glaube, es ist dieses Lächeln, das mir den Mut gibt zu tun, was ich als Nächstes tue.

80

Ich habe nichts geplant für diese Versammlung von wahrscheinlich sehr gescheiten, sehr talentierten Leuten, die sich zweifellos fragen, ob der Wirbel, der um mich – um ihn, um John – gemacht wird, auch nur halbwegs angebracht ist, und natürlich ist er es eindeutig nicht.

Die Kongressveranstalter drängen sich um mich herum, als ich Hand in Hand mit Penny das Auditorium betrete, und wollen wissen, ob ich audiovisuelles Unterstützungsmaterial mitgebracht habe. Ich schaue mich um und sehe einen vollbesetzten Hörsaal mit fünfhundert Plätzen und ein winziges Pult vor den geschlossenen Vorhängen an den mächtigen, vom Boden zur Decke reichenden Fenstern, und in meinem Hirn ist kein einziger menschlicher Gedanke. Jedes Flüssigkeitsmolekül in meinem Körper zwängt sich durch meine Schweißdrüsen nach außen. Das staubige Flattern in meiner Kehle fühlt sich an, als hätte ich einen Schwarm Motten verschluckt.

Ich bemerke einen Spalt zwischen den Vorhängen, als hätte derjenige, der sie geschlossen hatte, versäumt, noch ein letztes Mal an der Schnur zu ziehen. Das Auditorium befindet sich im obersten Stockwerk eines Hochhauses am See, und durch den Spalt sehe ich ein schmales Stück der Skyline. Ich bitte um einen Filzstift, mit dem ich etwas skizzieren kann, und ziehe die Vorhänge auf, sodass man einen Blick auf die Stadt hat. Eine Programmassistentin kommt mit einem dicken Filzmarker angelaufen.

Ich ziehe die Kappe ab, und mit dem konzentrierten Blick von fünfhundert Leuten im Nacken fange ich an, direkt auf das Fenster zu zeichnen.

Was ich zeichne, ist die Stadt, wie ich mich an sie erinnere, nicht wie sie hier aussieht. Meine Skyline, nicht diese Skyline. Es ist ein seltsames kognitives Erlebnis, denn ich *kann* nicht zeichnen, aber John kann es, und so balanciere ich zwischen uns beiden, zwischen seinem Talent und meiner Erinnerung. Ich skizziere die Stadt, wie sie sein sollte. Im Saal ist es still bis auf leises Gemurmel und Geräusper hier und da. Niemand ruft: *Hör auf, das Fenster zu bemalen, du Idiot!* Also mache ich weiter, bis die Skyline da ist, die da sein sollte. Erst jetzt drehe ich mich zu meinem Publikum um.

»Wir sind Versager«, beginne ich. »Wir lassen uns selbst im Stich, und wir lassen die Welt im Stich. Architektur ist die Kunst, in der wir leben. Und wir könnten in Wunderwerken leben. Statt in langweiligen Schachteln. Statt in geometrischen Konstruktionen. Wir hier in diesem Saal schaffen den Rahmen, durch den die Welt schaut, um ihr eigenes Spiegelbild zu sehen. Und wenn die Welt uns das Material nicht gegeben hat, das wir brauchen, um unsere Fantasie zu entfesseln, dann müssen wir es fordern. Alles, was wir brauchen, um diese Stadt, jede Stadt neu zu imaginieren und um neu zu definieren, wie Menschen auf diesem Planeten leben. Alles ist möglich. Keine Idee ist unmöglich. Alles, was wir brauchen, ist Infrastruktur. Aber inspirieren wir die stoffliche Welt dazu, unseren großen Visionen nachzujagen? Oder lassen wir uns von der Infrastruktur in Ketten legen? Wir lassen uns selbst im Stich, wir lassen die Welt im Stich, die Zukunft und jeden, der aus dem Fenster schaut, um zu sehen, wozu wir als Zivilisation fähig sind. Schauen Sie aus dem Fenster auf die Geschichte, die wir erzählt haben. Ist es eine Geschichte, auf die Sie stolz sind? Denken Sie an das, was Sie heute zu bauen versucht haben, und fragen Sie sich, ob es diese Welt in die verwandeln wird, die wir brauchen. Wenn nicht – warum nicht? Fangen Sie von vorn an. Das da sind keine Gebäude. Es sind Denkmäler der Zukunft, die wir verdienen.«

Mein Vortrag soll eine Stunde dauern, und das jetzt waren vielleicht zwei Minuten. Aber mehr habe ich nicht; also schiebe ich die Kappe auf den Marker, werfe ihn der Programmassistentin zu, die mit großen Augen dasteht, nehme Penny an die Hand und verlasse das Auditorium. Die schweren Holztüren schwingen hinter uns zu.

Als wir auf den Aufzug warten, hört es sich an, als zerstörten sie das Auditorium, rissen die festgeschraubten Sitze mit bloßen Händen aus dem Boden und schleuderten sie gegen die Wände. Später sagt mir jemand, so hört es sich an, wenn fünfhundert Leute applaudieren.

81

Um es klar zu sagen, ich finde nicht, dass mein Vortrag so viel Beifall verdient hatte. Die wilde Skyline, die ich gezeichnet habe, war theatralisch, die Leute waren überrascht, dass ich sie Versager genannt habe, und jeder hört gern, dass sein Beruf den Ton für den Rest der Welt angibt. Aber ich weiß nicht, ob die Leute geklatscht haben, weil sie das, was ich gesagt habe, als inspirierend oder provokant empfunden haben, oder ob die Logik der Meute sie alle dem Gruppendruck hat folgen lassen, als der Erste anfing zu klatschen.

Was immer der Grund sein mag, mein Vortrag erschien am nächsten Tag auf der Titelseite des *Toronto Star* mit einer Abbildung meiner Fensterzeichnung auf der oberen Hälfte der Seite. Zahllose hastig gepostete Online-Aufsätze folgten rasch hintereinander und erörterten das Pro und Kontra zu allem – mir, dem Vortrag, der Skyline, der Architektur als Beruf und diversen Randthemen, die sich Journalisten ausgedacht hatten, die über irgendetwas schreiben mussten, damit sie – spät und schlecht – bezahlt werden.

Ich bekam eine Menge Interviewanfragen, und mein Büro wimmelte eine Flut von Anrufern ab, die wollten, dass ich zu irgendwelchen neuen Projekten mein Angebot abgab, und anscheinend befeuerte ich den Wirbel der Faszination damit, dass ich mich weigerte, noch mehr zu sagen. Aber das war keine PR-Strategie. Ich war mit Penny im Bett, und ich wollte nie mehr weg.

Also. Vielleicht denken Sie jetzt, okay, warum ist diese Geschichte jetzt nicht zu Ende? Für diesen Trottel ist doch jetzt alles gut gelaufen. Seine Mom lebt, sein Dad ist nett, seine Schwester ist cool, seine Karriere geht steil nach oben, und er ist tatsächlich mit der Frau zusammen, von der er in seinem anderen Leben besessen war. Warum will er zurück in eine Welt, in der seine Mutter tot und sein Vater ein Arschloch ist, seine Schwester nie existiert hat, er keine beruflichen Erfolge vorweisen kann und die Frau, die er geliebt hat, sich umgebracht hat?

Und ich sehe das, glauben Sie mir. Es ist fast das *Einzige*, worüber ich nachdenke. Trotz eines bohrenden Gefühls der Loyalität gegenüber meiner Zeitlinie und des Mitgefühls für die menschliche Spezies, die auf diesem kläglichen, kaputten Planeten gestrandet ist, ist mein Leben hier viel besser.

Nur ist es eben nicht mein Leben. Es ist *sein* Leben. Johns. Je länger ich hier bleibe, desto weniger bin ich ich, und desto mehr werde ich er. Mir ist klar, dass es schwer nachzuempfinden ist, wie es ist, wenn dein Bewusstsein von seinem eigenen verzerrten Spiegelbild aufgesogen wird, aber ich sage Ihnen: Es ist verdammt entsetzlich. Du verbrennst in den Flammen des eigenen Geistes. Du wirst bei lebendigem Leib von fremdartigen Erinnerungen aufgefressen, die in deinem Innern Wurzeln geschlagen haben, alles verschlingen, was dich zu dem macht, der du bist, und jemand anderen in dein Gehirn spucken. Stellen Sie sich die Unmassen von Informationen vor, die in den engen, feuchten Falten Ihres Gehirns stecken: jede einzelne Erinnerung, jede Überzeugung, jeder Impuls, unzählige verschlungene Pfade der Identität, großartige und triviale. Und jetzt verdoppeln Sie sie in demselben schwülen Kasten, schütteln Sie sie durcheinander und zwingen Sie sie, miteinander zu kämpfen. Johns Geist ist wie eine Krankheit, die mein eigener Geist bekämpft mit den Antikörpern dessen, was er als wahr begreift, mit meinen eigenen Erinnerungen, Überzeugungen, Impulsen, mit meinen eigenen großartigen wie trivialen Demütigungen und Freuden. Nur, in Wahrheit – bin *ich* der Krebs. Ich bin das Virus, das John kolonisieren will, nicht umgekehrt. Er kämpft eine verzweifelte Schlacht um die Kontrolle über seine eigenen Gedanken, und ich bin der Eindringling, der irgendwie aus seinen Träumen entkommen ist und sein Bewusstsein verdreht hat.

Vielleicht fühlt es sich so an, wenn man verrückt wird. Jeder glückliche Augenblick ist beeinträchtigt durch den Klammergriff kalter Finger, die mich in einen gähnenden Schlund des Verlustes ziehen wollen, der Angst und der Scham. Einfacher wäre es, loszulassen und John zu sein. Und es war immer meine Gewohnheit, den einfachen Weg zu gehen.

Es ist, als würde ich dafür belohnt, dass ich die Welt zerstört habe. Nur aus einem einzigen Grund fühle ich mich noch wie ich selbst, wie Tom, und das ist der pochende, unterschwellige Schmerz, der sagt: Du musst *bestraft* werden für das, was du getan hast. Du darfst nicht glücklich sein. Alles, was du berührst, zerfällt zu Asche. Jeder, den du liebst, wird von Finsternis überrollt werden. Du musst für deine Verbrechen zur Verantwortung gezogen werden, auch wenn nur einer das Urteil über dich sprechen kann, nämlich du selbst.

82

Die Mitarbeiter von Barren & Associates erwarten mich im Besprechungsraum. Nachdem ich ihre Nachrichten noch eine Woche lang ignoriert habe, in der Penny und ich uns ineinander zurückgezogen haben, drohten sie mir damit, die Konferenz in meiner Wohnung abzuhalten, wenn ich heute nicht zur Arbeit käme. Ich gehe auf die Glastür zu und warte, dass sie aufgleitet, wie Türen es tun sollen, aber sie tut es nicht, denn sie hat eine Klinke, obwohl die Technologie für automatische Türen schon existiert. Haben Sie eine Ahnung, wie viele Keime sich auf einer normalen Türklinke versammeln? Die Belastung durch mikroorganische Pathogene wäre nicht schlimmer, wenn Sie mit der bloßen Hand durch eine öffentliche Toilettenschüssel wischen würden.

Meine Mitarbeiter applaudieren und spannen ihre Jochbeinmuskeln, um Zähne und Zahnfleisch zu entblößen, und ich weiche erschrocken zurück, bis mir klar wird, dass sie mich *anlächeln*. Der Konferenztisch besteht aus einer in einen Quader aus durchsichtigem Epoxidharz gegossenen Ahornplatte. Darauf liegen mehrere Ausgaben des *Toronto Star* mit meiner Skizze auf Seite eins. Ich verstehe mich immer besser darauf, Informationen aus Johns Gedächtnis zu ziehen, und deshalb erinnere ich mich jetzt, dass der Einzige, der da nicht klatscht, Stewart heißt, zehn Jahre älter ist als ich und Betriebsleiter der Firma ist.

»Wir hatten so viele Anrufe wegen Ihres Vortrags, dass ich die Praktikanten an die Telefone setzen musste, um mitzukommen.«

»Das ist, äh, gut«, sage ich. »Oder nicht?«

»Hören Sie, wir haben alle gewusst, worauf wir uns einlassen, als wir hier angefangen haben«, sagt Stewart. »Sie sind der Barren. Wir sind die Associates. Aber wir haben Wochen an diesem Vortrag gearbeitet. Als *Team*. Nicht nur an der visuellen Präsentation. Am Text. An den Verweisen. An der Recherche. Die *Firma* sollte in die internationale Community eingeführt werden. Sie haben nicht ein einziges Wort von dem gesagt, was wir alle zusammen beschlossen hatten. Sie haben nicht mal zur Kenntnis genommen, dass wir im Publikum saßen. Dabei sollte es ein großer Abend für uns alle werden. Und übrigens, die Tagungsleitung verlangt, dass wir für die Scheibe aufkommen, die Sie beschmiert haben.«

Ich habe den Eindruck, dies ist ein großer Augenblick für Stewart, ein Furunkel, das aufgestochen werden muss. *Meine* erste Reaktion ist, hier zu verschwinden und nie mehr zurückzukommen. Lieber stürze ich mich durch das Fenster, das ich bemalt habe, in den Tod, als dass ich mich mit Büropolitik auseinandersetze. Ich war noch nie irgendwo der Chef, und wie groß mein Erschrecken ist, kann man daran ermessen, dass mein einziger Gedanke ist: Was würde mein *Vater* in dieser Situation tun?

»Sagen Sie der Tagungsleitung, wir zahlen gern für das Fenster, wenn sie es ausbauen, ohne meine Zeichnung zu beschädigen. Wir werden sie hier in der Firma aufhängen, sodass sie das Erste ist, was die Leute sehen, wenn sie reinkommen. Bei dem Vortrag saßen fünfhundert Leute im Publikum, ja? Und wie viele lesen diese Zeitung?«

Eine der Mitarbeiterinnen ruft die Information auf ihrem Smartphone auf und zeigt es Stewart.

»Dreihunderttausend an Werktagen«, liest er. »Fünfhunderttausend am Wochenende.«

»Sagen Sie denen, ich werde den Vortrag exklusiv für ihre Wochenendausgabe erweitern. Dann können sie drucken, was ich sagen sollte, mit allen Illustrationen, die ich dabei zeigen sollte. Fünfhundert Leute in einem Hörsaal gegen fünfhunderttausend in einer Stadt. Und online noch mehr.«

»Natürlich mit Ihrem Namen darunter.«

»Mit allen unseren Namen. In der Überschrift können sie Tom Barren schreiben, aber wir bestehen darauf, dass jeder, der an dem Material mitgearbeitet hat, auch genannt wird.«

»Sagten Sie gerade … *Tom* Barren?«

»Nein. Oder doch? Ich glaube nicht. Jedenfalls, es tut mir leid, wenn ich Mist gebaut habe.«

»Sie … entschuldigen sich«, sagt er.

»Ja.«

»Ich habe noch nie gehört, dass Sie sich bei irgendjemandem entschuldigt haben. Hat er sich jemals bei irgendwem entschuldigt?«

Die Associates schütteln alle den Kopf, stumm und wie gebannt.

»John, wir machen uns Sorgen um Sie«, sagt Stewart. »Sie waren im Krankenhaus. Gerade kommandieren Sie den Vorarbeiter herum und beschweren sich über den Kunden und seinen Mangel an Fantasie, und im nächsten Augenblick liegen Sie zuckend im Schlamm. Ich war es, der den Krankenwagen gerufen hat.«

»Mir geht es gut«, sage ich.

»Jeder von uns hat einen sehr guten Job bei einer sehr guten Firma aufgegeben, um für Sie zu arbeiten, weil wir glauben, dass Sie die Zukunft der Architektur anders sehen als jeder andere. Aber das heißt auch, dass wir das hier ohne Sie nicht können. Wenn Sie gesundheitliche Probleme haben, respektieren wir Ihre Privatsphäre. Wir bitten Sie nur, uns in dem, was hier vorgeht, zu vertrauen.«

»Aber ich weiß es nicht«, sage ich.

»Sie wissen es nicht«, wiederholt Stewart. »Okay, schön, das ist noch etwas, das ich von Ihnen noch nie gehört habe. Sie wissen *immer* alles. Sie sind der arroganteste, neunmalkluge Mistkerl, der mir je begegnet ist.«

Es fühlt sich an, als wäre mein Gehirn geschwollen und wollte zu den Ohren herausquellen und sich eine gastlichere Behausung suchen. Ich lasse die Stirn auf das kühle Epoxidharz der Tischplatte sinken, und Schweißtropfen rieseln aus meinen Achseln an den Rippen herunter. Mein Leben lang bin ich absichtlich allen Situationen aus dem Weg gegangen, in denen jemand von mir eine Antwort erwarten könnte.

»Sie haben recht«, sage ich. »Ich weiß es. Ich weiß, wie jedes Gebäude in dieser Stadt aussehen sollte. Wie jede Stadt der Welt aussehen sollte. Wir sind so weit entfernt von da, wo wir sein sollten. Aber es ist zu viel. Ich kann nicht die ganze Welt reparieren.«

»John, das erwartet niemand von Ihnen«, sagt Stewart.

»Ich nehme unbefristeten Urlaub«, sage ich. »Ab heute.«

»Was soll das heißen?«, fragte Stewart. »Wir haben ein halbes Dutzend Projekte in Arbeit. Hunderte von Anfragen sind nach Ihrem Vortrag reingekommen. Die Konzerthalle in Chicago. Wir haben für nächste Woche ein erstes Konzept zugesagt.«

»Ich komme am Wochenende rein und mache den Entwurf fertig. Legen Sie alles, was ich unterschreiben muss, auf meinen Tisch, und ich werde es unterschreiben. Danach sind Sie auf sich selbst gestellt.«

Auf dem Weg hinaus vergesse ich, dass die Tür sich nicht automatisch öffnet, und renne mit der Nase dagegen, so fest, dass ich Blutgefäße im anterioren Nasenseptum verletze. Ich hinterlasse einen verschmierten Streifen Blut auf dem Glas, aber ich schaue mich nicht um. In meinem Kopf pocht ein Schmerz und noch etwas anderes – ein schlangenhaft angespannter Zorn, so tief unten, dass er mich nicht bremsen kann. Ich weiß, ich zerstöre gerade alles, was John aufgebaut hat, aber das ist mir egal, denn es ist alles eine Lüge. Ich bin kein Genie, kein Visionär, kein Führer, oder was immer diese Leute sonst in mir zu sehen glauben. Ich bin und war niemals irgendetwas.

83

Penny schnappt tatsächlich nach Luft, als sie ins Haus meiner Eltern kommt und die kunstvoll organisierte und fetischisierte Büchersammlung sieht. Meine Mom erkennt sofort eine verwandte Seele, und nach weniger als sechzig Sekunden diskutieren sie über die Vorzüge verschiedener viktorianischer Buchbindeverfahren, und ich akzeptiere, dass ich erledigt bin. Nichts von dem, was ich sage, wird an diesem Abend noch irgendjemand auch nur annähernd interessant finden.

Beim Essen wird es noch schlimmer. Es gibt eine Ratatouille nach irgendeinem exzentrischen Rezept, das mein Dad von einer Tagung in Toulouse mitgebracht hat, und Penny fragt ihn nach seinem Buch über Zeitreisen. Greta stöhnt auf wie ein Teenager, und mein Dad wird rot und versucht herauszufinden, ob Penny sich über ihn lustig machen will. Penny erzählt ihm, sie sei ihr Leben lang ein Fan der spekulativen Literatur gewesen und würde nur zu gern mehr über seine Ansichten zu diesem Thema hören.

Mehr braucht mein Dad nicht – das und zwei Glas Pinot noir –, um einen Vortrag über seine insgeheim peinliche, jugendliche Obsession vom Stapel zu lassen. Er neigt dazu, Schlüsselbegriffe nur flüsternd auszusprechen, als würde die Wissenschaftspolizei die Haustür aufbrechen und hereinstürmen, wenn sie laut über seine Lippen kämen, und ihn wegen Verbrechens gegen die seriöse Wissenschaft verhaften. In der anderen Welt sprach mein

Vater mit arroganter Aufgeblasenheit und schmaläugig gelangweilter Herablassung, als wäre ihm klar, dass alles, was er sagte, faszinierend und bedeutend sei, aber die geistige Energie, die nötig sei, um es intellektuell so weit herunterzuschrauben, dass es für andere außer ihm verständlich werde, lohne eigentlich die Mühe nicht. Hier ist mein Dad entzückt, wenn man ihn überhaupt fragt, denn seine Kollegen ziehen ihn immer noch wegen dieses Buches auf, noch Jahre, nachdem es erschienen ist, ohne jeden Beifall und komplett ignoriert vom breiten Publikum.

Das Buch meines Dad analysierte in unterhaltsamem Ton, warum Zeitreisen, wie sie in der unterhaltenden Mainstreamliteratur dargestellt werden, weder wissenschaftlich noch technisch oder logistisch einleuchtend sind. Aber versteckt zwischen flotten Wortspielen und popkulturellen Querverweisen enthielt es eine ernsthafte Untersuchung der Frage, wie es möglicherweise funktionieren *könnte*, und über diese Frage dachte mein Dad natürlich weiterhin nach, auch wenn er wusste, dass es nur zu professioneller Blamage und akademischer Missbilligung führen konnte, wenn er es wagen sollte, seine Theorien in angesehenen Kreisen laut auszusprechen oder, schlimmer noch, zu publizieren.

Aber am Esstisch – während ich mit knusprigem Dinkelbrot die Reste der Ratatouille aufwische und meine Mutter den Nachtisch, den sie gebacken hat, aus dem Ofen holt und meine Schwester noch eine Flasche Pinot noir aufmacht und Penny mit unschuldsvollem Interesse meinem Dad zuhört und dabei ab und zu unter dem Tisch mit dem Fuß auf meinen drückt –, am Esstisch kann er offen sprechen, ohne beißenderen Spott zu befürchten als die genervten Seufzer, die Greta gar nicht erst zu unterdrücken versucht, während sie aus Versehen den halben Korken abbricht und in die Flasche drückt, weil ihre feinmotorischen Fähigkeiten mit jedem Glas Wein exponentiell abnehmen.

Amüsiert sehe ich zu, wie Greta sich Wein ins Glas gießt, auf dem Korkenkrümel dümpeln, die sie mit dem Daumen herausfischt. Sie sieht mich an und zuckt die Achseln, und mich durchweht die Liebe zu ihr.

Meine Mom wirft einen Blick aus der Küche herüber, wo sie Puderzucker auf das Dessert rieseln lässt. Sie deutet mit beifälligem Kopfnicken in Richtung Penny.

Davon rede ich. Das ist das Glück, das ich nicht verdient habe. Nicht nach dem, was ich getan habe. Dieser wohlige Augenblick in der Familie ist ein Stückchen Kork, das in einem Meer von Blut schwimmt.

84

Meine Mutter kommt mit einer antiken Porzellanplatte aus der Küche, die ihrer Großmutter gehört hat. Der Rand trägt ein azurblaues geometrisches Muster, das mit goldenem Filigran durchflochten ist.

Darauf liegt ein Dutzend Zitronentörtchen.

»Ich habe deinen Lieblingsnachtisch gemacht«, sagt Mom.

Meine inneren Organe krampfen sich zusammen, und kalter, kranker Schweiß dringt aus meinen Poren. Ich muss entsetzt aussehen, denn meine Mutter zögert.

»Wow«, sagt Greta. »Die feine Platte.«

»Was ist los?«, fragt meine Mom.

»Nichts«, sage ich.

»Die sehen köstlich aus«, sagt Penny.

»Das ist ein Rezept meiner Großmutter«, sagt meine Mom. »Ich mache sie jedes Jahr zu Johns Geburtstag. Bevor er fünf wurde, hat er verkündet, er kann Geburtstagstorte nicht ausstehen…«

»Und genau in diesem Augenblick hättest du körperliche Züchtigung zur Anwendung bringen sollen, bis er zur Vernunft kommt«, erklärt Greta. »Wie kann ein Mensch keine Geburtstagstorte mögen?«

»Deshalb habe ich angefangen, ihm Zitronentörtchen zu backen«, sagt meine Mom. »Eins für jedes Jahr.«

»Was eine entzückende Tradition war, als er fünf war«, sagt

Greta. »Für einen Zweiunddreißigjährigen weniger. Wahrscheinlich isst er eins und schmeißt die andern weg.«

»Tut er nicht«, sagt meine Mom. »Du schmeißt sie doch nicht weg, oder?«

»John, geht's dir gut?«, fragt mein Dad. »Du bist blass.«

Meine Mutter war tot, mitten durchgerissen von einem fliegenden Auto, und jetzt lebt sie und sieht aus wie immer, nur ihre Haltung ist besser, und sie bringt eine Platte mit Zitronentörtchen herein, von denen ich dachte, ich würde sie nie wieder zu kosten bekommen.

»Mir geht's prima«, sage ich. »Danke, dass du sie gebacken hast.«

Ich nehme ein Zitronentörtchen. Es schmeckt genauso wie die aus meiner Welt. Den Zusammenbruch der sensorischen Grenze zwischen zwei Realitäten kann kein Gebäck auffangen. Ich greife nach der Weinflasche. Und ich trinke.

Ich trinke, denn natürlich mag ich perfekte Avocados, ich mag es, in meinen eigenen Träumen aufzuwachen und dass Raketenrucksäcke ein völlig normales Geburtstagsgeschenk für einen Teenager sind, ich mag saubere Luft und den Weltfrieden, aber ich bin keineswegs selbstlos – ich bin glücklicher hier mit meiner Mom und meinem Dad und mit Greta und Penny, als ich es früher je war, in einer Welt, die in meiner Erinnerung bereits hinter zarten Schleiern verschwindet. Aber da ist Deisha. Da sind Xiao und Asher. Und Hester und Megan und Tabitha. Und die Chrononauten und Zweitbesetzungen im Labor meines Vaters und meine Kollegen und Klassenkameraden und Robin Swelter und ihre Eltern und ihr Bruder, der mir ins Gesicht geschlagen hat, und die Kids, die mir geholfen haben, als ich von zu Hause weggelaufen war, und die Mädchen, die sich danach mit mir eingelassen haben, und die Milliarden von ungeborenen Fremden, die ich niemals kennengelernt habe, und wenn ich mir jemals verzeihe, dass ich ihnen ihr Dasein weggenommen habe, ist das genau der Augenblick, in dem sie alle auf ewig verloren sind.

85

Als Einleitung erklärt mein Dad, warum die meisten Zeitreisemodelle in der Popkultur nicht funktionieren: weil die Erde sich bewegt.

Ich habe das schon im vierten Kapitel zusammengefasst, aber wenn Sie darüber hinweggelesen haben, okay: Die Erde dreht sich um ihre eigene Achse – das nennen wir einen *Tag* – und rotiert zugleich um die Sonne – wir sprechen von einem *Jahr* –, die sich durch das Sonnensystem bewegt, das sich durch die Galaxis bewegt, die sich durch das Universum bewegt, und es ist durchaus möglich, dass dieses in einem Multiversum unterwegs ist. Wir haben keine Worte für diese Bewegungen, denn ihre Muster sind zu gewaltig, um sie mit den Werkzeugen zu berechnen, die uns derzeit zur Verfügung stehen. Es ist immanent wahrscheinlich, dass das ganze Chaos einen uhrwerkhaften Zauber besitzt, aber was wir sehen können, ist nur die Spitze des kleinsten Zeigers auf dem unübersehbaren Zifferblatt der Realität.

Die Erde reist durch das All, richtig schnell, nonstop, jeden Tag. In den dreieinhalb Sekunden, die Sie gebraucht haben, um diesen Satz zu lesen, hat der Planet sich auf seiner Achse eine Meile weitergedreht. Eine Zeitreise bedeutet nicht nur, dass man sich in der Zeit zurückbewegt. Sie ist auch ein Sprung über riesige räumliche Distanzen, bei dem Sie hypergenau landen müssen, um nicht *in* einem Objekt anzukommen. Entweder muss der Zeitreisende immateriell sein, oder der Ankunftsort muss auf molekularer Ebene leer sein, denn ein einziges verirrtes Partikel in seinem Hirn würde ihn töten.

Penny versetzt meinen Dad in Entzücken, weil sie mehr über diese Dinge weiß, als man vernünftigerweise erwarten könnte. Beim Dessert erörtern sie die Vorteile, die es hätte, eine luftdicht versiegelbare Kapsel mit einem Nuklearantriebwerk zu bauen, das eine verfolgbare Halbwertsfrequenz aussendet, sodass es, wenn man in der Zukunft zu Zeitreisen technisch in der Lage wäre, für die Zeitreisenden einen sicheren Ankunftsort und einen geraden Weg gäbe, dem sie folgen könnten. Theoretisch könnte man damit beweisen, dass Zeitreisen möglich sind, denn wenn man eine solche Kapsel bauen würde, müsste sofort jemand aus der Zukunft erscheinen, wenn man sie einschaltet. Das ist der Satz meines Dad in seiner ultimativen Form: *Wenn du sie baust, werden sie kommen.*

In festlicher Stimmung gräbt mein Dad eine verstaubte Flasche aus einer kleinen Charge Bourbon aus dem Küchenschrank und gießt allen ein Glas ein. Meine Mom sieht merkwürdig eifersüchtig aus, als hätte sie gehofft, sie könne Penny nach dem Essen abschleppen, um ihr weitere Juwelen aus ihrer Büchersammlung zu zeigen, aber irgendwie hat mein Dad sie am Haken und lässt sie nicht mehr los. Mom unternimmt ein paar Mal den Versuch, das Gespräch über H.G. Wells' *Die Zeitmaschine* zur Literatur des 19. Jahrhunderts zurückzubringen, aber mein Dad hat das Steuerruder der Unterhaltung fest in der Hand. Das ist ein Charakterzug, an den meine Mom hier nicht gewöhnt ist, aber ich erkenne ihn als eine denkbar sanfte Variation des Mannes, der er sein sollte, und plötzlich überkommt mich unbehagliches Heimweh wie ein schmerzhafter Stich.

Greta hat ein paar Glas Wein zu viel getrunken und legt sich auf die Couch, während Penny und mein Vater über Nowikows

Selbstübereinstimmungsprinzip diskutieren, welches besagt, dass es nur eine einzige, kausal starr geordnete Realität gebe. Alles, was ein Zeitreisender in der Vergangenheit tun könne, sei bereits geschehen und habe deshalb keinen Einfluss auf die Gegenwart. Ich schnaube in mein zweites Glas Bourbon, denn Nowikow hatte offensichtlich keine Ahnung, wovon er redete.

Penny und mein Dad arbeiten sich durch ein Dickicht von verzweigten Universen und Zeitlinienverschiebungen, Kausalschleifen und die Hypothese von der selbstheilenden Realität. Greta macht ein Nickerchen. Meine Mom spült das Geschirr. Ich trinke zu viel Bourbon. Mir ist, als hätte ich seit Stunden nichts mehr gesagt, obwohl es in Wirklichkeit eher zwanzig Minuten her ist. Aber als sie auf temporale Verschmelzung zu sprechen kommen, fasse ich den katastrophalen Entschluss, mich einzumischen.

»Was ist mit der temporalen Verzögerung?«, frage ich.

»Entschuldige – wie bitte?« Mein Dad schaut mich mit schmalen Augen an.

»Ich reise zurück in die Zeit vor meiner Geburt«, sage ich, »und, keine Ahnung, ich verändere aus Versehen die Vergangenheit. Was ist, wenn ich dann nie gezeugt werde? Was ist, wenn ich geboren werde, aber sogar auf dem untersten genetischen Level nicht derselbe Mensch bin? Müsste ich in der geänderten Realität nicht existieren *müssen*, damit ich in der Zeit zurückreisen und die Veränderung bewerkstelligen konnte?«

Penny sieht verunsichert aus. Soll sie angespannt reagieren oder erfreut, weil ich meinen Dad in ein Gespräch über das dornenreiche Thema verwickle, das über meinem Leben und jetzt auch über ihrem schwebt?

»Nun ja«, sagt mein Dad, »darum geht es ja ungefähr bei der These von der temporalen Verschmelzung. Es gibt keine vielfältigen, gleichzeitig existierenden Dimensionen, sondern nur eine kohärente Realität, und deshalb kräuseln sich kausale Veränderungen in der Vergangenheit durch die Zeitlinie herauf und lösen Paradoxien auf. Aber die Mechanismen, die so etwas möglich machen, sind schleierhaft. Gibt es eine Art Zeitenergie, die akkumuliert und im Fall einer Paradoxie freigesetzt wird wie eine Nuklearreaktion? Und wenn ja, warum sollte sie darauf gerichtet sein, zeitliche Paradoxien hier auf der Erde aufzulösen, wenn wir doch in einem kosmischen Metasystem existieren, das viel größer ist als das bedeutungslose Leben eines einzelnen Menschen? Diese Argumentation führt schnell zu einer gewaltigen Intelligenz, die Ereignisse lenkt und Konflikte entwirrt, und da wird es für meinen Geschmack ein bisschen zu theologisch.«

»Ich rede nicht von Gott«, sage ich. »Ich rede von dem, was tatsächlich passiert.«

»Ich wusste nicht, dass du dich für so etwas interessierst«, sagte er. »Wann hast du überhaupt mein Buch gelesen?«

»Es war ein wundervoller Abend«, sagt Penny. »Aber es wird spät. Herzlichen Dank für die Einladung…«

Sie tritt mir kräftig auf den Fuß. Meine Mom schaut aus der Küche und wischt sich die Hände an einem Geschirrtuch ab.

»Ich komme gleich«, sagt sie. »Ich muss sofort nach dem Spülen Feuchtigkeitscreme auftragen, sonst bekomme ich trockene Hände.«

»Grundsätzlich können wir das nicht wissen«, sagt mein Dad.

»Nein«, sage ich. »*Folgendes* passiert. Wenn ein Zeitreisender die Vergangenheit vor seiner Geburt verändert, wird er zu einem temporalen Anker. Die folgenden Ereignisse fügen sich so ineinander, dass seine Geburt sichergestellt wird.«

»Ist das nicht einfach eine Kausalschleife?«, fragt er.

»Nein, denn wenn der Zeitreisende in die Gegenwart zurückkehrt, kann dort alles radikal verändert sein«, sage ich. »Du könntest ein blamiertes Genie sein, Mom könnte tot sein, und Greta wäre vielleicht nie geboren worden. Ich wäre vielleicht eine peinliche Niete …«

»*John*«, sagt Penny.

»Mein Name könnte ein anderer sein«, sage ich. »Ich könnte Tom heißen statt John, aber trotzdem exakt derselbe Mensch sein, ich meine, genetisch. Wenn ich zurückreise und dann in eine veränderte Gegenwart zurückkehre, würde die Tatsache, dass meine Existenz durch den Zeitstrom heraufgeschwommen kommt, erforderlich machen, dass die Ereignisse sich in einer Weise ordnen, die sicherstellt, dass ich lebe, damit die Gegenwart mein Bewusstsein aufnehmen kann. Ich bin der temporale Anker, und der Kräuseleffekt in der Zeit ist die temporale Verzögerung.«

Ich gieße etwas von dem harzigen Bourbon in ein Glas und schütte ihn dann zur Demonstration in ein anderes Glas. Mein Dad lehnt sich zurück, interessiert, aber skeptisch.

»Und?«, sagt er. »Soll die Flüssigkeit dein Geist sein und die Gläser verschiedene Realitäten? Das ist mir zu esoterisch. Das Bewusstsein, das sich zwischen den Zeitlinien bewegt. Hätte die Version deiner Person in der veränderten Gegenwart denn deine Erinnerungen an die ursprüngliche Realität?«

»Ja«, sage ich, »aber er würde sie als Träume betrachten. Oder als hyperaktive Kindheitsfantasien. Er hätte das unbestimmte, unbehagliche Gefühl, nicht hierher zu gehören, und es sei alles nicht so, wie es sein sollte. Das alles würde man seiner Persönlichkeit zuschreiben. Vielleicht befürchten die wenigen Menschen, die er nah an sich heranlässt, er könnte an einer Störung seines Sozialverhaltens leiden oder auf einer nicht diagnostizierten Koordinate des autistischen Spektrums angesiedelt sein. Aber in jeder anderen Hinsicht macht er einen funktionalen, ja, fähigen Eindruck, und deshalb schieben sie diese Befürchtungen beiseite und tun ihr Bestes, um ihre emotionale Beziehung zu ihm zu erhalten. Und so würde es gehen, bis die beiden Zeitlinien sich in dem Augenblick miteinander synchronisieren, in dem seine Originalversion, die *reale* Person, aus der Vergangenheit zurückkehrt. In diesem Augenblick würde das andere Bewusstsein seinen Geist überwältigen und die Kontrolle übernehmen. Er würde von Erinnerungen an ein anderes Leben in einer völlig anderen Welt überflutet. Es würde sich anfühlen, als läge sein Gehirn in einem andauernden Krieg, in dem Zwillingsversionen seiner selbst um die Oberhand ringen, während jede die andere als existentielle Bedrohung ansieht. Weil sie es sind.«

Alle sind ganz still geworden. Meine Mom steht in der Küchentür und nagt an einem Fingernagel. Mein Dad rührt sich nicht. Penny starrt das verschlungene Muster der Tischdecke an. Greta sitzt aufrecht auf der Couch. Ich trinke meinen Bourbon aus und stelle das leere Glas ein bisschen zu laut auf den Tisch.

»Alter«, sagt Greta, »bist du jetzt komplett durchgeknallt, verdammt? Du kannst es uns sagen. Wir lieben dich und wir sind hier, um dir zu helfen.«

»Es ist ja nur hypothetisch gemeint sozusagen«, sage ich.

»Quatsch«, sagt Greta. »Das ist doch alles aus deinem Roman. Oder was du als deinen Roman bezeichnest. John, glaubst du wirklich, es passiert dir?«

Ich sehe Greta an, ich sehe meine Mom an, ich sehe meinen Dad an, und ich sehe Penny an.

»Mein Name ist nicht John«, sage ich.

86

Es folgt eine lange, verdrießliche Pause. Mein Kopf dreht sich von Wein und Bourbon, und die totale Unangemessenheit meines Ausbruchs lastet plötzlich auf meiner Brust wie eine Gefriertruhe voller Leichenteile, zumal da dies mehr oder minder die großartigste Vorstellung einer neuen Freundin bei den Eltern in der Geschichte von Freundinnen und Eltern gewesen ist.

»Du hörst dich an wie ein paranoider Schizophrener«, sagt meine Schwester. »Das ist dir klar, oder?«

»Theoretisch gesehen«, sagt mein Dad, »ist es möglich, was er da erzählt. Simultanes Mehrfachbewusstsein in einer einzelnen körperlichen Gestalt, meine ich.«

»Victor, das ist hier keine amüsante wissenschaftliche Debatte«, sagt meine Mom. »Das ist unser Sohn.«

»Verzeihung«, sagt mein Dad.

»John«, sagt meine Mom, »ich versichere dir, dein Name ist wirklich John, denn so haben wir dich getauft, als du aus meiner Gebärmutter gekommen bist. Du hattest so etwas wie ein neurologisches Trauma, das die Ärzte nicht identifiziert haben, weil sie inkompetent oder überarbeitet waren. Ich hätte gleich, als es passierte, mit Rogier Ames sprechen sollen. Er ist der Leiter der neurologischen Abteilung an der Universität, und er ist mir etwas schuldig, weil ich ihm bei ein paar verzwickten Anschaffungen für die Bibliothek behilflich war. Und Yvette Magwood auch – sie ist Dekanin der medizinischen Fakultät. Wir helfen dir da durch, das verspreche ich.«

Ich drücke steife Zeigefinger an die Schläfen. *Warum habe ich etwas gesagt?* Es fühlt sich an, als dümpelte mein Stuhl auf einem Meer von Scham und Reue, und ich halte mich an der Tischkante fest, um nicht das Gleichgewicht zu verlieren.

»Leute, es ist alles gut«, sage ich. »Ich habe zu viel getrunken und einen schlechten Scherz gemacht. Deshalb soll man mit seinen Eltern nicht trinken. Es tut mir leid, wenn ich euch beunruhigt habe. Es ist alles okay.«

»Glaubst du, ich merke es nicht, wenn du lügst?«, sagt Greta. »Du bist der Idiot, der mir das Lügen beigebracht hat, als ich fünf Jahre alt war und Dads Schreibtischlampe kaputtgemacht habe.«

»Das warst *du*?«, fragt mein Dad.

»Ich rufe sie gleich morgen früh an«, sagt meine Mom.

»Ich habe auch ein paar Kontakte«, sagt mein Dad. »Vielleicht in der Kognitionswissenschaft?«

»Was ist denn, wenn es stimmt?«, fragt Penny.

Wieder tritt eine Pause ein, aber diese ist sehr viel nervöser.

»Ich hab's gewusst«, sagt Greta. »Ich wusste, so perfekt kannst du nicht sein. Du unterstützt ihn in seinem Wahn.«

»Penny«, sagt meine Mom, »Sie kommen mir vor wie eine reizende junge Frau. Wir wollen diesen Eindruck doch nicht zerstören.«

»Ich maße mir nicht an, John so gut zu kennen wie Sie«, sagt Penny. »Ich habe ihn erst vor zwei Wochen kennengelernt, als er in meine Buchhandlung spaziert kam und mir die zweifellos verrückteste Geschichte erzählte, die ich in meinem Leben gehört habe. Nichts von dem, was er mir erzählt hat, kann ich rational erklären. Aber wissen Sie, was ich ebenso wenig rational erklären kann? Die Gefühle, die er bei mir weckt. Ich bin im Grunde ein normaler Mensch. Ich habe ein im Grunde normales Leben geführt. Mir ist Gutes passiert, und mir ist Schlechtes passiert, aber Verrücktes hat es nur sehr selten gegeben. Ich habe nicht darum gebeten, dass er in mein Leben tritt. Ich habe nicht darum gebeten, dass ich mich in ihn verliebe. Aber ich habe es getan. Und ich hab's ihm bisher noch nicht mal gesagt. Deshalb ist es umso peinlicher, dass ich es jetzt vor Ihnen allen sage. Scheiße. Ich bin nicht zum ersten Mal verliebt. Einmal hätte ich sogar beinahe geheiratet. Aber so hat es sich noch nie angefühlt. Als wüsste ich nicht, wo oben und wo unten ist.«

»Es ist aber nicht schwer zu wissen, wo oben und wo unten ist«, sagt Greta. »Man muss nur die Augen aufmachen.«

»Glaubst du, ich wüsste nicht, wie kitschig das klingt?«, sagt Penny. »Glaubst du, es gefällt mir, mich so kitschig zu fühlen?«

»Das kann ich nicht beantworten«, sagt Greta. »Ich kenne dich ja nicht.«

»Na, es ist beängstigend. Zumal da er vielleicht komplett psychotisch ist, vielleicht auch nicht.«

»Er ist nicht psychotisch«, sagt meine Mom.

»Mom, er glaubt, er kommt aus der Zukunft«, sagt Greta.

»Nicht aus der Zukunft«, sagt Penny. »Von einer alternativen Zeitlinie.«

»Was ist der Unterschied?«, fragt Greta.

»Du hättest mein Buch lesen sollen«, sagt mein Dad.

»Dad, *niemand* hat dein Buch gelesen«, sagt Greta.

»Ich will nicht, dass es wahr ist, was er sagt«, erklärt Penny. »Es ist unheimlich, und es ist verzwickt, und es macht mir Gänsehaut. Aber ich nehme es ernst, damit ich verstehen kann, woher er kommt. Ich weiß, es klingt irrsinnig, aber was ist, wenn es stimmt?«

»Du hast recht«, sagt Greta. »Es klingt irrsinnig.«

»Mr Barren«, sagt Penny, »einen besseren Fachmann für Zeitreisen als Sie werden wir nicht finden …«

»Genau«, sagt meine Mom. »Wie praktisch, dass zu seiner ausgeklügelten Fantasiewelt *zufällig* auch die Zeitreise gehört, wenn man bedenkt, dass sein Vater während seiner gesamten Kindheit nicht aufhören konnte, darüber zu reden.«

»*Du* hast gesagt, ich soll das Buch schreiben«, protestiert mein Vater.

»Ich fand, du solltest es dir von der Seele schreiben«, antwortet meine Mutter.

»Du wusstest, dass es mich demütigen würde«, sagt mein Dad. »Und dass es meine Karriere bremsen würde. Damit du die Erfolgreiche wärest und ich dein kleinlauter Gatte.«

»Ich wusste nicht, dass es ein schlechtes Buch über Zeitreisen sein würde, Victor. Ich dachte, es würde ein *gutes* Buch über Zeitreisen werden.«

»Okay«, sage ich, »das reicht! Alle halten den Mund!«

Meine Familie sieht mich an, als stünde zu befürchten, dass ich einen berserkerhaften Wutanfall bekomme und sie alle mit meiner Dessertgabel ersteche. Penny sieht nur besorgt aus.

»Vielleicht habe ich den Verstand verloren«, sage ich. »Manchmal fühlt es sich so an. Aber meistens fühlt es sich an, als hätte die Welt den Verstand verloren, und ich bin der Einzige, der noch alle Tassen im Schrank hat. Und mir ist klar, dass sich das nicht *weniger* verrückt anhört. Also, wie wär's damit. Mom, du rufst morgen deine Experten an. Greta, du machst deine biestigen Bemerkungen, um die heitere Stimmung aufrechtzuerhalten. Und Dad, du kannst mich ausfragen.«

»Ausfragen? Worüber?«

»Über alles«, sage ich. »Über Zeitreisen und alternative Dimensionen, was immer dir wichtig erscheint oder von mir aus auch unwichtig. Ich behaupte nicht, dass ich alles verstehe, was ich erlebt habe, aber ich werde antworten, so gut ich kann.«

»Und was kann ich tun?«, fragt Penny.

»Du kannst mich heiraten.«

»Was?«

»Die Tatsache, dass du mich nicht sofort für einen Wahnsinnigen hältst«, sage ich, »ist nur der Vorraum des Palastes all der Gründe, weshalb du die erstaunlichste Person bist, der ich je begegnet bin.«

»Oh, verfickt noch mal!«, sagt Greta.

»Ja, genau so habe ich es mir vorgestellt«, sagt meine Mom.

»Das war das interessanteste Familienessen, so weit ich zurückdenken kann«, sagt mein Dad.

»Penny, ich finde, du solltest ja sagen«, stelle ich fest.

»Nein«, sagt sie.

»Wirklich nicht?«

»Okay, *vielleicht*«, sagt Penny. »Ich weiß es nicht. Ich kann diese Frage jetzt nicht beantworten. Wahrscheinlich ja, okay. Vorausgesetzt, wir kriegen das alles auf eine Weise geregelt, die nicht damit endet, dass du in eine Hochsicherheits-Irrenanstalt eingeliefert wirst, was angesichts der Umstände ein großes Wenn ist. Dann ist es denkbar, dass ich mich *vielleicht* entscheide, den Rest meines Lebens mit dir zu verbringen. Aber das ist kein Ja. Das ist wohl entschieden kein Ja.«

»Okay«, sage ich.

»Wollen wir mit den Fragen anfangen?«, sagt mein Dad.

87

Meine Schwester ist die, die den Nervenzusammenbruch haben sollte. Um mich haben meine Eltern sich nicht die geringsten Sorgen gemacht, bis ich unter einem Strom von Flüchen im Matsch der Baustelle zusammengebrochen bin.

An der McGill University in Montréal hat Greta ein Examen in Philosophie und Informatik abgelegt, was dazu geführt hat, dass sie ungefähr 1 000 000 000 000 000 000 000 lahme Witze von lahmen Typen in lahmen Bars ertragen musste. Die Deckungsmenge von Philosophen und Informatikern im Venn-Diagramm der Nicht-Idioten mit Date-Potential war anaerobisch. So jedenfalls erklärte Greta, weshalb sie einen so großen Teil ihrer Freizeit mit der Arbeit an einer Smartphone-App zubrachte, die sie schließlich ihren Diplomarbeitsbetreuern als fächerübergreifende Examensarbeit vorstellte, was ihr die Möglichkeit einbrachte, von da an ihre *ganze* Zeit darauf zu verwenden.

Greta hat eine simple Lebensphilosophie: Du glaubst, was du tust.

Mach eine Liste der Dinge, an die du glaubst. Die Top Ten der Dinge, die dir am wichtigsten sind. Wie zum Beispiel … Gerechtigkeit, Gleichheit, Diversität, Nachhaltigkeit und was immer deine politischen, religiösen und moralischen Überzeugungen sein mögen. Setz dich hin und mach eine Liste mit Spiegelstrichen. *Daran* glaube ich.

Aber Greta denkt: Scheiß drauf. Mach eine neue Liste. Eine

Liste der Dinge, die du heute getan hast. Egal, was für ein Tag heute ist, Werktag, Wochenende, Feiertag, Geburtstag, das Kalenderdatum ist irrelevant. Schreib alles auf, was deine Zeit an einem x-beliebigen Tag in Anspruch genommen hat. Bin aufgewacht, habe gefrühstückt, war im Fitnessstudio, bin zur Arbeit gegangen, habe im Internet gesurft, Kaffee mit einer Kollegin getrunken, ein bisschen gearbeitet, ein bisschen gegessen, noch ein bisschen gearbeitet, mich rausgeschlichen, um ein Paar neue Turnschuhe zu kaufen, auf den Seiten der sozialen Netzwerke herumgeklickt, bin nach Hause gefahren, habe Mom angerufen, ferngesehen, zu Abend gegessen, mich umgezogen, mich auf ein Glas mit jemandem getroffen, an einer Straßenecke mit ihm geknutscht, bin mit dem Taxi nach Hause gefahren, habe ein Buch gelesen und bin schlafen gegangen.

Daran glaubst du. Nach Gretas Überzeugung besteht dein Glaubenssystem aus dem, womit du tatsächlich deinen Tag verbringst. Sie meint es nicht wertend. Sie will, dass die Menschen sich ihrer selbst bewusst sind. Im Grunde glaubt sie an die Tat. Wenn man an einen Haufen Sachen glaubt, ohne diesen Glauben je in die Tat umzusetzen, dann ist es auch nicht wichtig. Sie will, dass die Menschen sich besser kennen, damit sie besser sie selbst *sein* können. Das ist ihre Lebensphilosophie, und es war auch der Zweck ihrer Smartphone-App.

Sie hieß »MapU«, und sie überwachte die geräteinternen Operationen und stellte die täglichen Aktivitäten des Users anhand einer Serie von programmierbaren Kriterien grafisch dar. Der Sinn war es, ihm mit dem, was er tut, zu zeigen, wer er ist. Ändert er seine täglichen Aktivitäten, Unternehmungen und ihre Dauer, ändert sich auch die Grafik und reflektiert, dass er immer mehr dem entspricht, was er zu sein glaubt.

Am Tag ihres Examens gab sie die App zum öffentlichen

Download frei, und weil es ein Studienprojekt war, tat sie es kostenlos. Innerhalb eines Jahres hatten zwei Millionen Menschen sie heruntergeladen. Sie war ein Hit. Aber sie generierte kein Einkommen, und die für die Speicherung aller Daten benötigte Serverkapazität war teuer und nahm exponentiell zu, weil monatlich Hunderttausende neuer User dazukamen. Eine Zeitlang hielt sie sich mit einem akademischen Stipendium über Wasser, aber Greta hatte in der App nie eine berufliche Perspektive gesehen. Sie war ein Experiment. Es machte ihr einfach Spaß, unter der Motorhaube herumzuschrauben – dort, wo Design und Ethik zusammentrafen.

Als sie fünf Millionen User hatte und ein Kaufangebot für die App bekam, lachte Greta sich schief. Es war ein kostenloses Produkt. Ein Hobby. Ein Geldfresser. Sie nannte einen absurden Preis und umgab sich mit Anwälten, als der Interessent zustimmte. Greta hielt das Ganze für einen Irrtum und nahm an, irgendwann würde jemand die Sache durchrechnen und feststellen, dass es sich um ein studentisches Projekt handelte, das sich irgendwie zu einem kleineren Hype in den sozialen Medien entwickelt hatte, der bald versanden würde. Aber sie nahm den Federhalter in die Hand und unterschrieb das Stück Papier, das sie unvermittelt reich machte. Das Ganze musste ein Jux sein. Diese Leute waren Idioten, die es verdienten, um anderthalb Millionen Dollar erleichtert zu werden. Greta unterschrieb.

Sie brauchte eine Woche, um zu begreifen, dass die Idioten schlauer waren als sie.

Sie interessierten sich überhaupt nicht für die App, und Gretas Philosophie war ihnen erst recht scheißegal. Sie wollten die Daten – fünf Millionen Menschen, und jeden Monat eine halbe Million mehr, die ihnen freiwillig und in Echtzeit Zugriff auf ihre Unternehmungen, Gewohnheiten, Neigungen und Einkäufe gaben. Ohne es zu wissen, hatte Greta eine brillante Maschine gebaut, mit der man ein menschliches Wesen in die Dinge zergliedern konnte, die man verkaufen kann. Und nichts anderes wollte der Käufer. Er wollte Dinge verkaufen.

Sie dachte daran, ein Virus loszulassen, um das ganze System zu verschmoren, aber das kam ihr kitschig und unreif vor, und außerdem wollte sie nicht ins Gefängnis. Unsere Eltern hatten ihre Karriere im Universitätsbetrieb gemacht. Die Professur war ihnen beiden sehr wichtig gewesen. Wir sind komfortabel aufgewachsen, aber nicht so isoliert von allen Arten des Mangels, dass Geld unwichtig gewesen wäre. Es war wichtig.

Und so wurde Greta reich und depressiv – depressiv mit kleinem *d* –, und in den letzten sechs Monaten hat sie eigentlich *nichts* getan, außer meinen Eltern Angst zu machen. Sie war die Erfolgsstory der Familie und zugleich ihre größte Sorge. Bis ich beim Abendessen einen kühnen Vorstoß auf den Titel des am meisten verkorksten Barren-Sprösslings unternahm.

88

Ich bin mit meinen Eltern nicht mehr die ganze Nacht aufgeblieben, seit Greta in der siebten Klasse Meningitis bekam.

Sorgfältig und systematisch arbeitet mein Vater sämtliche Fragen ab, die ihm einfallen, und ich antworte so detailliert, wie ich kann, während Greta mürrisch auf einem Laptop herumklappert und sich bemüht, konkrete Sachverhalte entweder zu bestätigen oder – vorzugsweise – auseinanderzunehmen. Hin und wieder verlangt sie biestig nach Klarheit in Dingen, die sie für logisch nicht schlüssig erachtet, und zieht dann einen Schmollmund, wenn sich herausstellt, dass ich eine Erklärung habe. Meine Mom macht eine Kanne Kaffee und setzt sich geziert auf die Couch, um *Die Zeitmaschine* noch einmal zu lesen. Ihr Gesicht spiegelt etwas, das man vermutlich als passiv-aggressiven, literarischen Verdruss bezeichnen könnte. Penny sitzt neben mir und erinnert mich ab und zu an einen Schnörkel, den ich ihr gegenüber erwähnt, in der väterlichen Befragung aber ausgelassen habe. Im Laufe mehrerer Stunden kommt die ganze Geschichte ans Licht.

Allen geht gleichzeitig die Puste aus, als die Morgendämmerung den Himmel färbt.

»Na«, sagt mein Dad, »für eine schizoide Wahnvorstellung enthält es jedenfalls forensische Details auf einem hohen Niveau.«

Die eigentliche Goldmine, zeigt sich, sind die Sechzehn Zeugen. Ich erinnere mich an alle ihre Namen, und ein paar von ihnen leben noch, aber selbst diejenigen, die vor vielen Jahren gestorben sind, haben online eine Spur hinterlassen. Greta findet sie nacheinander auf ihrem Laptop: Henrik Adell (Skepsis), Norman Driessnack (Ehrfurcht), Sven Bertelessen (Bestürzung), Rhys Collins (Amüsiertheit), Jerome Francoeur (Eifersucht), Michel Beaubien (Zorn), Susan Lowenstein (Nachdenklichkeit), Stephen Modesto (Angst), Douglas Halliday (Unbeteiligtheit), Abe Geller (Besorgnis), Diane Ortiz (Aufregung), Frederic Somerset (Gelassenheit), Richard Ellesmere (Panik), Barbra Talbert (Müdigkeit), Ursula Francoeur (Frechheit) und Rafael Ubitto (Weisheit).

Der Einzige, der sich Gretas beträchtlichem Recherchetalent entzieht, ist Lionel Goettreider. Sie findet *nirgends* auch nur eine einzige Erwähnung von ihm.

Aber sie findet die Francoeurs.

»Jerome und Ursula Francoeur«, sagt sie. »Sie wohnen in San Francisco.«

»Sie leben noch?«, frage ich.

»Ja«, sagt Greta. »Nein, warte … Ursula Francoeur ist vor zwei Jahren verstorben. Hinterlässt einen Ehemann, Jerome, und eine Tochter, Emma.«

Ihr Tonfall ist sachlich, denn sie kennt diese Leute nicht und nimmt an, ich benutze sie, um meine Psychose zu untermauern, aber für mich ist es wie ein Schlag gegen die Brust.

Ich nehme an, ich hatte diese lächerliche und romantische Vorstellung, dass *eine* Folge der Ausgrabung dieser verlorenen und vergessenen Vergangenheit die sein könnte, dass Lionel und Ursula endlich zusammenfanden. Ich habe keine Ahnung, was nach dem Unfall tatsächlich aus den beiden wurde, aber ich habe mir ausgemalt – und ich sollte wohl klarstellen, dass ich nicht besonders viel Zeit mit dem Ausmalen zugebracht habe –, dass Ursula sich nach der schrecklichen Verletzung ihres Mannes moralisch verpflichtet gefühlt habe, bei ihm zu bleiben und ihre Affäre mit Lionel sozusagen für alle Zeit zu verheimlichen. Irgendwie – die Details sind nebelhaft und, allzu genau betrachtet, auch peinlich –, aber irgendwie würde mein Eingreifen sie dazu inspirieren, die Wahrheit einzugestehen: dass sie niemals aufgehört hatten, einander zu lieben, und dass sie, um wahrhaft glücklich zu sein, für den Rest ihres Lebens zusammen sein mussten.

Ich weiß nicht, warum ich ein so großes Interesse an ihrer Beziehung aufbrachte, wenn man bedenkt, dass ich sie vor fünfzig Jahren ganze fünf Minuten miterlebt habe – beziehungsweise vor zwei Wochen gemäß meiner chronologischen Erfahrung. Nach allem, was ich weiß, funktionierte sie nicht und war dem Untergang geweiht, sie waren ohne einander besser dran. Aber das glaube ich nicht. In der Art und Weise, wie sie einander anschauten, habe ich etwas gesehen, so etwas wie eine machtvolle Verbundenheit. Penelope und ich haben einander nie so angesehen. Aber das Gleiche empfinde ich, wenn ich Penny anschaue und sie mich.

Wenn ich nicht eingegriffen hätte, wären sie beide vor fünfzig Jahren an Strahlungsvergiftung gestorben. Aber ich habe eingegriffen. Und ich war – ohne konkrete Informationen mit Ausnahme meines dummen, klammernden Herzens – überzeugt, dass mein Eingreifen zu ihrer Entfremdung in getrennten, aber gleichermaßen unglücklichen Leben geführt hatte, die sie beide niemals hätten haben dürfen. An Jahrzehnten der Sehnsucht und des Verlustes war nur ich schuld, dachte ich.

Aber Ursula ist tot. Und mit ihr eine weitere meiner romantischen Wahnvorstellungen.

Ruhet in Frieden.

89

Meine Mom klappt ihr Buch zu. Es ist eine alte Ausgabe aus robustem Material, weshalb der Einband ein scharfes Kläffen von sich gibt.

»Ich verstehe das nicht«, sagt sie.

Jeder im Zimmer mit Ausnahme von Penny weiß, was dieser Unterton in der Stimme meiner Mutter bedeutet: Sie hat alles mit absoluter Klarheit verstanden. Und Penny begreift schnell.

»Was willst du?«, fragt meine Mom. »Zurückgehen? Ist es das? In eine Welt, in der du ein *Versager* bist, wo Penny dich nicht liebt, wo Greta nicht *existiert*, wo dein Vater *ruiniert* ist, wo ich *tot* bin?«

»Wer hier glaubt, sie wäre nicht allzu begeistert von der anderen Realität, wenn sie darin lebte und keine selbstverleugnende Retro-Hausfrau wäre?«, fragt Greta.

»Es gibt keine Realität, in der ich Ähnlichkeit mit der kläglichen Konstruktion hätte, die dein Bruder sich in seinen Fieberfantasien zusammengeträumt hat«, sagt meine Mom. »Ich weiß nicht, *was* ich getan habe, um ihn zu einer dermaßen anstößigen Karikatur dessen zu inspirieren, was ich an mir selbst als Frau wertschätze, als Mutter, als Feministin, als Akademikerin … eben alles. Aber offensichtlich habe ich als mütterliches Rollenbild versagt, wenn du so von mir denkst.«

»Rebecca, mein Schatz«, sagt mein Vater, »bist du sicher, dass du nicht nur deshalb wütend bist, weil ich da drüben der Erfolgreichere von uns beiden bin?«

»*Wo* drüben?«, fragt meine Mom. »In seiner Wahnvorstellung, Victor? Denn mir scheint, *da* drüben bist du ein von sich eingenommener, kaltschnäuziger Scheißkerl.«

»Also hast du doch zugehört«, sagt er.

»Zwischendurch, ja.«

»Zumindest *existierst* du da«, sagt Greta.

»Ich verstehe«, sagt Penny, »dass Ihnen das alles wie Rufmord vorkommt, aber wie erklärt es *mich*? Ich meine, wir sind uns nie begegnet. Warum sollte er so eine komplizierte Hintergrundstory zu jemandem erfinden, den er noch nie gesehen hat?«

»Das weißt du nicht mit Sicherheit«, sagt Greta. »Vielleicht hat er in deinem Buchladen herumgestöbert und irgendeine verrückte Besessenheit von dir entwickelt, die er dann zu einer kompletten Person ausgeschmückt hat. Da ist es ziemlich praktisch, dass jedes einzelne Detail an dir anders ist, denn du bist buchstäblich eine völlig andere Person in dieser anderen Realität. Du hast nur den gleichen Namen. Vielleicht ist er nicht nur verrückt. Vielleicht ist er auch ein schrecklich schlechter Menschenkenner.«

»Nach allem, was du heute Abend gehört hast, glaubst du ihm also nicht«, sagt Penny.

»Ich bevorzuge jede Realität, in der ich auch existieren kann, okay?«, sagt Greta. »Ich bin pro Existieren und contra Nichtexistieren, was mich betrifft.«

»Hört zu«, sage ich, »nehmen wir einen Moment lang an, ich bin klinisch … nennen wir es *verrückt*. Ich habe sie nicht mehr alle. Die andere Realität ist eine Projektion meines beschädigten Hirns, und diese Versionen von Mom und Dad reflektieren mein unterbewusstes Bedürfnis, sie zu bestrafen oder so was. Dich auch, Greta. Ich habe dich aus dem Dasein gelöscht, weil ich – was weiß ich, weil ich immer noch wütend bin wegen des

Abends, als Dad uns erlaubte, *Der Blob* zu sehen, und du alle meine G. I. Joes zu einer einzigen Monsterkreatur zusammengeschmolzen hast.«

»Oh mein Gott«, sagt Greta. »Du hast mit diesen Puppen doch gar nicht mehr gespielt.«

»Nicht Puppen«, widerspreche ich. »Actionfiguren. Und außerdem wollte ich deshalb noch lange nicht, dass du sie zu einer verdrehten Masse zusammenschmelzt, die durch die Träume meiner Kindheit spukt.«

»Ich dachte, du teilst *Johns* Erinnerungen nicht«, sagt meine Mom.

»Doch. Sie existieren quasi simultan mit meinen eigentlichen … mit meinen *anderen* Erinnerungen. Das ist ein Teil des Problems. Mein Gehirn ist so vollgestopft mit Erinnerungen, dass es sich anfühlt, als müsste es platzen.«

»Aber was wolltest du sagen?«, fragt mein Dad. »Nehmen wir einen Moment lang an …?«

»Genau. Nehmen wir an, ich bin verrückt, und das hier ist eine Wahnvorstellung, schön, aber warum müssen all diese Leute dabei sein? Die Sechzehn Zeugen. Ursula und Jerome Francoeur. Lionel Goettreider. Wie kann es sein, dass ich von ihnen weiß?«

Mein Dad steht auf und geht hinaus. Ich vermute, er will auf die Toilette, denn er ist seit fünf Stunden nicht mehr vom Tisch aufgestanden.

»Jerome Francoeur war ein hohes Tier, kann man sagen«, erklärt Greta. »Wissenschaftlicher Berater bei drei amerikanischen Präsidenten. Hat in einem Haufen Vorständen und Wissenschaftspreisjurys gesessen. Er war Präsident der Stanford University. Ursula Francoeur war eine der ersten Frauen auf einem Lehrstuhl für Physik in Nordamerika und die erste Fachbereichsleiterin für Physik in Stanford. Sie publizierte fleißig, hochspezielle

Aufsätze in wissenschaftlichen Zeitschriften, aber auch ein paar Bücher in Publikumsverlagen. Ich meine, das war in den Siebzigern, aber trotzdem …«

»Was, trotzdem?«, frage ich. »Woher soll ich wissen, wer sie sind?«

Mein Dad kommt gelassen wieder herein und legt ein Buch vor mir auf den Tisch. Es heißt *Das atomare Rätsel* – von Ursula Francoeur, erschienen 1973. Auf der Rückseite des verwitterten, grünen Leineneinbands sehe ich ein Schwarzweißfoto von Ursula und Jerome und einem kleinen Mädchen, Emma Francoeur, mit Siebziger-Frisuren und Siebziger-Kleidung und Siebziger-Lächeln.

»Dieses Buch stand schon in meinem Arbeitszimmer, bevor du zur Welt kamst«, sagt er.

»Ich habe es nie gesehen«, sage ich. »Ich erinnere mich nicht daran.«

»Schatz«, sagt meine Mom, »du weißt doch nicht, *woran* du dich erinnerst.«

Penny sieht verwirrt und angespannt aus. Sie schüttelt den Kopf, aber ich weiß nicht, wozu sie nein sagt.

»Ich verstehe«, sage ich. »Wirklich. Aber wenn ich verrückt bin, will ich sicher sein. Denn ich fühle mich nicht verrückt.«

»Wir besorgen dir jede Hilfe, die du brauchst«, sagt meine Mom. »Vielleicht ist es psychisch, vielleicht neurologisch oder hormonell, vielleicht auch eine Viruserkrankung. Das Gehirn ist eine komplexe Angelegenheit. Entscheidend ist, dass du Hilfe annimmst.«

»Das werde ich«, sage ich. »Hilfe annehmen. Sobald wir Lionel Goettreider gefunden haben.«

»Den Mann, der nicht existiert«, sagt Greta.

»Er existiert«, sage ich. »Kann sein, dass er tot ist, aber er hat auf jeden Fall gelebt.«

»Das ist nur ziemlich … praktisch«, sagt Greta.

»Sag nicht dauernd, es ist praktisch. Was ist denn an alldem praktisch?«

»Ich bin nicht derjenige, der seine gesamte irrsinnige Weltsicht an diesem einen mysteriösen, nicht existierenden Typen aufhängt«, sagt Greta. »Alle andern, die du erwähnt hast – klar, es ist *verrückt*, dass du die Namen all dieser zusammengewürfelten, alten Wissenschaftler kennst, aber ich habe sie online gefunden. Also könntest du es auch. Nur dieser Goettreider … Angeblich der gescheiteste Mann der Welt. Das Genie, das alles verändert hat. Und von ihm gibt's keine Spur. *Nichts.*«

»Es muss etwas geben«, sage ich. »Wir können dahin zurückgehen, wo er geboren wurde. Nach Dänemark. Seine Geburtsurkunde auftreiben. Er hat in San Francisco gelebt. Da muss es Unterlagen geben. Er muss einen Pass gehabt haben, einen Führerschein. Den Unfall hat es gegeben. Selbst wenn man die Sache unter den Teppich gekehrt hat, es muss Hinweise geben, irgendwo. Das Experiment wurde mit Bundesmitteln finanziert. Die Regierung muss, was weiß ich, eine *Quittung* haben.«

»Ich bin ziemlich belesen auf diesem Gebiet«, sagt mein Dad. »Ich habe von Ursula Francoeur gehört. Und von ein paar anderen von diesen sechzehn kenne ich die Namen. Aber keinen Lionel Goettreider. Ich habe noch nie von ihm gehört.«

»Warum suchen wir nicht erst einmal Hilfe für dich?«, sagt meine Mom. »Und wenn du es dann immer noch willst, suchen wir diesen Goettreider.«

»Wenn Lionel Goettreider 1965 zweiundvierzig Jahre alt war«, sagt Penny, »dann ist er jetzt dreiundneunzig. Die Chance, dass er noch lebt, ist gering. Aber wenn ja, wer weiß, wie lange noch.«

»Schön«, sagt Greta. »Wenn ihr jemanden suchen wollt, der nicht existiert, bitte schön. Aber im Namen der Leute, die existieren, sage ich, ihr verschwendet eure Zeit.«

»Wo wollt ihr überhaupt anfangen?«, fragt mein Dad.

»Liegt das nicht auf der Hand?«

Penny dreht das Buch auf dem Tisch um, sodass alle das Foto der Familie Francoeur sehen können. Sie deutet auf Jerome Francoeur. Er lächelt und hat einen Arm fest um Ursulas Schultern gelegt, beschützerisch, vielleicht ein bisschen zu sehr. Sein anderer Arm hängt an der Seite herunter. Der Ärmel ist säuberlich gekürzt, dicht unterhalb der Stelle, wo der Ellenbogen sein sollte. Der Rest des Arms ist nicht mehr da. Amputiert.

»Jerome Francoeur lebt noch«, sagt Penny. »Was immer 1965 passiert ist – wenn es einen Menschen auf der Welt gibt, der sich an Lionel Goettreider erinnern sollte, dann ist es Jerome Francoeur.«

Ich glaube, ich werde nach San Francisco fahren.

90

Mein Dad sammelt geistesabwesend Krümel von der Tischdecke und legt sie vor sich auf ein kleines Häufchen. Er sieht niemanden an. Methodisch und penibel sammelt er einen Krümel nach dem anderen ein.

»Wir müssen hier vorsichtig sein«, sagt er. »Jede Familie hat ihre eigene … Dynamik. Ihre unverwechselbare Art, mit Konflikten und Krisen umzugehen. So etwas wie eine evolutionäre Anpassung an ihre einzigartige häusliche Umgebung. Wenn man so weit kommt wie wir, wo vier Erwachsene mit den Launen der jeweils anderen ihre Erfahrungen haben, ist diese Dynamik ziemlich stabil. Sonst *kommt* man nämlich nicht so weit wie wir. Sondern man lässt sich scheiden. Man entfremdet sich.«

Er harkt den Krümelhaufen mit den Fingerspitzen zusammen und formt ihn zu einem Dreieck.

»Aber es gibt Ereignisse im Leben einer Familie«, fährt er fort, »wie es Ereignisse im Leben einer Spezies gibt. Ereignisse, die bis zum Aussterben führen können. Katastrophen. Und eigentlich wissen wir nicht, ob die Dynamik, die uns geholfen hat, so vieles zu überstehen, mehr als nur Krisen und Konflikte bewältigen kann. Ob sie auch mit Katastrophen fertigwird.«

Mit der Handkante schiebt er das Krümeldreieck zu einem Quadrat auseinander.

»Unsere familiäre Dynamik arbeitet für uns. Mit Scherzen, Ironie und biestigen Bemerkungen. Gelegentlich gibt es unbedachte Ansichten, aber meistens unter einer Schicht von Scherzen, Ironie und biestigen Bemerkungen, wie ein Tiramisu. Wir müssen es nur ernst nehmen. Es gibt Dinge, die selbst eine eng verbundene Familie nicht überleben kann. Und wir sind keine eng verbundene Familie. Hauptsächlich, John, weil du immer Distanz gehalten hast. Das ist keine Kritik. Das ist eine Feststellung.«

Mein Dad fährt mit seiner Krümelgeometrie fort und verwandelt das Quadrat in einen Kreis. Er fährt mit dem Mittelfinger um den Rand herum und glättet ihn.

»Ich glaube nicht an die Wahrheit«, sagt er. »Ich bin Naturwissenschaftler. Ich glaube an Fragen und an die beste Antwort, die wir zurzeit haben. Mehr ist Wissenschaft nicht. Eine Sammlung der besten Antworten, die wir zurzeit haben. Ich will damit sagen, ich glaube dir, was du sagst. Insofern, als *du* glaubst, was du sagst. Ich will nur nicht, dass du etwas … Unüberlegtes tust. Dass du versuchst, uns etwas zu beweisen, das entscheidend wichtig für dich ist. Bitte schließe uns nicht aus.«

Mein Dad schiebt den kreisrunden Krümelhaufen vom Tisch in seine flache Hand. Er sieht mich an, nickt mir zu und trägt die Krümel in die Küche, um sie in den Abfalleimer unter der Spüle zu werfen.

91

Greta liegt mit geschlossenen Augen auf der Couch. Ich nehme an, sie schläft, aber sie ist noch nicht fertig.

»Ich finde das ganze Konzept einfach ein bisschen unredlich«, sagt sie. »Ich weiß nicht, ich glaube, ich hätte mehr von dir erwartet.«

»Mehr von mir … inwiefern?«

»Nicht dass ich es nicht kapiere«, sagt sie. »Ich kapiere es schon. *Wir* sind die Dystopie. Wir denken uns alle diese postapokalyptischen, klassenorientierten Techno-Zukünfte der neuen Weltordnung aus, aber tatsächlich ist die reale Welt, die Welt, in der wir leben, die Dystopie. Diese Idee ist kein kompletter Müll. Sie ist schon irgendwie komisch. Nur ist deine sogenannte Utopie im Grunde nur mehr vom selben Quatsch. Die Idee, dass wir die Welt beherrschen. Während wir in Wahrheit mit all unseren Versuchen, die Herrschaft über die Welt zu erringen und sie dazu zu bringen, zu tun, was wir wollen, kläglich gescheitert sind. Die Welt ist nicht zu einem totalen Scheißhaufen geworden, weil wir nicht genug Macht über sie haben. Sie ist zu einem totalen Scheißhaufen geworden, weil wir versucht haben, Macht über sie zu bekommen.«

»Greta«, sage ich, »was hat das mit irgendetwas von dem zu tun, worüber wir hier diskutieren?«

»Es ist die Lüge, die wir uns den ganzen Tag, jeden Tag, erzählen«, sagt sie. »Wenn wir einfach nur *dranbleiben* und unsere Technologie gut genug machen, dann werden wir sämtliche Probleme der Welt lösen, wir werden die Sauereien in Ordnung bringen, die wir angerichtet haben, und alles wird vollkommen sein. Schluss mit Umweltverschmutzung, Krieg, Ungleichheit, bla bla bla. Und das ist Schwachsinn. Die Welt wurde uns nicht gegeben, damit wir sie beherrschen. Wir haben uns vorgemacht, dass wir sie beherrschen können, aber wir können es nicht! Im Gegenteil, mit unseren Versuchen, sie zu beherrschen, haben wir das Leben auf diesem Planeten an den Rand der Ausrottung gebracht. Und es macht mich einfach stinksauer – all diese verschissenen SF-Allegorien, weißt du, die behaupten, wenn wir einfach nur *am Plan festhalten*, bringen wir alles in Ordnung und leben in einem futuristischen Paradies. Tatsächlich besteht unsere einzige Chance, unsere einzige Heimat in diesem Universum zu retten, darin, den Plan *sausen* zu lassen. Weil der Plan in sich mangelhaft ist. Menschen sind unfähig, die Welt zu beherrschen, und wer etwas anderes glaubt, macht alles nur dauerhaft schlimmer. Deshalb, tut mir leid, ich bin keine Literaturkritikerin oder so was, aber ich finde, du solltest dir eine bessere Idee für einen Roman ausdenken.«

»Du findest also, ich habe psychotische Wahnvorstellungen *und* ich habe eine beschissene Idee für ein Buch?«

»Genau«, sagt sie.

»Du sagst, du kennst mich besser als irgendjemand sonst, Greta, und wahrscheinlich stimmt das. Also sag mir, bin ich der Bruder, den du dein Leben lang gekannt hast? Oder hat sich etwas verändert?«

»Es hat sich etwas verändert«, sagt sie. »Und was mir bei diesem ganzen Quatsch am meisten auf den Keks geht, ist, dass mir dieser neue Bruder wirklich *gefällt*. Du bist, keine Ahnung, du bist *hier*, wie du es normalerweise nicht bist. Du bist aufmerksam. Mir gegenüber. Gegenüber Mom und Dad. Du hörst uns zu. Du hast nicht ein einziges Mal auf dein Handy geschaut. Was du sonst immer machst, wenn wir miteinander reden; dass deine Augen glasig werden und ich genau weiß, du denkst jetzt an deine Arbeit oder an irgendetwas anderes, aber *nicht* daran, dass du gerade mit mir zusammen bist, das habe ich den ganzen Abend nicht ein einziges Mal gesehen. Aber so will ich dich nicht mögen, du Arsch.«

Greta setzt sich auf der Couch auf, funkelt mich an und zeigt auf Penny.

»Und lass mich gar nicht erst von diesem sexy Bücherwurm da drüben anfangen. Ich meine, da bringst du endlich mal eine mit nach Hause, die ich vielleicht sogar gernhaben könnte, und dann sabotierst du den ganzen Abend auf denkbar umfassende Weise …«

»Ich wünschte, wir hätten uns nicht so kennengelernt, Greta«, sagt Penny. »Aber du solltest wissen, dass deine ganze Familie fantastisch ist. Wenn meine Familie zusammensitzt, reden wir über *nichts*. Jeder beliebige Dreißig-Sekunden-Abschnitt des Gesprächs heute Abend wäre automatisch die interessanteste Unterhaltung, die meine Familie jemals geführt hat.«

»So kann man es sehen«, sagt Greta. »Aber man kann es auch so sehen, dass alles, was ich je gekannt und geliebt habe, am Rand eines dunklen und kalten Abgrunds entlangtaumelt, in dem sehr scharfe Zähne lauern, die nie wieder loslassen, wenn sie einmal zugebissen haben. Insofern finde ich es nicht ganz so interessant, sondern eher verdammt furchterregend.«

92

Mein Dad geht ins Bett. Greta beschließt, in ihrem alten Zimmer zu pennen, das jetzt das selten benutzte Gästezimmer ist. Penny geht zur Toilette. Meine Mom nimmt mich fest beim Arm, führt mich in ihr Arbeitszimmer und schließt die Tür.

»Ich habe Depressionen«, sagt sie. »Ich bekomme Medikamente. Citalopram.«

»Weiß Dad das?«

»Natürlich weiß er es. Es ist ja kein Geheimnis.«

»Und warum weiß ich es dann nicht?«

»Wechsle nicht das Thema.«

»Was ist das Thema?«

»Dass Depressionen erblich sein können.«

»Mom«, sage ich.

»Ein Kind, dessen Eltern daran leiden, ich meine, *klinisch* leiden, ist dreimal eher gefährdet, es auch zu bekommen.«

»Ich bin aber nicht depressiv.«

»Das habe ich auch fünfundzwanzig Jahre lang gesagt. In meinem Hirn sind zwei Drähte überkreuz. Mein Leben lang habe ich nach Kräften versucht, sie zu entflechten, und es tut mir leid, dass ich sie dir vererbt habe. Aber wenn du tief im Innern das Gefühl hast, du hättest es nicht *verdient*, glücklich zu sein, dann musst du begreifen, dass dieses Gefühl eine Krankheit ist, genau wie Krebs und Malaria und die Grippe.«

Sie fängt an, die Fassung zu verlieren. Und es ist egal, ob ich ein Zeitreisender oder ein Irrer oder ein Mann mit schlechter Chemie im Kopf bin – es tut auf jeden Fall weh, meine Mom weinen zu sehen.

»Okay«, sage ich. »Ich lasse mich untersuchen. Ich rede mit jemandem. Ich tue, was immer man tut, wenn man wissen will, ob man depressiv ist.«

»Danke«, sagt sie.

»Wenn ich aus San Francisco zurück bin.«

Meine Mom schließt die Augen, und ein Mosaik aus nichtverbalen Reaktionen zieht über ihr Gesicht. Als sie die Augen öffnet und mich wieder ansieht, liegt Mitgefühl in ihrem Blick.

»Es ist normal, weißt du?«, sagt sie. »Dass man sich wie ein Betrüger fühlt.«

»Was?«

»Ich habe zugehört. Du kommst dir vor wie ein Betrüger. Du hast deine besten Ideen allesamt aus einer anderen Dimension gestohlen.«

»All die Gebäude, die jeder so kühn und visionär findet«, sage ich, »sie sind mir alle nicht eingefallen. Ich habe sie geträumt und als mein Eigentum ausgegeben. Ich bin kein Genie. Ich bin ein Plagiator, und früher oder später wird man es entdecken.«

»Aber so empfindet doch jeder«, sagt sie. »Glaubst du, mir ist es nicht genauso gegangen, als ich anfing zu unterrichten? Als ich mein erstes Buch geschrieben habe? Als ich Dekanin wurde? Wir fühlen uns alle wie Hochstapler. Das ist das Geheimnis des Lebens. Alle kommen damit zurecht.«

»Ich weiß, was das Hochstaplersyndrom ist. Aber das ist es nicht.«

»Okay«, sagt sie, »du bist kein Stararchitekt. Du bist ein Betrüger und ein Dieb. Aber die Gebäude, die du plagiierst, gibt es nicht. Sie haben immer nur in deinem Kopf existiert. Also denk mal einen Moment lang darüber nach, dass vielleicht jeder, der etwas Neues schafft, so empfindet. Als hätte er nichts damit zu tun. Als hätte er es aus dem Äther gepflückt und seinen Namen daruntergeschrieben und den ganzen Lorbeer dafür nicht verdient.«

»Nein, Mom, in diesem Fall ist es anders.«

»Du bist ein bisschen berühmt geworden. Und sogar ein *bisschen* Ruhm kann einen Menschen durcheinanderbringen. Es ist eine kognitive Störung, weißt du? Ruhm? Früher gab es ihn nur bei Königsfamilien, und wie die sind, wissen wir. Ich bin keine große Freudianerin, aber irgendetwas am Ruhm veranlasst das Es und das Über-Ich, das Ich zu verschlingen wie zwei Anakondas im Käfig, bevor sie sich gegenseitig auffressen. Ruhm verzerrt deine Identität, lässt deine Ängste metastasieren und höhlt dich aus wie eine Kürbislaterne. Er ist ein funkelnder Kobold, der alles, was er berührt, wie Säure verätzt.«

»Mom, ich bin Architekt. Ich bin kaum berühmt. Ich bin höchstens ein bisschen bekannt.«

»Und sieh dir an, was passiert ist.«

»Was meinst du damit?«

»Du bist seit sechs Monaten ein bisschen bekannt, und die Tatsache, dass du gleichzeitig irgendwie gaga geworden bist, hat damit nichts zu tun, nein? Ein x-beliebiger Zufall? Weißt du, was Jung über den Zufall sagt? Er sagt, dass wir das Ziel nicht sehen, bedeutet noch lange nicht, dass kein Weg hinführt.«

»Ich bin zu müde, um darüber weiter zu reden«, sage ich. »Zumal wenn du Freud und Jung ins Spiel bringst. Das ist einfach grausam.«

»Dann überleg dir noch eines«, sagt meine Mom. »Es gibt keinen Weg zurück. Diese enttäuschende, todgeweihte Realität, in der du gestrandet bist – wir haben hier keine Zeitmaschinen. Dein Heimatplanet ist fort, für immer. Das weißt du, oder?«

Ich zucke die Achseln. Laut aussprechen kann ich es noch nicht.

»Vielleicht ist es ja alles wahr«, sagt sie. »Vielleicht stiehlst du alle deine besten Ideen wirklich aus deinem magischen Fantasieland. Aber wenn diese Welt verloren ist und wenn, wie du behauptest, du derjenige bist, der sie hat verloren gehen lassen, schuldest du es jener Welt dann nicht, diese hier besser zu machen?«

»Inwiefern besser?«

»Du hast eine Verantwortung. Du bist der Einzige, der uns zeigen kann, wie das Paradies aussehen kann. Du kannst uns eine Zukunft bauen, in der wir wohnen können. Und das meine ich wörtlich: Du kannst sie bauen aus Stein und Stahl und Glas. Vielleicht glaubst du nicht, dass du ein Genie bist. Vielleicht hältst du dich für einen Hochstapler, einen Banditen, ein weltenmordendes Ungeheuer. Aber du bist alles, was wir haben.«

Ich weiß nicht, was ich darauf antworten soll. Es klingt in meinen Ohren ein wenig triumphalistisch, aber meine Mom wäre nicht die erste Mutter mit einer übersteigerten Wahrnehmung ihres Kindes.

»Verfolge dieses Geheimnis nach San Francisco«, sagt sie. »Aber pass auf und komm zu uns zurück. Es gibt hier Arbeit für dich, in dieser Welt, in der du lebst, und nicht in der Welt, von der du träumst. Dort brauchen sie dich nicht einmal. Nicht so wie wir.«

Meine Mom umarmt mich, öffnet die Tür ihres Arbeitszimmers und geht den Gang hinunter zu ihrem Schlafzimmer und zu meinem Dad.

93

Penny und ich kehren zurück zu ihr. Seit wir uns kennen, wohne ich praktisch dort, denn in meinem Apartment fühle ich mich nicht zu Hause. Sie ruft eine ihrer Angestellten an, damit sie das Geschäft aufmacht und wir den größten Teil des Tages verschlafen können. Ihre Schlafzimmerfenster sind nach Osten gewandt, und die Morgensonne ist hell und aufdringlich.

Alles, was am vergangenen Abend passiert ist, rattert mir im Kopf herum, als ich versuche, neben Penny zu schlafen. Sie liegt in Unterwäsche und einem weichen, dünnen T-Shirt wie eine tote Last an meiner Seite, ihr Kopf klemmt in der Kerbe zwischen meiner Schulter und meinem Schlüsselbein, und eine feine Haarsträhne kitzelt mein Kinn und meine Lippen. Sie atmet aus, schwer und tief.

Ich fühle mich leichter. Ich bin eine Bürde los, seit ich meiner Familie die Wahrheit gesagt habe, auch wenn es wahrscheinlich gescheiter gewesen wäre, sie in dem Glauben zu lassen, mein fiebriges Gestammel im Krankenhaus über alternative Realitäten sei nichts als ein vorübergehender Funktionsausfall der Synapsen gewesen.

Ich habe heute Nacht vergessen zu schreiben. Penny hat mir vorgeschlagen, Erinnerungen an mein Leben zu notieren, jeden Abend, ein paar Minuten vor dem Zubettgehen, eine tägliche Routine, die mir helfen würde, die Wahrheit festzuhalten. Also habe ich es getan, ich habe jeden Abend ein bisschen auf Johns

Laptop geschrieben. Aber die Welt ist zu groß, und die Wörter sind zu klein, und wenn ich den matschigen Brei der Erinnerungen in saubere Textzeilen verwandeln will, kommt mir alles noch unwirklicher, fiktiver und weiter entfernt vor.

Und was bringen diese Erinnerungen mir wirklich ein? War ich glücklich dort? Nein.

Wenn ich hier bei Penny liege, bin ich glücklich. Mit ihr zusammengerollt in dem Bett, in dem ich mich zu Hause fühle, begreife ich zum ersten Mal, dass ich Tom absichtlich gehen lasse. John kringelt sich unter der Tür herein wie Rauchfähnchen von einem Brand im Keller, wunderbar beruhigend im Vergleich zu Toms unablässigem, bangem Gezeter. Alle, die mir am Herzen liegen, werden glücklicher sein, wenn ich nicht mehr da bin, sogar Penny. Tom macht alles nur schwer, wirr und kompliziert.

John wäre jetzt nicht mehr wach. Er würde wissen, dass sein ganzes Leben ein bisschen unscharf geworden war, ihm jetzt aber endlich klar und deutlich vor Augen stand – er hatte eine nicht diagnostizierte Geisteskrankheit, die still und leise in den feuchten Winkeln seines Geistes geklebt hatte und die, als er seine Abwehr vorübergehend vernachlässigt hatte, das Ruder hatte übernehmen wollen. Aber der Augenblick ist vorüber. Das Virus namens Tom hat keinen Aktionsplan, sondern nur eine Liste von Forderungen. Es hat das Kommando übernehmen wollen, aber wie so viele Möchtegern-Despoten hatte er über den Putsch hinaus keinen Plan, wie die alltägliche Tretmühle als Flohzirkusdirektor zu meistern wäre. Eine Regierung stürzen kann jeder. Schwer ist es zu regieren.

Penny bewegt sich im Schlaf und dreht sich auf die andere Seite. Sie drückt ihren Hintern im Slip an meine Hüfte und zieht sich die Decke unter das Kinn. Ich drehe mich auch auf die Seite, und sie drängt sich an mich. Ihr Haar riecht nach Zitrone und Rosmarin und noch etwas anderem. Ich versuche immer noch, den Duft zu identifizieren, als ich einschlafe.

94

Ich wache auf und fühle mich sauber. Nein, gereinigt. Ausgehöhlt vielleicht, aber auf eine gute Art. Als ob ein dicker Tumor entfernt worden wäre, während ich in Pennys Bett geschlafen habe.

Tom ist weg. Dieser winselnde, jämmerliche, beschädigte Wichser ist weg. Ein Glück.

Er hat mich mein ganzes verdammtes Leben lang verfolgt wie ein leichenfressender Dämon. Ich dachte, es wäre eine Erleichterung, ihn aus seinem Käfig zu lassen, aber er hat sich als Langweiler erwiesen. Nichts als sinnloses Bedauern.

Eins will ich ihm lassen: Er hat Penny gefunden. Hat sie mir auf einem Silbertablett präsentiert. Ich musste nichts tun. Sie liegt einfach hier neben mir und ist bereit für alles, was ich will. Also küsse ich ihren Hals, bis sie anfängt aufzuwachen, und ziehe dann diesen Slip herunter. Sie will sich immer umdrehen und mich ansehen, aber ich lasse sie nicht. Vielleicht bin ich zu grob – ist manchmal schwer zu sagen bei Frauen, weil sie nicht laut zugeben können, wie sie gern behandelt werden wollen.

Danach ist sie still. Fragt, was los ist mit mir. Ich sage, ich habe mich nie besser gefühlt. Und das stimmt. Mein Kopf war noch nie so klar. Sie fängt an zu weinen. Fragt, was mit Tom passiert ist. Ich sage, er ist weg, und sie weint noch mehr.

Ich gehe unter die Dusche. Der Wasserdruck ist Mist. Wer immer diese Bruchbude gebaut hat, ist von der Installationsfirma über den Tisch gezogen worden. Gibt nicht mal einen Regenduschkopf. Sie kommt herein, nackt, starrt mir in die Augen, hart und sanft zugleich, heißes Wasser rieselt auf uns herunter, und sie fragt, ob ich noch da bin. Ich frage, was das heißen soll, und sie sagt, ich rede nicht mit dir. Ich rede mit Tom.

Ich überlege, ob ich lange genug so tun soll, als wäre ich er, um sie mir noch einmal zu nehmen, aber ich will sie gar nicht mehr. Lohnt den Aufwand nicht.

Also lächle ich nur und sage, Tom ist nicht mehr hier und kommt auch nicht mehr zurück, und dann lasse ich sie da, damit sie noch ein bisschen flennen kann. Das heiße Wasser ist sowieso gleich aufgebraucht. Mein eigenes Apartment hat eins dieser tanklosen Heißwassersysteme, bei denen das Wasser niemals kalt wird.

Ich ziehe die beschissenen Klamotten an, die Tom für mich ausgesucht hat, und mache mich auf den Weg zum Büro. Nicht zu fassen, wie er alles hat schleifen lassen. Versteckt sich, läuft weg, entschuldigt sich, hat Angst, eine Entscheidung zu treffen, weil sie falsch sein könnte. Ich unterschreibe einen Haufen Zeug, das genehmigt werden muss.

Die Konzerthalle in Chicago ist ein netter Gig. Fetter Etat, zentrale Location, Bürgerstolz – der ganze Druck bedeutet, dass sie jemanden brauchen, der ihnen sagt, was sie machen sollen. Bringt einen Haufen Asche. Muss ein paar Ideen ausblenden. Ich sehe mir die Projektbeschreibung an, die sie geschickt haben, und setze mich an den Zeichentisch.

Aber da kommt nicht viel. Eigentlich funktioniert es so, dass ich mir Bilder des Bauplatzes ansehe und über Gebäude nachdenke, die ich im Traum gesehen habe. Dann strömen die grundlegende Form, der Maßstab und die Textur ganz von allein in meinen Kopf. Aber diesmal nicht.

Tom hat mich infiziert, lange bevor er mich übernommen hat. Er war mein Leben lang in meinem Kopf. Dauernd seine Flüsterstimme, wie eine juckende Stelle, die ich nicht kratzen kann. Jetzt ist sie weg. Vielleicht bedeutet das, alle meine guten Ideen sind auch weg. Aber egal, mein Ruf ist gesichert. Auf dem, was ich von ihm bekommen habe, kann ich mich für den Rest meines Lebens ausruhen. Und mehr Geld verdienen, indem ich weniger betuliche Versionen von diesem Kram mache. Die Sache einfach halten, nicht an die Grenzen stoßen, dafür sorgen, dass die Kunden sich nervöser fühlen, als sie sind, und abkassieren, solange sie dumm genug sind zu zahlen. Soll jemand anders das Aussehen der Welt verändern. Oder, besser noch, lass sie so, wie sie ist. Nur Heulsusen wie Tom bilden sich ein, sie müssten etwas verändern. Der Welt ist es egal, wie sie deiner Meinung nach aussehen sollte. Die Welt hat nur ein Ziel: dich so schnell wie möglich umzubringen und deine Leiche als Brennstoff zu benutzen.

Ich habe Mom einen Gefallen getan und eine Studentin vom Fachbereich Architektur ihrer Uni als Praktikantin eingestellt, und dieses Mädchen hat einen unglaublichen Arsch. Ihr Gesicht ist okay, aber dieser Arsch …? Ich sollte die Konzerthalle so entwerfen, dass sie aussieht wie dieser Arsch. Tom und seine gottverdammten Wirbel überall. Außer mir ist sie die Einzige, die gerade im Büro ist. Keine Ahnung, was sie macht, Akten ablegen oder so. Durch die Glaswand sehe ich sie am Schrank mit den Planzeichnungen. Sie weiß, dass ich hier bin, aber benimmt sie sich sittsam? Oder beugt sie sich in der Taille nach vorn und streckt ihren Arsch so in die Luft, dass ich ihn sehen kann? Erzähl mir keiner, sie weiß nicht, was sie da tut. Sie weiß es.

Das fühlt sich gut an. Fühlt sich richtig an. Hab gar nicht gewusst, dass er mich all die Jahre gebremst hat. Mit seinen Zweifeln. Seinen Fragen. Mit der Hand auf meiner Schulter. Mit der

Stimme in meinem Ohr, die sagt, nein, tu das nicht, es ist falsch; nur weil du es haben willst, hast du es noch lange nicht verdient. Dieses langweilige Geflüster ist weg, und ich habe alles verdient. Etwas zu wollen ist dasselbe wie es zu verdienen.

Es ist zum Schreien, dass ich dachte, ich liebe Penny, bloß weil er Penny geliebt hat. Ich bin jung. Ich sehe super aus. Ich werde reich sein, und selbst wenn nicht, wird Greta mir geben, was immer ich haben will, denn sie ist komplett verpeilt mit ihrem Geld. Ich bin ein bisschen berühmt. Berühmt genug. Ich werde in meinem Leben keine einzige gute Idee mehr brauchen. Und als ob Penny mich zufriedenstellen könnte, wenn es Praktikantinnen mit perfekten Ärschen gibt und Gesichtern, bei denen man weiß, sie werden ihre Jeans runterlassen für einen halbwegs berühmten Mann, der ihnen erzählt, sie könnten es eines Tages zu was bringen. Wer zum Teufel trägt denn eine so enge Jeans bei der Arbeit? Eine, deren größte Ambition im Leben darin besteht, sich mir zu schenken.

Alles ist so klar, nachdem er jetzt verschwunden ist.

Ich weiß nicht, warum ich mir die Mühe mache, das alles aufzuschreiben. Vermutlich ist es eine Angewohnheit, die ich ihm verdanke. Und Toms Geschichte braucht ein Ende.

Ende.

95

Ich wache auf, und mir fehlt ein Tag.

Gestern war Samstag, also ist heute Sonntag, aber es ist Montag. Ich sollte neben Penny in ihrem Apartment aufwachen, aber ich liege im Schlafzimmer meiner Eigentumswohnung neben einer Fremden. Nein, nicht neben einer Fremden, sondern neben einer jungen Frau, die als Praktikantin im Architekturbüro arbeitet. Beth. Sie heißt Beth. Sie ist nervös und verlegen, und ihr Blick forscht in meinem Gesicht nach einem Hinweis darauf, dass sie keinen Fehler gemacht hat, der ihrer Karriere schaden wird, aber langsam sickert auch Zorn in ihren Blick, den sie aber zügelt, weil sie anscheinend noch nicht weiß, ob sie ihn auf mich oder auf sich selbst richten soll. Sie schmiegt ihren nackten Körper an mich, und ich zucke instinktiv zurück und sehe, wie sofort eine Wand aus Selbstvorwürfen ihren Blick versperrt, weil sie die Panik in meinen Augen sieht.

Ich brauche einen Kaffee, sage ich zu ihr, und ich werde ihr auch einen bringen. Sie will mich küssen, aber ich flüchte.

Ich habe keine Ahnung, was passiert ist. Mein Kopf ist leer.

Ein Brummen in meinem Stammhirn veranlasst mich, den Laptop zu checken, und ich finde einen Eintrag, den ich nicht geschrieben habe. Ich lese ihn, und es überläuft mich heiß und kalt, sodass ich zittere wie bei einer schlimmen Grippe.

Es ist John. Er hat irgendwie die Kontrolle übernommen, und er hat mir das angetan.

Sie ruft und fragt nach dem Kaffee, und ich klappe den Laptop zu. Ich mache Kaffee, und sie kommt in die Küche getappt und trägt nichts als den Slip von gestern. Allzu beiläufig zeigt sie sich mir in der Morgensonne. Sie hat einen kleinen blauen Fleck auf jeder Hüfte. Sie sehen frisch aus.

Mir ist flau. Die Neuralscanner sollten einen nicht in einem Alptraum aufwachen lassen. Aber so fühlt es sich an, auch wenn es klischeehaft klingt, kristallklar, aber breiig an den Rändern.

Sie fragt, ob ich frühstücken gehen möchte, und ich sage, ich kann nicht, ich muss ins Büro, und dann folgt ein entsetzlicher Augenblick, in dem sie einen Witz über sexuelle Belästigung am Arbeitsplatz macht. Sie will damit zeigen, wie erwachsen sie in diesen Dingen ist, aber es lässt sie erst recht jung aussehen, zu jung, nur dass in diesem Witz eine Drohung verborgen ist wie ein Stahldraht, der ihm seine wesentliche Struktur gibt, und sie sieht, dass ich es erkenne, und läuft rosarot an, denn sie hat gerade ein bisschen Macht gekostet und weiß jetzt nicht genau, was sie damit anfangen soll.

So steht sie da und rührt sich Milch in den Kaffee, unbekleidet, eine Zurschaustellung, eine Herausforderung. Sie will mehr von mir, ich weiß nicht, was, ich weiß nicht mal, ob wir miteinander geschlafen haben – ich habe keine Erinnerung an gestern. Nichts. Aber eine scharfkantige Anspannung vibriert in ihrem Gesicht, als ob sie auf die Bestätigung wartete, dass ich bereits alles genommen hätte, was ich von ihr haben wollte, und jetzt sei sie nur noch eine verlegene Unterhaltung davon entfernt, dass ich nie wieder an sie denken würde.

Ich habe das, was er geschrieben hat, so schnell gelesen, dass ich nicht vollständig mitbekomme, was mit Penny passiert ist. Aber es klingt schlimm. Furchtbar. So furchtbar, dass es vielleicht nicht wieder in Ordnung gebracht werden kann.

Sie fragt, ob sie einfach gehen soll, und ich sage, das ist vielleicht eine gute Idee. Ich flüchte ins Bad und wasche mir das Gesicht und habe immer noch keine Ahnung, was passiert ist, aber da liegt ein gebrauchtes Kondom, *Gott sei Dank, ein Kondom*, im Abfalleimer im Bad. Ich kann ihr nicht in die Augen sehen, als sie in den Sachen von gestern aus dem Schlafzimmer kommt, sich die Schuhe anzieht und schwankt, als sie erst auf dem einen Fuß balanciert, dann auf dem anderen, und in sechzig Sekunden wird sie weg sein, und ich kann zur nächsten Phase dieser Katastrophe weitergehen.

Aber das ist nicht ihre Schuld. Es ist meine Schuld – *seine* Schuld –, und selbst wenn das Letzte, was ich auf der Welt gebrauchen kann, eine Verlängerung dieses Schlamassels ist, hat sie einen Namen: Sie heißt Beth, und sie ist wichtig.

»Warte«, sage ich. »Beth … es tut mir leid, ich bin nicht gut in solchen Sachen. Du sollst nicht das Gefühl haben, was letzte Nacht passiert ist, hätte nicht … hätte nichts bedeutet. Es ist sehr viel einfacher für mich, so zu tun, als wäre es nicht passiert, und dich im Büro wie eine Fremde zu behandeln. Aber ich meine, zumindest sollten wir ehrlich miteinander sein können. Meinst du nicht?«

Beth klappert mit den Lidern, als ob sie auf einen zynischen oder abschätzigen Kommentar wartet, und als er nicht kommt, ist sie entzückend verwirrt und nicht so entzückend traurig. Sie verschränkt die Arme, fest, wachsam.

»Du willst, dass wir ehrlich sind«, sagt sie.

»Ja«, sage ich. »Weil, äh, ich habe absolut keine Ahnung, was da … genau … passiert ist.«

»Du *erinnerst* dich nicht«, sagt sie. »Aha.«

»Haben wir … viel getrunken?«

»Ich schätze. Ja. Ich ganz bestimmt.«

»Okay«, sage ich. »Ich weiß nicht, ob du gehört hast, dass ich im Krankenhaus war.«

»Ja«, sagt Beth. »Ich meine, das weiß jeder.«

»Stimmt. Also muss ich mich vielleicht entschuldigen, wenn ich letzte Nacht etwas gesagt oder getan habe, das, na ja, ungehörig war.«

»Nichts von dem, was wir letzte Nacht getan haben, war auch nur annähernd ungehörig.«

»Dann tut es mir sehr leid.«

»Warum bist du so?«, fragt Beth.

»Wie bin ich?«

»Nett«, sagt sie. »Letzte Nacht warst du nicht nett. Du warst *grob*. Und wenn du wirklich willst, dass ich ehrlich bin, dann habe ich mich dabei beschissen gefühlt. Es war kein Sex. Es war eher, als ob du in mich hineinwichst. So habe ich mich gefühlt. Als wäre ich etwas, in das man *abspritzen* kann.«

Sie wischt sich über die Augen, und ich weiß nicht, was ich sagen oder tun soll, und deshalb sage und tue ich nichts, ich höre ihr nur zu.

»Du weißt das nicht einmal«, sagt Beth. »Ich habe heute Morgen versucht, mir nichts anmerken zu lassen, aber ich habe die ganze Nacht kaum geschlafen, weil ich mir versprochen habe, nicht in eine solche Situation zu kommen. Schon gar nicht mit jemandem, von dem ich dachte, dass ich ihn, was weiß ich, bewundere oder so was. Der einzige Sinn meines Architekturstudiums bestand darin, dass ich die Welt bauen will, in der ich leben möchte, und das Arbeiten bei dir hat mir das Gefühl gegeben, es zu tun. Als könnte ich ein Teil davon sein. Und jetzt habe ich das alles kaputtgemacht.«

»Nichts ist kaputt«, sage ich. »Du hast nichts Falsches getan.«

»Das verstehe ich nicht«, sagt sie. »Letzte Nacht konntest du mich nicht mal anschauen, als wir … Und jetzt bist du ein anderer Mensch.«

»Es tut mir leid.«

»Du sagst dauernd, es tut dir leid. Aber letzte Nacht hat es dir nicht leidgetan. Du bist mein Boss. Du könntest meine Karriere befördern oder zerstören. Was wir getan haben, war nicht die Art Sex, die ich gern habe. Ich dachte nur, schlechter Sex mit einem Arschloch ist immer noch besser, als wenn es anders gelaufen wäre. Und ich drohe dir nicht, okay? Ich weiß, ich habe alles mitgemacht. Ich wollte nur, dass es vorbei ist. Und die ganze Nacht habe ich dagelegen und mir gesagt, morgen wirst du so tun, als wäre es keine große Sache gewesen, und das wird bedeuten, es war tatsächlich keine große Sache.«

Mir ist sehr bewusst, dass die Situation für sie objektiv schlimmer ist als für mich. Ich weiß das. Aber was soll ich ihr sagen? Sorry, Beth, was du mir da erzählst, ist alles ganz schrecklich und herzzerreißend, aber das war nicht ich, das schwöre ich dir, es war die alternative Version meiner selbst, die ich geschaffen habe, indem ich die Realität zertrümmert habe? Ich weiß nicht, ob ich das Recht habe, über das, was sie da sagt, entsetzt zu sein, aber ich bin es. Und darunter brodelt die Erkenntnis, dass John nicht der ist, für den ich ihn gehalten habe.

Das Problem ist, ich habe nichts *gefühlt*. Ich war nicht zurückgedrängt in den Hintergrund seines Bewusstseins, wo ich mit Klauen und Zähnen darum gekämpft habe herauszukommen. Ich war einfach *annulliert*. Ich wusste nicht mal, dass ich weg war, bis ich aufwachte und sah, dass es der falsche Tag war.

Vielleicht lag es daran, dass ich so müde war, nachdem ich die ganze Nacht mit meiner Familie aufgeblieben war. Ich war schwach. Ich habe die Kontrolle verloren. Aber dass John sie übernommen hat, ist ja nicht alles. Er hat die Kontrolle übernommen, ohne dass noch etwas von mir in ihm übrig war.

Das verstehe ich erst jetzt. Ich dachte, ich wäre so etwas wie ein Geist in seinen Träumen. Aber jetzt sehe ich, dass ich immer ein Teil von ihm war – nicht nur seine Fantasie, sondern auch sein Gewissen. Ohne mich gibt es in ihm keine Wärme und kein Mitgefühl. Keine menschliche Verbundenheit. Ich dachte, er wäre besser als ich: stärker, gescheiter, tüchtiger. Aber wir waren ausgeglichen. Er hatte das Kommando und führte das Steuer, aber ich war immer da und lenkte ihn auf eine Stufe oberhalb seiner feigen Triebe. Jetzt weiß ich nicht, wie ich dafür sorgen soll, dass das so bleibt. Ich könnte heute Abend einschlafen und morgen als John aufwachen. Nichts, was mir wichtig ist, ist ihm wichtig, denn ihn interessiert nur das, was er haben will.

»Mir gefällt die Person nicht, die ich letzte Nacht war«, sage ich. »Ich weiß, ich sehe aus wie er und klinge wie er, aber ich fühle mich nicht wie er, und ich hoffe, ich werde es nie wieder tun. Es ist einfach, mich am nächsten Morgen zu entschuldigen, wenn es darum geht, wie ich dich letzte Nacht behandelt habe. Ich hoffe, ich kann einen Weg finden, es wiedergutzumachen, und wenn du dich für meine Entschuldigungen und für mein Bedauern nicht interessierst, sag mir, was dir das Gefühl geben würde, von mir respektiert zu werden. Wenn ich dich in Ruhe lassen soll – gut. Wenn es etwas anderes ist – auch gut. Sag mir, was ich tun kann, und ich will mich bemühen, es zu tun, so gut ich kann.«

»Ich glaube, ich sollte jetzt einfach nach Hause gehen und ein ausgiebiges Bad nehmen und einen peinlichen Blog-Eintrag über dich schreiben«, sagt sie.

»Wenn es das ist, was du willst, okay.«

»Es bringt mich wirklich durcheinander«, sagt Beth. »Ich meine, ich bin seit sechs Wochen Praktikantin in deiner Firma, und ich dachte, du kennst nicht mal meinen Namen. Ich habe gehört, dass du irgendwie ausgerastet und im Krankenhaus gelandet bist, aber dann hältst du diesen Supervortrag, und alle sagen, er ist irgendwie ein Genie.«

»Ich bin kein Genie«, sage ich. »Das muss dir doch klar sein.«

»Ich weiß nicht. Wie definiert man Genie? Ich wollte nur, dass du mich bemerkst. Ich bin am Wochenende zur Arbeit gekommen, weil ich dachte, du bist vielleicht da. Und es hat geklappt. Du hast mich bemerkt. *Scheiße noch eins*, ich war essen mit John Barren, und er hat sich tatsächlich meine Ansichten über Architektur angehört. Ich war so aufgeregt, ich habe viel zu viel getrunken, und du hast immer wieder Wein bestellt, und während du vielleicht nicht mehr weißt, wie gut teurer Wein schmeckt, habe ich bis gestern Abend noch nie welchen getrunken, der mehr als zwanzig Dollar die Flasche gekostet hat. Und du warst einfach sehr angetan von mir. Das war schmeichelhaft, meistens. Aber wie zum Teufel habe ich mich in diese Situation gebracht? Ich mache gerade meinen Master. Ich bemühe mich, eine richtige Karriere zu machen. Ich bin nicht das Dummchen, das zu viel trinkt und dann mit dem Boss nach Hause geht.«

»Ich werde nicht zulassen, dass irgendetwas von alldem einen Einfluss auf die Arbeit hat«, sage ich.

»Ich kann wirklich nicht erkennen, ob du dich über mich lustig machst«, sagt Beth. »Ob du nur so tust, als wärest du nett, damit ich niemandem erzähle, was für ein Arschloch du bist. Oder ob du einfach nur irgendwie verkorkst bist. Als ob das, was dein Gehirn dazu bringt, die unglaublichsten Gebäude auszuspucken, die ich je gesehen habe, dich gleichzeitig in jeder anderen Hinsicht total vermurkst.«

»Du hast keine Ahnung, wie groß der Murks wirklich ist«, sage ich.

»Will ich auch nicht wissen«, sagt Beth. »Aber nur damit das klar ist, das hier wird nie wieder passieren.«

»Ich weiß«, sage ich.

»Okay. Ich nehme an, wir sehen uns im Büro. Ich meine, du kommst doch wieder, oder? Weil die Leute sagen, vielleicht steigst du aus.«

»Beth, ich weiß noch nicht, was ich tun werde. Aber wenn du es dir in irgendeinem Punkt anders überlegst, tu, was du tun musst. Ich werde es verstehen.«

Beth geht zur Tür und legt die Hand auf den Knauf. Sie dreht sich zu mir um.

»Aus dir kann man einfach nicht schlau werden«, sagt sie.

»Ja«, sage ich, »mir geht's genauso.«

96

Dass die Zeit variabel ist, ist ein Gemeinplatz. Sie kann radikal beschleunigt sein oder sich zum Gähnen in die Länge ziehen, je nachdem, womit man beschäftigt ist. Aber über den Raum sprechen wir eher nicht so. Vielleicht weil wir ihn mit den Augen abmessen, erscheint er uns starrer fixiert. Obwohl wir wissen, dass Zoll und Meter genauso willkürlich definiert sind wie Sekunden und Minuten, empfinden wir sie als konkreter. Aber als ich auf Pennys Couch sitze und ihr alles erzähle, alles, woran ich mich *erinnere*, fühlt sich der Raum viel flüssiger an. Wir sitzen nur gut zwei Handbreit auseinander, aber die wenigen Zentimeter, die überwunden werden müssten, damit meine Haut ihre Haut berührt, kommen mir unglaublich weit vor.

Als Beth gegangen ist, rase ich hinüber zu Pennys Apartment. Sie öffnet die Tür, und als sie mich sieht, fangen wir beide an zu weinen.

»Er hat gesagt, du bist für immer weg«, erzählt sie.

»Es tut mir leid«, sage ich. »Das werde ich nie oft genug sagen können. Selbst wenn es das Einzige ist, was ich sage, bis wir beide sterben.«

Als ich das sage, strafft sie sich. Sie sitzt dicht neben mir auf der Couch, aber sie sieht mich nicht an.

»Es war wie ein Horrorfilm«, sagt sie. »Ich bin neben einem Alien mit deinem Gesicht aufgewacht. Es war schlimm. Sehr schlimm.«

»Es tut mir leid, Penny, aber es wird noch schlimmer.«

Auf den Sturzbach an Geständnissen und Entschuldigungen folgt ein langer, ruhiger, irgendwie schmerzhaft häuslicher Augenblick, in dem wir unsere gewohnte Morgenroutine wiederaufnehmen, allerdings ohne den unbefangenen Körperkontakt. Wir machen Kaffee und schneiden ein bisschen Obst auf, und es fühlt sich an, als könnte dies vielleicht – noch nicht, aber eines Tages – zu einem fast nicht mehr wahrnehmbaren Fleck verblassen, wie ein Tropfen Rotwein auf einer Tischdecke, der nach und nach und unmerklich herausgebleicht wird.

»Ich verstehe, was du sagst«, erklärt Penny. »Dass du nie verstanden hast, was dein Einfluss auf John ist. Dass du sein Leben lang seine Fantasie und sein Gewissen gewesen bist. Aber ich werde das Gefühl nicht los, dass es eine eigennützige Analyse ist. Du bist der Held, er ist das Ungeheuer.«

»Ich denke, möglicherweise *ist* er ein Ungeheuer.«

»Aber vielleicht ist es nicht so, dass John kein menschliches Mitgefühl besaß. Vielleicht war er eine anständige, gute und allgemein funktionale Person, bis *du* die Macht übernommen hast.«

»Was soll das heißen?«, frage ich.

»Vielleicht ist es nicht so, als hättest du ihm all diese Dinge geschenkt«, sagt Penny. »Vielleicht hast du ihm all das *gestohlen*. Weil du es gebraucht hast. Und als du zurückgewichen bist, aus welchen Gründen auch immer, hast du einen wichtigen Teil von ihm mitgenommen. Und ihn ohne diesen Teil zurückgelassen.«

»Das ist nicht… nein, das ergibt keinen Sinn.«

»Ja, genau«, sagt sie, »weil ja der ganze Rest vollkommen einleuchtend ist. Du hast letzte Woche zu mir gesagt, du fragst dich, ob du nicht sexistischer bist, als dir klar war, weil du nicht mit einer Schwester aufgewachsen bist wie er. Die Sache ist nur, Greta kommt mir nicht vor wie eine, die sich auch nur ein Milligramm Scheiß von einem Bruder gefallen lassen würde, der so ist wie der Mann, der gestern Morgen in meinem Bett lag. Ich habe keine Geschwister, und deshalb weiß ich nicht, wie blind man gegenüber den Beschädigungen sein kann, die sie erleiden. Ich weiß, alle finden ihn ein bisschen unverbindlich und distanziert. Aber das ist nicht dasselbe wie das, was ich in seinen, in *deinen* Augen gesehen habe. Das waren Wut und Kälte. Als wäre dein böser Zwillingsbruder aufgetaucht, der in jeder Hinsicht aussah wie du, abgesehen nur vom Licht in seinen Augen und dem Tonfall seiner Stimme.«

»Das war ich nicht«, sage ich. »Das verstehst du, oder?«

»Ich verstehe, dass du glaubst, du hättest nichts von dem getan, was er mir oder diesem Mädchen angetan hat. Aber es war dein Körper. Dein Körper hat mich behandelt, wie er es getan hat. Dein Körper war mit ihr zusammen und hat Gott weiß was mit ihr gemacht – Dinge, die sie anscheinend nicht besonders gern hatte, an die du dich aber praktischerweise nicht erinnern kannst.«

»Ich will doch nicht kleinreden, wie es für sie oder für dich gewesen ist«, sage ich. »Aber mir kommt es auch vor wie ein Horrorfilm.«

»Tja«, sagt sie, »das ist bestimmt echt hart für dich, *Tom*.«

»Penny …«

»Nein, das ist toll. Gratuliere, du hast es geschafft, deine Praktikantin zu ficken, was *so was von originell* ist, und ihr dann einzureden, du wärst in Wirklichkeit ein supernetter, rücksichtsvoller Typ, der nur ab und zu eine perverse, dunkle Seite an den Tag legt, wenn es ihm passt. Und jetzt bist du hier und willst mir dasselbe einreden, ja? Das warst nicht du. Das war *er*. Du bist nicht verantwortlich. Du bist rein und unschuldig und lieb und sagst immer genau das Richtige, und du hörst wirklich zu und würdest mich niemals so behandeln. Schon komisch, denn man sagt doch, es gibt keinen vollkommenen Menschen. Und ich habe trotzdem einen gefunden. Nur dass er natürlich *buchstäblich* nicht existiert.«

»Ich bin alles andere als vollkommen«, sage ich. »Aber ich bin nicht wie er.«

»Es geht nicht nur um das, was passieren würde, wenn du für immer verschwinden würdest«, sagt Penny. »Sondern auch um das, was passiert, wenn er zurückkommt. Als ich aufgewacht bin, war es wirklich wie in einem Alptraum. So falsch und unlogisch war es. Du bist mit dem Mann zusammen, den du liebst, aber er ist jemand anders, auch wenn er genauso aussieht und nichts darauf hindeutet außer der Art, wie er redet und sich bewegt und dich berührt. Danach dachte ich, wenn ich mit dir unter die Dusche gehe, wird es mich so weit aufwecken, dass ich es loswerde. Wie beim Schlafwandeln. Ich würde dir in die Augen sehen, und du wärst wieder da, und alles, was in meinem Bett passiert ist, wäre ein schlechter Traum gewesen. Aber so kam es nicht. Es war immer noch er, und er sagte, du wärest fort für immer. Und jetzt bist du hier. Aber wie lange wird es dauern, bis er wiederkommt?«

»Ich werde nicht zulassen, dass er wiederkommt.«

»Du weißt doch gar nicht, *was* du zulassen wirst«, sagt Penny. »Ich kann nicht mal sicher sein, dass du es bist.«

»Ich bin es. Ich schwöre dir, dass ich es bin.«

»Was heißt das denn, *ich bin es*, wenn es aus deinem Munde kommt?«

Ich bremse mich, bevor ich antworte, denn – was *heißt* es? Mir ist immer noch nicht klar, was ich mit Penny gemacht habe, aber was immer es war, ich habe es mit meiner Haut und meinen Knochen und Muskeln und Nerven getan. Dieselbe Lunge hat die Luft geatmet, dasselbe Herz hat das Blut gepumpt, und dasselbe Gehirn, das verstopft ist von statisch rauschendem Grauen und einem Schuldbewusstsein wegen Taten, die ich gar nicht begangen habe, nur dass ich es eben anscheinend *doch* war, dasselbe Gehirn hat die ganze Serie von Ereignissen in Gang gesetzt. Ich fühle mich wie jemand, dessen Hund einen Nachbarn angefallen hat, der zu nah ans Grundstück gekommen ist, nur dass *ich* der Hund bin und ganz offensichtlich nicht der Herr über irgendetwas von Bedeutung.

Diese Kluft zwischen uns ist nicht nur leerer Raum. Sie ist ein Schwarzes Loch, und ich weiß nicht, ob wir je wieder hinausfinden werden. Ich weiß nicht, was als Nächstes passieren wird, aber eines weiß ich. Ich muss einen Weg finden, John zu töten.

97

Ich habe den ganzen Tag und die ganze Nacht hier gesessen«, sagt Penny, »und worüber ich hauptsächlich nachgedacht habe, ist … wenn er zurückkommt und etwas Schlimmes passiert, wie *genau* erkläre ich das, sagen wir, der Polizei oder meinen Eltern oder einem der vielen Freunde, die ich in den letzten zwei Wochen ignoriert habe, seit du in mein Leben getreten bist. Na ja, wisst ihr … da kommt eines Tages dieser Typ in meinen Laden und erzählt mir, er sei ein Zeitreisender aus einer anderen Dimension. Und in dieser anderen Dimension bin ich so was wie eine supercoole Astronautin. Das heißt, ich war eine, bis ich im Weltraum eine neurologische Episode hatte, und danach habe ich mich zur Zeitreisenden ausbilden lassen, aber nebenbei stand ich massiv auf ungeschützten Sex mit x-beliebigen Fremden. Und dann, in der Nacht vor dem wichtigsten Tag meines Lebens, an dem ich eine der ersten menschlichen Zeitreisenden sein sollte, schlafe ich aus irgendeinem Grund mit diesem Typen, und er schwängert mich, und ich begehe *Selbstmord*. Und der Typ ist darüber so traurig, dass er selbst in der Zeit zurückreist und die Vergangenheit so weit verdreht, dass sich das gesamte Raum-Zeit-Kontinuum verändert. Aber er existiert noch, und ich auch. Auch wenn ich anders aussehe. Mein anderes Ich war ein trainierter, stoischer Sexroboter, aber ich bin bloß irgendjemand. Quasi mit Zellulite und Schwielen und Muttermalen an komischen Stellen und Brüsten, die beim Rennen wehtun. Ach ja, und er ist gutaussehend und erfolgreich und charmant bescheiden für jemanden, der routinemäßig als Genie bezeichnet wird, jedenfalls im Internet. Es ist nicht so, dass er sich selbst so beschreibt, als wäre er da drüben eine große Nummer, die hier niemand kennt. Im Gegenteil, die große Nummer ist er hier, und drüben war er ein Loser. Aber jetzt kommt der magische Teil, bei dem mir ganz anders wird: Er findet, ich sei der interessanteste Mensch auf der ganzen Welt. Obwohl ich doch nur ein erwachsen gewordener Nerd mit einem Buchladen bin. Und noch nie habe ich diese Art von Chemie mit jemandem gespürt. Ich werde gelegentlich, ihr wisst schon, angebaggert, vor allem von Kunden und von den besten Freunden der Freunde meiner Freundinnen, die seit dem College kein Date mehr hatten. Aber jetzt ist es anders. Es ist elektrisierend. Als stünde er unter Strom. Und es ist so behaglich und intim mit ihm, dass es mir wirklich so vorkommt, als hätte ich ihn schon mein Leben lang gekannt, obwohl es erst ungefähr zwei Wochen waren. Ich lese nicht viel anspruchslose Frauenliteratur, aber ich weiß, wie es sich anfühlt: als ob es so vorherbestimmt wäre. Ich lerne seine Eltern kennen, und sie könnten erstaunlicher nicht sein. Seine Mom ist eine viktorianische Gelehrte mit einer unglaublichen Sammlung alter Bücher. Sein Dad ist ein Professor, der tatsächlich ein Buch über Zeitreisen geschrieben hat, das ich *gelesen* habe, weil ich ein Geek bin. Und passt das nicht wunderbar zusammen? Ich habe eine Buchhandlung, seine Mom liebt Bücher, er ist ein Zeitreisender, sein Dad schreibt über Zeitreisen. Und dann ist da seine Schwester – gescheit und sarkastisch und misstrauisch mir gegenüber, weil sie seine Beschützerin ist, was ihm eine inhärente Glaubwürdigkeit verleiht, auch wenn er die in diesem Augenblick nicht mehr braucht, denn sie ist ein Mensch, mit dem ich gern befreundet sein möchte. Es ist alles so vollkommen. Es ist *zu* vollkommen. Denn wenn man ernsthaft darüber nachdenkt, muss man annehmen, dieser perfekte Typ ist ein paranoider Schizophrener. Sogar seine Familie, die Leute, die ihn am besten kennen und lieben, halten ihn für geisteskrank. Vielleicht nicht sein anbetungswürdig zerstreuter Dad, der es offensichtlich satthat, der am wenigsten Erfolgreiche seines Namens am Esstisch der Familie zu sein – vielleicht ist *er* zurückhaltend optimistisch, dass sein geliebter Zeitreisefimmel sich nach langer Schwangerschaft zum Tor zu einem Abenteuer entwickelt hat, das seine fiebrigsten Jugendfantasien in den Schatten stellt. Aber auch er befürchtet, sein Sohn könnte einfach verrückt sein. Die Frauen in seinem Leben jedoch, seine beeindruckende Mom und seine skeptische Schwester, die sind der Ansicht, er brauche unverzüglich psychologische Hilfe, denn seine Geschichte klingt *lächerlich*, wenn man sie im Ganzen betrachtet, und wenn er noch so viele verschlungene Details hineingeflochten hat. Aber du möchtest ihm glauben, denn du liebst diesen Mann, wie du noch nie jemanden geliebt hast. Als hättest du dein ganzes Leben darauf gewartet, jemanden so zu lieben. Du bist eine selbständige, selbstbewusste Frau, klar, aber das wünschst du dir trotzdem. Also spielst du beim Familiengipfel mit und sagst dir, es wird alles gut gehen, und auch wenn du es bis zu dem Tag, an dem er in deinen Laden spaziert ist, nie geglaubt hast, weißt du jetzt tief im Innern, dass die Liebe alles überwindet. Aber dann, nachdem du die ganze Nacht mit ihm aufgeblieben bist und versucht hast, seiner Familie, die du eben erst *kennengelernt* hast, zu erklären, dass er wirklich ein Zeitreisender aus einer anderen Dimension ist, kehrst du mit ihm nach Hause zurück, so müde wie noch nie, und schläfst neben ihm ein. Und als du aufwachst, ist er in dir. Aber es ist anders als vorher. Da ist keine Elektrizität und keine Verbindung und keine

Liebe. Du versuchst, ihn anzusehen und zu verstehen, warum er in dich hineinstößt, als wärest du ein Sexspielzeug und nicht die Frau, um derentwillen er *kosmische Dimensionen* durchquert hat, um sie zu finden. Aber er drückt dich auf die Matratze und legt sich mit seinem ganzen Gewicht auf dich, und du bekommst kaum noch Luft, und es geht weiter und weiter und weiter, und es tut *weh.* Also versuchst du, der Geschichte in deiner Fantasie eine neue Wendung zu geben, und redest dir ein, dass er etwas Neues ausprobieren will, dass jeder seine schrägen Fantasien hat, die er sich nicht auszusprechen traut, dass du auch welche hast, von denen du ihm nichts erzählt hast, und manche dieser Fantasien sind eben ein bisschen unheimlich, das weißt du, und deshalb erzählst du sie nicht jedem X-beliebigen, aber ihm wolltest du sie erzählen, weil du Vertrauen zu ihm hast, und folglich fühlt es sich vielleicht so an, wenn jemand dir so sehr vertraut, dass er dich einen Blick in die furchterregende Dunkelheit in seinem Innern werfen lässt, weil er glaubt, deine Liebe macht sie weniger furchterregend und weniger dunkel, und du möchtest dieses Gefühl auch haben, denn du bist selbst nicht frei von furchterregender Dunkelheit, es gibt Bereiche in dir, die dir noch nie liebenswert erschienen sind, bis du ihn kennengelernt hast und er dir das Gefühl gegeben hat, er liebe einfach alles an dir, selbst die unliebenswerten Dinge, die du ihm noch nicht gezeigt hast, und so redest du dir ein, dass du auch das hier lieben kannst, selbst wenn es wehtut, denn es bedeutet, dass er dir alles zeigt, was er ist, und das ist etwas in sich Gutes, auch wenn es sich sehr schlecht anfühlt. Du versuchst, einen Teil deiner selbst aufzuschließen, dem es vielleicht sogar gefällt, grob gefickt zu werden wie ein Stück Fleisch. Aber was soll ich sagen? *Diesen Teil gibt es nicht, verdammt!* Du findest ihn nicht, weil du kein Fitzelchen davon in dir hast. Du gerätst in Panik und befürchtest, er ist es vielleicht gar nicht, denn es fühlt sich nicht an wie er. Was ist, wenn ein geisteskranker Fremder hier eingebrochen ist, der den Mann, den du liebst, ermordet und dich im Schlaf überfallen hat? Und dann ist er endlich fertig, aber du wagst nicht, dich umzudrehen, denn was immer du dann sehen wirst, ihn oder jemand anderen, wird vielleicht den Rest deines Lebens definieren. Du hörst, wie er die Dusche aufdreht, und das ist ein schlechtes Zeichen, denn welcher psychotische Mörder geht nach seiner Tat unter die Dusche? Du stehst auf und ziehst die Sachen aus, in denen du geschlafen hast, das T-Shirt und den Slip, denn beides kannst du nie wieder anziehen. Die Glaswand der Dusche ist so beschlagen, dass du nicht sehen kannst, wer drin ist. Also steigst du hinein, und er ist es. Der Mann, den du liebst. Aber er ist es nicht. Er ist es, aber er ist es nicht. Er sieht dich an, und ich kann euch sagen, mich haben schon viele Männer auf viele verschiedene Arten angesehen, aber so noch nie. Wie ein Metzger, der ein Steak taxiert. Ich liebe meinen Körper, aber bei diesem Blick hätte ich mir am liebsten die Brüste abgeschnitten und sie ins Meer geworfen. Ich weiß, du sagst, das warst du nicht. Aber du hast mich mit denselben Augen angesehen, mit denen du mich jetzt ansiehst. Es sind dieselben und doch nicht dieselben. Und mit dem Mund, der nicht dein Mund ist, aber der es *doch* ist, sagt er mir, du bist für immer weg. Dann ist er gegangen, und ich bin in der Dusche geblieben, bis das Wasser kalt wurde, habe dagestanden, ich weiß nicht, stundenlang, und das kalte Wasser auf mich herabströmen lassen, immer in der Hoffnung, es könnte mich in meine Moleküle auflösen. Irgendwann bin ich rausgegangen, aber ich konnte nicht zurück in dieses Schlafzimmer, und deshalb habe ich hier auf der Couch gesessen, den ganzen Tag und die ganze Nacht, und habe meine Geschichte eingeübt für den Fall, dass ich sie jemandem würde erzählen müssen. Für den Fall, dass er zurückkommen sollte. Aber stattdessen bist *du* zurückgekommen. Es sei denn natürlich, du bist immer noch er, und er ist wirklich verdammt gut darin, so zu tun, als wäre er du.«

98

Ich weiß nicht, wie ich es dir beweisen soll, aber ich bin ich«, sage ich.

»Ich kann ihn nicht wiedersehen«, sagt Penny. »Und du kannst mir nicht versprechen, dass er nicht hier ist, wenn du morgen früh aufwachst.«

»Was kann ich dann tun?«

»Finde einen Beweis«, sagt Penny. »Vielleicht bin ich nicht so clever, wie ich glaube. Vielleicht bin ich eins von vielen Mädels, die auf den falschen Typen hereinfallen und sich selbst davon abbringen wegzulaufen, weil sie glauben, Liebe ist wichtig. Vielleicht ist sie nicht wichtig. Vielleicht bist du wahnsinnig, und ich bin dumm, und das Ganze endet vor Gericht oder auf dem Friedhof, und alle, die ich kenne, sagen: *Sie kam mir so intelligent vor, wie konnte sie so dumm sein?*«

»Ich weiß, meine Versprechungen bedeuten im Moment nicht so viel, aber …«

»Nichts aber«, sagt sie. »Ich liebe dich, aber ich kann dich erst wiedersehen, wenn du mir beweisen kannst, dass du die Wahrheit sagst.«

Sie sieht mir in die Augen, wachsam und prüfend, und ich begreife, es kommt nicht darauf an, wer von uns beiden ich bin, nicht mehr. Alles ist jetzt anders, und das muss es auch sein.

Mein Vater hat sein ganzes Leben damit verbracht, eine Spur zurück zu Lionel Goettreider und den Ereignissen vom 11. Juli

1965 zu verfolgen. Und jetzt muss ich das Gleiche tun. Seine Spur bestand aus Tau-Strahlung, aber meine besteht aus etwas, das genauso bösartig sein kann: aus Erinnerungen.

Penny schließt die Tür hinter mir ab. Ich gehe nach Hause und buche einen Flug.

99

Ich sitze im Flugzeug von Toronto nach San Francisco, und die letzten achtundvierzig Stunden kreiseln in meinem Kopf herum wie eine Windmühle, die ihre Schrauben verloren hat und gleich durch die Landschaft schwirren wird wie ein riesiger *Shuriken*.

Ich glaube Penny, und ich glaube Beth. Es ist *nicht* meine Art zu glauben, man habe einen Blackout, in dem man Menschen verletzt. Ich möchte niemand sein, der sich selbst Geschichten erzählt, die er nicht glauben würde, wenn man sie ihm auftischen wollte. Und außerdem – das hier ist nicht das, worauf ich mich eingelassen habe. Ihnen geht es wahrscheinlich genauso. Das hier sollte so was wie eine Zeitreisenposse werden, wissen Sie? Ich würde ein paar Fehler machen, und am Ende würde ich alles wieder in Ordnung bringen. In meiner Vorstellung würde ich trotz oder vielleicht auch wegen all meiner Fehler am Ende als Held dastehen. Als *der* Held.

Im Prinzip weiß ich, dass Heldentum auch Opfermut verlangt. Aber mir war nicht klar, was ich tatsächlich würde opfern müssen. Schreibe eine Liste der Dinge, von denen du dir nicht vorstellen kannst, sie aufzugeben, und das ist die Liste der Dinge, die du wirst verlieren müssen. Nur könntest du diese Liste gar nicht aufstellen, denn es sind lauter Dinge, die du als wesentliche Elemente deiner selbst für selbstverständlich hältst. Sie scheinen unveräußerliche Bestandteile dessen zu sein, was dich zu dem macht, der du bist.

Insofern ist es also leider keine Zeitreisenposse. Ich hatte mit Kausalschleifen gerechnet, mit Realitätsfluktuationen und verzweigten Dimensionen und wissenschaftlich fragwürdigen Lösungen für verschnörkelte Raum-Zeit-Paradoxien. Nicht mit menschlichem Leid. Ich habe nicht darum gebeten, die Fundamente meines Verstandes in Frage stellen zu müssen. Jemanden wegen einer Zeitreisenpanne aus dem Dasein zu entfernen ist ein gespenstischer, aber auch ein entlegener, verschwommener Gedanke. Wenn die Frau, die du liebst, sagt, du hättest ihr körperlich wehgetan, ist das, selbst wenn du es genau genommen nicht warst, nicht entlegen oder verschwommen. Sondern gewichtig und massiv. Es gräbt sich unter deine Haut und baut dort ein giftiges Nest, um darin seine toxischen Eier zu legen.

Ob ich nun recht habe oder verrückt bin, es führt nur ein Weg hindurch, nämlich der zu Jerome Francoeur und dem, was er vielleicht weiß. Vielleicht weiß er nichts. Vielleicht ist er nur ein Foto in einem alten Buch auf dem Regal im Arbeitszimmer meines Dad, das ich irgendwie aus meiner Kindheit in Erinnerung behalten habe, und ich habe aus einem plastischen Detail wie einem geflickten Ellenbogen am Ärmel eines Blazers eine opulente Wahnvorstellung entwickelt.

Wenn Jerome Francoeur keine Ahnung hat, wer Lionel Goettreider ist, dann kann ich nicht zu Penny zurückgehen und sie bitten, mir zu vertrauen, denn dann kann ich mir selbst nicht vertrauen. Aber wenn ich nicht zu Penny zurückkann, dann weiß ich nicht, wohin ich sonst gehen soll. Ich will nirgendwo anders sein.

100

Können Sie mir einen großen Gefallen tun?«, fragt Jerome Francoeur. »Können Sie mir sagen, warum zum Teufel Sie hier sind? Denn Sie schreiben nicht über meine Frau. Ich meine, es gefällt mir, dass Sie direkt auf das Herz zielen und sich pfeilgerade auf die tote Ehefrau stürzen. Das ist ein kluger Schachzug. Und wenn ich ein bisschen seniler wäre, hätte es vielleicht sogar geklappt. Also sparen Sie sich das Gequatsche. Was wollen Sie?«

Ich sitze seit ungefähr neunzig Sekunden in Jeromes Haus in Palo Alto. Ich habe unter dem Giebel auf der Veranda gestanden, die sich um das Queen-Anne-Haus herumzieht, und die übermütig asymmetrische Fassade angestarrt, als seine Tochter Emma Francoeur die Tür öffnete, höflich und steif. Auf dem Weg durch den Flur hat sie mir erzählt, wie bewegend sie es findet, dass ich ein Kapitel über ihre Mutter in mein Buch über weibliche Pioniere der Physik aufnehmen möchte. Also habe ich geglaubt, meine Lüge habe funktioniert wie ein Zauber, als sie die Tür zum Arbeitszimmer öffnete und Jerome offenbarte, der in einem antiken Ohrensessel hockte wie ein Falke auf seinem Ast. Der Ärmel an seinem fehlenden Unterarm war am Ellenbogen abgetrennt. Emma tappt in Richtung Küche davon, um uns Kaffee zu machen. Jerome wartet, bis sie außer Hörweite ist, bevor er ein großes Loch in meine Täuschung schießt.

»Mr Francoeur«, sage ich, »Sir …«

»Ich bin ein halbwegs guter Menschenkenner«, sagt Jerome

Francoeur, »und ich kann sehen, dass Sie sich auf Ihr Gequatsche zurückziehen wollen. Ich habe Internet, Mr Barren. Ich weiß, wer Sie sind. Ich habe Ihre kleine Rede von neulich gelesen. Sie haben Nerven, all Ihren Standesgenossen zu sagen, dass sie nichts taugen, auch wenn es sich da, wo ich sitze, sehr allgemein und wenig konkret anhört.«

»Ich hatte nichts vorbereitet«, sage ich. »Deshalb dachte ich, mit einer großen Klappe komme ich am weitesten.«

»Sie geben also zu, dass Sie unter einem falschen Vorwand hier sind.«

»Ja. Ich meine, ich habe tatsächlich ein paar Fragen, die Sie und Ihre Frau betreffen, aber ich schreibe kein Buch. Ich dachte mir, es ist eine gute Methode, so kurzfristig an Sie heranzukommen.«

»Sie haben dreißig Sekunden, bis ich die Polizei rufe«, sagt er. »Rein rechtlich gesehen sind Sie nicht unbefugt hier eingedrungen, aber das können wir auf dem Revier klären.«

»Ich bin auf der Suche nach einem Mann namens Lionel Goettreider.«

Jeromes gebrechliche, runzlige Gesichtszüge gerinnen mit solcher Heftigkeit, dass ich im ersten Moment denke, er hat einen Schlaganfall. Aber dann bleckt er die Zähne wie ein Gorilla und grimassiert mit trockenen Lippen.

»Was glauben Sie da zu wissen?«, fragt er.

»Ich weiß, dass Sie die Aufsicht über die Finanzierung eines Experiments hatten, das er am 11. Juli 1965 durchführte. Ich weiß, dass es gescheitert ist und Sie Ihren Arm gekostet hat. Und ich weiß, dass Lionel Goettreider, äh …«

»Was?«

»Ihr nahestand«, sage ich. »Ihrer Frau.«

»Sie Drecksack«, sagt er. »Kommen in mein Haus und wühlen

das alles auf und spucken auf den Namen meiner verstorbenen Frau. Was glauben Sie, wer Sie sind?«

Emma kommt herein. Sie trägt ein Tablett mit zwei Tassen, einer Kaffeekanne, einem Zuckertopf und einem Milchkännchen. Sie bekommt das Ende von Jeromes Beschimpfung mit und wird blass.

»Ist alles in Ordnung?«, fragt sie.

»Schaff dieses Arschloch hier raus, bevor ich die Polizei rufe.«

»Es tut mir leid, wenn ich Sie verärgert habe«, sage ich. »Aber ich muss Lionel Goettreider finden.«

Emmas Hände, die das Tablett halten, fangen an zu zittern, und das Porzellan klappert. Jerome sieht es, und seine Augen werden glasig und feucht. In diesem Haus leben Gespenster in den Wänden.

»Warum müssen Sie Lionel Goettreider finden?«, fragt Emma.

»Weil ich glaube«, sage ich, »er ist mein Vater.«

101

Okay, ja, das ist komplett gelogen. Aber Emmas angespannte Reaktion bringt mich zu der kühnen Vermutung, dass diese Lüge funktionieren könnte, wo die mit dem Buch es nicht tut.

»Ich rufe die Polizei«, sagt Jerome.

Aber er greift nicht nach dem schnurlosen Telefon neben seinem Sessel. Emma stellt das Tablett ab, zieht ihre Bluse glatt und zerknüllt den Saum in ihren Fäusten.

»Weiß er es?«, fragt sie.

Jerome sackt zusammen und sieht jetzt aus wie ein Mann, der hoch in den Achtzigern ist.

»Er weiß von der Affäre«, sagt er.

Emma nickt. Sie gießt mir einen Kaffee ein, bietet mir Milch an, und ich nicke. Sie bietet mir Zucker an, und ich schüttle den Kopf. Alles sehr wohlerzogen. Jerome winkt ab, als sie ihm Kaffee eingießen will, weniger wie ein Falke und mehr wie eine Schildkröte, die sich in ihren Panzer zurückziehen will. Emma schenkt sich selbst eine Tasse ein. Sie trinkt den Kaffee schwarz.

»Ich habe nicht vor, die Vergangenheit auszugraben«, sage ich. »Ich will nur Lionel Goettreider finden. Ich verschwinde für immer aus Ihrem Leben, wenn Sie mir sagen, wo er ist.«

»Was wissen Sie über ihre … Beziehung?«, fragt Emma.

»Nicht viel«, sage ich. »Ich weiß, dass sie zur Zeit des Unfalls im Gange war.«

»Das war eine schlechte Phase in unserer Ehe«, sagt Jerome.

»Ich war abgelenkt. Wollte meine Karriere auf die nächste Stufe befördern. Damit wir die Stabilität bekämen, die wir brauchten, um eine Familie zu gründen. Die Sache zwischen den beiden ging zu Ende, als seine gottverdammte Maschine implodiert war. Sie wissen, dass der halbe Kontinent hätte weggefegt werden können, oder? Dieser Schwachkopf hätte mit seiner irrsinnigen Erfindung beinahe die Apokalypse herbeigeführt. Die Rotation des Planeten nutzbar machen. Ich meine, das war doch Unfug. Ich hätte das von vornherein nicht unterschreiben dürfen. Aber seine Unterlagen waren makellos. Alle richtigen Dinge standen drin. Weil *sie* ihm geholfen hat, alles zu schreiben, wovon sie wusste, dass ich es genehmigen würde.«

»Was ist aus der Maschine geworden?«

»Was daraus geworden ist? Er hat das Labor zerstört, hätte beinahe mehr als ein Dutzend Leute umgebracht, und mich hat es den Arm gekostet. Ich habe das Ding demontieren und einschmelzen lassen, Stück für Stück.«

»Und Lionel?«

»Vor Gericht hätte ich ihn bringen sollen. Ihn einsperren lassen. Aber sie bat mich, es nicht zu tun. Wir haben nie über das gesprochen, was zwischen ihnen gewesen war. Das hat man damals nicht getan. Aber ich hab's gewusst. Ohne dass einer von uns beiden es ausgesprochen hätte.«

Mit seiner verbliebenen Hand drückt Jerome den Bizeps an seinem amputierten Arm und massiert ihn – eine nervöse Angewohnheit.

»Sie hat daran gedacht, mich seinetwegen zu verlassen«, sagt er. »Aber ich habe ihr an diesem Tag das Leben gerettet. Ich verlor den Arm, aber meine Frau blieb bei mir. Das war der Deal. Und diesen Deal würde ich an jedem Tag meines Lebens noch einmal abschließen, auch jetzt, wo sie nicht mehr da ist. Dieser

Unfall war der Augenblick, der mich definiert hat. Was immer aus dieser Maschine kam, es war ein reinigendes Feuer. Es brannte meine Bitterkeit und Dummheit weg. Als mir der Arm genommen wurde, wurden alle meine Fehler mitgenommen. Nach drei Jahren einer Ehe, die nicht funktionierte, bekamen Ursula und ich die Chance, noch einmal neu anzufangen. Und danach hatten wir ein glückliches Leben miteinander. Wir haben eine neue Geschichte geschrieben. Wir hatten noch neunundvierzig gemeinsame Jahre. Die schreckliche Zeit in unserem Leben war vergessen.«

Jerome redet in Wirklichkeit nicht mit mir, sondern mit Emma.

»Oder vielleicht nicht vergessen«, sagt er. »Aber vergeben.«

Tränen laufen ihr über die Wangen. Ihm auch. Er massiert seinen Bizeps und knetet die Haut. Ich nippe verlegen an meinem Kaffee, Katalysator und Eindringling.

»Wissen Sie, was aus ihm geworden ist?«, frage ich.

»Ich kann nicht fassen, dass er die Nerven hatte, auf Ursulas Beerdigung aufzukreuzen«, sagt Jerome. »Woher er überhaupt wusste, dass sie gestorben war, weiß ich nicht. Der verschlagene Scheißkerl hat sie wahrscheinlich im Internet gestalkt.«

»Moment – Sie haben ihn gesehen?«, frage ich. »Er lebt noch?«

»Ja«, sagt Jerome. »Jedenfalls vor zwei Jahren.«

»Wissen Sie, wo er wohnt?«

Jerome schüttelt den Kopf. Ihn fröstelt ein wenig, und seine Gesichtszüge erschlaffen und hängen herab, als wäre er unvermittelt eingeschlafen.

»Grey«, sagt er.

»Wie bitte?«

»Der Wichser heißt nicht mehr Goettreider. Sondern Grey. Lionel Grey. Er hat versucht, sich zu entschuldigen, oder so etwas, aber ich war nicht interessiert. Ich habe ihn abblitzen lassen und mich zu jemandem umgedreht, der mir nicht den verdammten Arm abgerissen und mit meiner Frau geschlafen hat. Entschuldige, Emma.«

»Gab es denn irgendeinen von mir aus indirekten Hinweis darauf, wo er jetzt wohnt?«

»Nein«, sagt Jerome. »Ich habe auch nicht danach gefragt. Er ist ein übler Vogel. Bei der Beerdigung konnte ich es riechen wie eine Wolke, die über seinem Kopf schwebte, wie die elektrisch geladene Luft vor einem Gewitter. Ganz übel.«

Und damit wirft Jerome mich hinaus.

102

Emma begleitet mich zu meinem Mietwagen. Wir schweigen beide, aber sie schaut mich an, als wollte sie die emotionale Geometrie auf der Genealogie meines Profils grafisch erfassen.

»Glauben Sie wirklich, Lionel Goettreider ist Ihr Vater?«, fragt sie schließlich.

»Glauben Sie es?«, frage ich zurück.

In ihrem Blick liegt eine Menge Schmerz, und mir wird klar, dass ich zu weit gegangen bin. Mit meiner unüberlegten Antwort habe ich Steine umgestoßen, unter denen komplexe, schattenhafte Ökosysteme wachsen, die auf plötzliches Licht möglicherweise unvorhersehbar reagieren.

»Wenn Sie ihn finden«, sagt Emma, »lassen Sie mich wissen, was für ein Mann er ist.«

»Ich weiß nicht mal, wo ich anfangen soll zu suchen. Die Welt ist groß.«

»Sie haben nicht gefragt, ob *ich* auf der Beerdigung mit ihm gesprochen habe«, sagt Emma.

»Haben Sie?«

»Ja. Es war das typische Beerdigungsgespräch, hauptsächlich. Mein Beileid zu Ihrem Verlust. Sie war eine brillante Frau. Solche Dinge. Mein Dad hat recht, wissen Sie. Er hatte einen merkwürdigen Geruch an sich – Lionel Grey oder Goettreider oder was weiß ich. Nicht unangenehm. Nur merkwürdig. Elektrisch und, ich weiß nicht … elementar.«

»Hat er Ihnen gesagt, wo er wohnt?«

»Er hat mich eingeladen, ihn zu besuchen, wenn ich mal in der Gegend bin. Vor meinem Vater konnte ich nichts davon sagen, denn es ist die zentrale Wunde in seiner Ehe, und er trägt sie immer sichtbar bei sich. Wie man sieht. Bis sie gestorben ist, hat er nie darüber gesprochen. Es ist seltsam, entdecken zu müssen, dass beide Eltern es sehr gut verstanden haben, Geheimnisse zu bewahren.«

»Ich wollte niemandem unnötigen Schmerz zufügen«, sage ich.

»Ich glaube nicht, dass er unnötig ist«, sagt Emma.

Sie schaut weg, und es hat etwas Kindliches, Anrührendes, wie sie mit der Schuhspitze auf den Gehweg stößt wie ein Kind, das gegen eine herausragende Kränkung protestiert.

»Meine Mom und ich haben im Krankenhaus viel miteinander geredet«, sagt sie. »Ich habe in ihrer letzten Woche jede Nacht dort geschlafen. Mein Dad konnte es nicht ertragen. Er hat die Tagschichten übernommen. Aber ich war für die Nächte zuständig. Und in den Nächten wurde es schlimm.«

»Das tut mir leid«, sage ich. »Meine Mutter ist auch gestorben. Sozusagen.«

Sie sieht mich fragend an. *Wie stirbt eine Mutter sozusagen?* Aber sie lässt es mir durchgehen. Sie hat selbst eine Geschichte zu erzählen. Jerome späht durch das Küchenfenster zu uns heraus wie eine Witwe in einer Seifenoper.

»Der Krebs hat sich Zeit genommen mit ihr«, sagt sie. »Ich habe zugesehen, wie er sie gefressen hat, langsam und über Monate hinweg, als wollte er jeden Bissen genießen. Und dann, als hätte jemand einen Schalter umgelegt, ging es schnell, unglaublich schnell. Sie brach in der Küche zusammen. Der Krebs war plötzlich überall. Im Krankenhaus hatten wir noch sechs

Tage miteinander, bevor er sie holte. Sie wusste, es war das Ende, und deshalb hat sie mir von *ihm* erzählt. Sie habe ihn immer geliebt, sagte sie. Sie habe auch meinen Vater immer geliebt. Meine Mutter, müssen Sie wissen, neigte *nicht* zur Melodramatik. Sie war höllisch tough bis zum Schluss. Aber sie sagte, das menschliche Herz sei komplex und widerspenstig wie die dornigen physikalischen Probleme, die sie zeit ihres Lebens zu entflechten versucht hat. Tatsächlich sogar noch schlimmer, denn die Physik hat Lösungen, das Herz nur Fragen. Verglichen mit der Liebe, meinte sie, sei die Physik erholsam.«

Emma wischt sich mit dem Ärmel über die Augen. Sie lächelt verlegen, und ich mache eine wortlose Gebärde, die hoffentlich genug Empathie vermittelt.

»Meine Mom hat meinem Dad erzählt, sie habe Lionel nach dem Unfall nicht wiedergesehen. Aber ich weiß, sie hat es doch getan, wenigstens einmal. Sie ist 1968 zu einer Tagung an der University of Hong Kong geflogen. Mein Dad nicht, weil er dienstlich verhindert war. Ich wurde ungefähr vierzig Wochen später geboren.«

Sie schaut mir ins Gesicht, analysiert das Schema der Züge und vergleicht sie mit einem geistigen Bild von sich selbst, das mehr oder weniger zutreffend ist.

»Soweit ich weiß«, sagt sie, »wohnt er immer noch da, wo er die letzten fünfzig Jahre gewohnt hat. Auf Hong Kong Island.«

»Ich weiß nicht, was für ein Mann er ist«, sage ich. »Aber ich weiß, was für einer er hätte sein sollen. Ein großer Mann.«

Emma zuckt die Achseln und geht zurück in das Haus ihres Vaters.

103

Auf dem Flug von San Francisco nach Hongkong tippe ich durch die Filmauswahl auf dem Rückenlehnenmonitor vor mir, aber mein Gehirn fühlt sich an, als wäre es gekocht, und ich kann mich auf nichts konzentrieren, das einen Plot hat. Also schaue ich mir stattdessen meine Mitpassagiere an, vierhundert Menschen, die in ausdruckslosem Schweigen auf leuchtende Rechtecke starren.

Da, wo ich herkomme, ist das Ritual des Geschichtenerzählens privat, denn das Eintauchen in ein von den eigenen psychologischen Merkwürdigkeiten durchtränktes Narrativ ist zutiefst persönlich, und der Körper reagiert darauf, als ob es tatsächlich passierte: mit Lachen, Erregung, Abscheu, Wut, Entsetzen. In der Öffentlichkeit wäre ein solches Erlebnis gesellschaftlich so inakzeptabel wie das Furzen in einem luftdichten Container mit lauter fremden Leuten. Andererseits sitzt jemand neben mir, dem auch das nichts ausmacht.

Natürlich würden die meisten Leute dies als *Fortschritt* betrachten – ein paar hundert Personen in einer siebenhundertfünfzigtausend Pfund schweren Stahlröhre, die zwölftausend Meter hoch über dem Pazifik dahinrast. Separiert durch Kopfhörer und Bildschirme trinken wir sirupartige Flüssigkeiten und ignorieren die körperlichen Ausdünstungen des jeweiligen Nachbarn in unseren Blasen der pseudoprivaten Sphären, mit denen die gesellschaftliche Schicklichkeit den vorübergehend geteilten Raum aufteilt. Was wirklich heraussticht, ist die *Freudlosigkeit* des Ganzen. Die Technologie, die es möglich macht, durch die Luft zu fliegen, um die ganze Welt, inspiriert nicht zu dem honigsüßen Optimismus, der im Kern des Selbstgefühls meiner eigenen Welt sitzt.

Und ich weiß nicht, ob das schlecht ist. Meine Schwester sprach neulich beim Abendessen davon: Der gegenwärtige Zustand der Welt rührt nicht daher, dass wir aufgehört haben, an einen optimistischen Geist des Staunens und der Entdeckerfreude zu glauben, sondern er ist eine *Folge* dieses Glaubens. Die Menschen denken verzagt an die Zukunft, weil ihnen zunehmend bewusst wird, dass wir als Spezies einem inspirierenden Traum nachgejagt haben, der uns in den Ruin geführt hat. Wir haben uns eingeredet, die Welt sei da, damit wir sie beherrschen, und je besser die Technologie, desto besser würde unsere Herrschaft, desto besser würde unsere Welt werden. Die Tatsache, dass die Welt bei jedem Technologiesprung verdrießlicher und chaotischer wird, ist zutiefst verwirrend. Je besser die Dinge sind, die wir bauen, desto schlechter wird alles. Der Glaube, die Welt sei dazu da, dass die Menschen sie beherrschen, ist der philosophische Grundstein unserer Zivilisation, aber er ist ein Irrglaube. Der Optimismus ist der Scheiterhaufen, auf dem wir uns selbst in Brand setzen.

Wenn das hier ein Roman wäre, müsste ich angestrengt darüber nachdenken, welche Botschaft ich als Alternative zu dem Herrschaftsmythos vermitteln möchte, der unsere Spezies ideologisch verbogen und zur fortschreitenden Selbstvernichtung getrieben hat. Zum Glück schreibe ich hier nur meine Memoiren. Und das Beste an Memoiren ist, dass sie nicht einmal Sinn ergeben müssen.

Ich versuche, meinem pflichtvergessenen Hirn Ruhe zu verschaffen, indem ich mir die Musik auf Johns Handy anhöre, und ich überlege, was die Musik hier so anders macht als die Musik, mit der ich aufgewachsen bin. Ich brauche fast den ganzen Flug, um es herauszufinden: Punk und Hip Hop kamen in meiner Welt nicht vor. Insofern, ja, ich gebe zu, diese Welt hier hat der meinen etwas voraus, wenn es um Musik geht.

104

Das Flugzeug landet, und ich nehme ein Shuttle vom Flughafen Chek Lap Kok über Lantau Island, Tsing Yi und Kowloon und durch den Tunnel unter dem Victoria Harbour hindurch nach Hong Kong Island. Ich nehme ein Zimmer in einem Hotel in Causeway Bay und frage Roland, den Concierge der Nachtschicht, ob die Informationen, derentwegen ich von San Francisco aus angerufen habe, schon eingetroffen sind. Sie sind es nicht, aber weil er die Erkundigungen in meinem Namen angestellt hat, stecke ich Roland einen Tausender in US-Währung zu. Die Zeitverschiebung bringt mich so durcheinander, dass ich nicht schlafen kann, obwohl es mitten in der Nacht ist. Also spaziere ich durch Straßen, die von schattenlosem Licht so hell erleuchtet sind, dass es mir vorkommt wie in einer Mall mit unendlich hoher Decke. In einem Nudel-Imbiss, der vierundzwanzig Stunden geöffnet ist, schlürfe ich glitschige Schnüre in duftender Brühe, und auf dem Rückweg zum Hotel mache ich einen dummen Umweg durch eine schlecht beleuchtete Seitenstraße und werde von einem Teenager überfallen, der mit trägen Bewegungen ein Messer vor mir hin und her schwenkt. Ich bin so weggetreten, dass mir nichts anderes übrigbleibt, als ihm das Bündel Hongkong-Dollars zu geben, das ich am Wechselschalter im Flughafen zu Wucherpreisen gekauft habe, und sehe zu, wie er seine Beute vor meiner Nase zählt. Es fühlt sich nicht an, als hätte ich auch nur eine Spur Adrenalin im Blut, und als ich in meinem Hotelzimmer bin, versinke ich in einem traumlosen Schlaf.

Ein klingelndes Telefon weckt mich am frühen Nachmittag. Es ist die Concierge der Tagschicht, Anaïs, die mir mitteilt, dass die Informationen, die ich aus San Francisco erbeten habe, in der Lobby auf mich warten, zusammen mit einem einheimischen Gentleman, der fünftausend Dollar für ihre Beschaffung verlangt. Benommen von meiner Tagesdysrhythmie bitte ich Anaïs, den Mann zu bezahlen und mir die Informationen durch einen Pagen heraufbringen zu lassen, zusammen mit Kaffee und Milch. Sie nimmt sich einen Augenblick Zeit, um meinen Namen durch irgendeine ihr zugängliche Datenbank zu jagen, und beschließt dann, das Gewünschte ohne weitere Umstände zu erledigen.

Sechs Minuten später trinke ich einen nicht zu scheußlichen Kaffee mit zu dicker Milch, betrachte das Panorama des Victoria Harbour vor den Rundumfenstern meines Zimmers und halte einen zugeklebten Umschlag in der Hand. Als ich ihn öffne, ist die Klebstoffbeschichtung noch feucht von der Zunge eines Fremden. Der Umschlag enthält ein zweimal gefaltetes Blatt, bedruckt mit einer Adresse.

Der Chauffeurservice bringt mich nach Wan Chai, wo ich feststelle, dass ich eigentlich nach Chai Wan will, was mir absichtlich verwirrend erscheint, aber soweit ich weiß, gibt es da einen offenkundigen Ausspracheunterschied, und meine Verwirrung beruht nur auf kultureller Instinktlosigkeit. Wan Chai liegt westlich von Causeway Bay, Chai Wan östlich, und so fährt der Chauffeur, ein Einheimischer mit einem runden Bauch, einer schräg sitzenden Chauffeursmütze und einem australischen Akzent auf demselben Weg zurück, vorbei an den funkelnden Hochhäusern und hochpreisigen Geschäften von Causeway Bay auf die nicht so glitzernde, industriellere Seite der Insel.

Er hält bei der angegebenen Adresse, einem Lagerhaus, riesig und schmucklos, am stumpfen Ende einer unbewohnten Straße. Die Wände bestehen von oben bis unten aus Aluminiumblech, das Dach ist flach, es gibt keine Fenster, und der einzige sichtbare Eingang ist eine einzelne, schwere Stahltür. Ich drücke auf einen Klingelknopf neben der Tür. Nichts rührt sich. Ich versuche, die Tür zu öffnen, aber sie ist verschlossen. Ich gehe außen um die Halle herum, was fast zehn Minuten dauert, weil sie so groß ist. Hinten und an den Seiten sieht sie aus wie vorn, nur dass ich keine weitere Tür finde. Das Gebäude sieht aus wie ein perfekter Würfel.

Aber als ich wieder vorn ankomme, steht da ein stiernackiger Mann in einem gut geschnittenen Anzug vor der Tür und hält ein Handy ans Ohr. Er kläfft mich auf Kantonesisch an. Ich gebe ihm das Blatt Papier, und er zerknüllt es in der Faust. Sein Jackett klafft gerade so weit auf, dass ich eine halbautomatische Pistole in einem Schulterhalfter sehe. Er murmelt etwas in sein Telefon. Offenbar ist ein Gespräch im Gange. Er hört zu, sieht mich an und nickt. Schließlich zieht er das Blatt Papier wieder auseinander, holt einen Stift aus der Tasche und schreibt eine neue Adresse darauf.

Ich lasse den Mann mit der Pistole stehen, und der Chauffeur bringt mich zu der neuen Adresse in Shek O, einer Halbinsel an der malerischen Südostspitze der Insel. Dort finde ich eine mehrstöckige, modernistische Villa auf einer schroffen, roten Klippe mit Blick über das Südchinesische Meer. Das Haus ist elegant, aber klassisch, und mit seinen scharfen Konturen und edlen Materialien integriert es lokale Architekturtraditionen in einen selbstbewussten, globalistischen Stil. Der Fahrer meint, ein solches Haus auf einem solchen Grundstück dürfte an die dreißig Millionen Dollar kosten. Ich nehme an, er erwartet ein fettes Trinkgeld.

Meine Schritte knirschen auf dem Kies der Zufahrt vor der Eingangstür, und ich sehe, dass die Steine zweifarbig sind, hell- und dunkelgrau, und sie bilden eine Form, die dort, wo ich herkomme, allgegenwärtig ist, hier aber deutlich seltener vorkommt. Die Form im Kies ist riesenhaft, so groß, dass ein Satellit im Orbit sie erkennen könnte. Der pilomotorische Reflex setzt ein, und jedes Haar an meinem Körper erhebt sich aus seiner Pore. Denn – es ist ein *Wirbel.*

Ich klopfe an die handgeschnitzte Holztür.

Die Tür öffnet sich.

Als ich ihn 1965 gesehen habe, war er zweiundvierzig. Also ist er jetzt dreiundneunzig. Er hat immer noch das lange Gesicht und die krumme Nase, auch wenn auf dem Nasenrücken ein paar Blutgefäße geplatzt sind. Die vollen Lippen sind schmaler geworden, das Gesicht ist von Runzeln durchzogen, und das lockige Haar ist weiß und spröde. Aber er hat immer noch dichte Augenbrauen über dreifarbigen Augen. Meinen verblüfften Gesichtsausdruck beantwortet er mit einem amüsierten Lächeln.

Es ist Lionel Goettreider.

»Na endlich«, sagt er.

105

Es gibt Lionel Goettreider also wirklich, er lebt, und er hat mich erwartet.

»Ich bin erfreut, Sie zu sehen, Mr Barren«, sagt er. »Ich bin Lionel Goettreider. Ich nehme an, Sie sind hier, um über Zeitreisen zu reden.«

Seit meiner Abreise aus San Francisco habe ich geübt, was ich in dem unwahrscheinlichen Fall, dass ich ihn tatsächlich finden sollte, sagen könnte, um Lionel Goettreider davon zu überzeugen, dass ich nicht wahnsinnig bin. Ich habe nicht damit gerechnet, dass ich überhaupt nichts würde erklären müssen. Und ich dachte, ich würde nervöser sein, wenn ich ihn träfe, diese turmhohe Gestalt meiner Welt. Aber ich habe ihn so oft in Simulationen gesehen, dass es ist, als träfe ich den Vater eines Kindheitsfreundes im Supermarkt: Der größte Schock besteht darin, dass er so alt geworden ist.

»Es ist eine Ehre, Sie zu treffen, Sir«, sage ich.

Ich strecke die Hand aus, und ein leichtes Zittern kräuselt sein Gesicht. *Er* ist es, dem beklommen zumute ist. Er nimmt meine Hand und schüttelt sie. Ich schüttele Lionel Goettreider die Hand.

Er winkt mich ins Haus. Mir fällt auf, dass er einen seltsamen Gang hat, steif und flüssig zugleich. Drahtdünne, durchsichtige Bänder umschließen seine Beine im Abstand von zehn Zentimetern bis hinunter zu den Knöcheln.

»Sie helfen mir beim Gehen«, erklärt er. »Ich will Sie nicht mit Details langweilen, aber es hat etwas mit unterschwelliger, elektrischer Muskelstimulation zu tun, kombiniert mit oszillierenden Gleichgewichtskeilen und geringwertiger Gravitationsmanipulation. Hab ich selbst entworfen. Wie alles hier.«

Die Etagen des Hauses – es ist in die Felsklippe hineingebaut und viel länger als breit, sodass jedes Zimmer einen unerhörten Blick auf das Südchinesische Meer genießt – sind durch rotierende Rolltreppen mit flexiblen, gefliesten Stufen verbunden, sodass ein in seiner Mobilität eingeschränkter Mann sich ohne Stileinbußen im Haus bewegen kann. Wir nehmen Platz in Sesseln, die teilweise Luft ablassen und sich dann kaum merklich wieder verhärten, um sich unseren Körpern anzupassen. Ich rutsche hin und her, aber es ist unmöglich, eine komfortablere Position zu finden als die, die der Sessel für mich gemacht hat.

Lionel tippt auf einen Touchscreen an seinem Formsessel, und ein Barkeeper-Roboter schwebt auf einem Kissen aus zirkulierenden Luftströmen heran und macht jedem von uns einen Drink aus verschiedenen, winzigen Düsen. Der Bourbon, den er hervorspritzt, ist berauschend gut – rauchig und scharf. Am liebsten würde ich diesen anbetungswürdigen Roboter umarmen. Beim Anblick dieser beiläufigen Schaustücke einer Technologie, so fugenlos, dass sie fast wie Zauberwerk erscheinen, kommen mir fast die Tränen. Zum ersten Mal, seit ich in diesen minderwertigen Spiegel der Welt geraten bin, habe ich einen Ort gefunden, der mich an zu Hause erinnert.

»Schaffen wir es gleich aus dem Weg, falls Sie vorhaben, es zu bestreiten«, sagt er. »Sie waren hier. Am 11. Juli 1965. An dem Tag, als mein Experiment scheiterte. Ich habe Sie im Labor gesehen, nur einen winzigen Augenblick lang, und Sie sahen mehr oder weniger genauso aus wie jetzt.«

»Das stimmt«, sage ich. »Ich war da.«

Lionel entspannt sich, als wäre es eine Erleichterung, endlich mit Sicherheit zu wissen, dass er keine Wahnvorstellungen hat. Ich erkenne den Gesichtsausdruck, weil meiner der gleiche ist.

»Ich habe sehr lange darauf gewartet, Ihnen zu begegnen«, sagt Lionel.

»Woher wussten Sie, dass ich durch die Zeit in Ihr Labor gekommen bin?«

»Es war die einzige vernünftige Erklärung«, sagt er.

»Sie definieren ›vernünftig‹ anders als die meisten Leute«, sage ich.

Lionel schaut aus dem Fenster auf das Meer unten an den Klippen. Er nimmt einen Schluck Bourbon und blinzelt, als der Alkohol reinigend über seine Zunge fließt.

»Das Experiment hätte klappen müssen«, sagt er. »Ich hatte alles berücksichtigt. Alle denkbaren Fehler. Meine Berechnungen waren exakt. Trotzdem ging etwas schief. Etwas Unerklärliches. Etwas Übernatürliches. Außerdem habe ich Sie mit meinen eigenen Augen gesehen. Selbst unter Einberechnung potentieller visueller oder kognitiver Verzerrungen durch die durch meine Maschine freigesetzten Energien wusste ich, dass ich etwas Reales sah. *Jemanden* Reales. Und dann waren da die Anzeigen der Instrumente. Die winzige Spur einer unbekannten Strahlungsart. Ich habe die Messapparatur aus den Trümmern meines Labors geborgen und mich darangemacht herauszufinden, was es sein konnte. Das Problem war, dass es nicht mehr existierte. Bis ich sie wieder einschaltete.«

»Was einschaltete?«

»Die Maschine natürlich.«

»Sie haben die Goettreider-Maschine eingeschaltet?«

Ich sehe, dass er im Begriff ist zu fragen, was die *Goettrei-*

der-Maschine ist, aber die Tatsache, dass ich einen Namen dafür habe, ist für ihn anscheinend die Antwort auf eine uralte Frage. Er lächelt. Und er ist offenkundig keiner, der viel lächelt.

»Ich habe mich gefragt, wie Ihre Leute sie genannt haben.«

»Meine Leute?«, wiederhole ich.

»Die Leute in der Zukunft. Kommen Sie nicht von dort?«

»Ich komme aus der Gegenwart«, sage ich. »Nur aus einer anderen Gegenwart. Von einer anderen Zeitlinie. Einer, auf der Ihr Experiment nicht fehlgeschlagen ist. Im Gegenteil, es ist weit über Ihre kühnsten Projektionen hinaus gelungen. Ihr Apparat, den wir Goettreider-Maschine nennen, hat eine technologische Revolution befeuert, die die Welt verwandelt hat.«

»Darum habe ich ihn gebaut«, sagt er. »Das war mein Traum.«

»Ihr Traum hätte wahr werden müssen.«

»Ja«, sagt er. »Na ja, ja und nein. Am Morgen nach dem Unfall habe ich das Krankenhaus verlassen und mich in mein Labor geschlichen. Ich wusste, sobald jemand Gelegenheit hätte, klar zu denken, würde man meinen Apparat zerstören, und das konnte ich nicht zulassen. Nicht bevor ich begriffen hatte, was schiefgegangen war. Ich plante, einen früheren Prototyp in die Trümmer zu schmuggeln, eine Attrappe, die niemand außer mir als solche erkennen würde. Das Labor war eine Ruine, aber das Gerät war intakt. Und natürlich die Batterie. Ich hatte eine Hochleistungsbatterie entwickelt, um die bei dem Experiment generierte Energie zu speichern. Als ich sie prüfte, war sie voll. Was bedeutete, dass mein Apparat, den Sie *Maschine* nennen, selbst im Scheitern noch funktionierte. Die Stromversorgung des Gebäudes war abgeschaltet, der ganze Komplex geschlossen worden. Es war reines Glück, dass das Experiment an einem Sonntag stattgefunden hatte, als die Büros in den oberen Stockwerken leer waren. So kamen nur siebzehn Personen zu Schaden und nicht Hunderte. Aber die Batterie hatte mehr als genug Energie gespeichert, um das Gerät zu starten. Ich barg so viel von meinen Instrumenten, wie ich konnte, und ließ ein umfassendes Diagnostikprogramm laufen, bevor ich alles wieder einschaltete. Ich entdeckte einen schwerwiegenden Konstruktionsmangel. Wenn das Gerät beim ersten Mal richtig funktioniert *hätte*, wäre ein plötzlicher Anstieg von Radioaktivität zu verzeichnen gewesen, der möglicherweise jeden im Labor getötet hätte. Ich arbeitete den ganzen Tag und die ganze Nacht daran, den Fehler zu korrigieren, und rechnete jeden Augenblick damit, dass die Behörden das Labor schließen würden. Aber niemand kam. Sie warteten auf die Testergebnisse, um sicher zu sein, dass das Gebäude nicht in gefährlichem Maße verstrahlt war. Ich hatte jedenfalls Zeit, das Gerät in Ordnung zu bringen und noch einmal zu aktivieren. Selbstverständlich funktionierte es diesmal tadellos. Und das tut es noch immer.«

»Moment«, sage ich. »Die Maschine läuft? In diesem Moment?«

»Ich habe sie zwei Tage nach dem Unfall eingeschaltet und nie wieder ausgeschaltet«, sagt er. »Sie läuft seitdem nonstop.«

Er tippt auf den Touchscreen, und sein Sessel bläst sich auf und neigt sich nach vorn, um ihn sanft auf die Füße zu stellen. Eine Rolltreppe bringt uns drei Stockwerke tiefer zu einer dicken Stahltür, die vor uns zurückweicht und den Weg in eine Betonkammer freigibt.

Darin, in einem Geflecht von Leitungen und Schläuchen und Kabeln, steht eine Goettreider-Maschine.

Viele der Komponenten sind aktualisiert und modernisiert, aber das vertraute Design ist noch zu sehen. Ich kann *fühlen*, wie sie arbeitet – ich fühle ein dichtes, wellenförmiges Feld aus reiner Energie, das asynchron um die primäre Absorptionsspule rotiert.

Von der Seite betrachtet sieht es aus wie der funkelnde Lichtkranz des Saturn. Ich brauche es nicht von oben zu sehen, um zu wissen, wie es von da aussieht.

Wie ein Wirbel.

106

Die Maschine ist so prachtvoll, dass es schwerfällt wegzuschauen. Lionel steht neben mir, bebend vor Stolz und Neugier.

»Ist sie erstaunlich?«, fragt er. »Ihre Welt?«

»Ja«, sage ich.

»Das war es, was mich dazu gebracht hat weiterzumachen«, sagt er. »Nach dem Unfall. Nach dem Fehlschlag. Ich weiß nicht mal, wie ich es geschafft habe, die totale Kernschmelze des Systems zu verhindern. Unzählige Male bin ich die Chronologie der Ereignisse durchgegangen, und nach meinen Berechnungen hätte das Abschalten des Systems mitten in der Startsequenz … zur Katastrophe führen müssen.«

»Das war ich«, sage ich. »Sie konnten mich nicht sehen, aber ich habe eingegriffen, bevor es zu spät war.«

»Sie haben mich weggestoßen?«

»Ja«, sage ich. »Und die Maschine wieder eingeschaltet.«

»Dachte ich's mir doch, dass ich da eine Hand spüre, die mich wegschiebt, aber alles war so chaotisch, dass es genauso gut komprimierte Kraftwellen hätten sein können. Die entfesselten Energien waren ja unberechenbar.«

»Da, wo ich herkomme«, sage ich, »kennt jedes Schulkind die Abfolge der Ereignisse jenes Tages. Es war der Wendepunkt in der Menschheitsgeschichte.«

»Es fällt schwer zu hören, was hätte sein sollen«, sagt er. »Obwohl, wie gesagt, das war es, was mich hat weitermachen lassen.

Ich wollte immer nur die Welt verbessern, aber stattdessen hätte ich sie beinahe zerstört. Wenn ich zurückblicke, muss ich wohl einen entscheidenden Teil meiner selbst abgeschaltet haben, um da durchzukommen. Aber das hat mir auch die nötige Distanz verschafft, um einen Sinn in das zu bringen, was keinen Sinn ergab. Zwei separate Daten. Erstens, dass die Strahlungssignatur, die das Gerät abgab, *nachdem* es eingeschaltet worden war, aus irgendeinem Grund nachweisbar war, *bevor* es eingeschaltet wurde. Zweitens, dass ich Sie dort *gesehen* habe, in ungewohnter Kleidung und offensichtlich nicht damit rechnend, gesehen zu werden. Meiner Theorie nach hatten Sie ein Unsichtbarkeitsfeld, das durch die Energie, die aus dem Gerät schoss, irgendwie destabilisiert wurde.«

»So ist es«, sage ich.

»Aber das bedeutete, dass Sie von irgendwoher weit außerhalb der technologischen Möglichkeiten jener Zeit kamen. Es gab nur eine Erklärung, die *beides* auflösen konnte.«

»Ein Zeitreisender.«

»Ein Zeitreisender, ja. Was bedeutete, das Experiment war nicht nur ein Erfolg, sondern ein Triumph, bedeutend genug, um durch die Zeit zurückzureisen und es mitzuerleben. Wäre mein Experiment gelungen, hätte ich das Gerät meinem Plan entsprechend laufen lassen, möglicherweise für immer, und deshalb nahm ich an, Sie hätten den exakten Augenblick in Raum und Zeit getroffen, indem Sie dem ununterbrochenen Strahlungspfad aus der Zukunft in die Vergangenheit folgten.«

»Wir nennen es Tau-Strahlung«, sage ich.

»Tau?«, wiederholt er. »Aber es hat nichts mit Tau-Leptonen zu tun. Das heißt, Moment, Tau-Partikel wurden erst Mitte der siebziger Jahre isoliert. Wenn diese Tau-Strahlung früher entdeckt worden wäre, hätte das Tau-Lepton logischerweise einen anderen Namen bekommen. Wie nennen Sie denn in Ihrer Welt Leptone, die zu Hadronen, wenn nicht zu Tauonen zerfallen können?«

»Keine Ahnung.«

»Aber sind Sie denn kein Physiker?«

»Eigentlich nicht«, sage ich. »Was ich bin, nannte man wohl … Chrononaut.«

»*Chrononaut?*«

»Ich habe den Namen nicht erfunden.«

Lionel sieht ein bisschen enttäuscht aus, als hätte er einen Standesgenossen erwartet. Tatsächlich empfinde ich das als entspannend. Immer wieder bin ich in dieser Welt mit einem Respekt behandelt worden, den ich nicht verdiene. Da ist Enttäuschung irgendwie beruhigend.

»Als ich den Hebel umlegte, um das Gerät auszuschalten«, sagt Lionel, »war das eine instinktive Reaktion. Schock im Wesentlichen. Wäre es auch nur ein paar Sekunden später passiert, hätte der Energiefluss sich stabilisiert. Aber er fing an, in sich zusammenzufallen. Indem Sie es wieder eingeschaltet haben, haben Sie Millionen Menschenleben gerettet.«

»Es freut mich, dass Sie das sagen, aber die Welt hat an jenem Tag sehr viel mehr verloren als gewonnen.«

»Es war ein Schlamassel«, sagt Lionel, »aber trotz der Schäden hätte es vielleicht noch gut gehen können. Ein paar Blutergüsse und Schürfwunden, ein paar Knochenbrüche und abgebrochene Zähne, nichts wirklich Schlimmes. Abgesehen von Jerome. Dass er seinen Arm verloren hat, machte mich zum Ungeheuer. Trotzdem konnte ich es ihm nie verübeln, denn er hat ihr an diesem Tag das Leben gerettet. Sie wissen von … Ursula?«

»Ich war da«, sage ich. »Ich habe alles gesehen.«

»Wann *genau* sind Sie an dem Tag gekommen?«

»Ein paar Minuten vor den anderen. Vor den Sechzehn Zeugen. So, äh, so heißen sie bei uns. Sie waren allein im Labor. Und dann kam sie rein, Ursula Francoeur.«

»Sie haben uns gesehen. Zusammen.«

»Ja.«

»Wie lange ist das für Sie her? Dieser Tag im Labor?«

»Zwei Wochen. Zweieinhalb, schätze ich.«

»Ursula sagte immer, das komplexeste physikalische Problem sei ein Spaziergang, verglichen mit den Widersprüchen des menschlichen Herzens.«

»Das habe ich schon mal gehört«, sage ich. »Von ihrer Tochter.«

»Sie kennen Emma?«

»Sie hat mir gesagt, wo ich Sie finde.«

»Hat sie etwas über mich gesagt?«

»Glauben Sie, Sie sind ihr Vater?«

Verblüfft sackt Lionel ein wenig zusammen, aber seine Beinstützen lassen es nicht sehr weit zu, und deshalb sieht es merkwürdigerweise aus, als wäre die Luft aus ihm entwichen – als trüge er den Anzug eines größeren Mannes, aber es ist ein Anzug aus Muskeln und Haut.

»Ich weiß es nicht«, sagt er. »Möglich wäre es. Nein, sogar wahrscheinlich. Ursula hat einen Vaterschaftstest abgelehnt. Es sei ein Tauschgeschäft, sagte sie. So, wie aus Adams Rippe Eva wurde. Aus Jeromes Arm würde seine Tochter werden. Ich habe einmal versucht, darüber zu scherzen; ich sei überrascht, dass jemand mit ihrem Intellekt zu biblischen Analogien greife. Es war das einzige Mal, dass ich Ursulas harte Seite zu sehen bekam. Das sei der Deal, sagte sie. Das Kind sei Jeromes oder es werde kein Kind geben.«

Seine Augen werden feucht. Er wendet sich ab, aber ich glaube, er tut es nicht meinetwegen. Es ist, als sollte die Maschine nicht sehen, wie er die Fassung verliert.

»Weiß Jerome Bescheid?«, fragt er.

»Ursula hat ihm von der Affäre erzählt. Er hat einen Verdacht, was Emma betrifft, aber sicher ist er nicht. Ich glaube, er weiß nicht, dass Ursula Sie in Hongkong getroffen hat, bevor sie schwanger wurde.«

»Woher zum Teufel wissen Sie davon?«

»Emma hat es mir erzählt.«

»Sie weiß es?«

»Kurz vor ihrem Tod hat Ursula ihr im Krankenhaus gestanden, dass sie nie aufgehört hat, Sie zu lieben. Sie haben ihr auf der Beerdigung erzählt, Sie lebten in Hongkong. Ich nehme an, sie hat eins und eins zusammengezählt. Außerdem hat sie keinerlei Ähnlichkeit mit Jerome, aber viel mit Ihnen.«

Jetzt lächelt Lionel, aber nur ein wenig.

»Wir waren gut darin, unsere Spuren zu verwischen«, sagt er. »Niemand hat je geahnt, dass die Beziehung weiterging.«

»Na ja, Emma ist Ende vierzig«, sage ich. »Diese Reise liegt lange zurück.«

»Nein. Es hat nie aufgehört. Unsere Affäre ging über fünfzig Jahre weiter. Sie war erst letzte Woche zu Ende.«

»Letzte Woche? Ursula ist vor zwei Jahren gestorben.«

»Tja«, sagt Lionel, »da muss ich Ihnen noch etwas zeigen.«

107

Ein schwarzes Auto erwartet uns. Am Steuer sitzt der stiernackige Gorilla vom Lagerhaus – Lionel nennt ihn Wen –, und ich erkenne weder Marke noch Modell, denn natürlich hat Lionel den Wagen selbst konstruiert, aus einer superdichten, biologisch abbaubaren Materialverbindung, betrieben mit einer Batterie, die durch die Maschine aufgeladen wird. Auf der kurvenreichen Steiluferstraße, die von Shek O am Ostrand von Hong Kong Island nach Chai Wan führt, erzählt Lionel mir, wie es ihm zwischen dem Unfall im Jahr 1965 und heute ergangen ist.

Lionel Goettreider ist ohne Zweifel immer noch ein Genie ohnegleichen, aber im Gespräch zeigt er sich vor allem umständlich. Anscheinend hat er nicht viele Leute, mit denen er reden kann, und es gab unzählige Abschweifungen zur Erläuterung obskurer wissenschaftlicher Fakten, für die nicht mal *ich* mich interessierte – und seien wir ehrlich, dies war doch wahrscheinlich der wichtigste Tag meines Lebens. Trotzdem war ich immer wieder abgelenkt von der Landschaft, die verschwommen vorüberzog: steile, von üppiger Vegetation überwucherte Klippen, wellige, grüne Hügel im Dunst und das kühle Blau der Tai Tam Bay. Lionel erging sich derweil in gewundenen Randbemerkungen über Dinge wie den Unterschied zwischen Photonen und Polaritonen. Falls es Sie tatsächlich interessiert: Ein Polariton ist die Kopplung eines elektromagnetischen Feldes mit einem angeregten Zustand, welcher ein Dipolmoment besitzt, zum Beispiel einem Phonon, einer Art Quasiteilchen in der Festkörperphysik, bei dem Schwingungen elastischer Gitter von interagierenden Atomen und Molekülen im Spiel sind. Wenn Sie jetzt mehr als einen Bruchteil davon verstanden haben: Glückwunsch! Sie und Lionel Goettreider wären fabelhaft miteinander ausgekommen.

Der Kern der Sache ist dies: In den Nachwehen der Katastrophe vom 11. Juli 1965 wurden alle siebzehn Überlebenden im selben Krankenhaus – ich weiß, das ist *so* unerfreulich – unter Quarantäne gestellt, weil die sehr begründete Befürchtung bestand, sie könnten durch eine knochenmarkschwärzende Strahlungsdosis tödlich vergiftet worden sein. Aber sie waren alle sauber und frei von Radioaktivität.

Ich weiß nicht, wie ich Lionel beibringen soll, dass alle in diesem Raum, er selbst, Ursula und Jerome eingeschlossen, innerhalb weniger Monate tot gewesen wären, wenn ich die Zeitlinie nicht geändert hätte. Er ist offensichtlich fest davon überzeugt, dass sein Experiment die Welt hätte verändern sollen, aber das ist losgelöst von der Tatsache ihres schrecklichen Todes. Sie hatten kein fünfzig Jahre währendes Liebesdreieck, sondern ein unbekanntes, lange begrabenes Geheimnis, auf dem Statuen seiner Größe errichtet wurden. Buchstäblich – Lionel Goettreider steht als riesiges Standbild an der Stelle in San Francisco, wo seine Asche verstreut wurde, und hält eine Nachbildung der Original-Goettreider-Maschine in den Händen, die ihren schimmernden Wirbel absondert.

Nachdem alle wohlbehalten aus dem Krankenhaus entlassen worden waren – Jeromes Arm war von der Energiewolke, die ihn abgetrennt hatte, sauber kauterisiert worden –, gab es eine Untersuchung der Katastrophe, unter Aufsicht der Bundesregierung, also von erheblicher politischer Bedeutung. Im Juli 1965 war der amerikanische Bodenkrieg in Vietnam gerade vier Monate alt, und Präsident Johnson sollte demnächst verkünden, dass er 125 000 Soldaten hinüberschicken und zugleich die Zahl der eingezogenen Wehrpflichtigen mehr als verdoppeln würde. Er war stark engagiert beim »Wettlauf ins All« gegen Russland und wollte das von Kennedy gesetzte Ziel erreichen, bis zum Ende des Jahrzehnts Astronauten auf dem Mond landen zu lassen. Die amerikanische Regierung *brauchte* eine Bevölkerung, die begeistert und mit großen Augen das wissenschaftliche Know-how ihres Landes bestaunte. Sollte sich herumsprechen, dass ein kleines Experiment in einem esoterischen Nischenbereich der Forschung nur Sekunden davon entfernt gewesen war, den halben Kontinent zu zerstören, wäre das wirklich sehr schlecht für einen Mann, der versuchte, das Land mit bloßen Händen zusammenzuhalten, während es am Rand eines totalen Ausrastens entlangtaumelte. Präsident Johnson hatte erst ein Jahr zuvor den *Civil Rights Act* unterschrieben – eine nicht unumstrittene Handlung. Eine knapp vermiedene und von der Regierung finanzierte Katastrophe, neben der Hiroshima und Nagasaki ausgesehen hätten wie Knallfrösche auf einem leeren Parkplatz, wäre politisch inakzeptabel gewesen.

Also kam ein Deal zustande. Alle würden den Mund halten, und zwar für immer. Jerome mit seinem amputierten Arm war die gefährlichste Karte im ganzen Spiel, aber er hatte die Seele eines Bürokraten, und ein paar schnelle Karrieresprünge sorgten dafür, dass er schwieg. Er wusste überdies, dass Ursula es so wollte. Die übrigen vierzehn Beobachter wurden für ihr Stillschweigen ebenfalls mit einer gut geschmierten Karriere belohnt, und keiner von ihnen zahlte je wieder Einkommensteuer.

Lionel Goettreider wurde gebeten, die Vereinigten Staaten zu verlassen und nie mehr zurückzukommen. Er war nach dem Zweiten Weltkrieg in die Staaten eingewandert, als die USA im

Meer der wissenschaftlichen Köpfe fischten und die besten von ihnen an Land zogen. Jetzt warfen sie ihn wieder ins Meer zurück.

Zwei Tage nach dem Unfall schlich Lionel sich in das zerstörte Labor zurück, rettete seine Maschine aus den Trümmern und ersetzte sie mit einem gleich aussehenden Vorläufermodell. Er reparierte die zuvor unerkannte Strahlungsquelle, die sie alle hätte umbringen sollen, schaltete die Maschine ein und nie wieder aus. Er sollte nach Dänemark zurückgehen, aber stattdessen reiste er in die andere Richtung; er lud die laufende Maschine in ein Schiff und fuhr von San Francisco nach Hongkong.

Und dort, beinahe vollständig isoliert, erfand Lionel Goettreider die Zukunft.

108

Lionel äußert sich nur sehr zurückhaltend zu der Frage, warum wir in sein Lagerhaus in Chai Wan fahren. Sie haben es sicher schon herausbekommen, aber ich möchte diese Suspense-Nummer möglichst weit hinziehen, und deshalb beuge ich mich seinem Sinn für Dramatik.

Wir geraten in einen durch eine prodemokratische Demonstration verursachten Verkehrsstau und schleichen in einem Schneckentempo voran, das Wen zu einem Schwall von kantonesischen Schimpfwörtern veranlasst, sodass die Frontscheibe mit der Spucke seiner Wut gesprenkelt wird.

Als Lionel nach Hongkong kam, hatte er ein Ziel, das technologisch so avantgardistisch war, dass man es als absurd bezeichnen konnte. Zahllose Innovationen waren notwendig, um ihn auch nur so weit zu bringen, dass er testbare theoretische Modelle seines Ziels konstruieren konnte, bevor er auch nur daran denken konnte, einen echten Prototyp zu schaffen, der missriet und verbessert wurde und missriet und verbessert wurde und missriet und verbessert wurde. Niemand außer ihm war befähigt dazu, denn niemand hatte, was er hatte: eine funktionierende Goettreider-Maschine. Eine unerschöpfliche Quelle sauberer Energie, die alles betreiben konnte, was er baute.

Natürlich stellte *dieser* Lionel Goettreider seine revolutionäre Energiequelle nicht der ganzen Welt zur Verfügung. Für *diesen* Lionel gab es nicht den Ansporn durch ein sicheres Märtyrertum, das wie der Lichtstrahl eines Leuchtturms in die Zukunft leuchtete, während sein Körper an akuter Strahlungsvergiftung in sich zusammenfiel. *Dieser* Lionel wurde durch den ohnmächtigen Groll gegen sein ungerechtes Schicksal im Augenblick seines Triumphs vor der Erhebung in den Adelsstand bewahrt. Es war die Eitelkeit des Genies, die ich von meinem Vater so gut kenne.

Das war das wirklich Verflixte daran, mit Lionel Goettreider im Verkehr festzustecken – er erinnerte mich sehr an meinen Vater. Nicht an meinen Dad von hier, den kauzigen, aber warmherzigen und sorgsamen Mann, der im Schatten meiner Mutter dahinwelkte. An meinen *wirklichen* Vater.

Als Lionel in Hongkong angekommen war, erfand er … alles. Als es nötig war, den Entwicklungsverlauf der globalen Technologie zu verändern, gründete er eine Strohfirma und verkaufte in aller Stille eine seiner Erfindungen gegen Geld, Aktien und zinslose Kredite. Über seine Firmen begründete er einseitige Geheimbeziehungen zu den Titanen der Fertigungs- und Technologieindustrie. Sein Werk findet sich überall in der modernen Welt. Es *ist* die moderne Welt. Ein allgegenwärtiger Faden im Gewebe der Zivilisation. Lionel Goettreider ist der anonyme Universalmagier hinter dem Vorhang des Alltagslebens.

Das Irre ist, dass es nicht mal seine besten Sachen waren, die er verscherbelte, sondern lauter Zeug, das er nicht mehr brauchte, weil er längst darüber hinaus war. In seinem Haus gibt es zum Beispiel keine Stromkabel, weil er schon vor über zwei Jahrzehnten drahtlose Elektrizitätsfelder erfunden hat. Vor fünfzehn Jahren hat er die Elektronik vollends fallengelassen und sich auf die Photonik verlegt, die er fünf Jahre später durch experimentelle Polaritonik ersetzt hat. Der Menschheit hat er es überlassen, die moderne Zivilisation aus seinem weggeworfenen Abfall zusammenzuschustern.

Die Welt, aus der ich komme, ist nicht ganz so rettungslos verschwunden, wie ich dachte. Wie sich herausstellt, war sie in einem kleinen Winkel des Planeten versteckt, ersonnen, konstruiert und gepflegt von Lionel Goettreider, der nicht im Geringsten daran interessiert war, sie mit uns Übrigen zu teilen.

109

Es ist leicht, sich von Lionel ablenken zu lassen, durch die Schichten von Ego und Ressentiment und Eitelkeit und Erwartung, die in seiner Stimme umeinanderrollen, schwellen und um den Vorrang kämpfen. Er will meinen Beifall und meine Ehrfurcht, aber er kann es sich zugleich nicht verkneifen, mir Seitenhiebe zu verpassen, weil ich so lange gebraucht habe, um ihn zu finden. Ich spüre den schwarzen Abgrund des Grauens unter allem, was er sagt.

Ich kenne dieses Grauen, denn ich habe es selbst gespürt, als ich Penny das letzte Mal gesehen habe. Es ist die Angst davor, dass das, was mein Gehirn mir sagt, vielleicht nicht real ist. Dass in mir etwas Fundamentales nicht in Ordnung ist und dass alles, was ich zu wissen glaube, nur das rosarote Gitter der Selbstrechtfertigung ist, errichtet zum Schutz vor meiner eigenen fehlerhaften Verdrahtung. Was ist, wenn ich eine Goettreider-Maschine mit einem entscheidenden Fehler bin und statt Energie nur bunte Wahnvorstellungen generiere, die mich vergiften wie ein radioaktives Leck?

Das Problem ist, ich vermisse Penny so sehr. Ich muss dauernd an sie denken. Ich weiß, ich höre mich an wie ein frisch verknallter Teenager, aber verdammt, es fällt schwer, mich auf etwas anderes als sie zu konzentrieren. Was wir miteinander hatten, war so unerwartet, und jetzt, da ich nicht weiß, ob wir jemals mehr davon bekommen werden, zerreißt es mich vor Sehnsucht und Verlustangst.

Ich sitze in einem Superwagen mit dem cleversten Menschen der Welt, dem Schlüssel zu allem, was ich gesucht habe, und er bringt mich zu einer geheimen Höhle voller Geheimnisse und Mysterien, aber mein Kopf kann kaum etwas davon aufnehmen. Mein Hirn, diese plumpe Katastrophe, lässt die Gegenwart immer wieder sausen und flitzt zurück zu Augenblicken wie dem ersten Mal, als ich Penny geküsst habe, und dann erinnert es sich genau an den Druck ihrer Lippen auf meinen bei diesem ersten Kontakt unserer Münder, an die Bewegungen unserer Kiefer, mit denen wir die passende Position fanden, ihre Oberlippe an meiner Oberlippe, ihre Unterlippe an meiner Unterlippe, mein Stoppelkinn rau an ihrer weichen Haut.

Wenn Lionel seinen Schatz hüten will wie ein Ungeheuer im Märchen, ist das seine Sache. Ich will nur, dass Penny mir wieder vertraut.

Die Bangigkeit quillt mir klebrig in die Kehle, weil alles von diesem dreiundneunzig Jahre alten Mann abhängt, der da schwatzend neben mir sitzt, und es tut mir leid, wenn es grausam klingt, aber als er sich hämisch damit brüstet, wie er sich endlich dazu herabgelassen hat, der Welt die Technologie zu schenken, mit der sie Mobilfunknetze und GPS und das Internet einrichten konnte, Jahrzehnte nachdem er sie erfunden hatte, habe ich keinen anderen Gedanken als: *Was ist, wenn er auch verrückt ist?* Vielleicht ist dies ja ein gemeinschaftlicher Wahn wie bei religiösen Fanatikern, die sich auf dem Boden winden und in Zungen reden. Vielleicht haben Lionel und ich eine einzigartige psychische Störung, die uns glauben lässt, wir gehörten von Rechts wegen in eine alternative, techno-utopische Realität und wir seien von entscheidender Bedeutung für die wahre Bestimmung der Menschheit. Was ist, wenn mein Zusammentreffen mit ihm nicht beweist, dass ich recht habe, sondern nur, dass wir beide unrecht haben?

110

Wir halten vor dem Lagerhaus in Chai Wan, und Wen schließt uns im Wagen ein und sichert die Umgebung. Lionel fummelt an einem Hemdknopf herum. Der Faden, mit dem er angenäht ist, hat sich gelockert.

»Verzeihen Sie«, sagt Lionel, »aber etwas verstehe ich nicht. Wieso sprechen Sie immer von der *Maschine*?«

»Wie meinen Sie das? Sie wird so genannt.«

»Aber das ergibt keinen Sinn«, sagt er. »Maschinen verwandeln Energie in Kraft. Man sollte es den Goettreider-Generator nennen.«

Tatsächlich erinnere ich mich an einen verschrobenen Physiklehrer auf der Highschool, der immer maulte, dass Lionel Goettreider entsetzt wäre, wenn er wüsste, dass sein Vermächtnis mit dieser fundamentalen Ungenauigkeit bezeichnet würde. Als Präsident Johnson die Erfindung der ganzen Welt in einer Fernsehansprache am 22. August 1965 bekannt gab, diskutierten seine wissenschaftlichen Berater immer noch über eine Liste von Namen. Zwei seiner speziellen Referenten, Jack Valenti und Richard N. Goodwin, erhoben Anspruch auf die Erfindung des Namens »Dr. Goettreiders Maschine der Zukunft«. Johnson benutzte diese begeisterte Bezeichnung in seiner Ansprache, und bald wurde sie formlos abgekürzt zu *Goettreider-Maschine*. Der Name blieb hängen.

Natürlich konnte die Erfindung nur durch präsidiale Redenschreiber und nicht durch den Erfinder selbst ihren Namen bekommen, weil Lionel nicht lange genug lebte, um zu sehen, wie seine Maschine die Welt veränderte. Er lebte nicht mal lange genug, um ihr einen Namen zu geben. Ich weiß, ich sollte es ihm sagen, und je länger ich es hinausschiebe, desto unangenehmer wird es sein, wenn ich es schließlich tue, aber es ist schwer, jemandem zu erklären, dass er vor fünf Jahrzehnten unter entsetzlichen, weißglühenden Schmerzen hätte sterben sollen.

Bevor ich mich entscheiden kann, gibt Wen grünes Licht, und Lionel bewegt sich mit seinen steifen, aber flüssigen Schritten auf die einzige Tür in dem ansonsten unzugänglichen Kasten zu. Er bleibt davor stehen und macht eine Gebärde wie ein Dirigent. Schwere Riegel ziehen sich mit metallischem Dröhnen zurück, und die Tür öffnet sich.

Das Lagerhaus ist innen so schmucklos wie außen: kahle Betonwände, schalldicht isoliert, offenliegende Träger und Pfeiler. Lionels Villa kam mir vor wie die letzte Zuflucht der Welt, die ich zurückgelassen habe, aber sein Lagerhaus ist nur ein Lagerhaus. Die Luft ist kalt und beißend, als wäre alles Organische hier gründlich ausgemerzt worden.

Aber ein paar coole Tricks gibt es doch. Keine Stromkabel zum Beispiel. Die Deckenbeleuchtung besteht aus kugelförmig wallendem, irisierendem Gas. Was aussieht wie ein massiver Zementboden, besteht aus dünn übereinandergeschichteten, keilförmigen Platten an rotierenden Scharnieren, die sich bewegen wie ein Transportband und deren Geschwindigkeit Lionel mit einer wischenden Bewegung seines Fingers in der Luft regulieren kann. Am Handgelenk trägt er etwas, das aussieht wie eine antike Armbanduhr mit Federwerk, aber sie ist vollgestopft mit Analysetools zur Bewegungsdetektion, die alles um uns herum steuern.

Wir kommen an einer Tür nach der anderen vorbei, Türen aus segmentiertem Stahl mit komplizierten Schlossmechanismen und Sensortafeln. Sie sind alle unbeschildert, aber sie leuchten einladend auf, wenn wir herankommen – wie einsame, kleine Hunde, die mit dem Schwanz wedeln, wenn sie auf der Veranda Schritte hören. Lionel, der im Wagen so gesprächig war, ist jetzt sehr wortkarg. Vielleicht will er vor seiner großen Offenbarung die Spannung weiter steigern, aber mein Kopf ist leer und überfrachtet zugleich, und die ganze Dramatik ist an mich verschwendet.

Lionel zeigt auf eine nicht markierte Tür am Ende eines Korridors, und der Boden unter unseren Füßen hält davor an. Er macht eine weitere Geste, und ein indigoblau leuchtender Ring wird von oben auf mich herabgestrahlt. Jeder Follikel meines Körpers kribbelt, als ich gescannt werde. Lionel schaut auf seine Armbanduhr, und ich sehe, wie ein Glänzen sich in seinen Augen bricht. Er trägt eine Art Kontaktklinsen, die mit seiner Armbanduhr interagieren und ein dreidimensionales Bild in sein Gesichtsfeld projizieren. Die segmentierte Tür faltet sich zurück, und ich sehe einen dunklen Raum von unbestimmbarer Größe. Lionel geht hinein und erwartet, dass ich ihm folge. Und ich folge ihm.

Er wartet, bis die Tür sich wieder nach außen gefaltet hat und geschlossen ist. Wir stehen im Dunkeln.

Und dann gehen Lichter an. Es ist ein sehr großer, runder Raum mit einer Kuppeldecke in der Höhe von sieben oder acht Stockwerken, übersät von Tausenden von dünnen Lichtpunkten, die den weiten, schräggeneigten Raum mit einem diffusen, schattenlosen Leuchten erfüllen.

In der Mitte der Halle steht ein kleines, klobiges Gerät aus mattem Edelstahl mit ultraschwarzer Verkleidung, die lichtabsorbierende Eigenschaften haben muss, denn das Licht im Raum krümmt sich irgendwie außen herum. Ein paar flexible Rohre kommen aus einer knollenförmigen Kammer an der Rückseite und schlängeln sich über den Boden zu einer großen, rotierenden Entlüftungsanlage am hinteren Ende der Halle.

In einem Drei-Meter-Radius ist der Boden rings um das Gerät glänzender als im Rest des Raumes, als wäre der Beton mit alchimistischen Mitteln spiegelblank poliert worden.

Ein seltsamer, elektrischer und salziger Geruch hängt in der Luft. Nicht wirklich schwefelig. Irgendwie … ozeanisch.

»Was ist das?«, frage ich.

»Na«, sagt Lionel, »eine Zeitmaschine natürlich.«

111

Lionel Goettreider hat eine Zeitmaschine gebaut.

Die gesamte Technologie, die er fünfzig Jahre lang entwickelt hat, diente diesem Zweck – Zeitreisen möglich zu machen. All seine bahnbrechenden Erfindungen interessierten ihn nicht um ihrer selbst willen. Sie waren nur insofern wichtig, als sie ihn seinem Ziel näherbrachten. Manche warf er dann vor die Tür wie einen Fleischknochen, an dem die Welt nagen konnte wie ein hungriger Hund. Andere gab er nie heraus, weil er nicht fand, dass jemand, der *nicht* versuchte, eine Zeitmaschine zu bauen, sie brauchte oder verdiente.

Die Teleportation zum Beispiel. Lionel fand einfach, für die Menschheit gebe es keine Notwendigkeit, sich zwischen zwei Punkten atomar zu zerlegen und wiederherzustellen. Aber damit seine Zeitmaschine funktionierte, musste er die Teleportation erfinden. Also tat er es. Darum ist es so enttäuschend, Zeit mit Lionel zu verbringen – nicht mit dem edlen Märtyrer-Genie meiner Welt, sondern mit dem komischen alten Einsiedler in dieser hier. Er ist noch brillanter, als er es vor fünfzig Jahren war, aber er hat nicht die sauber konturierte Persönlichkeit einer mythischen, historischen Gestalt. Er ist zuwendungsbedürftig und ein bisschen missmutig, aber auch eitel und ätzend und selbstgefällig. Er betrachtet diese rückständige Welt amüsiert und verachtungsvoll, aber zugleich zieht er tiefe Genugtuung aus seiner geheimen Rolle als ihr Gestalter, und dann wiederum grollt er jedem, der seine Bedeutung nicht anerkennt, obwohl er selbst entschieden hat, im Verborgenen zu wirken. Es ist verstörend.

Lionel hatte ein paar Vorteile, die mein Vater nicht hatte, als er seine Version der Zeitreise erfand. Er wusste nämlich, dass sie möglich war; zumindest hatte er eine ziemlich gute Arbeitshypothese. Die Daten, die meine Anwesenheit 1965 in seine Detektoren speiste, verschafften ihm die Schlüsselerkenntnis, dass er die Energiesignatur der Goettreider-Maschine selbst als Strahlungsspur durch Raum und Zeit nutzen konnte.

»Funktioniert sie?«, frage ich.

»Ja«, sagt Lionel. »Sie funktioniert.«

»Woher wissen Sie das?«

»Weil ich sie benutzt habe.«

112

Vor dem Unfall am 11. Juli 1965 hatten Lionel und Ursula knapp ein Jahr lang eine Affäre gehabt. Sie hatten sich im Empfangsbereich vor Jeromes Büro zufällig kennengelernt. Lionel hatte einen Termin, um die Finanzierungsmöglichkeiten zu besprechen, die Jerome ihm bewilligen konnte, und Ursula war unangemeldet erschienen, um zu sehen, ob ihr Mann vielleicht Zeit für ein Mittagessen hatte. Jerome war beschäftigt oder behauptete, er sei beschäftigt, Lionel und Ursula waren voneinander fasziniert, und so aßen sie zusammen zu Mittag.

So verändert sich die Welt – zwei Fremde erleben ein Knistern der Chemie. Die Umstände erlauben ihnen eine sehr zurückhaltende und vorsichtige Erkundung. Aber eine unmittelbare, berauschende Verbindung, wie Lionel und Ursula sie empfanden, ist eine Quantenflamme. Und Aufmerksamkeit ist ihr Sauerstoff.

Lionel war einundvierzig, Ursula siebenunddreißig. Als sie einander kennenlernten, hatten sie beide keine Kinder. Ihre Arbeit bedeutete ihnen alles. Ursula und Jerome waren erst seit zwei Jahren verheiratet, aber sie hatten es sich in einer funktionalen Behaglichkeit bequem gemacht, die sich für beide Karrieren als nützlich erwies. Im ersten Ehejahr hatte sie zwei Fehlgeburten, und danach beschlossen sie, eine Zeitlang keinen weiteren Versuch zu unternehmen und sich stattdessen auf die Arbeit zu konzentrieren. Lionel hatte das dritte Jahrzehnt seines Lebens mit der Suche nach einer Partnerin verbracht, die ihm intellektuell ebenbürtig war. Er wollte eine Frau, die alles verstand, was er verstand. Die *ihn* verstand. Er hatte sie nicht gefunden – bis er Ursula fand. Sie raubte ihm den Atem. Er begriff nicht, wie ein politisch scharfsinniger, aber fantasieloser Mann wie Jerome sie hatte überreden können, ihn zu heiraten. Er begriff nicht, dass Ursula ihre fulminante Karriere als Physikerin an der Universität zum Teil erst hatte machen können, als sie alle Merkmale der stabilen, treuen Ehefrau aufweisen konnte. Anfang der sechziger Jahre hatte man die Tatsache, dass sie erst mit fünfunddreißig heiratete, weithin zur Kenntnis genommen. In den Augen derer, die Stellen vergaben, Artikel publizierten, Seminare zuwiesen und Forschungsgelder bewilligten, verbanden sich mit einer unverheirateten Frau Mitte dreißig gewisse *Implikationen*. Der Ring an ihrem Finger ließ all das verschwinden. Dazu kam – und das war keineswegs nebensächlich –, dass Ursula an ihre Ehe glauben *wollte*. Sie bedeutete ihr etwas.

Sie schliefen nicht sofort miteinander. Es dauerte Monate, bis Ursula genug Vertrauen zu ihm hatte. Und bis Lionel sich damit abgefunden hatte, wie ihre Beziehung würde aussehen müssen. Er sah sich nicht als den Mann, der Sex mit der Frau eines anderen hatte, auch wenn er schnell und unwiderruflich in ihren Orbit stürzte. Deshalb musste er sein ethisches Uhrwerk ein paar fundamentalen Revisionen unterziehen. Aber er tat es. Und sie fand Vertrauen zu ihm. So nahm die Affäre ihren Anfang.

Nach dem Unfall sprachen sie fast drei Jahre lang nicht miteinander. Sie sahen sich nur einmal flüchtig in dem Krankenhaus, in dem sie alle unter Quarantäne standen, bis die Ärzte zu dem Schluss kamen, dass die unbekannten Energien, die bei dem Experiment zum Ausbruch gekommen waren, ihnen nicht geschadet hatten. Jemand hatte Verstand genug, Lionel abseits der anderen einzuquartieren, und so war schon der eine kurze

Blick, den sie auf dem Korridor hatten wechseln können, ein unerwarteter Glücksfall. Oder eine grausame Laune des Schicksals. Lionel fand, es sei ein wenig von beidem.

In jenen ersten einsamen und demoralisierenden Monaten in Hongkong wünschte Lionel sich mehr als alles andere, einfach mit Ursula zu *reden*. Aber er wusste, wie sie dachte. Er musste warten, bis sie bereit war, ganz gleich, wie lange es dauern mochte.

Es dauerte zwei Jahre und zehn Monate. Im Mai 1968 stand Ursula unangemeldet in Lionels Labor in Hongkong. Er hatte nicht mal gewusst, dass sie wusste, wo es war.

An diesem Tag stellte sie ihre Bedingungen. Sie konnte es nicht ertragen, ihn nie wiederzusehen. Aber sie würde Jerome niemals verlassen, nicht nachdem er ein Stück von sich selbst verloren hatte, als er ihr das Leben rettete. Also galt folgende Abmachung: Sie würden sich sehen, wann immer sie konnten, aber niemals da, wo einer von ihnen wohnte. Wenn einer von ihnen aus legitimen, beruflichen Gründen zu einem geeigneten Ort reiste, würden sie Kontakt aufnehmen, und wenn es sich zeitlich machen ließe, würden sie sich treffen. In der Zwischenzeit, solange sie auch dauern mochte, würden sie nicht kommunizieren. Sollten sich irgendwann die Gefühle des einen für den anderen ändern, würden sie diese Entscheidung akzeptieren und die Beziehung ohne Fragen oder Diskussionen beenden.

Und natürlich lag die Entscheidung immer bei Ursula.

In Wahrheit glaubten beide nicht, dass diese Beziehung Bestand haben würde. Irgendwann würde Ursula über Lionel hinwegkommen, oder sie würde sich neu in Jerome verlieben, oder Lionel würde eine andere kennenlernen, oder er würde über Ursula hinwegkommen, oder sie hätten einfach irgendwann genug von der verzwickten Logistik, und so würde die Affäre auslaufen. Aber stattdessen blieb sie Jahrzehnte bestehen. Normalerweise hatten sie ein Wochenende im Jahr zusammen. Gelegentlich sahen sie sich zweimal im Jahr. Und es gab Zeiten, da sie sich mehr als ein Jahr lang nicht sahen; manchmal waren es zwei und einmal sogar drei.

Bei jedem Treffen sagte Ursula, dies werde wahrscheinlich ihr letztes sein, es werde ihr zu viel, der Stress, die Angst, das zerrissene Herz. Und so behandelten sie jedes Treffen, als wäre es das letzte. Es hatte keine Ähnlichkeit mit der alltäglichen Intimität einer Ehe.

Es war nicht so, als hätte Lionel sich nie mit anderen Frauen eingelassen. Er tat es für kurze Zeit, aber keine von ihnen war mit Ursula vergleichbar. Er bemühte sich, nicht darüber nachzudenken, dass sie mit einem anderen verheiratet war. Ursula versuchte einmal, ihm zu erklären, dass Sex mit Jerome ein anderer biologischer Akt sei als Sex mit ihm – es sei Reibung und Feuchtigkeit, und die Lust, die sie dabei empfand, hatte ihren Ursprung in Geschwindigkeit und Gleichförmigkeit. Sex mit Jerome war Mathematik. Sex mit Lionel war Physik. Jerome war befangen wegen seines Armstumpfs und bestand darauf, das Licht auszumachen, damit sie ihn nicht sehen konnte, aber so konnte er sie auch nicht sehen. Sie erzählte Lionel, wenn ihr bei einem grotesken Unfall der Kopf abgeschnitten werden sollte, würde ihr Mann ihren nackten Körper im Leichenschauhaus vermutlich nicht identifizieren können. Lionel dagegen kannte jeden Zollbreit von ihr, an der Oberfläche und in der Tiefe. Sie lebte ihr Leben hinter einer Maske, die sie nur abnahm, wenn sie mit ihm zusammen war.

Bei Lionel war es umgekehrt. Er strukturierte sein Leben so, dass er kurzfristig zur Verfügung stehen und, wenn aus heiterem Himmel eine Nachricht von Ursula kam und sie sich dann und dann in Prag oder Tokio oder Buenos Aires mit ihm treffen wollte, jederzeit dort sein konnte. Wenn er in dem Bewusstsein, dass jedes Zusammentreffen das letzte sein konnte, mit ihr zusammen war, zeigte er sich von seiner besten Seite. Nie ließ er seine Deckung sinken, und stets war er nur aufmerksam, romantisch und spontan. Aber wenn er nicht bei ihr war, nahm er die Maske ab und versank mit seinen Experimenten in Abwärtsspiralen in einem zunehmend zweifelhaften ethischen Gelände.

Dreieinhalb Jahrzehnte verbrachte er mit zwei Dingen: Er arbeitete an seiner Zeitmaschine und wartete auf Ursulas Anruf. Er unterhielt keine andere Beziehung von Bedeutung. Er ließ Ursula die Stelle aller anderen einnehmen, aber das bedeutete auch, dass seine intimen Beziehungen auf wenige Tage im Jahr beschränkt blieben. Im Laufe der Jahrzehnte wurde dieses provisorische Arrangement zu seinem Leben.

Bis sich eines Tages alles änderte. Denn seine Zeitmaschine war endlich bereit zur Erprobung.

113

Das größte wissenschaftliche Experiment aller Zeiten verlief in völliger Abgeschiedenheit.

Am 2. Februar 2002, morgens um 2:02, schaltete Lionel seine Zeitmaschine ein und schickte sich an, sich selbst um sechzig Sekunden zurück in die Vergangenheit zu senden. Er wusste nicht, was alles passieren konnte, wenn er sich in demselben physikalischen Raum materialisieren sollte, den er eine Minute zuvor eingenommen hatte – und er wollte es auch nicht herausfinden, denn gut wäre es wahrscheinlich nicht –, und deshalb hatte er eine luftdicht versiegelte Kapsel in seiner Villa, sieben Meilen weit entfernt in Shek O, als sicheren Ankunftsort aufgestellt.

Es funktionierte. Er verbrachte eine Minute in der Vergangenheit und kehrte eine Minute nach seiner Abreise in die Gegenwart zurück. Morgens um 2:02 verließ er sein Labor, war um 2:01 in seinem Haus und erschien um 2:03 wieder in seinem Labor. Die Lücke von einer Minute war beabsichtigt, damit er chronologisch alterte. Er war jetzt eine Minute älter, aber diese Minute hatte er in der Vergangenheit verbracht. Zeugen oder Aufzeichnungen gab es nicht.

Danach hatte er ein blechernes Déjà-vu-Gefühl, als ob er versuchte, sich an eine Adresse aus der Kindheit zu erinnern. In der Luft hing ein elektrischer, salziger Geruch, den er sich scheinbar nie mehr aus den Haaren waschen konnte. Ansonsten fühlte er sich nach dem Höhepunkt seines Lebenswerks nicht anders als vorher. Er hatte etwas Unglaubliches gebaut, die größte Erfindung der Menschheitsgeschichte. Aber jetzt saß er fest, denn sein ultimativer Plan erforderte das eine Element, das er nicht erfinden konnte – mich. Also wartete er darauf, dass ich vor seiner Tür erschien.

Wie so viele technische Hochleistungsgenies konnte Lionel, wenn er einen Plan hatte, das Unmögliche erreichen. Aber ohne Plan, wenn er nur endlos warten konnte, fing er an, über das *Mögliche* nachzudenken. Zum Beispiel über all das, was man mit einer Zeitmaschine anstellen konnte.

Vierunddreißig Jahre lang überließ Lionel es Ursula, Kontakt mit ihm aufzunehmen. Dann nahm er aus einer Laune heraus zum ersten Mal selbst Kontakt mit ihr auf. Sie verabredeten sich in einem malerischen Gasthof außerhalb von Neapel. Ihren Gesichtsausdruck, als er die Zimmertür öffnete, verstand er sofort richtig: Das war's. Ernsthaft. Sie konnte nicht mehr. Sie war gekommen, um sich von ihm zu verabschieden.

Und als sie zusammen im Bett lagen und die Spätnachmittagssonne durch das offene Fenster hereinschien, erzählte er Ursula von seinem Durchbruch. Zusammen entwickelten sie einen Plan.

Am meisten Angst hatte Ursula davor, dass Jerome der Affäre auf die Schliche kommen und sie dazu benutzen könnte, ihr Verhältnis zu Emma zu zerstören. Ihre Tochter war der große, unausgesprochene Schatten zwischen ihr und Lionel. Sie sprachen über so gut wie alles, nur nicht über die offenkundige Rechnung, die zu Emmas Abkunft führte. Ursula führte ein Doppelleben zwischen zwei Realitäten – hier die treue Frau und Mutter, dort die glühende, intellektuell unter einem schlechten Stern stehende Liebhaberin. Wie Ursula es sah, musste Emma Jeromes Tochter sein.

Die Zeitreise löste eine Anzahl struktureller Probleme bei der Bewältigung einer Affäre zwischen zwei Hemisphären. Und es ging so: Ursula zog sich irgendwohin zurück, wo sie allein war, egal, wohin, und schaltete einen Signalrichtstrahl ein, den Lionel für sie eingerichtet hatte. Wenn es auf der Frequenz über einen verabredeten Zeitraum hinweg, sagen wir, über drei Stunden, keine Unterbrechung gegeben hatte, schaltete sie den Strahl ab und schickte Lionel eine Nachricht mit den spatio-temporalen Koordinaten.

Sowie Ursula die Nachricht abgeschickt hatte, strömte eine Erinnerung in ihren Kopf, als hätte sie sie nur für einen Moment vergessen: Sie hatte die drei Stunden mit Lionel verbracht. Er war erschienen, als der Richtstrahl eingeschaltet worden war. Es konnte überall sein, in einem Hotel oder einer Pension, aber auch in ihrem Büro – sogar in ihrem eigenen Schlafzimmer. Solange sie sorgfältig und präzise blieben, konnten sie wieder und wieder Zeit füreinander finden. Sie waren beide Naturwissenschaftler, und so fiel es ihnen leicht, sorgfältig und präzise zu sein.

Dieses Arrangement behielten sie mehr als ein Jahrzehnt lang bei; sie trafen einander ein paar Mal in der Woche, und es war die glücklichste Zeit in Lionels Leben. Gelegentlich zog er in Betracht, sich selbst in der Vergangenheit zu besuchen und mitzuhelfen, die Technologie schneller fertigzustellen, damit er mehr Zeit mit Ursula hätte, wenn sie noch nicht so alt wären und nicht so viele pharmazeutische Hilfsmittel brauchten, um einander körperlich zu erfreuen. Aber das schien nicht sehr klug zu sein, sondern eher töricht und gefährlich. Er war immer noch ein Naturwissenschaftler, sorgfältig und präzise.

Und dann wurde der Richtstrahl eine ganze Woche lang nicht eingeschaltet. Zwei Wochen. Drei. Vor der Zeitmaschine hatte es ein Jahr, manchmal zwei, dauern können, bis sie wieder Kontakt miteinander hatten. Aber jetzt war er es gewohnt, sie fast jeden Tag zu sehen.

Dennoch, Lionel verstand sich darauf zu warten. Er hatte fast sein ganzes Leben lang gewartet.

Es dauerte etwas mehr als einen Monat, bis er erfuhr, dass Ursula gestorben war.

114

Lionel verfiel in eine tiefe Depression. Alles kam ihm sinnlos vor. Allmählich zweifelte er daran, dass ich jemals erscheinen würde. Vielleicht hatten die Zeitreisen, die er unternommen hatte, um mit Ursula zusammen zu sein, seine Realität verändert. Vielleicht wartete er auf jemanden, der niemals kommen würde.

Nachdem er sich sechs Monate lang in eine rastlose Lethargie eingesponnen hatte, ließ Lionel sich einen neuen Plan einfallen. Er war wissenschaftlich schlecht und das Gegenteil von genial, aber das kümmerte ihn nicht. Nachdem Ursula nicht mehr da war, hatte er die Maske abgelegt, die er in ihrer Gegenwart trug, und der Mann, den sie darstellte, seine beste Seite, war verschwunden. Übrig war nur noch derjenige, der er ohne sie war.

Das letzte Mal gesehen hatte er Ursula an dem Tag, als sie in ihrer Küche zusammengebrochen war und Jerome sie eilig ins Krankenhaus gefahren hatte. Sechs Tage später war sie gestorben, und Emma hatte an ihrem Bett gesessen.

Lionel hatte eine existentielle Entscheidung zu treffen. Er konnte die Richtstrahlen, die Ursula in der Vergangenheit für ihn gesandt hatte, dazu benutzen, zurückzureisen und zu versuchen, ihren Krebs zu heilen, bevor er Wurzeln schlagen konnte. Aber das würde bedeuten, Erlebnisse mit Ursula neuzugestalten, die er bereits revidiert hatte. Die Resultate waren unvorhersehbar.

Bis zu diesem Augenblick waren seine Reisen durch die Zeit zurück konsistent und anscheinend folgenlos geblieben. Diesmal wäre es anders. Diesmal würde er das Raum-Zeit-Kontinuum verwirren. Und der Effekt konnte tiefgreifend sein – vielleicht würde er der Frau, die er liebte, das Leben retten.

Also tat er, was man tut, wenn man ein gebrochenes Herz und eine Zeitmaschine hat. Er tat etwas Dummes.

115

Die Zeitreisen waren ihr Verhängnis.

Ich weiß nicht, wie viel Geduld Sie für halb verständliche Erklärungen zur Physik der Zeitreise übrighaben, aber eins muss ich doch noch klarmachen: Lionels Version der Zeitreise war nicht die gleiche, die mein Vater entwickelt hatte. Beide fanden heraus, wie man einen Menschen durch Raum und Zeit zurückschicken kann, aber sie bewerkstelligten es auf kategorisch unterschiedliche Weise. Sie kamen auf zwei verschiedenen Wegen zum Ziel.

Ein wesentlicher Unterschied ist der, dass ich zu einem Zeitpunkt vor meiner Geburt zurückkehrte und damit unabsichtlich eine neue Zeitlinie von diesem Zeitpunkt abzweigen ließ. Lionel hingegen reiste innerhalb seiner eigenen Lebenszeit zu anderen Orten auf dem Planeten. Was bedeutete, dass er in ein und demselben Augenblick an zwei verschiedenen Orten gleichzeitig existierte.

Deshalb brauchte er länger, um zu erkennen, was ich sofort begriff: Zeitreisen sind schlecht für das menschliche Gehirn. Der Körper kann es mehr oder weniger bewältigen, aber der Geist hat mit kognitiven Dissonanzen zu kämpfen.

Anfangs ist es scheinbar okay. Das Gehirn versteht sich sehr gut darauf, kognitive Dissonanzen zu verarbeiten. Man könnte sagen, es ist seine Hauptaufgabe. Die Sinne nehmen in jedem bewussten Augenblick eine katastrophale Flut von Informationen auf, und das Gehirn muss das alles in einen sinnvollen Zusammenhang bringen, damit man funktionieren kann. Es hilft einem dabei, sich zu konzentrieren, leitet unnötige Stimuli an den Rand und gliedert gewaltige Mengen von Wahrnehmungsdaten mit Hilfe von atemberaubenden heuristischen Tricks.

Filme zum Beispiel. Sie wissen, wie Filme funktionieren, oder? Was Sie als bewegtes Bild sehen, ist in Wirklichkeit eine Serie von aufeinander folgenden Standfotos, die das Gehirn dank der Trägheit des Auges und des stroboskopischen Effekts als Bewegung interpretiert. Durch die wunderbare Fähigkeit des Gehirns, Daten in einen Zusammenhang zu bringen, kann ein Gemälde aus einiger Entfernung prachtvoll und lebensecht erscheinen, während es sich aus der Nähe betrachtet in Pigmentklümpchen auf Leinwand auflöst. Oder wie die einzelnen Instrumente eines Orchesters zu einer Symphonie verschmelzen.

Lionels Version der Zeitreise verlangte von seinem Gehirn nicht, simultane Erinnerungen an dieselbe Zeit *zur selben Zeit* festzuhalten. Er erlebte seine Reisen in die Vergangenheit im Präsens. In die Gegenwart kehrte er immer nach genau der Zeit zurück, die er in der Vergangenheit verbracht hatte: Wenn er die Gegenwart um zwanzig Uhr verließ und zwei Stunden in der Vergangenheit verbrachte, kehrte er um zweiundzwanzig Uhr in die Gegenwart zurück. Dieses Zeitmanagement war so geplant, damit er ordnungsgemäß altern konnte, aber es bedeutete auch, dass er niemals zwei Erlebnisschienen parallel aufnehmen musste. Wenn er in die Gegenwart zurückkam, fühlte die Erinnerung an die Vergangenheit sich niemals an wie Vergangenheit, sondern so, als wäre er zu einem anderen Ort in einer anderen Zeitzone teleportiert worden, nur dass diese Zeitzone eben in der Vergangenheit lag. So konnten seine Erinnerungen chronologisch geradlinig bleiben.

Bei Ursula war es anders.

Lionel brauchte seine eigenen Erlebnisse nicht zu überschreiben, sie hingegen schon, und das zerstörte ihren Verstand. Die widersprüchlichen Zeitlinien nagten an der strukturalen Integrität ihrer Neuralschranken. Nur zum Schutz ihrer Ehe nutzten sie ausschließlich die Stunden, von denen sie wussten, dass sie sicher waren, aber jedes Mal, wenn Lionel zurückkam, um sie zu sehen, schrieb Ursulas Gehirn eine neue Erinnerung über die vorige.

Der unmittelbare Effekt war zu vernachlässigen, aber die kumulative Wirkung war verheerend. Ihr brillanter, umfassender Verstand, der ihn mehr als alles andere zu ihr hingezogen hatte und sie zu dem machte, was sie war, geriet aus den Fugen. Kein Mensch hatte je zuvor erlebt, dass kleine Teile seiner Erinnerung immer und immer wieder revidiert wurden. Um das zu verkraften, begann ihr Gehirn als biologisches Organ, neuritische Plaques abzusondern, die das überkrusteten, was es als Beschädigungen betrachtete. In ihrer Proteinstruktur entsprachen diese Plaques den abnormalen Neurofibrillenbündeln der Alzheimerschen Krankheit.

Als ihre Zeitreisenromanze über die Jahre hinweg weiterging, gerannen diese neurotischen Plaques, die in der Humanneurologie einzigartig waren, weil ihre Situation in der Menschheitsgeschichte einzigartig war, zu einem groben Gift, zu bösartigen Tumorzellen, tief vergraben in den Gedächtniszentren ihres Gehirns. Ihre Alltagsaktivitäten beeinträchtigten sie erst, als sie aus ihrem Nest herauswuchsen und sich nach neuen Ansiedlungsmöglichkeiten umsahen.

Ursula wusste, dass sie sich verlor. Sie fühlte, wie ihr scharfer, komplexer Verstand in sich selbst zusammenfiel wie ein vernachlässigter Gartenschuppen. In den vorausgegangenen Monaten hatte sie ihre Treffen kurz gehalten und auf den Sex beschränkt, um die Wahrheit vor Lionel zu verbergen. Sie erzählte ihm nie, dass sie mit einer Chemotherapie angefangen hatte, denn sie hatte Angst vor dem, was er dann tun könnte.

Sie kannte ihn gut.

116

Auf der anderen Seite des Planeten ist es Mitternacht, und zwischen der Reise nach San Francisco, dem Flug nach Hongkong und den verschiedenen Zeitzonen hatte Penny ein paar Tage Zeit, um über alles nachzudenken, was passiert ist. Was tut sie in diesem Augenblick? Hat sie die Buchhandlung geöffnet, Kunden begrüßt, Retouren verpackt, neue Titel geordert, so getan, als wäre alles in Ordnung? Schläft sie friedlich oder gar nicht? Macht meine Abwesenheit alles besser oder schlimmer? Wie kann ich ihr unwiderlegbar beweisen, dass John nie mehr zurückkommt?

Ich brauche Antworten, aber Lionel gibt mir nur Informationen. Ich habe den Lionel Goettreider erwartet, der 1965 gestorben ist, das selbstlose Märtyrer-Genie, dessen Mängel und Fehler und Herzschmerzen rückwirkend als biografische Details in Bronze gegossen wurden. Aber hier in dieser Welt sind es nur Mängel und Fehler und Herzschmerzen. Sein Gesicht ist nicht das Gesicht einer Statue. Es ist das Gesicht eines von der Zeit verschlissenen Mannes. Und je mehr er redet, desto weniger vertraue ich ihm.

Vielleicht würde Penny wissen, wie man auf seine Bekenntnisse reagieren soll. Vielleicht würde sie die richtige Mischung aus Mitgefühl, Respekt und Neugier zustande bringen. Vielleicht würde Penny ihm vertrauen. Zumindest die Penny, die es gab, bevor ich in ihrem Leben aufgetaucht bin. Der Morgen mit John hat möglicherweise eine neue Version der Realität geschaffen, wie meine Zeitreise es getan hat, und in dieser Version unterscheidet Penny sich so sehr von der Frau, die ich in der Buchhandlung kennengelernt habe, wie ich mich von John unterscheide.

Man braucht keine Zeitreise, um eine Welt zu zertrümmern.

Aber sie kann helfen.

117

Leider ist dies nicht die Geschichte von Lionel Goettreider und wie er den Krebs kurierte. Es ist die Geschichte von dem gescheitesten Mann, der je gelebt hat und dem es nicht gelang, die Liebe seines Lebens zu retten – und von dem, was sein Scheitern aus ihm machte.

Lionel war Physiker und Ingenieur, kein Onkologe, kein Genetiker. Sein Genie hatte Grenzen. In den nächsten achtzehn Monaten bemühte er sich, Krebs heilbar zu machen oder zumindest sein Fortschreiten zu verlangsamen. Es gelang ihm nicht. Wenn er ein paar Jahrzehnte früher damit angefangen hätte, wäre es vielleicht gelungen. Aber selbst seine großen Erkenntnisse zur Mechanik der Zeitreise stammten aus den vierziger und fünfziger Jahren seines Lebens, und in den folgenden Jahrzehnten ging es darum, die logistischen Barrieren zu durchbrechen. Er vollendete die Konstruktion seiner Zeitmaschine im Jahr 2002, und die letzten zwölf Jahre hatte er damit verbracht, mit Ursula zu schlafen und durch Selbstmedikation seine körperliche Fähigkeit dazu zu erhalten. Seine besten Jahre lagen also hinter ihm. Trotzdem versuchte er es.

Seine effizienteste Idee drehte sich um nanotechnologisch erzeugte Hybridbakterien, die Krebszellen auffraßen. Das Problem war, sie, wenn sie einmal entfesselt waren, dazu zu bringen, mitten in der Mahlzeit zwischen kranken und den benachbarten gesunden Zellen zu unterscheiden. Manchmal fraßen die Naniten einfach weiter, wenn sie erst mal Geschmack an Menschenfleisch gefunden hatten. Deshalb mussten sie sorgfältig überwacht werden.

Lionel kehrte noch einmal zu seinem letzten Besuch bei Ursula zurück. Er wollte nicht zur selben Zeit am selben Ort wie er selbst sein, und deshalb nahm er den Endpunkt des Richtstrahls als seinen Eingangspunkt. Für Ursula war es, als wäre er verschwunden und gleich wieder erschienen, nur zwei Jahre älter.

Sofort begriff sie, was Lionels Rettungsplan tatsächlich bedeutete – und sie wollte es nicht. Ihr Verstand war dahin, und er würde nicht zurückkommen. An einem besinnungslosen Leben hatte sie kein Interesse. Sie flehte ihn an, nicht noch weiter zurückzugehen. Selbst wenn sie den exakten Augenblick ermitteln könnten, in dem der Krebs in ihrem Hippocampus zum ersten Mal erschienen war, tief vergraben in ihrem medialen Temporallappen, lag er doch mehrere Jahre zurück. Sie brauchte ihre glücklichen Erinnerungen. Sie wollte nicht viele Jahre davon gegen die Erinnerung an seine verzweifelten und wahrscheinlich fruchtlosen Versuche, sie zu heilen, eintauschen. Sie wollte mit dem, was von ihrem prachtvollen Hirn noch übrig war, friedlich sterben und sich im Bett an ihre gemeinsamen Zeiten erinnern, an seinen Körper und ihren Körper, verbunden auf eine Weise, die ihrem Leben einen Sinn gab, selbst wenn es ein geheimer Sinn war, ein verborgener Sinn, ein schändlicher Sinn. Wenn er ihr diese Erinnerungen wegnähme, wäre das eine viel verheerendere Amputation als das, was Jerome vor all den Jahrzehnten erlitten hatte.

Lionel versprach ihr, nicht weiter zurückzureisen. Sie weinten, sie küssten sich, und sie verabschiedeten sich.

Kaum war er in der Gegenwart, reiste er wieder zurück. Und

noch einmal. Und noch einmal. Und wieder und wieder und wieder und wieder. Irgendwann konnte er nicht mehr zählen, wie oft er zu genau demselben Augenblick zurückgekehrt war. Es war nicht nur das Versprechen, das er ihr gegeben hatte – es gab auch technische Gründe, weshalb er nicht weiter als bis zu ihrem letzten gemeinsamen Tag zurückgehen konnte. Aber jedes Mal versuchte er es auf andere Weise, Ursula zu überreden, ihm zu erlauben, dass er sie zu heilen versuchte. Jedes Mal lehnte sie es ab. Jedes Mal weinten sie und küssten sich und verabschiedeten sich, und jedes Mal versuchte er es wieder.

Er kehrte zurück und zwang sie, sich der Behandlung zu unterziehen, und die Behandlung scheiterte, und sie starb trotzdem, und ihre letzte Erinnerung an ihn war erfüllt von Verrat und Wut. Er versuchte es wieder und zwang sie noch einmal und scheiterte wieder, und sie starb in seinen Armen. Die außer Kontrolle geratenen Naniten fraßen ihr Gehirn, und Lionel versuchte in panischer Hast, sie zu deaktivieren, bevor sie sie ganz und gar fraßen und ihn auch noch infizierten. Er versuchte es wieder, scheiterte wieder, versuchte es wieder, scheiterte wieder, und jedes Mal ging es Ursula schlechter, ihre Verwirrung und Desorientierung nahm zu, sie war weniger präsent, weniger sie selbst. Ihr Mann und ihre Tochter schrieben es dem Wüten der Krankheit zu; für sie, verhaftet in der linearen Zeit und nicht ahnend, dass Lionel Ursulas Erleben chronisch zurücksetzte, sah es einfach nur so aus, als würde sie sehr schnell sehr krank.

Und zum ersten Mal in seinem Leben gab Lionel Goettreider auf. Er reiste ein letztes Mal zurück, und Ursula war ein Wrack, weil er sie dazu gemacht hatte. Er nahm sie in die Arme und sagte, es tue ihm leid. Sie weinten, sie küssten sich, sie verabschiedeten sich.

Diesmal blieb er in der Vergangenheit. Am nächsten Tag kollabierte Ursula in ihrer Küche, und Jerome fuhr sie eilig ins Krankenhaus. Sechs Tage später starb sie. Emma saß an ihrem Bett.

Lionel ging zur Beerdigung, sprach zum ersten Mal mit Emma, versuchte, Jerome um Verzeihung zu bitten, und als alles vorbei war, kehrte er in die Gegenwart zurück. Bis dahin hatte sein längster Aufenthalt in der Vergangenheit drei Stunden gedauert. Für seine letzte Reise nahm er sich etwas mehr als eine Woche Zeit.

Du liebst jemanden fünfzig Jahre lang, und dann stirbt dieser Mensch. Die Leute beschreiben die Trauer als eine Art Leere, aber sie ist nicht leer. Sie ist voll. Schwer. Keine Lücke, die ausgefüllt werden muss, sondern eine Last, die gezogen werden muss. Haken in deiner Haut ketten dich an große Felsblöcke, die aus den vielfältigen Arten von Zukunft bestehen, von denen du dachtest, dass du sie erleben würdest. Wie verhinderst du, dass fünfzig Jahre voller Liebe zu einem Schlangenbiss werden, der dein eigenes Herz zur Bedrohung macht, weil es das Gift durch deinen ganzen Körper pumpt?

Verdammt, ich will es nicht, aber ich muss an meinen Vater denken. Und wie er es empfand, als meine Mutter starb. Denn natürlich habe ich ihn nie gefragt.

Ich weiß noch, dass ich eine Woche nach ihrem Tod ein Dutzend gegrillte Käsesandwiches in der Küche fand, die alle einmal angebissen worden waren. Ich warf sie in das Auflösungsmodul für Biomüll und schüttelte den Kopf über die Weltvergessenheit meines Vaters – er kann die Geheimnisse der Zeitreise entwirren, aber er kann keinen Lebensmittelsynthesizer bedienen.

Aber jetzt verstehe ich es. Es war keine Verschwendung, es war Sehnsucht. Er versuchte, eine Mahlzeit zustande zu bringen, die seine Frau ihm dreißig Jahre lang gemacht hatte. Aber der Automat bekam den Geschmack nicht richtig hin. Und so wurde etwas so Banales wie ein Sandwich durchtränkt von Traurigkeit.

Mein Vater verbrachte sein Leben in Goettreiders Schatten, und ich habe ihn mein Leben lang für unwürdig gehalten, mit jenem verglichen zu werden. Bis jetzt habe ich gebraucht, um zu sehen, was er *nicht* getan hat. Er hat seine Zeitmaschine nicht benutzt. Er ist nicht zurückgereist. Er hat sie nicht gerettet. Wie groß sein Schmerz auch gewesen sein mag, er hat damit *gelebt*. Er hatte einen inneren Kompass, der Lionel fehlte. Und mir auch.

Als meine Mutter starb, war mein Vater noch vier Monate von dem wissenschaftlichen Triumph entfernt, für den er sein Leben lang gearbeitet hatte. Ich war alles, was er noch hatte. Selbst wenn es nicht wichtig ist, selbst wenn es nie passiert ist, selbst wenn dieser Schmerz nur in meiner Erinnerung existiert, erweist sich jetzt, dass mein Vater mich am Ende etwas über die Liebe gelehrt hat.

118

Einmal, beim Abendessen in einem kleinen Bistro auf dem Land außerhalb von Clermont-Ferrand, nachdem sie tagsüber über die Aschekegel der Vulkankette der Chaîne des Puys gewandert waren, aß Ursula ihr Dessert und erklärte Lionel ihre Vorstellung von Realität. Realität, sagte sie, ist nicht konkret. Sie ist locker und gallertig wie die Crème brulée, die sie halb aufgegessen hatte. Die Oberfläche ist kristallin, aber sie ist nur eine harte, dünne Kruste, die schützend über dem weichen Inneren liegt und es an seinem Platz festhält. Wenn man sie durchstößt, zerbricht sie zu scharfkantigen Scherben, und das Innere quillt hervor.

Lionel gesteht mir, er befürchtet, dass das, was er mit der Zeitlinie angestellt hat, einen Systemfehler in der Realität an sich ausgelöst haben könnte. Es hat angefangen, weil zwei Menschen ein bisschen Zeit miteinander verbringen wollten. Geendet hat es damit, dass der eine die andere nicht gehen lassen konnte. Wenn man immer wieder zum selben Augenblick in der Zeit zurückkehrt, ist es, als klopfte man immer wieder mit dem Fingernagel auf dieselbe Stelle eines Spiegels. Genügt das, um den Spiegel zu zerbrechen? Wahrscheinlich nicht. Aber woher will man wissen, ob man nicht vielleicht einen nicht wahrnehmbaren Schaden an seiner strukturellen Integrität anrichtet?

Was passiert, wenn die harte Kruste auf der Realität aufbricht? Was quillt dann hervor?

Ich weiß, dass es eine bessere Version dieser Welt gibt, denn ich habe darin gelebt, und ich habe Wunder gesehen, die sich niemand träumen lässt. Aber das heißt nicht, dass nicht auch eine sehr viel schlechtere Version dieser Welt im Garten steht und nur darauf wartet, dass jemand die Hintertür offen lässt.

Bin ich allzu zartfühlend? Dann will ich mich klarer ausdrücken – ungeahntes Grauen, das quillt hervor, wenn die harte Kruste aufbricht.

Wenn ein einziger Fehler, den ich vor fünfzig Jahren begangen habe, eine ganze neue Realität erschaffen kann, was haben dann all die Fehler, die Lionel auf seinen zahllosen Reisen in die Vergangenheit gemacht hat, mit der Welt anstellen können? Und mit *mir*?

Ich habe eine Frage, die an mir nagt, seit Lionel angefangen hat, das alles zu erklären. Es ist eine Frage, die man stellen muss, selbst wenn man die Antwort kennt.

»Als Sie das letzte Mal in die Vergangenheit gereist sind«, sage ich, »wann *genau* sind Sie da zurückgekommen?«

Lionel wirft einen Blick auf die Anzeige seiner Armbanduhr. Er sei vor fünf Tagen zurückgekommen, sagt er, zu einer Zeit, die in Toronto dem frühen Morgen des vergangenen Sonntags entspricht.

Dass ich die Antwort schon kenne, ändert nichts daran, dass eine eiskalte Faust meine Muskeln und Organe umklammert. Als Lionel jene letzte Reise in die Vergangenheit unternahm, um Ursula zu sehen, und bis zu ihrer Beerdigung blieb, war er sehr viel länger dort als je zuvor. Eine Woche in der Vergangenheit, das ist nicht, als klopfte man mit dem Fingernagel gegen einen Spiegel. Man schlägt mit einem Hammer darauf ein. Die harte Kruste ist zerbrochen, und etwas ist hervorgequollen. *John.*

Am Sonntagmorgen wachte John in Pennys Bett auf, und ich war fort.

Ich habe die Kontrolle nicht so verloren, wie ich angenommen habe. Lionels Zeitmaschine hat mir das angetan.

119

Das alles fühlt sich falsch an, zu düster, zu dunkel, zu sehr beschädigt. Lionel Goettreider hat die Zeitreise erfunden und für eine Affäre benutzt. Ich bin weder Physiker noch Philosoph und nur dem Namen nach Architekt, ich bin eigentlich überhaupt nichts Besonderes, und das hier übersteigt mein Fassungsvermögen bei weitem. Ich möchte in Pennys Bett sein und den Morgen vertrödeln, mich scherzhaft darüber streiten, wer jetzt für den Kaffee sorgt, und mir überlegen, ob ich physiologisch in der Lage bin, noch einmal mit ihr zu schlafen, ohne vorher auf die Toilette zu gehen. Ich will nicht hier sein. Ich will nach Hause.

Und jetzt kann ich nach Hause. Ich musste Penny beweisen, dass ich nicht verrückt bin. Okay, gut, Lionel Goettreider ist am Leben, und klar, er ist narzisstisch und verrückt, aber brillant genug, um die Zeitmaschine zu erfinden. Also: Auftrag erfüllt.

Ich verabschiede mich höflich, aber herzlich von Lionel und nehme mir vor, dieses Gespräch bald wiederaufzunehmen. Ich werde direkt zum Flughafen fahren und bezahlen, was immer es kostet, um mit der nächsten Maschine nach Toronto zurückzufliegen, und auf dem Flug lege ich mir exakt zurecht, was ich zu Penny sagen werde, um ihr Vertrauen wiederzugewinnen. Ich werde mit meiner Familie sprechen und mich einverstanden erklären, jede psychologische Hilfe zu akzeptieren, die ich ihrer Meinung nach brauche, um aufzuhören, mir den Kopf über mich selbst zu zerbrechen, und vielleicht, ich weiß es nicht, wird das helfen, John fernzuhalten, und, ja, ich weiß, es klingt unbestimmt und wacklig, aber das ist mir egal – ich habe hier bekommen, was ich wollte, und jetzt bin ich fertig.

»Danke, dass Sie es mir gezeigt haben«, sage ich. »Aber ich glaube, es wird jetzt Zeit, dass ich gehe.«

»Das denke ich auch«, sagt Lionel. »Es hat keinen Sinn, es weiter hinauszuschieben. Ihre genetischen Scans sind bereits in die Transmissionsmatrix eingespeist, und alle Systeme sind aktiviert.«

»Wovon reden Sie?«, frage ich.

»Ich werde Sie zurückschicken.«

»Wohin zurückschicken?«

»Sie sollen die Zeitlinie zurücksetzen. Damit alles wieder so ist, wie es sein soll. Ich weiß, ich habe ein paar geringfügige Wellen verursacht, weil ich das Gerät zu privaten Zwecken benutzt habe, aber Sie sind derjenige, der alles in Gang gesetzt hat. Sie haben den ersten Riss in der Schale der Zeit geöffnet. Mein Experiment hätte klappen sollen. Ursula hätte sich für mich entscheiden sollen. Nichts von alldem hätte passieren sollen, und Sie können es in Ordnung bringen. Sie können verhindern, dass Sie alles ruinieren.«

»Lionel«, sage ich, »ich reise hier nur noch nach Hause.«

»Aber Sie *müssen* das tun«, sagt er. »Sie sind es der Welt schuldig. Sie sind es *mir* schuldig. Dies ist nicht mein Leben.«

»Hören Sie«, sage ich, »eins hätte ich Ihnen sofort sagen sollen. Ihr Experiment hätte funktionieren sollen, ja, und es hätte die Energie für die Zukunft liefern sollen, die wir nie bekommen haben. Aber Sie haben es nicht erlebt. Sie, Ursula, Jerome und alle anderen, die an dem Tag im Jahr 1965 in dem Labor waren, Sie alle sind wenige Wochen nach dem Experiment gestorben. Der Radioaktivitätsausstoß, den Sie entdeckt und nach dem Experiment repariert haben, hat Sie in meiner Welt getötet. Und er hat auch Ursula getötet. Sie leben nicht glücklich und zufrieden bis an Ihr seliges Ende. Sie sehen einander nie wieder.«

»Und das war's dann?«, sagt Lionel. »Was Besseres kriege ich nicht? Zur Belohnung soll ich mein ganzes Leben damit verschwenden, auf sie zu warten? Nein. Das ist nicht genug. Lieber sterbe ich mit dem Wissen, dass meine Arbeit die Welt verändert hat.«

»Ich verstehe«, sage ich. »Ich habe darüber nachgedacht, wie ich alles in Ordnung bringen könnte. Ich gehe zurück bis zum Unfall und verhindere ihn, kehre dann nur einen Tag früher in meine Zeitlinie zurück und treffe eine einfache, andere Entscheidung. Ich könnte sogar mit ihr schlafen, und solange sie nicht schwanger würde, wäre alles okay. Ich weiß, das ergibt keinen Sinn für Sie; ich will nur sagen, ich verstehe, wenn man die Technologie hat … verfolgt einen die Möglichkeit der Veränderung. Man stellt es sich so sauber und einfach vor. Ändere diese Kleinigkeit hier, und der Rest wird sich schon ergeben. Aber so ist es nicht. Es ist unsauberer, als Sie denken. Man hat keine Kontrolle. Man kann nur zerstören. Und ich bin fertig mit dem Zerstören. Ich will jetzt etwas *machen*. Ich weiß, es ist selbstsüchtig, die Welt, aus der ich komme, für immer verlorenzugeben. Aber, tut mir leid, nicht selbstsüchtiger als die Tatsache, dass Sie alle Ihre Erfindungen hier in diesem Mausoleum eingeschlossen haben, während Sie die Welt hätten verändern können. Ich meine, sehen Sie das denn nicht? Sie könnten längst alles sein, was Sie Ihrer Meinung nach hätten sein sollen. In meiner Welt sind Sie seit fünfzig Jahren tot. Wenn Sie das ganze Zeug freigeben, an dem Sie hier herumgebastelt haben, bekommen wir zwar nicht alles, was wir hätten haben können, aber es wäre ein verdammt guter Anfang. Und Zeitreisen werden es nicht besser machen. Nur schlimmer.«

»Es tut mir sehr leid, dass Sie das sagen.«

»Selbst wenn ich dächte, man könnte damit irgendetwas reparieren – was ich nicht glaube –, kann ich meine Familie nicht aufgeben. Meine Mom und meinen Dad und meine Schwester. Und Penny. Ich kann Penny gegen niemanden eintauschen. Und ich werde es auch nicht tun.«

»Ich hatte gehofft, dass es nicht dazu kommen würde«, sagt Lionel. »Aber bedenken Sie bitte, dass Sie derjenige sind, der dies zu einer Sache von vier Menschen aus sieben Milliarden macht.«

Er berührt seine Armbanduhr und sticht mit dem Finger in meine Richtung in die Luft. Und einfach so fällt alles auseinander.

120

Ein flaches Viereck schwebt vor mir, und auf einem körnig grünen Bild sehe ich Penny schlafend in ihrem Bett. Im Raum stehen zwei Frauen, deren Gesichter von ledernen Sturmhauben und klobigen Nachtsichtbrillen bedeckt sind. Sie haben Äxte in den Händen, als wollten sie Holz hacken.

Eine dritte maskierte Frau stellt die Videokamera auf die Kommode. Sie hat einen Kanister, und ich sehe, wie sie am Auslassventil herumfummelt, während die beiden anderen die schlafende Penny beobachten und ihre Äxte umklammern.

Ich habe keinen Plan, aber in panischem Entsetzen will ich mich auf Lionel stürzen. Ich komme nicht in seine Nähe. Er macht wieder eine Geste in der Luft, und plötzlich fühle ich mich auf den kalten Betonboden gedrückt. Ich kann mich nicht bewegen, kann kaum atmen.

»Ein lokal begrenztes Gravitationsfeld«, sagt Lionel. »Vergleichbar mit dem System in meinen Beinschienen. Ich gehe bei Dreiviertel der Erdgravitation. Was Sie jetzt fühlen, ist die vierfache Erdgravitation. Versuchen Sie gar nicht erst, sich zu bewegen. Bei diesem Gravitationsniveau fließt das Blut nicht richtig in Ihre Muskeln und Ihr Gehirn. Und selbst wenn Sie einen Bewegungsansatz finden, werden Ihre Bänder nicht damit fertig. Sie reißen sich die Glieder ab, und das kann eine ziemliche Schweinerei werden.«

Ich will etwas sagen, aber meine Zunge liegt wie eine Hantel in meinem Mund. Ich kann nur sabbern.

Der schwebende Bildschirm positioniert sich wieder in mein Gesichtsfeld auf Bodenhöhe. Zwei weitere Monitore erscheinen und zeigen grünliche Aufnahmen von Schlafzimmern. In dem einen schlafen meine Eltern, in dem anderen Greta. Die Kameras stehen auf festen Unterlagen, neben jedem Bett sehe ich drei maskierte Frauen mit Nachtsichtbrillen, zwei halten Äxte, eine einen Kanister, genau wie bei Penny.

Die Frau mit dem Kanister in Gretas Zimmer dreht am Auslassventil, und ein Gas strömt heraus. Ich sehe es, weil die Wolke der Gasmoleküle in der Nachtsichtdarstellung Verzerrungen hervorruft, sodass sie funkelt wie der Zauberstaub, den eine Fee auf ein schlafendes Kind streut. Nur tragen diese Feen hier Sadomaso-Masken und Holzfälleräxte. Das Gleiche passiert im Zimmer meiner Eltern: Glitzerndes Gas schwebt über ihrem Bett.

»Das ist ein Tranquilizer«, sagt Lionel. »Keine kognitive Schädigung in dieser Dosis, aber sie werden erst aufwachen, wenn sie hier in Hongkong sind.«

Aber in Pennys Schlafzimmer läuft etwas nicht plangemäß. Der Gaskanister funktioniert nicht richtig, und die Frau hat Mühe, den Hahn aufzudrehen. Zu dem Videobild kommt kein Ton, und deshalb höre ich nicht, was Penny aufweckt.

Die drei Eindringlinge schauen sie gleichzeitig an. Wahrscheinlich, weil sie schreit – jedenfalls hat sie den Mund aufgerissen. Stolz durchströmt mich, als Penny sofort in Aktion tritt wie eine verdammte Kämpfernatur. Sie springt aus dem Bett, packt eine Lampe und schleudert sie auf die Frauen. Aber die Lampe hängt an der Steckdose und springt zurück, ohne jemanden zu treffen. Immerhin zucken die Frauen zurück, und das gibt Penny Gelegenheit, sich gegen die Wand zu werfen, und sie prallt mit der Schulter an den Lichtschalter. Wenn das wirklich ihr Plan war und nicht reines Glück, dann war es ein guter Plan, denn die drei tragen Nachtsichtgeräte, und das plötzliche Licht blendet sie. Das grünliche Videobild erstrahlt in voller Farbe, und Penny starrt die drei verrückt maskierten Gestalten in ihrem Schlafzimmer mit weit aufgerissenen Augen an.

Sie fasst den schockierenden, mutigen Entschluss, nicht zu fliehen – was ich, das versichere ich Ihnen, in dieser Situation tun würde. Stattdessen reißt sie den antiken Spiegel mit dem schweren Rahmen von der Wand und schmettert ihn der nächstbesten Axtträgerin über den Schädel. Die geht in einem Regen von silbernen Scherben zu Boden, während die beiden anderen ihre Brillen herunterreißen. Die mit dem Kanister fummelt immer noch am Hahn herum und versucht, bei ihrem Plan zu bleiben. Die andere Axtfrau steht zwischen Penny und der Tür, aber sie klemmt hinter der, die Penny niedergeschlagen hat und die jetzt um sich schlägt, als Glasscherben ihr die Haut zerschneiden.

Die zweite Axtfrau muss wohl annehmen, dass Penny zur Tür laufen will, und deshalb reagiert sie nur langsam, als Penny zum Nachttisch stürzt. Sie schwingt ihre Axt, Penny duckt sich, und die Axt durchschlägt die Wand und bleibt im Gipskarton hängen. Ich nehme an, deshalb kämpft man im Allgemeinen nicht mit einer Axt.

Während die Frau versucht, ihre Axt aus der Wand zu befreien, holt Penny aus und schlägt ihr mit aller Kraft in den Magen. Die Frau krümmt sich würgend zusammen und übergibt sich. Sie zerrt an der Maske und will sie abnehmen, damit sie nicht an ihrem Erbrochenen erstickt.

Die erste Axtfrau schleudert den Spiegelrahmen von sich, und blutüberströmt will sie mit der Axt auf Penny losgehen.

Aber Penny hat eine Pistole aus der Nachttischschublade gerissen.

Ich war schon oft an dieser Schublade, habe nach Kondomen gesucht und ein- oder zweimal ein Paar ihrer zu kleinen Socken geborgt, und deshalb weiß ich, dass da nie eine Pistole war. Jedenfalls nicht, bevor John kam.

Penny drückt ab. Auf diese kurze Distanz kann man kaum danebenschießen, und die Schulter der Axtfrau zerspritzt blutig nass. Die Frau kippt vornüber, schlägt mit dem Kopf auf die scharfe Kante des Nachttischs und landet schwer zu Pennys Füßen.

Auch wenn ich es ohne Ton auf dem schwebenden Display verfolge, ist klar, dass der Schuss die Lage im Zimmer verändert hat. Penny feuert auf die Axtfrau, die in ihre Maske gekotzt hat, und deren Kniescheibe explodiert. Sie kollabiert wie eine Marionette, deren Schnüre durchgeschnitten worden sind.

Die dritte Frau gibt das Gefummel am Hahn auf und schleudert den schweren Metallkanister auf Penny. Penny wehrt ihn mit dem Unterarm ab, aber es tut offensichtlich höllisch weh, und was noch viel schlimmer ist, es lenkt sie so lange ab, dass die Frau einen Satz quer durch das Zimmer machen und ihr einen Schlag ins Gesicht versetzen kann.

Benommen versucht Penny, mit der Pistole zu zielen, aber die Frau packt ihren Arm und dreht ihn um, bis sie die Waffe fallen lässt. Sie schlägt Penny zu Boden und stemmt ihr das Knie ins Kreuz, um sie festzuhalten.

Ich kann mir nichts Schlimmeres vorstellen, als zuzusehen, wie die Frau, die ich liebe, lautlos um Hilfe ruft, die ich ihr nicht geben könnte, selbst wenn ich mich rühren könnte, denn ich bin fast achttausend Meilen weit entfernt. Aber ich werde gleich genau herausfinden, was noch schlimmer ist.

Die Frau mit dem zerschmetterten Knie steht auf, balanciert auf dem unverletzten Bein und schleift das zerschossene hinter sich her. Sie hebt ihre Axt und lässt sie mit der stumpfen Seite auf Pennys Kopf herunterfahren.

In Pennys Augen geht das Licht aus. Sie sackt zusammen.

Ich höre keinen Laut, aber der lautlose Zusammenprall von massivem Stahl und Haar und Haut und Knochen strudelt wie ein Schwarm Rasierklingen durch meine Adern. Ich will schreien, aber alles, was ich hervorbringe, ist ein rasselndes, gutturales Stöhnen. Ich bin Angst und Hass. Ich bin Gewalt und Rache.

Die Frau hebt die Axt, um noch einmal zuzuschlagen, aber die andere Frau sagt etwas, das sie aufhält. Beide schauen in die Kamera auf der Kommode. Die eine fühlt Pennys Puls und hält den aufwärtsgewandten Daumen in die Kamera. Die andere schaltet sie ab.

Auf dem Display erscheinen Pixelschleier. Auf den beiden anderen sehe ich, wie meine Mom und mein Dad und meine Schwester besinnungslos aus ihren Betten gehoben und weggeschleppt werden. Ich fühle, wie mir die Tränen in die Augen steigen, aber die intensive Schwerkraft stellt etwas mit ihrer inneren Struktur an: Sie quellen bizarr auf und platzen dann aus meinen Augen wie Wasserbomben auf dem Pflaster.

»Ich muss mich entschuldigen«, sagt Lionel. »Niemand sollte verletzt werden. Diese Agentinnen stammen aus einem ziemlich eigenartigen japanischen Endzeitkult; sie möchten gern zu Gefallen sein, aber sie sind doch manchmal schwer zu steuern. In ihrer fundamentalen Weltsicht ist ein bisschen zu viel Fatalismus, um sie wirklich erfolgreiche Angestellte sein zu lassen. Zum Glück sind alle noch am Leben. Sie werden innerhalb einer Stunde in einem Privatjet unterwegs nach Hongkong sein.«

Klarheit durchspült meinen Kopf. Die Angst ist weg. Der Hass ist weg. In mir ist keine Gewalt, kein Rachedurst, kein Ziel, kein Plan, keine Hoffnung. Es ist fast eine Erleichterung zu wissen, dass ich keine Entscheidungen mehr treffen muss. Ich muss nur noch tun, was Lionel sagt.

121

Die Schwerkraft fällt auf das Normalmaß zurück, aber ich kann mich immer noch nicht vom Boden lösen. Lionel startet seine Zeitmaschine mit emphatischen Gebärden wie der verrückte Dirigent eines unsichtbaren Orchesters. Er scheint nicht zu befürchten, dass ich aufspringen und ihn totschlagen könnte. Und das muss er auch nicht. Mein ganzer Körper ist gefühllos, und selbst wenn es nicht so wäre, würde ich nichts tun, was meine Mom und meinen Dad und meine Schwester und die Frau, die ich liebe, in Gefahr bringen könnte.

»Folgendes wird passieren«, sagt Lionel. »Sie reisen zum 11. Juli 1965 zurück und unterlassen es, mein Experiment zu sabotieren. Die Zeitlinie wird in ihr richtiges Gleis zurückkehren. Alles, die letzten fünfzig Jahre, wird wieder in Ordnung gebracht.«

Er sieht mich an und ist verblüfft, weil ich immer noch auf dem Boden liege.

»Ich habe das Gravitationsfeld wieder auf normal gestellt«, sagt er. »Sie können jetzt aufstehen.«

Tatsächlich habe ich das Gefühl, ich könnte bis unter die gewölbte Decke fünfundzwanzig Meter über mir springen. Aber das tue ich nicht. Ich setze mich nur auf.

»Ich will nur, dass Sie Ihren Fehler beheben«, sagt er. »Jeder Mensch auf dem Planeten, die vier eingeschlossen, die Ihnen so sehr am Herzen liegen, lebt das falsche Leben. Wenn alles wieder so ist, wie es sein sollte, ist ihr Leben irrelevant. Genau wie ihr Tod. Denn in der *richtigen* Zeitlinie haben sie ein anderes Leben und einen anderen Tod, und dieses Leben und dieser Tod hier werden gar nicht existieren. Wenn sie geopfert werden müssen, damit Sie das Richtige tun, dann wäre es im Grunde nicht mal Mord. Eine Fiktion kann man nicht ermorden. Und jeder auf diesem Planeten lebt in einer schrecklichen Fiktion, die neu geschrieben werden muss. Von Ihnen.«

»Ich habe einfach so viel mehr von Ihnen erwartet«, sage ich.

»Das beruht auf Gegenseitigkeit«, sagt Lionel. »Sie kamen mir früher so viel gescheiter vor.«

»Wann, vor zwei Stunden? Als ich noch dachte, Sie wären der größte Mensch, der je gelebt hat, und nicht das Arschloch, das alle gekidnappt hat, die ich liebe, und das Raum-Zeit-Kontinuum verdreht hat, damit er die Frau eines anderen vögeln konnte?«

»Nein«, sagt er. *»Davor.«*

Er schiebt die Hand in die Hosentasche und zieht ein altes Polaroidfoto mit abgegriffenen Rändern heraus. Er reicht es mir.

Es ist ein Foto von mir und Lionel. Aber es ist nicht der Lionel, der vor mir steht, sondern der von 1965. Und ich – ich sehe genauso aus wie jetzt. Ich trage sogar dieselben Sachen.

»Dieses Foto wurde am 13. Juli 1965 aufgenommen«, sagt er. »Zwei Tage nach dem Unfall habe ich die Maschine zum ersten Mal wieder eingeschaltet. Und da sind Sie erschienen.«

122

Ich starre das Foto an. Natürlich kann es eine Fälschung sein. Ich trage exakt die Sachen, die ich jetzt trage, aber er hat mich ja gescannt. Lionel hat eine Zeitmaschine gebaut – er könnte auch ein gefälschtes Polaroid hinkriegen. Aber es fühlt sich nicht falsch an. Es fühlt sich *alt* an. Es fühlt sich an wie ein Foto, das vor einundfünfzig Jahren aufgenommen wurde.

»Sie werden zum 13. Juli 1965, 4:38 Uhr, zurückreisen«, sagt Lionel. »Zu dem Augenblick, als ich die Maschine wieder einschaltete. Mein früheres Ich wird Ihren Anweisungen folgen und Ihnen helfen, die letzten zwei Tage bis zum 11. Juli 1965, ein paar Augenblicke vor dem Unfall, zurückzuspringen. Meine Maschine kann kleinere Distanzen in der Zeit bewältigen, ohne einer dezidierten Strahlungsspur zu folgen. Außerdem hat sie ein zweitrangiges Sicherungssystem, eine Detektionsmatrix, die jede Radioaktivität aufspürt, die sich von Ihrer ersten Reise durch die Zeit zurück noch in der Atmosphäre befindet. Sie sorgen dafür, dass mein Experiment Erfolg hat, und dann kehren Sie in die Gegenwart zurück, und die Welt ist wiederhergestellt.«

»Das heißt, ich bringe Ihnen die Technologie, die Sie brauchen, um mich auf die letzte Etappe meiner Reise zu bringen, und Ihr *Ich* von 1965 spielt da einfach mit?«

»Ich hatte bereits die Theorie, dass die Person, die ich an jenem Tag in meinem Labor gesehen habe, ein Zeitreisender war«, sagt er. »Ihr Erscheinen hat meine unmögliche Hypothese bestätigt. Außerdem schienen Sie zu wissen, was Sie tun, und ehrlich gesagt, in Anbetracht dessen, dass mein Lebenswerk um mich herum zusammenbrach, stellte sich heraus, dass ich ein wenig Anleitung gebrauchen konnte.«

»Vielleicht reise ich zurück und bringe Sie mit bloßen Händen um.«

»Na«, sagt Lionel, »anscheinend sind Sie nicht so intelligent, wie ich erwartet hatte, aber ich glaube, Sie haben das Kausalitätsprinzip so weit begriffen, dass Ihnen klar ist, wie unvorhersehbar die Konsequenzen sein könnten. Was ist, wenn mein Tod im Jahr 1965 bedeuten würde, dass Penelope nie geboren wird?«

»Ich habe das Gefühl, dies ist ein guter Augenblick, um Ihnen zu sagen, Sie können mich mal am Arsch lecken.«

»Wenn es uns dabei helfen wird voranzukommen«, sagt er, »dann nur zu.«

»Lecken Sie mich am Arsch.«

»Sind Sie so weit?«

»Jetzt sofort?«

»Jetzt oder nie.«

Ich hebe die Zeitmaschine auf. Sie ist überraschend leicht.

»Ich musste sie so konstruieren, dass sie leicht zu tragen ist«, sagt er. »Und leicht zu bedienen. Selbst für jemanden, der so wenig über Zeitreisen wusste wie der Mann, der ich damals war.«

Lionel erklärt mir, wie die Maschine funktioniert, und es ist wirklich einfach. Gefährlich einfach. Schwarze Gedanken brodeln in meinem Kopf. Ich reise zurück und verhindere, dass Lionel Goettreider je geboren wird. Oder ich verhindere, dass ich vor ein paar Stunden an seine Tür klopfe. Ich mache kehrt, fliege nach Hause und finde einen anderen Weg, Pennys Vertrauen zurückzugewinnen. Aber natürlich sehe ich jetzt, dass Lionel auf mich gewartet hat und bereit ist, so weit wie nötig zu gehen, damit ich tue, was er will. Und da ist dieses Foto. Ich weiß, es ist pervers, aber ich kann es nicht ändern – die Schleife will geschlossen werden.

Ein Teil des Bodens gleitet zurück, und eine Plattform steigt auf. Darauf steht eine weitere Goettreider-Maschine – besser gesagt, wie Lionel erklärt, es ist das Original. Was ich in seinem Haus gesehen habe, ist nur das Backup. Das hier ist der Original-Prototyp, der seit 1965 ununterbrochen läuft. Ich kann sehen, dass die Bauteile sehr viel älter aussehen als bei dem modernisierten Modell in seinem Haus. Roboterarme verbinden sie mit der Zeitmaschine, und Lionel beugt sich über sie und vergewissert sich wie eine liebevolle Kindergärtnerin, dass alles funktioniert.

Wenn ich einen unangemessen ruhigen Eindruck mache, dann nur, weil der Adrenalinglanz des Schreckens mich lähmt. Immer wieder sehe ich Penny auf dem Boden im Schlafzimmer und wie die stumpfe Seite der Axt auf ihren Schädel trifft. Vielleicht ist sie schon tot. Selbst wenn ich einen Weg finde, sie zu retten, wie kann sie mir jetzt noch verzeihen? Und wenn ich nicht tue, was er verlangt, wird Lionel sie alle umbringen, meine Mom, meinen Dad, meine Schwester und meine Liebste, und dann habe ich sowieso keinen Grund mehr, in dieser Welt zu leben.

Es ist zu schmerzhaft, an Penny und meine Familie zu denken, an die unmögliche Entscheidung, sie entweder ermorden oder annullieren zu lassen, und deshalb denke ich stattdessen an die Welt, die ich für ihn zurückbringen soll. An fliegende Autos und Hausroboter und Nahrungspillen und Deisha und Xiao und Asher und Teleportation und Hester und Raketenrucksäcke und Megan und gleitende Gehwege und Tabitha und Strahlenpistolen und Hoverboards und Robin und Weltraumurlaub und Mondbasen und meinen Vater. Bin ich wirklich qualifiziert zu beurteilen, welche Welt es verdient zu existieren? Wenn alles nach Lionels Plan läuft, wird jene Welt diese hier überschreiben, und alles, was davon übrig bleibt, ist meine Erinnerung an eine Realität, die es niemals geben sollte.

Aber mit fehlerhaften Plänen kenne ich mich ein bisschen aus.

Lionel ist so viel gescheiter als ich, und er hatte so viel Zeit, über alles nachzudenken. Ich nehme an, er hat einen guten Grund, mir diese Zeitmaschine in die Hand zu geben und darauf zu vertrauen, dass ich sie so benutze, wie er es erwartet. Aber wenn ich wieder dort bin und wenn sich eine bessere Lösung präsentiert, dann werde ich sie vorziehen, auch wenn mir die Konsequenzen nicht restlos klar sind. Seien wir ehrlich – das waren sie noch nie.

123

Lionels Zeitmaschine ist kompakt und schmucklos. Auf dem Deckel befindet sich ein simples Steuerfeld, das man aufklappen kann, sodass man das mikroskopisch kleine Innenleben sehen kann. Davon abgesehen ist das Gehäuse fugenlos. Lionel musste keine Finanziers beeindrucken, keine Kunden in Ehrfurcht versetzen. Seine Maschine braucht nicht cool auszusehen. Sie muss lediglich einen Menschen durch die Zeit zurückschicken.

Er lässt ein letztes Diagnoseprogramm laufen, und ich fange an, mich auszuziehen. Verblüfft schaut er mich an.

»Was machen Sie da?«

»Muss ich mich nicht ausziehen?«

»Nein!«, sagt er. »Welcher Perverse schickt Sie denn nackt auf eine Zeitreise?«

»Mein Vater«, sage ich. »Da, wo ich herkomme, hat er die Zeitreise erfunden.«

»Der Professor? Interessant. Dann hat er also das Problem der spatio-temporalen Transmission anorganischer Materie nicht lösen können. Wenn es gelingt, hat es natürlich gewisse Implikationen. Es verlangsamt die Reise beträchtlich, aber es beseitigt das Problem der Augenblicklichkeit …«

Lionel berührt seine Armbanduhr, macht eine emphatische Geste in der Luft und notiert etwas. Ich könnte ihm die Skinsuits beschreiben, aber ich habe im Moment wenig Lust, mit ihm zu kooperieren.

»*Mein* Vater war paranoid«, erzählt er. »Ich meine, im klinischen Sinne. An den meisten Tagen war er ein angenehmer, umständlicher, aufmerksamer Mann. Aber manchmal kamen wir aus der Schule nach Hause und trafen einen murmelnden Irren an, der mich und meinen Bruder in die Küche setzte und mit meiner verängstigten Mutter darüber diskutierte, ob es nicht humaner wäre, uns alle umzubringen, statt uns von irgendwelchen ruchlosen Schattengestalten jagen zu lassen. Meine Mutter war möglicherweise die einzige Jüdin in Europa, die erleichtert war, als die Nazis einmarschierten. Endlich war die Paranoia meines Vaters vollkommen gerechtfertigt. Und obwohl er ein Leben lang Zeit gehabt hatte, sich auf Verfolgung vorzubereiten, reagierte er schlecht. Sein Plan war töricht, und alle, die unter seinem Schutz standen, wurden getötet.«

»Aber Sie haben überlebt, weil Sie dem König von Dänemark vertraut haben«, sage ich. »Jeder kennt die Geschichte.«

»Dem *König*? Es war mein *Vater*, dem ich *nicht* vertraut habe. Er war wahnsinnig, und ich war klug genug, nein zu sagen. Wie kommen Sie auf die Idee, es hätte irgendetwas mit dem König zu tun gehabt?«

»Weil Sie es einem alten Schulkameraden auf Niels Bohrs Beerdigung erzählt haben. Er hat ein Buch darüber geschrieben. Jeder, mit dem Sie jemals über irgendetwas gesprochen haben, hat ein Buch über Sie geschrieben.«

»Ohne Einladung auf dieser Beerdigung aufzukreuzen war pure Eitelkeit. Ich war jung und allzu leicht zu beeindrucken. Bohr hatte ein paar Erkenntnisse, ein paar Ideen, aber hat er je etwas *gebaut*? Nein. Er hat seinen Namen gern in der Zeitung gesehen. Aber an meinen hat er sich bestimmt nicht erinnert. Irgendein Student, der mal in seinem Seminar gesessen hat. Irgendjemand, dem er das Leben gerettet hat.«

»Lionel, ich weiß, Sie haben niemanden, mit dem Sie reden können. Aber da Sie damit drohen, meine Familie und die Frau, die ich liebe, zu ermorden, habe ich eigentlich keine Lust, Ihnen zuzuhören.«

»Die Frau, die Sie *lieben*? Soll das ein Witz sein? Sie haben sie vor zwei Wochen kennengelernt. Glauben Sie wirklich, ich mache mir nicht die Mühe, alles über Sie in Erfahrung zu bringen? Ich habe Sie zweiunddreißig Jahre lang beobachtet. Habe darauf gewartet, dass Sie zu dem Mann heranwachsen, der in der Vergangenheit zu mir gekommen ist. Dass Sie dieses Wort überhaupt benutzen, wenn Sie mit mir reden – nach dem Leben, das ich wegen der *Liebe* geführt habe. Sie waren niemals länger als einen Monat mit einer Frau zusammen. Sie halten Ihre Familie auf Distanz. Sie haben keine Freunde. Wegen Ihres Talents genießen Sie den widerwilligen Respekt Ihrer Angestellten. Ihr Talent ist es, was mir Hoffnung gegeben hat. Die Hoffnung, eines Tages von diesem falschen Leben frei zu sein.«

»Und wo sind die, die Sie lieben, Lionel? Ihre Familie, Ihre Freunde? In fünfzig Jahren haben Sie nur einen Menschen gefunden, der Ihnen am Herzen lag, und das war die Frau eines anderen.«

»Darüber wissen Sie einen Dreck. Wen haben Sie denn je geliebt? Wen haben Sie verloren? Ihr Leben sind die Gebäude. Die Menschen, die darin leben, sind Ihnen egal. Ich habe alles für sie riskiert. Ich habe Zeit und Raum für sie durchquert. Was können denn Sie von einer solchen Liebe verstehen? Von einem solchen Verlust?«

Wenn ich bedenke, dass er ein überlebensgroßes Genie ist und so, wundert es mich ein bisschen, wie sehr Lionel sich in mir täuschen kann, bis mir klar wird – natürlich, er hält mich für *John*.

Selbst wenn Lionel jede Sekunde von Johns Leben im Auge

behalten hat, konnte er ja nur beobachten, was auf *dieser* Zeitlinie geschehen ist. Alles, was er über *meine* Welt weiß, sind Schlussfolgerungen.

In den letzten drei Wochen habe ich die Frau meiner Träume und mein ungeborenes Kind verloren, ich habe eine Milliarden-Dollar-Technologie gestohlen, war der erste Zeitreisende der Geschichte, habe das Experiment miterlebt, das am Anfang der modernen Welt stand, die Realität zertrümmert, die Menschheit in die Dystopie gestürzt, ich habe bewirkt, dass Milliarden nie geboren wurden, habe meinen Vater ruiniert, meine Mutter von den Toten auferstehen lassen, eine Schwester bekommen, die es nicht geben sollte, und die Liebe meines Lebens kennengelernt, ich bin der brillanteste Architekt des Planeten geworden, habe den gescheitesten Menschen kennengelernt, der je gelebt hat, und die geheime Geschichte der globalen Technologie entdeckt, aber erst in diesem Augenblick hat jemand mich endlich einmal *unterschätzt*.

Ich kenne die Liebe. Ich kenne den Verlust. Ich kenne den Schmerz, der dich zerkaut und verschlingt.

Aber davon weiß Lionel nichts. Er hat seine Zeit damit verschwendet, *John* zu beobachten.

Mein Name ist nicht John. Mein Name ist Tom Barren, und ich habe die Welt schon einmal verändert. Ich kann es wieder tun.

124

Als einziger Mensch, der jemals beide Arten von Zeitreise ausprobiert hat, kann ich Ihnen sagen, dass Goettreiders Version ganz anders war als die meines Vaters. Und der Scheißkerl hat mich nicht im mindesten darauf vorbereitet, was kommen würde.

Ich stehe da, halte die Zeitmaschine in den Händen, und Lionel schaut mir in die Augen.

»Wenn Sie an Ihrem Ziel ankommen«, sagt er, »werden Sie hoffentlich verstehen, warum ich getan habe, was ich tun musste.«

Und dann sagt er etwas wirklich Merkwürdiges – stockende, unverständliche Laute, die eingeübt klingen, aber keinen Sinn ergeben.

»Diel rim tut se.«

Und damit schickt er mich in der Zeit zurück.

Ich habe angenommen, es werde sich mehr oder weniger genauso anfühlen wie mit der Zeitreisemaschine meines Vaters, und anfangs ist es auch ganz ähnlich – als fiele ich zurück in einen langgezogenen Augenblick zwischen Gleichgewicht und Schwerkraft. Aber der bewusstseinsverändernde, den Körper umstülpende sensorische Strudel, den ich erwartet habe, kommt nicht.

Stattdessen steht Lionel vor mir und zieht mit abstoßenden, zittrigen Bewegungen die Hand von der Steuertafel der Maschine zurück. Er schaut mir in die Augen und öffnet den Mund, und sein Kiefer bewegt sich eigenartig, als er spricht.

»*Es tut mir leid*«, sagt er.

Ich will ihm sagen, dass seine Entschuldigungen mir nichts bedeuten, aber ich bin gelähmt. Mein Mund bewegt sich nicht. Meine Augenlider zucken nicht. Ich kann nur starr geradeaus schauen.

»*Etssum nut hci saw, ebah nateg hci muraw, nehetsrev hciltneffoh eis nedrew, nemmokna leiz merhi na eis nnew*«, sagt Lionel.

Es dauert einen Augenblick, bis ich begreife, dass er rückwärts spricht.

Ich bin hauptsächlich verwirrt und frage mich, ob er das witzig findet. Er hat absichtlich rückwärts um Entschuldigung gebeten, als wollte er einen Hinweis geben. Aber davor – »*Wenn Sie an Ihrem Ziel ankommen*« –, was sollte das bedeuten? Mit der Zeitmaschine meines Vaters hatte die Reise selbst keine Dauer. Es gab kein *Ankommen*. Man war sofort *da*. Was sollte ich *verstehen* auf einer Reise, die nicht einmal Mikrosekunden dauerte?

Aber sie dauerte länger als Mikrosekunden, sie dauerte richtige Sekunden, eine nach der anderen, tick tack, nur rückwärts. Ich sehe ruckhafte Bewegungen und höre fremdartig holprige Phoneme, die Lionel und ich in den Augenblicken von uns geben, bevor er das Gerät einschaltet. Und jetzt begreife ich, nicht alles, noch nicht, aber es ist der Beginn einer schockierenden Erkenntnis – Lionels Zeitmaschine dreht die Uhr zurück, und zwar buchstäblich.

Rohes Entsetzen schleicht sich an mich heran, und ich versuche, es zurückzuschieben, denn das Ganze wird doch nicht in Echtzeit ablaufen, oder? Es wird gleich immer schneller gehen, jeden Augenblick, jeden Augenblick, jeden Augenblick, jeden Augenblick, jeden Augenblick, jeden Augenblick.

Aber es geht nicht schneller.

Das hat Lionel vergessen zu erwähnen – ich werde einundfünfzig Jahre in die Vergangenheit reisen und *jede einzelne Sekunde* erleben. Auch wenn es nicht lange dauert, bis Begriffe wie Sekunden und Minuten und Stunden sich nur noch anfühlen wie die abstrakten, menschlichen Konstrukte, die sie sind.

Ich sehe, wie Lionel und ich in dem Kuppelsaal miteinander reden, beobachte unsere ruckhaften Bewegungen, höre unseren rückwärts gesprochenen Dialog. Aber ich achte darauf nicht weiter, denn ich warte darauf, dass alles sich beschleunigt und die schwindelerregende Wurmlochgeschwindigkeit erreicht, die mich augenblicklich nach 1965 befördert. So entgeht mir der letzte Anblick meiner selbst, den ich in den nächsten einundfünfzig Jahren haben werde.

Die Plattform, auf der die Goettreider-Maschine steht, versinkt in der fensterlosen, unterirdischen Kammer, wo sie Lionels Apparate betreibt. Und ich folge ihr nach unten, erstarrt in der Position, in der ich war, als die Zeitmaschine startete, fest verbunden mit der Goettreider-Maschine, unsichtbar, immateriell, unbeweglich, und ich halte den Apparat in den Händen wie ein Kurier, der ein Paket bei jemandem abzuliefern hat. Ich folge nicht mir selbst zurück durch die Zeit, ich folge *ihr* – der Goettreider-Maschine – auf einem Pfad zurück in ihre eigene Geschichte, der den Faden der Tau-Strahlungsspur aufwickelt wie die Schnur eines zurückschnellenden Jojos.

Ich sehe niemanden, monatelang, wie mir scheint. Es zeigt sich, dass Lionel die Maschine nicht oft aufsucht. Solange alles reibungslos läuft, ist das auch nicht nötig. Ein- oder zweimal im Jahr kontrolliert er alles, aber seine Besuche sind unvermittelt und banal: Sein Blick huscht über die Anzeigen, er nickt und geht wieder. Und Lionel ist der Einzige, der hereinkommt; er hat sonst zu niemandem Vertrauen, was auch einleuchtet, wenn jemand das wertvollste Stück Technologie der Menschheitsgeschichte besitzt und mit niemandem teilen will.

Ich hätte innerhalb von einer Woche den Verstand verloren, wenn Penelope nicht gewesen wäre.

Nicht Penny – *Penelope.* Ich erinnerte mich an das, was sie mir erzählt hatte – wie sie ein Trainingsmodul bewältigte, indem sie jede einzelne technische Prozedur in separate Aufgaben zerlegte und sie von Sekunde zu Sekunde abzählte. Es ermöglichte mir, die Kontrolle über etwas so Gewaltiges, Fließendes und Chaotisches wie die Zeit zu behalten. Es ließ mich in jenem ersten Jahrzehnt bei Verstand bleiben. Soweit man Verstand unter Umständen erwarten kann, für die der menschliche Geist nicht geschaffen ist. So hat Penelope Weschler für mich getan, was ich für sie nicht tun konnte: Sie hat mich gerettet.

Das System ist automatisiert, und durch sorgfältige Beobachtung kenne ich inzwischen die präzisen, rhythmischen Sequenzen, aus denen Sekunden bestehen, Minuten, Stunden, Tage, Wochen, Monate und Jahre. Die Maschine wird niemals ausgeschaltet, und so wird der Strahlungsfaden nie zerschnitten.

Ich stehe da. Ich halte die Zeitmaschine in den Händen. Ich warte.

Sekunden werden zu Minuten zu Stunden zu Tagen zu Wochen zu Monaten zu Jahren zu einem Jahrzehnt, und ich stehe da und halte die Zeitmaschine in den Händen und warte.

So war es wahrscheinlich für Lionel, der sich fragte, wann ich an seine Tür klopfen und diese Ereignissequenz in Gang setzen würde. Vielleicht war es seine Absicht, mich zu bestrafen, zu quälen, mir zu zeigen, wie es war, an seiner Stelle zu sein, und warum er getan hat, was er getan hat.

Und selbst wenn das nicht sein Plan war, funktioniert es. Ich verstehe es. Wenn man mehr als fünfzig Jahre lang darauf wartet, dass etwas passiert, zerfällt alles andere in Bedeutungslosigkeit. Man hat ein Ziel, und alles, was nicht hilft, es zu erreichen, ist nur noch im Weg. Moral erscheint dann sehr klein und feucht und zart – ein Käfer, den man in seinem Schuh findet.

In den ersten Jahren denke ich viel an meine Familie, die wie ich eingefroren ist in einem Augenblick der Gefahr, aber es ist schwer, sehr lange in einem Zustand angespannter Bangigkeit zu verharren. Außerdem tue ich bereits, was ich kann, um ihnen zu helfen, und die Gefahr, in der sie schweben, wächst ja nicht. Es ist immer derselbe Grad der Gefahr – balancierend auf der Spitze eines langen, scharfen Messers.

Und Penny. So entschlossen und konzentriert ich auch bin, sie verliert an Kontur, und ich kann es nicht ändern. Immer mehr und vielleicht bald unwiderruflich erscheint sie mir wie eine, die ich vor langer, langer Zeit sehr, sehr kurz kannte. Ich will sie retten, aber ein bisschen ist es, als wäre ich aufgefordert, mein Leben für jemanden zu riskieren, den ich als Kind gekannt habe. Man möchte jemand sein, der alles opfert für den Menschen, den er liebt, aber als die Jahre sich hinziehen und ich in statischer Gefangenschaft in einem dunklen, summenden Raum stehe, ist es allmählich so, als – was denn? *Sie?* Die Frau, die ich mal ein paar Wochen kannte, vor zehn, zwanzig, dreißig, vierzig, fünfzig Jahren? Dafür will ich sterben? Nein. Ich hoffe, es geht ihr gut, aber darum geht es nicht mehr. Das hier ist größer, wichtiger – es muss so sein, denn sonst verliere ich den Verstand, und wenn ich noch so aufmerksam die Zeit abzähle.

Ich kann nicht zulassen, dass die Welt sich weiter in einem technologischen und gesellschaftlichen Ödland dahinquält, nur weil ich emotionale Bindungen zu vier einzelnen Menschen unterhalte. Das wird mir irgendwann klar. Die globale Zivilisation und das fundamentale Wohlergehen des Planeten zu verschwenden, weil ich meine Familie lieber mag und Penny mich lieber mag, ist Selbstsucht in ihrer grausamsten und idiotischsten Form. Im Ernst – wer ist das größere Ungeheuer? Lionel, wegen einer Handvoll Drohungen und Manipulationen auf der Suche nach einer besseren Welt? Oder ich, der ich mich dem widersetze, nachdem durch meine Torheit so viel Gutes zunichtegemacht worden ist? Ich. Ganz klar ich. Es dauert nur noch so zehn oder elf Jahre, um die letzten Spuren meines Egoismus loszulassen, damit ich es aufrichtig akzeptieren kann. Um 2004 herum habe ich mich restlos darauf eingelassen, die Zeitlinie auf ihr ursprüngliches Gleis zurückzusetzen. Statt, Sie wissen schon, mich an Lionel zu rächen und Penny und meine Familie zu retten.

Ich habe vierzehn Jahre hinter mir, als Lionel seine Zeitmaschine vollendet. Sie kann getestet werden.

Und jetzt beginnt meine eigentliche Bildung. Ich genieße das Privileg und den Fluch, Lionel dabei zuzusehen, wie er sich fast vierzig Jahre lang bemüht, sie zu bauen. Seine Werkstatt befindet sich in einer Ecke desselben unterirdischen Bunkers, in dem auch die Goettreider-Maschine steht. Ein Mann, der über alle vorstellbaren Mittel verfügt – finanziell, technisch und intellektuell – und sich bewusst dafür entscheidet, in einem Raum zu arbeiten, der sich im Wesentlichen nicht von einer Gefängniszelle unterscheidet. Wenn ihm bewusst ist, dass ich hier ebenfalls ein Insasse bin, so nimmt er meine Anwesenheit niemals zur Kenntnis. Ich bin ein Geist, wie ich es an jenem Tag im Jahr 1965 war.

Was ich miterlebe – ist Scheitern. Ganze Jahrzehnte des Scheiterns. Je weiter ich zurückreise, desto mehr Scheitern erlebe ich. So findet man heraus, wer jemand ist. Nicht über den Erfolg. Nicht über das Resultat. Sondern über den Kampf. Über den Teil zwischen Anfang und Ende, aus dem die Wahrheit des Lebens besteht. Ob er es beabsichtigt hat oder nicht, das ist Lionels Geschenk an mich. Ich respektiere und verachte ihn, verurteile ihn und spreche ihn frei, ich bewundere seine Leistung und plane seinen Untergang, und so habe ich Lionel Goettreider besser kennengelernt als irgendjemand sonst. Über seinen Arbeitstisch gebeugt, mit einem zerkauten, gelben Bleistift Gleichungen kritzelnd, mit Geräten hantierend, Simulationen an einem selbst entwickelten Computer erprobend, Tag und Nacht, an Wochenenden, Feiertagen, allen Tagen – er arbeitete. Er versuchte, etwas zu bauen, das niemand je gebaut hatte. Genau wie mein Vater.

Ich kann nicht behaupten, dass ich meinem Vater seine Abwesenheit über eine so lange Zeit meines Lebens hinweg verzeihe, aber ich verstehe endlich, was er in all den Jahren getan hat, in seinem Arbeitszimmer, seinem Labor und am Esstisch, wenn er vor seinen Kollegen einen Vortrag hielt, seine Angestellten herumkommandierte, meine Mutter ausblendete, wenn sie mit ihm sprach, und aus dem Zimmer ging, wenn ich hereinkam – er scheiterte.

Ich schaue Lionel zu und lerne etwas über Erfolg, das ich in meinem ganzen Leben als Sohn meines Vaters nicht gelernt habe. Man arbeitet weiter. Man versucht es immer wieder. Man scheitert immer wieder. Bis das Scheitern eines Tages in der fernen Zukunft, die für mich die ferne Vergangenheit ist, ein Ende hat. So fühlt sich jeder Erfolg an. Nicht triumphal. Nicht glorreich. Sondern wie eine Erleichterung. Das Scheitern ist zu Ende.

Mit fünfzig Jahren, in denen man nur nachdenken kann, lässt sich viel anfangen.

Ich denke an Deisha und an das, was sie einmal zu mir gesagt hat, in einer verlassenen Stadt in einer verlorenen Welt. Tu etwas. Sei etwas. Mach etwas. Und an das, was es tatsächlich bedeutet.

Ich habe einen Plan für das, was ich tun werde, wenn ich endlich an meinem Bestimmungsort angekommen bin. Nicht nur einen linearen Plan, sondern eine Kontinuität von Plänen, bei der ich jede denkbare Eventualität entpackt, erwogen und in das Gitterwerk der Möglichkeiten eingefügt habe.

Jeglicher Zorn, den ich gegen Goettreider gehegt habe, verfliegt im Laufe der Jahrzehnte. Es ist wie bei einem alten Familiengroll, von dem ich weiß, dass er wichtig sein sollte: Alles ist zu lange her, um mich noch zu beschäftigen. Außerdem ist sein Gesicht das einzige, das ich je zu sehen bekomme, und als ich zuschaue, wie er aus dem hohen Alter dekomprimiert und sich zu dem Mann entfaltet, den ich 1965 das erste Mal gesehen habe, empfinde ich unwillkürlich Zuneigung zu ihm. Ich sehe, wie sein Gang aufrechter wird, sein Gesicht glatter, sein Körper lockerer, sein Haar dichter und dunkler, die Augen heller, schärfer, und ich fühle mit ihm – so isoliert, brillant, verloren. Das habe ich ihm angetan, und es hallt in mir wider, als ich beobachte, wie er der Mann wird, der er war: Ich war das Toxin, das ihm zum Verhängnis wurde. Ich habe ihm gesagt, er soll warten, ich würde kommen und in Ordnung bringen, was schiefgegangen ist, aber mir war nicht klar, was das Warten aus ihm machen würde.

Oder vielleicht doch. Schließlich habe ich ihm ja noch nicht gesagt, dass er warten soll. Ich, der ich fünf Jahrzehnte eingesperrt war, bin der, der diese Entscheidung treffen wird. Um ihn dafür zu bestrafen, dass er mir das angetan hat? In einer Schleife des Schmerzes, der wir beide nicht entkommen, solange sie ihren Lauf nimmt? Oder haben fünfzig Jahre des Nichts mich unempfindlich gemacht gegen die Qualen endlosen Wartens?

Schließlich gibt es keine Pläne mehr zu schmieden. Ich weiß, was ich tun und was ich sagen muss, ich weiß alles, was er antworten kann und wie ich reagieren werde – ein weitverzweigtes Netz von Wörtern und Taten, die allesamt nur zum richtigen

Ende führen können. Also lasse ich das Planen hinter mir und gehe weiter.

Ich wende mich nach innen. Ich finde heraus, wer ich bin, was Tom ist, was John, wo die Teile überlappen und warum sie sich unterscheiden. Wir einigen uns – John hat gar nichts dagegen, sich in die tiefsten Falten unseres gemeinsamen Geistes zurückzuziehen, solange ich ihm etwas gebe, worüber er nachdenken kann.

Zusammen entwerfen John und ich jedes Gebäude in jeder Stadt des Planeten. Wir zeichnen einen Plan von der Welt, und er ist prachtvoll. Alles, was John bisher zustande gebracht hat, waren die ziellosen Kritzeleien eines Kindes. Zusammen bauen wir eine neue Hülle für unsere Zivilisation.

Ich schreibe dieses Buch, Kapitel für Kapitel, und präge mir jedes Wort der Reihe nach ein, sodass ich es nach Belieben zusammensetzen kann. Ich erinnere mich daran, wie ich dieses Kapitel verfasst habe. Das war rund vierzig Jahre nach Beginn dieser Reise, Mitte der siebziger Jahre, nach Lionels Aussehen zu urteilen, auch wenn ich mich da natürlich längst nicht mehr für Daten interessierte.

Ich versuche, Penny festzuhalten, wirklich. Aber es ist ja nicht nur so, dass zwei Wochen von einundfünfzig Jahren nur ein Stäubchen Zeit sind. Lionel hat sein ganzes Leben um Ursula gebaut, und es hat ihm gleichermaßen Glück und Schmerz gebracht. Aber er konnte den Tank mit gelegentlichen Atemzügen füllen, und ihre periodischen Wiedervereinigungen dienten dazu, die Schrauben festzuziehen und den Rost von ihrer endlos laufenden Emotionsmaschine abzuschleifen. Ich dagegen hatte nur Erinnerungen. Sonnenlicht im Haar. Der dunkle Klang ihres kehligen Lachens. Ein flüchtiger Duft, vielleicht von ihr, vielleicht auch von der anderen Penelope oder von sonst jemandem oder von niemandem.

Ich habe überlegt, hier weiter ins Detail zu gehen und vielleicht zu vermitteln, wie es ist, einundfünfzig Jahre einer umgekehrten Chronologie zu durchleben. Wie Ereignisse, von denen du dachtest, es müsse aufregend sein, sie zu sehen – wie Lionel seinen Arbeitstisch in der Ecke des Raumes aufstellt, wie er das erste von Hunderten Notizbüchern beginnt, wie er den ersten von Tausenden Bleistiften zerkaut –, wie solche Ereignisse sich schal anfühlen, weil du sie schon in so vielen verschiedenen Versionen projiziert und aufgrund dessen, was du schon gesehen hast, rückwärts konstruiert hast, sodass du, wenn es endlich so weit ist, nur noch ein Achselzucken übrig hast: *Ja, genau so habe ich es mir gedacht.*

Welchen Sinn sollte das haben? Das gewaltige Gähnen der Zeit kann man nicht so beschreiben, wie ich es erlebt habe. Man sollte es auch nicht.

Wenn man fünf Jahrzehnte lang nicht geatmet oder mit der Wimper gezuckt oder gesprochen oder gelächelt oder geschrien hat, vergehen die Monate wie Stunden, die Wochen wie Minuten, die Tage wie Sekunden. Als es langsam interessant wird, bin ich so weit darüber hinaus, von physikalischen Ereignissen Notiz zu nehmen, dass ich es beinahe gar nicht mitbekomme, als der Faden sich auf seiner Spule festzieht. Die Maschine wird aus ihrem Nest von Drähten und Schläuchen befreit, auf einen Lastwagen geladen, zu einem Kai gefahren, mit einem Kran hochgehoben, in eine Kiste verpackt. Sie ist im Laderaum eines Schiffes. Sie ist im Hafen von San Francisco. Möwen. Benzin. Zigarettenrauch und Popmusik in einem rauschenden Radio.

Ich sehe mich selbst erscheinen – verschwinden –, während Lionel Goettreider mehr oder weniger so aussieht wie bei unserer ersten Begegnung. Es muss der 13. Juli 1965 sein, kurz nachdem er die Maschine einschaltete und ich mit der Zeitmaschine erschien, die ich seit fünfzig Jahren in den Händen trug. Ich beobachte, wie wir in den seltsamen Glottallauten umgekehrter Phoneme miteinander sprechen, die ich verstehe, weil ich in den späten Achtzigern ein paar Jahre damit verbracht habe, mir die rückwärts gesprochene Sprache beizubringen. Ich höre alles, was wir sagen, in umgekehrter Echtzeit, sodass selbst dieser, der ultimative Augenblick, auf den ich gewartet habe, der Höhepunkt dieser endlosen Reise, fade und vorhersehbar wird. Als ich in dem Augenblick, da ich in dieser Zeitlinie erscheine, mit mir selbst verschmelze, habe ich es umgekehrt bereits erlebt. Ich weiß, was ich sagen und tun werde, und ich weiß, was er sagen und tun wird, und so bleibt mir nichts weiter übrig, als meine Rolle richtig herum zu spielen.

125

Am 13. Juli 1965 erscheine ich in Lionel Goettreiders zerstörtem Labor im Keller des San Francisco State Science and Technology Center. Ich stehe direkt vor Lionel selbst, schockierend nah, als seine Hand den Hebel loslässt, mit dem er soeben zum ersten Mal seit dem Unfall die Maschine eingeschaltet hat.

Er erstarrt, geschockt und sprachlos. An seiner Nasenspitze ist eine offene Blase von der sengenden Hitze, die aus der Maschine hervorbrach, als sie vor der Kernschmelze stand. Von seinen Brauen und Wimpern sind nur zarte, versengte Überreste zu sehen. Er trägt Lederhandschuhe, und ich erinnere mich, dass seine Handflächen verbrannt sind, bevor ich die Maschine abschalten konnte. Es muss höllisch wehgetan haben.

Das Labor ist verwüstet. Risse ziehen sich im Zickzack über die eine Hälfte der Decke, die andere Hälfte ist eingestürzt, und Geräte aus dem Labor darüber liegen in einem Trümmerhaufen auf dem Boden. Die Instrumententafeln sind verzogen und zerbrochen. Stahlträger sind zu modernen Skulpturen geschmolzen. Feuergeschwärzte Löcher klaffen in den Wänden, wo die Wolken sich hindurchgebrannt haben. Eine staubige Ascheschicht liegt auf dem Boden – die Überreste von Jeromes verbranntem Arm.

Ich öffne den Mund, um zu sprechen, und obwohl ich jahrzehntelang für diesen Augenblick geübt habe, verpatze ich beinahe alles, weil ich rückwärts sprechen will.

»Lionel«, sage ich, »mein Name ist John Barren, und ich

komme aus der Zukunft. Ich weiß, Sie haben mich vor zwei Tagen in diesem Labor gesehen, und ich weiß, Sie haben bereits die Vermutung, ich könnte ein Besucher aus einer anderen Zeit sein. Ich weiß das alles, weil Sie derjenige sind, der mich hierher zurückgeschickt hat.«

»Es ist also wahr?«, sagt er.

»Ja. Und je weniger Sie sagen, desto besser. Sie haben die Zeitmaschine so konstruiert, dass sie der Strahlungssignatur Ihres Geräts so weit zurück folgt, wie sie kann, zurück bis zu diesem Augenblick. Jetzt, da es läuft, dürfen Sie es nie wieder abschalten. Verstehen Sie das?«

»Ja«, sagt er. »Aber …«

»Ich brauche Ihre Hilfe für den letzten kurzen Sprung in den Augenblick kurz vor dem Unfall«, sage ich. »Die unbekannten Strahlungsspuren, die Sie bemerkt haben – laut Ihrer Hypothese kamen sie von dem Gerät selbst und waren paradoxerweise messbar, bevor es überhaupt eingeschaltet war. Das ist korrekt. Und ich bin das Paradox. Die Zeitmaschine ist so konstruiert, dass sie den verbliebenen Spuren in der Atmosphäre zurück zu dem Augenblick folgt, in dem das Experiment stattfand.«

Mir wird bewusst, dass ich die Zeitmaschine immer noch in den Händen halte, als wäre sie dort festgeschraubt. Ich möchte dieses Scheißding wirklich ablegen, nachdem ich es fünf Jahrzehnte lang getragen habe, aber ich kann es nicht loslassen. Noch nicht.

»Sie sind wirklich ein Zeitreisender?«

»Lionel, das wissen Sie bereits. Bitte verschwenden Sie keine Zeit. Sie haben mich hergeschickt, damit ich in Ordnung bringe, was schiefgegangen ist. Damit ich die Zeitlinie wieder auf das richtige Gleis setze.«

»Dann hätte das Experiment funktionieren sollen«, sagt Lionel.

»Sind Sie bald fertig mit den Selbstverständlichkeiten? Ich brauche Strom für den letzten Sprung. Sie haben die beiden Maschinen so konstruiert, dass sie miteinander kompatibel sind. Verbinden Sie sie jetzt.«

Lionel zögert. Er sieht aus, als wollte er weinen. Es ist irgendwie rührend und traurig, aber ich bin nicht daran interessiert, jetzt Mitgefühl für ihn zu entwickeln.

»Ist das hier das Leben, das Sie haben wollen?« Ich deute auf die Zerstörung ringsum. »Oder wollen Sie das Leben, das Sie haben sollten?«

Ich erwähne nicht, dass er in dem Leben, das er haben sollte, bald sterben wird.

»Und Ursula?«, fragt er.

»Sie bleibt für den Rest ihres Lebens mit Jerome verheiratet. Es sei denn, wir verändern die Zeitlinie.«

Sie bleibt auch in der anderen Zeitlinie für den Rest ihres Lebens mit Jerome verheiratet – nur dauert ihr Leben dann nur noch neun Wochen. Aber wie dem auch sei, Lionel fängt an, die Zeitmaschine an die Goettreider-Maschine anzuschließen. Nach fünfzig Jahren kenne ich bei Lügen durch Auslassung keine Skrupel mehr.

»Sie werden diese Zeitmaschine bauen«, sage ich. »Es wird lange dauern, und es wird unmöglich erscheinen, weil es unmöglich *ist*, aber Sie sind Lionel Goettreider, und *unmöglich* ist für Sie ein Wort ohne Bedeutung.«

Anscheinend macht ihn das gefügig. Vielleicht ist es dieser aufmunternde Scheißdreck, was ihn im Laufe der Jahrzehnte zerfressen hat, aber es ist das, was ich mich selbst habe sagen hören, als ich mitangesehen habe, wie das alles sich rückwärts abspielte.

»Sie behaupten, ich bin derjenige, der Sie hierher zurückgeschickt hat«, sagt er. »Aber von wann?«

»Ich verstehe, warum Sie sich dagegen sperren, wenn Sie hören, dass Ihre Zukunft vorherbestimmt ist, aber Sie können sich damit trösten, dass Sie derjenige sind, der sie vorherbestimmt hat. Dies ist *Ihr* Plan. In Ordnung zu bringen, was schiefgegangen ist.

»Aber tragen *Sie* nicht die Schuld an dem, was schiefgegangen ist? Wenn Sie nicht gekommen wären, als Sie es getan haben ...«

»Und wenn Sie nicht in Panik geraten wären, als Sie mich sahen – ja, wir haben beide Fehler gemacht. Deshalb bin ich hier. Ich kann mich entschuldigen, oder ich kann die Zeitlinie reparieren, sodass unser beider Fehler nie passiert sind.«

»Sie könnten auch beides tun.«

Er schaut mich mit einem geschmeidigen, kleinen Grinsen an, als hätte er den anfänglichen Schock überwunden und genösse jetzt irgendwie die wahnsinnige Aufladung dieser historisch irren Situation. Ich weiß seine Ruhe unter Druck zu schätzen, auch wenn er sich immer noch in dieses verschlagene, alte Arschloch verwandelt, das mir droht, alle umzubringen, die ich liebe. Was mich zu dem Teil meines Plans bringt, dem ich mit dem größten Argwohn gegenüberstehe, weil er wacklig und konstruiert ist, aber ich muss ihn zumindest probehalber in Angriff nehmen, denn er könnte ja tatsächlich funktionieren.

»Hören Sie mir zu?«, frage ich.

»Ja.«

»Mein Name ist John Barren. Mein Vater ist Victor Barren. Meine Mutter ist Rebecca Crittendale-Barren. Meine Schwester ist Greta Barren. In der Zukunft werden Sie sie finden, und Sie werden sie im Auge behalten, aber Sie werden unter keinen Umständen mit ihnen interagieren. Haben Sie verstanden? *Unter keinen Umständen*. Wenn Sie es doch tun, werden Sie alles ruinieren. Aber Sie werden vorbereitet sein. Wenn ich vor Ihrer Tür stehe, werden Sie wissen, dass es Zeit ist zu reagieren. Sie werden Agenten losschicken, die sie in Gewahrsam nehmen. Mit Gewalt. Das werden Sie tun müssen, um mich unter Druck zu setzen.«

»Wovon reden Sie da? Sie wollen, dass ich Ihre Familie entführe?«

»In der Zukunft«, sage ich, »werde ich nicht geneigt sein, Ihnen zu helfen. Ich werde gezwungen werden müssen. Aber Sie werden ihnen niemals ein Haar krümmen. Es wird eine leere Drohung sein.«

»Es muss doch einen anderen Weg geben«, sagt Lionel.

»Da wird außerdem eine Frau sein«, sage ich. »Ihr Name ist Penelope Weschler. Ihre Agenten werden sie ebenfalls festsetzen. Aber da wird etwas schiefgehen. Sie wird einen Fluchtversuch unternehmen. Es wird zu einer körperlichen Auseinandersetzung kommen, und sie wird schwer verletzt werden.«

»Ich bin Wissenschaftler«, sagt er. »Der ganze Zweck meiner Arbeit besteht darin, unbegrenzte Energie für die Welt zu schaffen. Um allen ein besseres Leben zu ermöglichen. Ich kann keine Menschen *verletzen*.«

»Das werden Sie auch nicht«, sage ich. »Es wird alles nur ein Fake sein. Für mich wird es real aussehen, aber es wird eine Simulation sein, die nur authentisch *aussehen* soll. Niemand wird zu Schaden kommen.«

»Das verstehe ich nicht.«

»Sie werden alle vier wohlbehalten in Ihre Operationsbasis in Hongkong bringen lassen.«

»Moment, wieso Hongkong?«

»Ich bitte Sie, es zu tun, weil es getan werden muss. Damit die Schleife sich schließt. Es liegt in Ihrer Verantwortung, dass ihnen kein Haar gekrümmt wird, aber es muss *aussehen*, als bedrohten Sie ihr Leben.«

»Wenn Sie die Vergangenheit verändern, wieso ist es dann wichtig, was in einer Zukunft passiert, die es nie geben wird?«

»Es ist wichtig, weil es in meinem Bewusstsein ist«, sage ich.

Auch wenn ich fünfzig Jahre Zeit hatte, um darüber nachzudenken, bin ich nicht sicher, dass es funktionieren wird, Lionel zu überreden, so zu tun, als entführte er meine Familie und verletzte Penny. Aber nachdem ich jahrzehntelang die Optionen abwägen konnte, glaube ich, die größte Chance, die Menschen, die ich liebe, zu retten, ohne die Zeitlinie, die mich hergebracht hat, komplett zu demontieren, besteht in diesem zaghaften, psychologischen Schachzug. Es muss alles zusammenpassen.

»Okay«, sagt Lionel.

»Wo ist Ihre Polaroid-Kamera?«

»Welche Polaroid-Kamera? Ich habe keine.«

»Doch, Sie haben eine. Holen Sie sie.«

Lionel will antworten, aber dann fällt ihm etwas ein. Er steigt über einen Haufen Schutt und langt in die Nische, wo die Konsolen zusammenstoßen. Er zieht den berühmten Lederrucksack heraus. Darin befindet sich das Geburtstagspäckchen mit der Schleife. Er reißt das Geschenkpapier herunter. In dem Päckchen ist eine nagelneue Polaroid Automatic 100 Land Camera.

»Das ist ein Geschenk von meiner Tante in Kopenhagen«, sagt er. »Meiner einzigen lebenden Verwandten. Ich habe nicht mal Geburtstag. Ihr Gedächtnis lässt nach. Sie verwechselt mich mit ihrem Bruder, meinem Vater. Der 29. Juni war sein Geburtstag. Ich trage das schon seit zwei Wochen mit mir herum. Ich dachte, es wäre zu deprimierend, es zu öffnen.«

»Haben Sie die Maschinen verbunden?«, frage ich.

»Ja.«

Ich starte die Zeitmaschine, und ihre Detektionsmatrix erfasst die verbliebenen Tau-Strahlungsspuren meiner ersten Reise zurück zum 11. Juli 1965 und kartografiert einen in Schleifen verknoteten, fraktalen Faden zu dem Punkt in Raum und Zeit, an dem alles schiefging.

Lionel schiebt eine Polaroid-Film-Kassette in die Kamera, und ich stelle mich neben ihn. Er richtet das Objektiv auf uns beide und drückt auf den Auslöser. Ich spare mir die Mühe zuzuschauen, wie das Bild aus der photochemischen Beschichtung hervortritt. Ich weiß ja schon, was es zeigt.

»Ich verstehe nicht, wie das alles funktioniert«, sagt er. »Wie soll ich eine Zeitmaschine bauen? Und selbst wenn ich es irgendwie hinkriege – ich meine, wie lange muss ich dann auf Sie warten?«

»Auf Wiedersehen, Lionel«, sage ich.

Ich schalte die Maschine ein. Und ich bin verschwunden.

Soll er warten.

126

Strahlung setzt sich aus drei Partikeln zusammen. Alpha-Partikel sind positiv geladene Kombinationen von Zwillingsprotonen und -neutronen, Beta-Partikel sind negativ geladene Elektronen oder positiv geladene Positronen, und elektrisch neutrale Gamma-Partikel sind hoch-energetische Photonen. Der anfängliche Stoß der Tau-Strahlung, der aus der Goettreider-Maschine entkam, als sie eingeschaltet wurde, zirkuliert immer noch im Labor, als ich am 13. Juli 1965 dort ankomme, und die Detektionsmatrix der Zeitmaschine ist darauf programmiert, die verbliebenen Spuren zu finden und ihnen zu ihrem Ursprung zwei Tage zuvor, zum 11. Juli 1965, zu folgen.

Schnell finde ich heraus, dass die Verfolgung einer abgebauten Energiewolke durch umgekehrte Echtzeit-Chronologie extrem desorientierend wirkt – ich fühle mich wie ein Gyroskop in einem Wäschetrockner, der auf eine Achterbahn geschnallt ist, die durch einen Tornado rast. Es ist schwer, auch nur geradeaus zu denken. Ich kann Augenblicke erfassen, als sie vorbeihuschen. Goettreider bastelt an dem Prototyp herum, um das Strahlungsleck zu reparieren, dessen Spur ich folge. Der Staub legt sich, aber er tut es rückwärts, sodass er aus einem liegenden Zustand zu einem erregten Dunst aufwallt. Mit tumulthaftem Krachen erhebt sich die Hälfte der Decke, die in Trümmern auf dem Boden liegt, und fügt sich über dem Labor wieder zusammen. Während die Decke wieder hochfliegt, hastet ein Dutzend Männer in

Gasmasken und Schutzanzügen und Gummihandschuhen, die mit Gummiringen an den Handgelenken abgedichtet sind, rückwärts aus dem Raum und in Sicherheit. Vorher inspizieren sie die Trümmer mit gelben Geigerzählern, schwenken metallene Sensoren herum, klopfen auf die Glasscheiben an den Anzeigegeräten, um sich zu vergewissern, dass die Werte, die sie ablesen, korrekt sind.

Sanitäter tragen die Zeugen hinaus, die zu schwer verletzt sind, um zu gehen. Der Rest hinkt und kriecht aus dem Labor. Goettreider wird grob auf die Beine gerissen. Ein Sanitäter untersucht seine Verletzungen, während er benommen an der Wand sitzt. Blut läuft aus seiner verbrannten Nasenspitze, er starrt die Maschine an, und die Hände mit den aufgerissenen Handflächen liegen aufwärtsgewandt in seinem Schoß.

Feuerwehrleute ziehen Trümmerbrocken auseinander, um den Weg zur Tür freizumachen. Sie reißen Ursula von Jerome los, und sie schreit und versucht, ihn festzuhalten. Sie sitzt auf dem Boden und hält seinen Kopf in den Armen und schluchzt, während er bebt und zuckt und seinen kauterisierten Armstumpf umklammert.

Die Maschine hört auf zu rotieren, wird langsamer, Goettreider schaltet sie ab, er leitet eine Sicherheitsabschaltung ein, seine Hände sind verbrannt und blutig, er stolpert zu der Instrumententafel, er erhebt sich von der Stelle an der Wand, an der er zusammengesunken gesessen hat, wo ich ihn hingestoßen habe, bevor ich die Maschine wieder einschalte und wie eine verirrte Kugel in meine eigene Zeit zurückschwirre.

Als die letzten Sekunden dieses zurückgespulten Fadens ablaufen und ich an dem Punkt eintreffe, an dem ich diesen Augenblick in der Zeit das erste Mal erreicht habe, herrscht in meinem Kopf heilloses Durcheinander. Ich sehe die Ereignisse, die ich schon erlebt habe, aber ich sehe sie frenetisch und entfesselt, wie einen Strom von richtigen Worten in einer falschen Syntax, wirr und halb irre.

127

Tom verschwindet, war erfolgreich Verzweiflungstat letzte seine ob, wissen zu ohne. Einzuschalten wieder Maschine die und davonzustoßen Lionel, es gelingt Tom und, Zeitmaschine der Schaltkreise die verkohlt Kernschmelze die. Verbrennt und Blasen wirft Haut seine und, nächsten am Maschine überhitzten der ist Lionel. Draußen nach Weg keinen gibt es aber, fliehen zu versuchen Beobachter übrigen die. Abreißt Arm den ihm die, zurück Wolke einer von tapfer Ursula stößt Jerome. Auseinander Labor das reißen Zerstörung der Zungen feurige. Kernschmelze eine in sie verfällt erschauernd. Ab unvermittelt Maschine die schaltet und Panik in gerät Lionel.

Labor seinem in Gestalt geisterhafte eine sieht Lionel. Aufbricht Unsichtbarkeitsfeld sein und trifft Tom auf davon eine bis, harmlos aber, gleißend, Raum den durch wild sich spannen Licht glitzerndem von Wolken. An Energie von Mengen gewaltige zieht und Touren auf kommt Maschine die.

Ein Maschine die schaltet und um Hebel den legt er und, Besorgnis Lionels als stärker ist Druck gesellschaftliche der. Kommt ihm von Strahlung die dass, begreift Tom. Strahlungsart unbekannte eine registrieren Instrumente Lionels. Jerome Ehemann Ursulas auch darunter, ein treffen Beobachter anderen die. Haben miteinander Affäre eine Ursula und Lionel dass, Tom erfährt so und, allein sich glauben sie. Francoeur Ursula durch abgelenkt wird Neugier Lionels.

Sich auf Goettreider Lionel verwirrten des Aufmerksamkeit die lenkt und Umgebung seiner mit Versehen aus Tom interagiert, immateriell nicht aber, unsichtbar. Aktiviert Mal ersten zum Goettreider-Maschine die Goettreider Lionel bevor, Minuten nur, reisen zu 1965 nach 2016 von um, Vaters seines Zeitmaschine der Prototyp den Barren Tom benutzt Idiotie und Zorn, Schmerz, Schock von getrieben.

128

Wenn Sie sich ins Gedächtnis rufen wollen, was passierte, als ich den 11. Juli 1965 das letzte Mal aufgesucht habe, dann lesen Sie Kapitel 44 bis 54 noch einmal. Ich bin so desorientiert, dass mir alles bis ungefähr Kapitel 52 fehlt.

Mein Plan war, dass ich bei der Ankunft 1965 die Kontrolle über mein eigenes Bewusstsein übernehmen würde, wie ich es 2016 mit Johns Bewusstsein getan hatte – zwei Versionen meiner selbst bewohnen einen identischen Punkt in der Raum-Zeit, und mein derzeitiger Geist veranlasst mein früheres Ich, die Notfall-Rückkehrfunktion der Zeitreisemaschine auszulösen, bevor die Goettreider-Maschine überhaupt eingeschaltet worden ist.

Aber der Plan geht sofort schief. Ich komme an, ja, in meinem eigenen Körper, aber ich bin benommen und benebelt. Ich kann nicht klar denken und schon gar nicht verhindern, dass ich – der Tom, der ich bei meiner ersten Reise nach 1965 war – exakt dieselben Entscheidungen in exakt derselben Reihenfolge treffe wie beim letzten Mal. Ich weiß nicht, ob es daran liegt, dass ich in meinem *eigenen* früheren Geist anwesend bin, aber ich bekomme das kognitive Rad nicht zu fassen. Ich kann meine Handlungen nur beobachten, aber ich kann sie nicht beeinflussen.

Habe ich fünfzig Jahre der Stasis durchlebt, nur um mir dabei zuzusehen, wie ich dieselben katastrophalen Fehler wieder begehe? Ich weiß, wenn ich scheitere, wird mein Verstand keinen weiteren Versuch überleben. Ich werde verrückt werden. Vielleicht bin ich schon verrückt.

Ich bin in meinem eigenen Kopf gefangen und sehe mir dabei zu, wie ich durch die Zeit voranstolpere, ohne dass ich ihn, mich, uns aufhalten kann.

Ich nehme an, so sieht John mich.

In diesen früheren Kapiteln findet sich die Erwähnung eines »Kribbelns« in meinem Hinterkopf, das mir – Tom, dem *früheren* Tom – rät, hinter den Zuschauern versteckt zu bleiben, statt mir einen anderen Platz mit besserer Sicht zu suchen. Jetzt weiß ich, dass *ich* dieses Kribbeln war – das *jetzige* Ich, mein Gott, es ist schwer, die Pronomina richtig hinzubekommen –, ich, der ich mich mit meiner ganzen kognitiven Kraft bemüht habe, die Kontrolle über Toms – des *anderen* Tom – Bewusstsein zu erlangen, bevor er aus seinem Versteck hervorkommt und in Lionels Blickfeld gerät. Und viel Zeit ist nicht mehr. Lionel ist nur wenige Augenblicke davon entfernt, die Maschine einzuschalten.

Ich muss mich vor den Energiewolken in Sicherheit bringen, die aus der Maschine hervorbrechen und mein Unsichtbarkeitsfeld aufbrechen werden, wodurch die ganze Kette der Ereignisse ausgelöst werden wird, derentwegen ich hergekommen bin. Ich wollte sie aufhalten, aber ich kann es nicht. Ich bin ein ohnmächtiger Zuschauer in meinem eigenen Kopf.

Stellen Sie sich einen Raum vor. Vier Wände, eine mit einem großen, breiten Fenster, durch das man die Außenwelt sehen kann. Die Wände bestehen aus Erinnerungen, übereinandergeschichtet wie Scheiben aus getöntem Glas, die unendlich dichte Geschichte eines Lebens. Das ist Toms Geist im Jahr 1965.

Jetzt lassen Sie einen identischen Raum in diesen Raum fallen. Das ist mein Geist, der 1965 zum *zweiten* Mal zurückkehrt und denselben Körper bewohnt. Die Wände bestehen aus *meinen*

Erinnerungen, und da ist wieder ein großes Fenster, aber es schaut hinaus in das erste Fenster.

Und *in* dem zweiten Raum in dem ersten Raum ist ein dritter Raum – Johns Bewusstsein in meinem Bewusstsein, in meinem *früheren* Bewusstsein, wie ein Satz von Schachtelpuppen. Dieser Raum besteht aus Johns Erinnerungen, und einstweilen ist er dort eingeschlossen.

Ich bemühe mich gleichzeitig, meinen zerwühlten Geist wieder ins Gleichgewicht zu bringen, John eingesperrt zu halten und mein früheres Bewusstsein wieder in Besitz zu nehmen, bevor die Katastrophe, zu deren Verhinderung ich hier bin, ihren ursprünglichen Lauf nehmen kann.

Die schlechte Nachricht ist, es klappt nicht.

Die gute Nachricht ist, ich war fünfzig Jahre in meinem eigenen Kopf eingesperrt und habe in dieser Zeit ein Sortiment von kognitiven Werkzeugen entwickeln können, mit denen ich *mein* Bewusstsein nach vorn manövrieren kann.

Ich sehe, wie Lionel den Hebel umlegt und die Maschine einschaltet. In ein paar Sekunden werden diese glitzernden Energiewolken sich strahlenförmig im Raum ausbreiten, die Zeugen blenden und mein Unsichtbarkeitsfeld aufbrechen. Meine größte und wahrscheinlich einzige Chance, seinen Geist unter Kontrolle zu bringen und uns hier herauszuschaffen, habe ich wahrscheinlich, solange Tom durch das Experiment abgelenkt ist. Das Timing wird vollkommen sein müssen, aber ich glaube, es kann mir gelingen …

In diesem Moment explodiert die gesamte hintere Wand des Raumes – es ist eine Metapher, ja, aber es fühlt sich genau so an, als es passiert – in einem Chaos aus Putz und Steinen, und etwas Dickes, Schwarzes quillt herein und droht uns alle in kalten, öligen Erinnerungen zu ertränken, die ich nicht kenne, die aber an allem kleben bleiben, was sie berühren, und Wurzeln von erschreckender Festigkeit hineinschlagen.

Es sind die Erinnerungen eines Fremden, aber dieser Geist ist auch ihr Zuhause. Sie gehören hierher wie die meinen. Erinnerungen aus einer Zeitlinie, in der alles noch viel, viel schlimmer kommt.

129

So beginnt die Apokalypse.

Am 11. Juli 1965 testet Lionel Goettreider eine experimentelle Energiequelle vor einer Gruppe von Kollegen in einem Forschungslabor in San Francisco, Kalifornien. Aber während die Maschine noch auf Touren kommt, erschrickt er über das Erscheinen eines geisterhaften Beobachters und schaltet die Maschine unvermittelt wieder ab, was zu einer Fehlfunktion führt. Feurige Wolken von zerstörerischer Energie brechen hervor. Das Labor wird zerstört. Goettreider und seine sechzehn Kollegen werden eingeäschert. Der Beobachter – tut mir leid, ich weiß nicht, warum ich die Ereignisse so beschreibe, als wäre ich kein Teil von ihnen, aber die Erinnerungen fluten in solchem Tempo in meinen Kopf, dass es einfacher ist, unbeteiligt und reporterhaft darüber zu berichten, statt mich ihrer nackten Wucht zu stellen –, der *Beobachter*, ich, ich werde in eine nagelneue Zukunft geschleudert, als die Zeitreisemaschine überhitzt.

Aber die Kernschmelze geht weiter. Ein Krater mit einem Durchmesser von zweitausend Meilen brennt sich in die Erde, so heiß, dass der Boden zu einer kristallinen Glasschicht zerschmilzt, die eine Meile dick ist. Da San Francisco an der Küste liegt, wird die Hälfte des Kraters in den Pazifik hinausgedrückt und verursacht Tsunamis und Erdbeben, die weite Teile der Ostküsten Asiens und Australiens verwüsten. Kalifornien ist verschwunden, Oregon, Washington, Idaho, Montana, Utah, Wyoming, Nevada,

Arizona, New Mexico, Colorado, South Dakota, der größte Teil von North Dakota, Nebraska, Kansas, Oklahoma und ungefähr die Hälfte des Territoriums von Texas, drei Viertel von British Columbia und die unteren Hälften von Alberta und Saskatchewan, Baja California, Sonora, Chihuahua, Sinaloa, Durango und Coahuila de Zaragoza verbrennen zu einem ungefähren Halbkreis, dessen Leere sich schnell mit Meerwasser füllt. Hawaii ist natürlich weg. Fidschi, Tonga, die Cook Islands – weg. Japan ist weg. Taiwan ist weg. Papua-Neuguinea ist weg. Die Philippinen sind weg. Indonesien ist weg. Malaysia ist auf ein Viertel seiner Fläche geschrumpft. Die Nordinsel von Neuseeland verschwindet, aber die Südinsel überlebt. Costa Rica und Panama lösen sich praktisch auf. Erdbeben destabilisieren zahllose Großstädte, als tektonische Krämpfe die Oberfläche des Planeten zerreißen.

Die massive Umverteilung globaler Meeresspiegel in Kombination mit einer verzerrenden Wirkung auf die Magnetfelder der Erde dank einer beispiellosen Freisetzung von Energie durch die Kernschmelze verursacht eine Pol-Verschiebung – im Prinzip eine radikale Neupositionierung der Magnetpole. Der magnetische Südpol verlagert sich um knapp tausend Meilen bis in die Mitte des Indischen Ozeans, und der magnetische Nordpol gerät in die Hudson Bay. Was von Kanada und dem Norden der USA übrig bleibt, wird eingeschlossen in einen Sarkophag aus Eis, das eine halbe Meile dick ist. Die Antarktis ist plötzlich bewohnbar – jungfräuliches Land, trostlos, aber unberührt. Natürlich fällt alle Welt dort ein und äußert Besitzansprüche.

Genauer gesagt, alle Welt bis auf diejenigen, die einander mit Salven von Atomraketen eindecken. Die Vereinigten Staaten versinken in einem zweiten Bürgerkrieg, nachdem das Militär durch einen Putsch das nukleare Arsenal des Landes unter seine Kontrolle gebracht hat und auf die UdSSR abfeuert, und zwar allen

Hinweisen auf das Gegenteil zum Trotz in der Überzeugung, die Explosion von San Francisco sei der Erstschlag gewesen, der den Dritten Weltkrieg eröffnet habe. Die Sowjets beteuern ihre Unschuld, aber nachdem ein Drittel der Vereinigten Staaten vaporisiert und ein zweites Drittel unter einer Eisschicht versiegelt worden ist, kann niemand mehr vernünftig denken. Die USA und die UdSSR werden für die nächsten Generationen unbewohnbar gemacht.

Das globale Klimasystem wird durch die Pol-Verschiebung ins Chaos gestürzt, und ganze Ökosysteme brechen zusammen. Es kommt zu massenhaften Migrationsbewegungen verzweifelter Überlebender, die vor den wallenden Hurrikan-Wolken fliehen, die radioaktive Asche über dem Planeten verteilen. China besetzt das, was von Asien übrig ist, und behauptet, es sei in einzigartiger Weise dazu gerüstet, die Katastrophe zu bewältigen. In Europa und Afrika brechen Dutzende von Bürgerkriegen zwischen einzelnen Staaten aus. Australien versucht, die ganze Sache auszusitzen, und wird dadurch zu einer leichten Beute, als die Chinesen es sich holen. Südamerika verkündet in einer Notfallreaktion die politische Vereinigung und wird dadurch beinahe noch zu einem Hafen der Stabilität, auch wenn man nirgends auf der Welt vor den stinkenden Wolken toxischer Asche sicher ist.

Aber ich tauche 2016 immer noch auf und erzähle eine verrückte Geschichte über Zeitreisen.

Die temporale Verzögerung ist in vollem Gange – meine Existenz im Jahr 1965 verlangt, dass ich 1983 geboren werde, um 2016 mein Bewusstsein zu empfangen. Die Eltern meiner Mom waren aus Nordengland und überlebten den Dritten Weltkrieg. Die Eltern meines Vaters sind niemals von Österreich nach Kanada ausgewandert, und deshalb ist er in den Ruinen Wiens aufgewachsen. Sie haben sich in einem Krankenhaus in Genf kennengelernt. Mein Vater hatte beide Beine verloren, als er einen Selbstmordattentäter im Voltaire-Museum daran hindern wollte, sich in die Luft zu sprengen, und meine Mutter war erblindet, nachdem radioaktive Asche auf ihre Augenlider gefallen war, während sie sich in einem Skiort in den Alpen versteckt hielt, der von einer Lawine zerstört und verlassen worden war. Sie hatte *Große Erwartungen* zur Hälfte gelesen, als sie das Augenlicht verlor. Durch einen Irrtum der Verwaltung wies man ihnen dasselbe Zimmer zu, und sie kamen ins Gespräch. Mein Vater erbot sich, meiner Mutter den Rest des Romans vorzulesen. Es dauerte drei Tage. Danach schliefen sie miteinander.

Sie erfuhr nie, wie er aussah. Er starb am nächsten Tag, weil die Anstrengung beim Sex genügte, um ein Schrapnell zu lösen, das in seiner Aortenklappe steckte. Meine Mutter nannte mich Victor und ging mit mir nach Argentinien, um ein neues Leben zu beginnen. Das heißt, sie versuchte es. Sie starb auf dem Schiff, irgendwo auf dem Atlantik, zerfressen von Krebs.

Als Waise auf hoher See wurde ich vom Kapitän, einem Mann namens Hathaway, quasi adoptiert, weil er dachte, seine Frau daheim in Australien könne Gesellschaft gebrauchen. Sie war eine herzensgute Lady namens Marigold, und ich habe ein paar schöne Erinnerungen an sie. Sie wurde von Plünderern ermordet, als ich neun war.

Meine halbwilde Jugend im australischen Outback war eigentlich nicht schlecht, wenn man bedenkt, dass das Ökosystem des Planeten sich im freien Fall befand. Den Reptilien ging es ganz gut, aber Vögel und größere Säugetiere waren ausgerottet. Der Boden war vergiftet. Bei Regen musste man sich unter einem festen Dach in Sicherheit bringen, weil die Regentropfen die Haut verbrannten. Allmählich sah es aus, als wäre der Mond eine akzeptable Option für die Umsiedlung, aber weil die Weltwirtschaft nicht mehr existierte und alle funktionierenden Staaten miteinander in einem Dauerkrieg lagen, baute niemand Raumschiffe.

Mit siebzehn meldete ich mich zur New Pacific Army, einem mühsam aufrechterhaltenen Militärpakt zwischen China und Australien, die gemeinsam die Antarktis besetzt hielten und sie als stabile Basis für Angriffe gegen die Südamerikanische Republik benutzten. Die New Pacific Army legte großen Wert auf rigorose Tests, mit denen die Position jedes Individuums in der gesellschaftlichen Maschinerie ermittelt wurde, und so landete ich in der Abteilung für Forschung und Entwicklung, was hieß, dass ich Natur- und Ingenieurwissenschaften studieren konnte, statt nur zu lernen, wie man möglichst effizient Menschen umbrachte. Ich meine, letzten Endes bestand das Ziel darin, innovative und noch effizientere Methoden zu entwickeln, Menschen umzubringen, aber trotzdem – immerhin waren Bücher im Spiel.

Ich genoss meinen stetigen Aufstieg, als ich am 11. Juli 2016 plötzlich fluchend und krampfend zusammenbrach. Als ich wieder zu mir kam, gab ich eine irrwitzige Geschichte über eine Zeitreise in die Vergangenheit von mir, wo ich Zeuge des ursprünglichen Unfalls gewesen sei, der die Apokalypse ausgelöst hatte.

Die wissenschaftliche Forschung der New Pacific Army stand unerklärlichen Phänomenen halbwegs offen gegenüber, was vermutlich immer der Fall ist, wenn die Welt durch unerklärliche Phänomene verwüstet wird. Deshalb schickten meine Vorgesetzten meine Geschichte pflichtschuldig durch die Hierarchie nach oben. Ein politisch mächtiger General, Antares Long, war fasziniert – er dachte, Zeitreisen könnten eine Möglichkeit bieten, seine Feinde zu besiegen, bevor sie seine Feinde werden konnten. Ich wurde einer geheimen Gruppe zugewiesen, die den Auftrag bekam, eine Zeitmaschine zu konstruieren.

Am Ende wurden alle meine Kollegen hingerichtet, weil es ihnen nicht gelang, eine Zeitreise zu ermöglichen. Mein Status als der Visionär, der die Inspiration zu dem Programm geliefert hatte, bewahrte mich vor der Kugel, aber man übereignete mich einem Tod von anderer Art: Ich wurde in einer kryogenischen Kammer eingefroren, bis die Zeit reif für die Erfindung der Zeitreise wäre. Ich nahm an, das werde *niemals* der Fall sein, und als die Kälte mich in einen traumlosen Schlaf zog, empfand ich das als einen so glücklichen Tod, wie die Welt ihn nur bieten konnte.

Hat es schließlich doch jemand geschafft? Haben sie mich aufgetaut und nach 1965 zurückgeschickt? Ich weiß es nicht. Es kommt in den Erinnerungen, die mich vollständig verschlingen, nicht vor. Ich kann eine Woche oder zehntausend Jahre lang im Eis gelegen haben. Ich weiß nur, dass alles, was ich für wahr gehalten habe, von einer neuen Realität belagert wird, die lautstark, klar und nachdrücklich darauf beharrt, dass Folgendes geschehen soll: Lionel legt den Hebel um, die Maschine wird abgeschaltet und zerschmilzt, und *ich verhindere es nicht.*

Die Apokalypse ist bereits geschehen. Jemand hat mich hergeschickt, nicht damit ich den Weltuntergang verhindere, sondern damit ich Zeuge seines Anfangs werde.

130

Jetzt verstehe ich. Es war immer eine Kausalschleife.

Der Plan war, dass ich die Zeitlinie auf mein 2016 zurücksetze, indem ich sicherstelle, dass Lionels Experiment den Erfolg hat, den es haben sollte. Aber was ich Lionel zu erklären versucht habe, bevor er mich herschickte, und was er trotz allem, was mit Ursula passiert ist, nicht akzeptieren wollte, ist, dass Zeitreisen ein sehr schlechtes Mittel sind, um Fehler zu reparieren. Sehr gut eignen sie sich dafür, noch schlimmere Fehler zu produzieren. Meine Welt kann man nicht zurückbringen. Mit meiner ersten Reise nach 1965 habe ich sie ausradiert, und zwar für immer. Diese Realität ist weg, und es gibt nichts zu betrauern. Wichtig ist jetzt nur, dafür zu sorgen, dass die Goettreider-Maschine nicht kaputtgeht und den halben Planeten zerstört.

Ich habe also ein sehr einfaches Ziel: Ich muss die Apokalypse stoppen.

Und meine einzige Chance besteht darin, dass ich *genau so wieder handele*. Tatsächlich wird jeder Versuch, etwas anderes zu tun, die entsetzliche Zeitlinie hervorbringen, die zurzeit in mein Gehirn schwappt. Lionels Experiment muss scheitern, aber es muss *gefahrlos* scheitern. Wenn er in Panik gerät und die Maschine abschaltet, muss ich bereitstehen, um sie wieder einzuschalten, bevor sie verglüht.

Ich dachte, *Johns* Realität sei das Worst-Case-Szenario. Aber

Victors Realität ist so viel schlimmer. Verheerend schlimm. Wie sich zeigt, ist Johns 2016 das Beste, was ich erhoffen kann. Und die Wahrscheinlichkeit, dass es eintritt, schwindet von Sekunde zu Sekunde.

Ich muss die Kontrolle über seinen Körper übernehmen. Aber obwohl ich fünfzig Jahre Zeit hatte, mich vorzubereiten, habe ich hierfür keinen Plan. Nicht für Victor.

Wir sind zusammen in diesem Gehirn, und deshalb weiß ich, was er will, wie er auch weiß, was ich will. Victor wird nur geboren, wenn die Apokalypse zustande kommt. In seiner Zeitlinie verhindert niemand die Kernschmelze der Goettreider-Maschine. Tom muss den Hebel umlegen, und Victor muss ihn daran hindern. Wer Erfolg hat, darf existieren.

In diesem Augenblick sind beide Zeitlinien gleichermaßen möglich.

Fuck.

Ich habe das Gefühl, durch einen zersetzenden Schlamm aus Erinnerungen und Impulsen und Überzeugungen zu schwimmen, und Victors Geist flutet den meinen, wie der Pazifische Ozean den gläsernen Krater gefüllt hat, den die Kernschmelze in die Erde gegraben hat. Verzeihung – in die Erde graben *wird*, und zwar in knapp dreißig Sekunden.

Lionel hat die Maschine bereits eingeschaltet. Ich habe bereits den Platz gewechselt, um besser sehen zu können. In ein paar Sekunden wird die Energiewolke mich erreichen. Mein Unsichtbarkeitsfeld wird zusammenbrechen. Lionel wird mich sehen, er wird den Hebel umlegen und die Maschine abschalten. Die Beobachter werden schreiend mitansehen, wie der Raum um sie herum zerstört wird. Jerome wird Ursula retten, dabei aber den Arm verlieren. Ich werde Lionel wegstoßen, sodass er in Sicherheit ist, und den Hebel zurückstellen, während meine beschädigte Zeitreisemaschine bereits die Notfallfunktion auslöst, die mich zurück in die Zukunft katapultiert.

Das alles muss in den nächsten einundzwanzig Sekunden passieren.

Was bedeutet, ich habe zwanzig Sekunden Zeit, um die Welt zu retten.

131

Zwanzig. Die erste Energiewolke quillt aus den Absorptionsspulen der Maschine. Die Sechzehn Zeugen reagieren erschrocken, entzückt, fasziniert. Tom weiß nicht, dass wir anderen in seinem Kopf sind, aber weil die Maschine ihn ablenkt, habe ich Gelegenheit, die Kontrolle zu übernehmen. Aber bevor ich es schaffe, greift Victor an und zerrt mich zu den geschichteten Wänden der Erinnerung. Sie sehen solide aus, aber sie sind gummiartig und nachgiebig wie eine Membran, und wir stürzen in eine hinein, in das Treibsandportal zu einer anderen Zeit.

Neunzehn. Die zweite Energiewolke schießt heraus. Es ist die, die Toms Unsichtbarkeitsfeld zerstören wird, aber er ist geblendet von den glitzernden Wirbeln und bemerkt deshalb nicht, dass seine Tarnung verschwunden ist. Ich bin in Robin Swelters Zimmer. Sie schreit, als ihr Bruder mir mit der Faust ins Gesicht schlägt. Aber es ist die Logik eines Traums, ölig und instabil, und deshalb ist es Victors Faust, die mich in eine andere Erinnerung schleudert.

Achtzehn. Lionel ist wie vom Donner gerührt, als er sieht, wie Tom aus dem Nichts in seinem Labor erscheint. Ich lande auf einem Stuhl im Besprechungsraum in Johns Architekturbüro. Victor stürzt sich über den hochglanzbeschichteten Ahornschreibtisch hinweg auf mich, und die Angestellten starren mich stumm an. Alles ist klebrig und nachgiebig, ein Land aus schmelzendem Wachs.

Siebzehn. Tom erstarrt, als ihm klar wird, dass Lionel ihn sehen kann. Aber es ist mehr als aufkeimende Panik. Hier herrscht Chaos, als nicht ein Bewusstsein, sondern mehrere um die kognitive Kontrolle kämpfen. Für Tom sind seine Gedanken ein stotterndes Echo widerstreitender Imperative, das er fälschlich für Angst hält. Ich bin auf dem Rasen vor der Wohneinheit, meine Mutter sitzt im Gras und liest ihren Roman, mein Vater arbeitet an seinem Schreibtisch, der Zitronenbaum bewacht sein Fenster. Victor steuert ein Hovercar, das aus der Formation ausschert, aber sein Ziel ist nicht meine Mutter, sondern ich bin es. Als ich ausweichen will, hält John mich fest. Ich dachte, er sei sicher hinter seinen Wänden eingesperrt, aber als John begriffen hat, dass sein Gefängnis zähflüssig und weich ist, hat er es verlassen. Ich kann mich gerade noch rechtzeitig losreißen, und der Anprall schleudert die beiden weg.

Sechzehn. Ich bekomme Tom gerade so lange unter Kontrolle, dass er das Unsichtbarkeitsfeld zurücksetzen kann, und er verschwindet wie ausgeknipst. John und Victor ziehen mich in eine andere Erinnerung. Victor hat etwas irgendwie *Vertrautes* an sich, aber ich kann nicht sagen, was es ist. Ich habe John für eine schlechtere Version meiner selbst gehalten, aber was ist, wenn ich nur eine bessere Version von ihm bin, die nie erkannt hat, dass ein Rivale ihm ins andere Ohr flüstert, raffiniert genug, um bis jetzt verborgen zu bleiben?

Fünfzehn. Lionel fragt die verwirrten Beobachter, ob jemand gesehen hat, was er gesehen hat. John und Victor ragen in der dunklen Straße in Hongkong vor mir auf, da, wo ich überfallen worden bin. Sie wollen nicht nur die Kontrolle über Tom gewinnen, sie wollen mich auslöschen. Ich bin kein Kämpfer, ich bin ein Läufer. Also laufe ich.

Vierzehn. Jerome macht ein misstrauisches Gesicht, als er den vertraulichen Tonfall hört, in dem Ursula mit Lionel redet. Als ich die dunkle Straße entlanglaufe, verschwimmen die Wände der Gebäude zu einem Dickicht von dicht zusammenstehenden Bäumen, einem unfassbar hohen Wald, und der Boden unter meinen Füßen federt weich von herabgefallenen Fichtennadeln. John verfolgt mich, aber Victor nutzt den Augenblick, um Toms Geist an den Zügel zu nehmen.

Dreizehn. Tom will die Notfall-Rückkehrfunktion auslösen und blitzartig aus der Vergangenheit verschwinden. Aber tatsächlich steuert Victor ihn und will ihn aus der Gegenwart vertreiben, damit niemand die Kernschmelze verhindern kann. Ich laufe durch den Wald und weiß nicht, ob John überhaupt noch hinter mir ist.

Zwölf. Lionel gerät in Panik und reißt den Hebel herunter, um die Maschine auszuschalten. Von diesem Augenblick an gibt es für uns alle kein Zurück mehr. Der Waldboden ist nicht mehr von Fichtennadeln bedeckt, sondern von zerfallenen Büchern, lauter Hardcover-Ausgaben von *Große Erwartungen*, aufgeschlagen auf der Seite, die meine Mutter las, als sie starb.

Elf. Die Maschine erschauert und sendet spitze Energiestrahlen aus. Kein Wunder, dass Tom wie erstarrt dasteht: Drei Versionen seiner selbst brodeln in seinem Kopf umeinander. Ich bin in der verlassenen Bücherei, und aus den Haufen der verschimmelten Bücher wachsen Zitronenbäume wie der, der meinem Vater das Leben gerettet hat. Ich folge einem Instinkt und wühle mit bloßen Händen in den verrotteten Büchern, reiße die Seiten mit meinen Klauen auseinander. Druckerschwärze befleckt meine Finger, und die Worte sind in sinnloser Syntax in meine Haut tätowiert.

Zehn. Die bisher harmlosen Energiewolken färben sich feurig blau und zerstören die Steuerkonsole. Victor spannt seinen

Willen an und hält Tom in seiner Lähmung fest. Er braucht nichts weiter zu tun, als Tom daran zu hindern, irgendetwas zu unternehmen, solange die Maschine überhitzt. Ich grabe mir einen Tunnel durch die Decke von Johns Apartment und falle auf den Boden hinunter. Victor und John gehen in Stellung, um mich anzugreifen. Ich sehe mich nach einem Fluchtweg um, einer Tür, einem Fenster, aber sie versperren alles. Victor dirigiert John, um mich in die Enge zu treiben … und die Vertrautheit, die ich nicht unterbringen konnte, wird plötzlich glasklar. An dem Tag, als ich annulliert wurde, an dem Tag, an dem John diese schrecklichen Dinge tat – *war Victor da*. Denn es war derselbe Tag, an dem Lionel die Schale der Realität aufbrach. Nicht John war hindurchgekommen. John war schon da. Es war Victor. Er ist es, der John dazu brachte zu tun, was er tat. Und jetzt steuert er John schon wieder und will das einzige Hindernis seiner eigenen Existenz vernichten: mich. Ich spüre seine Verzweiflung; er will nur, dass seine zerstörte Welt lebt, aber das bedeutet den Tod von Milliarden Menschen. Das darf ich nicht zulassen. Das werde ich nicht zulassen. Ich fühle, wie eine elektrische Ladung mich durchströmt, als glühte eine stumpfe Metallfaser plötzlich grell auf. Es ist keine Wut. Es ist keine Angst. Es ist schlichter als diese Impulse – ruhig, bereit und wahr. Es ist *Entschlossenheit*. Ich glaube, ich habe endlich einen Kampf gefunden, vor dem ich nicht weglaufen kann.

Neun. Ursula schreit Lionel an, er solle zurückweichen. Und da ist etwas in diesem Schrei. Etwas, das ich noch nicht erfassen kann, ein Wort auf meiner Zungenspitze. Nein, kein Wort. *Ein Gefühl*. Bisher war ich in der Defensive, und deshalb rechnet Victor nicht damit, dass ich ihn durch die Wand mit den eingerahmten Science-Fiction-Heften schleudere. Wir landen in Toms Wohnung im 184. Stock des achteckigen Gebäudekomplexes.

Hovercars fliegen an den Fenstern vorbei und rammen einander in feurigen, lautlosen Explosionen. Victor schlägt wütend um sich, und er ist eindeutig so stark, dass ich ihn in einem Kampf nicht besiegen kann. Aber es muss eine andere Möglichkeit geben. Eine, die ich habe und über die er nicht verfügt. Die Victor nicht einmal als Bedrohung wahrnehmen würde. Und dann sehe ich es. Auf dem Bett. Eine Strähne von Penelopes Haar. Und ich erkenne – keine der Erinnerungen, durch die wir uns hindurchgekämpft haben, hatte etwas mit *Penny* zu tun. Sie ist der Schlüssel. Nein, nicht der Schlüssel. Das *Schloss.*

Acht. Der nächste blaue Impuls zielt direkt auf Ursula, aber Jerome stößt sie zur Seite, und sein ausgestreckter Arm verdampft unterhalb des Ellenbogens. Ich stürze mich in den düsteren Sumpf meines Geistes, ohne genau zu wissen, was ich eigentlich suche – bis ich etwas finde, tief vergraben in den schwammigen, elastischen Erinnerungen, etwas *Hartes.* Es ist eine helle, spröde Erinnerung, aber sie ist solide. Es ist das Restaurant, in dem Penny und ich am Morgen nach unserer ersten gemeinsamen Nacht gefrühstückt haben. Ich weiß nicht, worüber wir gesprochen oder was wir bestellt haben, aber das Gefühl ist da – das Gefühl einer Möglichkeit. Als ich die fragile Erinnerung in das sirupzähe Geflecht um mich herum schiebe, bleibt sie an ihrem Platz. Es genügt nicht, um Victor zu stoppen. Aber es ist ja nicht meine einzige Erinnerung an sie.

Sieben. Unter den verbliebenen Beobachtern bricht eine Massenpanik aus, als die nächste Wolke die Decke aufreißt. Ich baue ein Gerüst aus meinen Erinnerungen an Penny. Manche sind so dünn, dass die Ränder bröseln, wenn ich sie aufhebe. Eine Taxifahrt im Regen, die Lichter der Stadt, bunt verschwommen wie nasse Farbe, malen einen hellen Kranz um ihr Profil. Manche sind auch so stark und dick wie Backsteine. Ihr Buchladen. Penny sitzt auf einem Schemel und ist so vertieft in den Roman, den sie liest, dass sie nicht aufblickt, als der Kunde hereinkommt, der ihr Leben verändern wird. Meine Familie zu Hause, das Abendessen, das so gut anfing und so schlecht endete. Der Hörsaal, in dem ich meinen Vortrag gehalten habe, bereit, alles zu riskieren, weil ich beim Hineingehen ihre Hand gehalten habe. Die Tür zu ihrem Apartment, ihr Gesichtsausdruck, als sie begriff, dass John unrecht hatte, als er behauptete, ich käme nicht zurück. Diese Erinnerung ist so schwer, dass ich sie fast nicht hochheben kann. Der Abend, als wir uns kennenlernten, ihre Küche, unser erster Kuss. Diese Erinnerung kann jede Belastung tragen. Victor ist Soldat, und er kann kämpfen. Aber ich bin Architekt, und ich kann bauen.

Sechs. Lionels Hände werfen Blasen, seine Gesichtsbehaarung fängt Feuer, seine Nasenspitze brennt. Ich richte das Gerüst um Victor herum auf, und er wirft sich dagegen und will es mit brutaler Gewalt niederbrechen. Aber diese Erinnerungen bestehen aus etwas anderem.

Fünf. Ursula nimmt Jerome in die Arme, und er versinkt im Schock. Während ich damit beschäftigt bin, Victor einzuschließen, übernimmt John das Kommando über Tom, und ich habe keine Ahnung, was er ihn tun lassen wird. Ich füge Victors Gefängnis immer neue Erinnerungen hinzu, so viele, wie ich finden kann, und er hat keine Ahnung, wie er sie durchbrechen soll. Denn Victor hat keine Penny. Er weiß nicht, was es mit einem macht, wenn man jemanden so liebt, wie ich sie geliebt habe.

Vier. Dies ist der Augenblick, auf den ich so stolz war, weil ich unter Druck so kühl geblieben bin. Aber jetzt weiß ich, dass es John ist, der Toms kognitive Paralyse und sein animalisches Entsetzen aufbricht. Was auch einleuchtet. Tom war nie tapfer. Er war tollkühn, und unter bestimmten Umständen kann Tollkühnheit wie Mut erscheinen. Aber Tom war nie der Typ, der in einer Notlage alles im Griff hat und die Situation rettet. Ich traue John nicht, aber er ist es, der Tom in Bewegung setzt.

Drei. Tom stößt Lionel von der Maschine weg. Das heißt, eigentlich tut John es. Victor geht an die Decke vor Wut. Aber warum legt John nicht den Hebel um und macht der Sache ein Ende? Warum genießt er den irren Adrenalinstoß, der ihn durchströmt, als er Lionel wegstößt? Und dann, weil wir alle in einem Geist zusammen sind, verstehe ich es: John hat kein Interesse daran, die Kernschmelze zu stoppen. Er will nur Lionel verletzen und ihn bestrafen für das, was er unserer Familie angetan hat. Mir war nicht klar, dass John diese intensive, beschützerische Loyalität empfindet. Aber wenn ich ihn nicht aufhalte, wird er Lionel Goettreider in der Vergangenheit umbringen, sodass er niemals der Mann werden kann, der unsere Liebsten bedroht.

Zwei. Eine Wolke trifft Tom frontal, lässt die Zeitreisemaschine verschmoren und löst die Notfall-Rückholroutine aus. Ich habe noch eine Sekunde Zeit, den Hebel hochzudrücken. Und endlich geht mir ein Licht auf, und ich weiß, was ich tun muss. Dass Tom eine ganze Welt mit allen, die darin sind, ausgelöscht hat, ist ein unermesslich viel größeres Verbrechen als alles, was John und Victor je getan haben. Ich kann es mir nie verzeihen. Noch jetzt lastet die Reue auf mir, schwer wie ein Berg. Ich will *keinen* von ihnen in mir haben. Nicht Victors Bösartigkeit und Verzweiflung, nicht Johns Arroganz und Distanziertheit, aber ich will auch Toms verdrossene Passivität und seine unreife Nonchalance nicht haben. Ich will von allem frei sein. Ich will nichts in mir haben, das nicht leicht und rein und gut ist. Aber das ist natürlich nicht real. So ist es nur, wenn man eine Statue auf einem Platz in der Stadt ist, frei von allem menschlichen Zierrat, der sich nicht in Bronze gießen lässt. Was alle meine Erinnerungen an Penny zusammenhält, ist das überwältigende Gefühl, dass es jemanden gibt, für den ich nichts anderes zu sein brauche als das, was ich bin. Das kann die Liebe für dich tun, wenn du sie lässt – sie kann aus all deinen Bruchstücken eine Person bauen. Es ist nicht schlimm, wenn man die Nähte sieht. Die Nähte, die *Narben*, beweisen nur, dass du es verdient hast. Und so versuche ich nicht länger, die drei Versionen meiner selbst voneinander getrennt zu halten. Ich mache uns zu einem Ganzen. Ich lasse Victor heraus, aber statt gegen ihn zu kämpfen, ziehe ich uns zusammen. John sieht es erst kommen, als es zu spät ist und er schon in uns hineingezogen wird. Tom weiß nicht, was in seinem Kopf passiert, aber das muss er auch nicht. Wir haben das Kommando.

Eins. Wir ziehen den Einschalthebel der Maschine hoch und werden im selben Augenblick wie ein Bumerang in die Gegenwart zurückgeschossen. In die einzige Gegenwart, die es jemals geben wird.

132

Wie ein eiskalter Speer durchbohrt mich die Angst, ich könnte im Krankenhaus aufwachen, nachdem ich soeben auf Johns Baustelle kollabiert bin, und gezwungen sein, die ganze Sequenz immer und immer wieder und wieder in einer Endlosschleife zu erleben. Aber dieser besondere existentielle Horror bleibt mir erspart. Diese letzte Reise durch die Zeit mache ich mit dem verzögerungsfrei operierenden Apparat meines Vaters, und so werde ich nicht noch einmal in eine fünfzig Jahre dauernde, paralytische Selbstbetrachtung gestürzt. Ein greller Blitz, ein vibrierendes Rauschen, und ich bin im Jahr 2016. Erst jetzt weiß ich das Genie meines Vaters im Vergleich mit Lionel wirklich zu schätzen.

Lionel steht vor mir, und an seinem perplexen Gesicht erkenne ich, dass praktisch keine Zeit vergangen ist. Alles ist so, wie es war, als ich abgereist bin, nur halte ich die Zeitmaschine nicht in den Händen.

»Es hat nicht funktioniert«, sagt Lionel.

»Doch«, sage ich.

»Sie sind zurückgereist?«

»Ja.«

»Aber ich bin noch hier«, sagt er.

»Stimmt, Lionel. Wir haben es geschafft. Wir haben die Welt gerettet.«

Ich umarme ihn. Sein Körper erstarrt, als ich mich an ihn drücke und ihn mit meinen Armen umschlinge.

»Nein«, sagt er. »Sie werden es noch einmal versuchen.«

Natürlich habe ich Lionel nicht umarmt, weil er mir gefehlt hat. Ich wollte nur nah genug an ihn herankommen, um einen Nerv in seinem Ellenbogen zu quetschen, sodass ein stechender Schmerz bis in seinen Hals hinaufschießt, während ich ihm das Gerät vom Handgelenk reiße, mit dem er die Systeme seiner Anlage steuert. Ich werfe es auf den Boden, stampfe mit dem Fuß darauf und zertrete die empfindlichen Schaltkreise unter meinem Absatz.

Offenbar war ein eingebauter Alarm in dem Ding, denn kaum habe ich es ihm abgerissen, fliegt die Sicherheitstür auf, und Wen, der stiernackige Fahrer, stürmt mit seiner halbautomatischen Pistole in der Hand herein.

Ich wirbele Lionel vor mir herum und benutze ihn als menschlichen Schutzschild. Dann gebe ich ihm einen kleinen Stoß in Wens Richtung, und unwillkürlich macht er einen wackligen Schritt vorwärts, um nicht das Gleichgewicht zu verlieren. Wen zuckt zusammen, denn er befürchtet, seine Haupteinkommensquelle könnte der Länge nach zu Boden fallen.

Ich nutze das kurze Zögern, um mich auf Wen zu stürzen – seitwärts, um ein kleineres Ziel abzugeben. Ich habe keine Ahnung, woher ich weiß, wie man das macht. Wen hebt die Waffe, aber es ist zu spät.

Meine Hand packt seine Hand mit der Pistole, dreht die Waffe weg von mir und bricht dabei seinen Finger am Abzug. Zugleich stoße ich mit meinem Ellenbogen gegen seine Nase und zerquetsche den Knorpel.

Meine andere Hand schließt sich um seinen Nacken, und mit einer scharfen Drehbewegung unterbreche ich die Muskelverbindung zu seiner Wirbelsäule.

Seine Knie geben nach, und er sackt zu Boden, bei Bewusstsein, aber vorübergehend gelähmt, und ich habe seine Pistole.

Blut strömt aus seiner gebrochenen Nase, aber unterhalb der Schultern ist er bewegungsunfähig, und so zuckt er nur wie eine gefangene Spinne.

Ich drücke Lionel die Pistolenmündung an die Stirn.

Das Ganze hat vielleicht zwei Sekunden gedauert, und obwohl ich es selbst getan habe, kommt es mir unglaublich krass vor.

Victor in mein Bewusstsein zu integrieren gibt mir, wie sich zeigt, Zugriff auf sein brutales, postapokalyptisches, militärisches Survivaltraining. Das eröffnet ein paar ziemlich interessante Möglichkeiten hinsichtlich meiner zukünftigen Lebensentscheidungen, aber im Moment interessiert mich nur eins: Ich will sicher sein, dass Penny und meine Familie wohlauf sind.

Ich setze Wen meinen Schuh in den Nacken und drücke die Pistole so fest an Lionels Stirn, dass die Mündung einen Abdruck hinterlässt.

»Moment«, sagt Lionel. »Es war Ihre Idee, erinnern Sie sich? Sie haben gesagt, ich soll es aussehen lassen, als hätte ich sie entführt. Sie haben gesagt, Sie würden es als Motivation brauchen. Sie sind in Sicherheit und unverletzt. Auch Weschler, die Frau – Penelope. Das war nicht echt. Ich habe einen Action-Regisseur aus Hongkong engagiert, die ganze Sache zu drehen. Er glaubt, es ist für eine japanische Realityshow.«

»Die andere Zeitlinie ist weg«, sage ich. »Für immer. Ich habe mit knapper Not *diese* Realität hier retten können.«

»Nein«, sagt er, »das kann nicht mein Leben sein.«

»Ist es aber.«

»Aber ich habe alles vergeudet«, sagt Lionel.

»Sie haben eine Zeitmaschine gebaut, Lionel. Sie sind der brillanteste wissenschaftliche Kopf, der je gelebt hat.«

»Ich habe sie nicht gebaut«, sagt er. »Ich habe sie kopiert.«

Er deutet mit einer vorsichtigen Kopfbewegung zu einer kleinen Nische in der Wand. Ich drücke meinen Schuh auf Wens Kehle, bis er das Bewusstsein verliert, und deute dann mit der Pistole hinüber. Lionel humpelt los. Das Armbandinstrument hat die Funktion seiner Beinschienen überwacht, und jetzt sind seine Schritte wacklig und unbalanciert. In der Nische steht ein kleiner Metallkasten mit einem genetischen Scanner, der die Verriegelung nur für Lionel öffnet.

In den Kasten gebettet liegt die Zeitmaschine.

»Die haben Sie am 13. Juli 1965 bei mir gelassen«, sagt er. »Ich weiß nicht, ob Sie es vorhatten, aber… Sie haben es getan. Mir war klar, dass ich sie nicht einfach selbst benutzen konnte. Das wäre eine Katastrophe für die Realität, wie wir sie kennen. Aber ich war nicht in der Lage, eine von Grund auf neue Zeitmaschine zu bauen. Das war *unmöglich*. Also habe ich diese hier auseinandergenommen. Stück für Stück. Und ich habe herausgefunden, wie alle Komponenten herzustellen waren. Ich habe mich nach besten Kräften bemüht, nicht zu mogeln. Ich habe kein Einzelteil produziert, bevor es mit den Mitteln der zeitgenössischen Wissenschaft möglich war. Wenn ich auf ein unüberwindliches Hindernis stieß, ja, dann habe ich die Technologie der Welt dahin gesteuert, wo ich sie haben wollte. Darum habe ich meine Erfindungen von Fall zu Fall verkauft. Nicht wegen des Geldes, sondern aus Notwendigkeit. Sie haben mir nie gesagt, wie lange ich auf Sie würde warten müssen.«

»Sie haben mir nie gesagt, wie lange es dauern würde zurückzureisen. Einundfünfzig Jahre, Lionel. Ich war einundfünfzig Jahre lang eingesperrt.«

»Ja«, sagt er, »na ja, ich denke, wir hätten uns gegenseitig ein bisschen besser informieren können. Um Leiden zu vermeiden.«

»Also ist die Schleife jetzt geschlossen«, sage ich. »Und wir werden sie nie wieder öffnen.«

»Nein, wenn Sie es nicht versuchen wollen«, sagt Lionel, »werde ich es tun.«

»Sie haben keine Ahnung, wie nah wir daran waren, alles zu zerstören. *Dieses* Leben, von dem Sie glauben, Sie hätten es vergeudet – *so* sieht es aus, wenn man die Welt rettet.«

»Aber ich habe nichts getan«, sagt er. »Ich habe mich selbst kopiert. Ich bin ein Hochstapler.«

»Meine Mom hat mir mal gesagt, das ist das Geheimnis des Lebens. Wir alle halten uns für Hochstapler. Jeder improvisiert.«

»Ich habe den größten Teil meines Lebens gefangen in einem ontologischen Paradoxon verbracht, und jetzt soll ich damit einfach leben?«

»Ja«, sage ich. »Für den Rest der Welt.«

»Was interessiert mich der Rest der Welt?«

»Dann für Sie selbst und für Ursula«, sage ich. »Etwas Besseres bekommen Sie nicht. Jemanden zeit seines Lebens zu lieben, selbst wenn es vertrackt und heimlich und schwer war, ist das wirklich schlechter als gar keine Zeit?«

»Zumindest konnte ich in der anderen Welt ein Held sein.«

»Lionel, das können Sie immer noch.«

Natürlich versteht er es nicht. Aber ich werde es ihm zeigen. Und dann zeigen wir es allen.

133

Schauen Sie, ich habe noch nie ein Buch geschrieben, und ich bitte um Entschuldigung, wenn ich es falsch gemacht habe, besonders hier am Ende. Es passiert noch eine Menge mehr, aber ich habe das Gefühl, ich habe schon eine Menge Ihrer Zeit in Anspruch genommen, und deshalb will ich jetzt so effizient zum Ende kommen, wie es mein begrenztes Talent zulässt.

Ich habe Lionel erlaubt, Wen zu reanimieren, und der Mann machte einen bemerkenswert entspannten Eindruck, was die ganze Sache betraf. Vielleicht gehört es einfach zur Stellenbeschreibung, wenn man als Chauffeur und Bodyguard für einen genialen Einsiedler und Milliardär arbeitet. Wir fuhren zurück zu Lionels Haus und trafen ein paar Vorbereitungen für meine Mom, meinen Dad, meine Schwester und Penny, die demnächst auf dem Flughafen landen würden. Ein normaler Flug von Toronto nach Hongkong dauert ungefähr fünfzehn Stunden, aber natürlich war Lionels Privatjet so konstruiert, dass er es in einem Viertel der Zeit schaffte.

Lionel war verändert. Anscheinend war er *erleichtert*, weil er seinen komplizierten Masterplan nicht mehr durchzuführen brauchte, aber gleichzeitig wirkte er ohne diesen Plan auch irgendwie verloren. Er war überraschend fügsam und folgte mir bereitwillig überallhin. Es war wirklich unheimlich, aber natürlich bin *ich* andererseits derjenige, von dem er diesen komplizierten Masterplan erst bekommen hat. Ich habe ihm 1965 gesagt, was er tun sollte, und er hat die nächsten fünfzig Jahre damit zugebracht, es zu tun. Man sieht ihm sein Alter jetzt an, als hätte diese hartnäckige Beschäftigung seinen Körper in Schach gehalten und als wäre ohne sie etwas Lebenswichtiges von ihm abgefallen, sodass jetzt nur noch ein sehr müder Mann von dreiundneunzig Jahren übrig war.

Meine Familie und Penny waren noch bewusstlos, als sie ins Haus gebracht wurden. Ein farbloses, geruchloses Aerosol hob die Wirkung des Gases auf, das sie ohnmächtig hatte werden lassen, und belebte sie wieder. Lionel hatte die Wahrheit gesagt: Sie waren unversehrt, auch Penny.

Ein wenig verwirrt und aufgeregt wachten sie auf der anderen Seite der Welt auf. Greta hatte ein starkes Bedürfnis, jemandem mit der Faust ins Gesicht zu schlagen, aber sie wusste nicht, ob dieser Jemand ihr Bruder, der stoische Leibwächter oder der alte Knacker sein sollte. Meine Mom wollte die Polizei oder das Konsulat oder sonst jemanden anrufen, der für internationale Entführungsfälle zuständig war. Mein Dad hatte eine Menge Fragen dazu, wie sie so schnell von Toronto nach Hongkong gekommen waren. Penny sagte nichts.

Ich machte sie alle mit Lionel Goettreider bekannt.

Jetzt hatte ich ihre Aufmerksamkeit. Lionel und ich berichteten ihnen in knapper Form, was passiert war, seit sie mich zuletzt gesehen hatten. Sie bemühten sich nach Kräften, uns zu folgen, aber wie Sie sicher selbst zur Genüge wissen, ist es eine harte Nuss, im Kopf den Überblick über diesen Zeitreisekram zu behalten, zumal mein großer, heldenhafter Erfolg am Ende darin bestanden hatte, die Welt genau so zu erhalten, wie sie sie immer schon gekannt hatten. Es ist schwer, sich aufzuregen über das, was hätte sein können, wenn man nichts weiter kennt als das, was bereits der Fall ist.

Der Schlüssel war Lionels Haus selbst. Es war der Beweis dafür, dass die techno-utopische Welt, die ich ihnen beschrieb, nicht bloß der Rest einer Jugendfantasie war, die durch einen Nervenzusammenbruch noch einmal zum Vorschein kam. Sie war real, sie war um sie herum, und sie war ziemlich cool.

Lionel zeigte meiner Mom und meinem Dad und Greta seine zahlreichen unerhörten Erfindungen, aber ich sah, dass Pennys Interesse nachließ. Sie hat nicht viel übrig für technische Spielereien. Sie mag Bücher aus Papier und Leim, Kissen mit Federn, Stühle aus Holz und Nägeln, Obst, das aus samtweicher Erde gewachsen ist, und Küsse von dem, den sie liebt.

Wir standen zusammen an einer Fensterwand mit Blick auf die rostbraunen Klippen und die wogenden, weißen Wellenspitzen des Südchinesischen Meeres. Und wir redeten miteinander.

Das ist auch etwas, das Penny mag. Reden. Zuhören. Dinge bis zum Ende denken. Standpunkte betrachten. Versuchen, etwas zu verstehen.

Ich habe in den Jahrzehnten meiner Reisen in die Vergangenheit vieles verloren, vor allem aber das Gefühl der Verbundenheit mit einem anderen Menschen. Es ist tief vergraben, eingeschlossen in Beton, versiegelt in einer Stahlkassette, ins Weltall hinausgeschossen, tiefgefroren, erstickt, ins brennende Herz der Sonne gesogen. Es fühlte sich an, als wäre es für immer fort.

Ich brauchte zehn Sekunden mit Penny, um es wiederzufinden. Sie sah mich an, und da war es.

134

Sie veranstalten hübsche Sonnenuntergänge auf Hong Kong Island, und dieser hier bestand aus rosa getüpfelten Orangetönen über dem Wasser dort unten.

»Ich glaube dir«, sagt Penny. »Was immer das wert ist.«

»Es ist eine Menge wert«, sage ich.

»Aber ich weiß nicht, ob es genügt«, sagt sie.

»Ist es nicht wenigstens ein Anfang?«

»Es ist wenigstens ein Anfang.«

»Okay.«

»Natürlich ist es möglicherweise auch nur ein komplizierter Schwindel, den du sorgfältig ausgebrütet hast, um mich dazu zu bringen, dass ich mich wieder in dich verliebe. Aber wenn es einer ist – ich meine, dann verdienst du Extrapunkte für Kreativität.«

»Wenn du davon sprichst, dich *wieder* in mich zu verlieben, heißt das, du hast dich entliebt?«

»Ja«, sagt Penny. »Na ja, ich weiß nicht. So gut wie.«

»Und jetzt?«

»Jetzt ist es komplizierter.«

»Ich kann nicht ändern, was passiert ist. Ich habe Zugang zu einer Zeitmaschine, und ich kann es trotzdem nicht ändern. Dazu kommt – ich meine, ich würde erklären müssen, dass die Realität wie eine Crème brulée ist, und ich glaube nicht, dass es meiner Argumentation weiterhelfen würde. Ich glaube, dieser

Teil meiner selbst ist fort, aber ich würde es verstehen, wenn meine Beteuerungen nicht genügen. Ich kann mich entschuldigen, bis meine letzte Stunde schlägt, und das werde ich auch tun, wenn du es mir erlaubst, aber ich glaube, der beste Weg zurückzubekommen, was wir hatten, besteht darin, dir an jedem Tag unseres Lebens zu zeigen, dass so etwas wie das, was du erlebt hast, nie wieder passieren wird. Aber wenn du wirklich glaubst, es gibt kein Zurück für uns und wir haben für immer verloren, was wir hatten, dann akzeptiere ich es. Wirklich. Zu wissen, dass du lebst und gesund bist, genügt mir.«

»Ja«, sagt sie, »aber das habe ich mit *kompliziert* nicht gemeint.«

»Okay …«

»Ich bin schwanger«, sagt Penny.

»Schwanger heißt, du kriegst ein Baby?«

»Ja. Schwanger heißt, ich kriege ein Baby.«

»Komisch«, sage ich. »Ich habe eben ganz allein das Raum-Zeit-Kontinuum, die menschliche Zivilisation und die Realität an sich gerettet, aber das ist jetzt das Beste, was heute passiert ist.«

Penny schaut aus dem Fenster. Die Sonne ist schon halb vom Horizont verschluckt, und die heiße Scheibe schmilzt in der kalten See und ist dann weg.

»Ich hätte dabei sein sollen, als du es erfahren hast«, sage ich.

»Du warst ziemlich damit beschäftigt, die Welt zu retten.«

»Die Realität an sich«, sage ich.

»Lass es dir nicht zu Kopfe steigen«, sagt sie. »Niemand außerhalb dieses Raumes weiß, dass es passiert ist. Tatsächlich hast du eigentlich nichts weiter getan, als die Realität nicht *noch* mehr zu verkorksen, als du es beim letzten Mal schon getan hast. Lassen wir diese Nummer mit dem zeitreisenden Erdenretter vielleicht lieber auf sich beruhen.«

»Weißt du, in einer anderen Realität bin ich aber so ein krasser, apokalyptischer Krieger.«

»Möchtest du es behalten?«, fragt sie.

»Noch nie wollte ich etwas so sehr behalten.«

»Geht mir irgendwie genauso«, sagt Penny.

»Penny, es tut mir leid.«

»Mir auch. Und sag jetzt nicht, *was*. Denn glaub mir, ich habe aus tiefstem Herzen an dir gezweifelt. Ich hatte ein paar beschissene, rachsüchtige, rabenschwarze Gedanken in Bezug auf dich. Und es ist schwer, sie alle einfach wegzuwischen, als ob es sie nie gegeben hätte. Aber ich möchte es versuchen.«

»Ich auch«, sage ich.

Ich bin fast fertig mit dieser Geschichte, und ich bin als Schriftsteller immer noch nicht annähernd gut genug, um zu vermitteln, wie es sich anfühlt, die schlicht und einfach unumstrittene Liebe meines Lebens nach einundfünfzig Jahren zu küssen. Deshalb mache ich es simpel: Es fühlt sich wirklich gut an.

Hier kommt das, was Penny nicht sagt. Was sie niemals sagen wird. Worüber wir nicht sprechen werden, nicht jetzt, niemals. Sie weiß nicht genau, wann wir unser Kind gezeugt haben. Wir waren frisch verliebt und haben auf das Wann und Wo unserer Intimität nicht geachtet. Es kann bei einer von zwei oder drei oder vier Gelegenheiten passiert sein. Aber auch bei dem einen Mal mit John. Genetisch ist es ohne Belang. Psychologisch? Keine Ahnung. Vielleicht ist es nicht wichtig. Vielleicht ist aus etwas Schrecklichem etwas Wunderbares entstanden. Vielleicht ist das eine eigennützige Art, es zu formulieren. Vielleicht bin ich ein Arschloch, wenn ich auch nur *denke*, der flüchtige und unfassbare Augenblick der Zeugung einer so bedeutsamen und alltäglichen Sache, wie es der Anfang eines menschlichen Lebens ist, könnte irgendeinen Einfluss darauf haben, wer unser Kind sein wird. Vielleicht sollte ich einfach die Klappe halten und mich freuen. Vielleicht tue ich das auch.

135

Und so fängt die Zukunft an.

Mein Dad wird die technischen Daten der Goettreider-Maschine erschöpfend studieren, und was er findet, wird ihn umhauen. Obwohl ich ihm, Sie wissen schon, *erzählt* habe, was die Maschine kann. Der Unterschied zwischen den suspekten Wahnvorstellungen seines potentiell psychotischen Sohnes und einer Maschine, die tatsächlich Zetta-Joules sauberer Energie ausstößt, erweist sich kaum überraschend als gewaltig. Mein Dad wird der Ansicht sein, es sei unsere Verantwortung, die Welt so bald wie möglich davon in Kenntnis zu setzen, da es sich um einen der großen wissenschaftlichen Durchbrüche der Menschheitsgeschichte handele.

Gemeinsam werden wir uns jedoch für ein umsichtigeres Vorgehen entscheiden.

Wir werden eine Firma gründen. Ich, Penny, Greta, meine Mom und mein Dad werden gemeinsam 50,1 Prozent halten, also jeder von uns 10,02 Prozent, und Lionel übernimmt 49,9 Prozent, die auf Emma übergehen werden, wenn Jerome stirbt. Lionel wünscht sich nichts so sehr wie die Bestätigung seiner Vaterschaft, aber er wird Ursulas Wunsch respektieren, dass ihr Mann die Wahrheit niemals erfahren soll. Jedenfalls nicht mit Sicherheit.

Greta wird vorbringen, die Welt, in der Lionel seine Maschine freundlicherweise als Open-Source-Technologie für jeden zur Verfügung gestellt hat, der die Möglichkeit besaß, eine solche

Maschine zu bauen, sei eine längst verschwundene Welt. Konzernmacht und politische Korruption hätten fünfzig Jahre länger Zeit gehabt, sich in die globale Zivilisation einzugraben, und so würden wir die Einführung dieser Epoche machenden Technologie mit sehr viel mehr Sorgfalt bewältigen müssen, als es der andere Lionel 1965 auf dem Sterbebett habe tun müssen.

Greta hat viel gelesen, seit sie ihr früheres Unternehmen infolge eines Übermaßes an selbstempfundener Überlegenheit und eines Mangels an Geschäftssinn verloren hat, und sie hat hart daran gearbeitet, beide Eigenschaften ins Gegenteil zu verwandeln. Besonders angetan hat es ihr ein französischer Philosoph namens Paul Virilio, der über den Unfall schreibt: Immer wenn man eine neue Technologie einführe, so seine Idee, führe man auch das Verunglücken dieser Technologie ein, und daher habe man die Verantwortung, nicht nur das Gute vorauszusehen, das die Technologie bewirken, sondern auch das Schlechte, das sie hervorbringen könne – nicht nur die Herrlichkeit, sondern auch den Untergang.

Ich habe diesen Gedanken schon erwähnt, aber da, wo ich herkomme, wurde er jemand anderem zugeschrieben. Vielleicht geht keine Idee je verloren. Vielleicht wartet sie nur irgendwo im Wirbel darauf, dass jemand anderes sie denkt.

Lionels Lagerhalle ist darauf eingerichtet, Maschinen in Serie zu produzieren, und wir werden damit unverzüglich anfangen. Alle Einzelteile sind da, aber natürlich wollen wir keine katastrophalen Fehlfunktionen riskieren. Alles wird von Anfang an makellos sein müssen. Zum Glück hatte Lionel viel Zeit, es zu perfektionieren.

Mein Dad wird die Phase der Produktion und der Tests dazu benutzen, ein Buch zu schreiben, das erste seit seiner vielgeschmähten, von Wortspielen wimmelnden Anleitung zur Zeitreise – die Lionel übrigens gelesen hat, wie er zu seinem großen Entzücken erfahren wird –, und die beiden werden sich so manchen langen Abend hindurch in geheimnisvolle, unverständliche Diskussionen über die theoretische Wissenschaft sowie ihre praktischen Anwendungsmöglichkeiten vertiefen. Das neue Buch wird von Lionel handeln, von seinem Leben, seiner Arbeit, davon, wie die Maschine entstand und was sie für die Welt bedeutet. Ein paar wichtige private Details wird er auslassen. Wir möchten die Welt verändern, ohne jemanden zu verletzen. Das Buch wird eine der meistverkauften Biografien sein, die je veröffentlicht wurden. Es wird nur wenige Wortspiele enthalten.

Das Ziel unseres Unternehmens wird es sein, die Technologie frei zugänglich zu machen und sie jedermann kostenlos zur Verfügung zu stellen. Greta wird uns jedoch davon überzeugen, zumindest am Anfang vorsichtig zu sein. Es gibt da draußen zu viele, die das, was wir tun, als existentielle Bedrohung wahrnehmen werden. Also werden wir dafür sorgen müssen, dass sie vom Spielfeld verschwinden.

Greta wird einen Plan haben. Sie glaubt, Geld ist insofern beliebig, als es nur Macht hat, weil die Menschen sie ihm kollektiv zuerkennen – eine Massenhalluzination, die lebendig geworden ist, ein Golem aus endlosen Nullen. Wir werden diese willkürlich geschaffene Macht anerkennen und dazu nutzen, jedes Unternehmen zu kaufen, das uns zur Gefahr wird. Das wird mehrere Billionen Dollar erfordern, aber eine Maschine, die unbegrenzte Energie produziert, ist auch ein Lieferant von unbegrenztem Reichtum.

Greta wird sich als Visionärin erweisen, als beinharte Managerin, die ohne Bandagen kämpft. Während wir uns auf den Start der Maschine vorbereiten, wird sie die Macken in ihrer langfristigen Strategie ausräumen, indem sie den Markt mit Designer-Firlefanz überschwemmt, mit dem Lionel sein Haus ausgestattet hat.

Das Interesse meiner Mom bei alldem wird politisch sein. Sie wird ein sehr einfaches Ziel vor Augen haben: kein Krieg mehr. Nie mehr. Sie wird die Maschine nicht in Kategorien der unbegrenzten Energie oder des unbegrenzten Geldes sehen, sondern als eine Maschine, die unbegrenzten Frieden produziert. Sie will, dass jeder Mensch auf dem Planeten die Freiheit hat zu fühlen, was sie fühlt, wenn sie zusammengekuschelt an einem sonnigen Nachmittag im Sessel sitzt und einen Roman liest, der in einem anderen Zeitalter geschrieben wurde: Sorgenfreiheit. Sie wird sich bemühen, dieses Zeitalter in ein neues Zeitalter zu verwandeln, damit die Menschheit endlich aus einem Alptraum erwachen kann.

Sie wird unser politischer Antrieb sein. Vielleicht denken Sie, eine Universitätskarriere könne sie darauf nicht vorbereiten, aber wie sich zeigt, sind Akademiker Verrückte, und in der Umgebung einer Universität irgendetwas zustande zu bringen ist ein so verworrener, idiotischer, dramatischer Prozess, dass meine Mutter die normale Politik im Vergleich dazu als entspannend empfinden wird.

Lionel wird an einer weiteren Beteiligung kein Interesse haben. Ihn wird nur noch eins interessieren: so viel Zeit wie möglich mit Emma Francoeur zu verbringen. Er wird Jerome um achtzehn Monate überleben, und als er stirbt, wird Emma an seinem Bett sitzen. Ich werde sie niemals fragen, wie es ihr mit alldem geht. Sie ist sehr verschlossen, und es geht mich auch nichts an.

Lionel wird gerade lange genug leben, um seinen Nobelpreis in den Händen zu halten.

Penny und ich werden bei alldem keine große Rolle spielen. Wir werden es auch nicht wollen. Penny wird unseren Sohn zur Welt bringen, und wir werden ihn zusammen großziehen. Mit unserem Anteil an den unbegrenzten finanziellen Mitteln aus der Maschine werden wir ein Gebäude kaufen, es abreißen und etwas Neues bauen. Und dann werden wir noch ein Gebäude kaufen, es abreißen und etwas Neues bauen. Und das werden wir immer und immer wieder tun, solange das Geld fließt, und das wird es immer tun.

Ich glaube, man kann mir niemals verzeihen, dass ich meine Freunde aus dem Dasein getilgt habe, aber ich weiß keine bessere Art, sie zu ehren, als so: Stein für Stein für Stein. Jedes Mal, wenn wir das Fundament für ein neues Gebäude gießen, schreibe ich die Namen derer, die ich verloren habe, in den nassen Beton. Deisha. Asher. Xiao. Hester. Megan. Tabitha. Robin. Penelope.

Wir werden die Welt neu erschaffen, Penny und ich. Gebäude für Gebäude. Penny mag Dinge, die sie anfassen kann, und ich werde feststellen, dass es mir genauso geht. Ich werde entdecken, dass es mich neben Penny und unserem Kind am glücklichsten macht, etwas zu bauen. Ein Haus. Eine Familie. Ein Leben.

Es wird nicht schnell gehen, die Welt zu ändern. Aber wir haben Zeit.

136

Wie ich *viele* Male erwähnt habe, komme ich aus der Welt, die wir hätten haben sollen. Aber in letzter Zeit denke ich darüber oft nach. Ob es wahr ist oder nicht.

Wenn ich sie jetzt betrachte, dann fällt mir trotz meiner atemlosen Beschreibung ihrer vielfältigen Wunder auf, wie erkennbar alles war. Was ich meine, ist – die Menschen wohnten in Gebäuden, sie hatten Jobs, sie kauften Dinge, die sie aus der Werbung kannten, sie folgten Modetrends, genossen auf Leinwände projizierte Unterhaltung, aßen, tranken, hatten Sex, verliebten sich, brachen Herzen, bekamen Kinder und zogen sie auf, wie sie es für richtig hielten, gaben bei Wahlen ihre Stimme ab, verstießen manchmal gegen das Gesetz und versuchten, einen sinnvollen Beitrag zu einer Zivilisation zu leisten, von der sie glaubten, sie sei immer offen für Verbesserungen, aber auch grundsätzlich fortsetzungswürdig. Das ganze Unternehmen, von oben bis unten, wäre unverzüglich und intuitiv für jeden verständlich gewesen, der in diesem 2016 lebt. Oder, und das ist der entscheidende Punkt, in unserem gemeinsamen 1965.

Die Welt, aus der ich komme, war eine beschleunigte Version der menschlichen Zivilisation, die sich im Laufe des zwanzigsten Jahrhunderts entwickelte, ausgehend von den Verheerungen des Zweiten Weltkriegs und immer schneller vorwärtsschießend auf dem Gleis, das in den zwei Jahrzehnten zwischen 1945 und 1965 gelegt wurde. Dann ging es einfach immer weiter, die Technologie wurde weiter ausgefeilt, nahtloser, umfassender, besser integriert und … einfach mehr. Aber sie war nicht *fantasievoll* anders als die Zukunft, die man sich im Kielwasser von Pearl Harbor, der Normandie, Stalingrad, Auschwitz und Hiroshima zusammenträumte.

Tatsächlich waren es genau diese Träume, die Wirklichkeit geworden waren. Hätte es eine Technologie gegeben, mit der Neuralscanner eine Projektion der inbrünstigsten Menschheitshoffnungen hätten darstellen und ihr etwas Funkelndes, Beschwingendes, Tröstliches verleihen können, in der die Welt nach dem grausigen Pandämonium des Kriegsalptraums aufwachen könnte, dann hätte sie genauso ausgesehen wie die Welt, aus der ich komme. Und das hat sie auch – aktiviert von Lionel Goettreider am 11. Juli 1965.

Es war, als hätte unsere kollektive Fantasie aufgehört, die Idee dessen, was die Zivilisation sein könnte, zu revidieren; stattdessen hat sie ein endgültiges Modell installiert und sich darangemacht, es zu realisieren. Es war die Welt, die wir haben sollten. Daher gab es keinen Grund, eine andere Welt in Betracht zu ziehen. Auch dies eine ziemlich brauchbare Definition von Ideologie.

Also, okay, was wäre die Alternative? Wenn die Welt *nicht* den funkelnd beschleunigten, techno-utopischen Fantasien einer Nachkriegsgeneration entsprechen soll, dann … was? Zwischen futuristisch-manifester Bestimmung und apokalyptischer Verwüstung – gibt es da noch etwas?

Wir sitzen zusammen am Esstisch, Penny und ich und meine Mom und mein Dad und Greta und Lionel und nach Jeromes Tod oft auch Emma, und reden darüber. Ist es möglich, außerhalb der Schachtel deiner Ideologie zu denken? Oder ist die *Ideologie* die Schachtel, und du musst dich nur bemühen, sie zu öffnen? Vielleicht ist es zu spät für uns, und wir können im besten

Fall eine Generation großziehen, die weniger an altmodische Träume gekettet ist und die Freiheit hat, etwas … anderes zu imaginieren. Auch daran arbeiten Penny und ich.

Wir brauchen neue Arten der Zukunft.

137

Ich habe das alles aus zwei Gründen niedergeschrieben.

Der erste Grund ist John. Dies ist der Roman, den er schreiben wollte. Ich habe sein Leben übernommen, und er ist nicht zurückgekommen, noch nicht jedenfalls, und deshalb erschien es mir richtig, ihm diesen letzten Gefallen zu tun.

Warum es mich überhaupt interessiert, John einen Gefallen zu tun? Wegen Victor. Stellen Sie sich mich und Victor vor, wie wir als Engel und Teufel auf Johns Schultern sitzen wie in einem alten Zeichentrickfilm. Das ist beruhigend. Denn es bedeutet, das Leben, das ich in der Welt bewohne, die ich gerettet habe, ist nicht unwiderruflich kontaminiert. Vielleicht konnte es wie jedes Leben so oder so verlaufen.

Ich weiß nicht, ob es moralisch, emotional, ontologisch wichtig ist, wer in Wirklichkeit die Schuld an den unverzeihlichen Dingen trägt, die John getan hat. Ich muss die Verantwortung dafür übernehmen, weil ich als Einziger übrig bin. Wenn Victor ein Tumor ist, den ich herausgeschnitten habe, bedeutet das, es war ein Problem, für das es eine Lösung gab. Er ist fort, und so sind die Menschen, die ich liebe, in Sicherheit. Wir alle haben Probleme, von denen wir gern glauben, dass es eine Lösung dafür gibt. Wir alle haben Dinge in uns, die wir gern herausschneiden würden.

Ich weiß, Romane sollten nicht rundheraus erklären, wovon sie handeln. Aber dies ist kein Roman. Es sind Memoiren.

Deshalb ist es hoffentlich okay, wenn ich zugebe, dass die ganze Sache einen allgemeinen Sinn hat. Ich habe nie behauptet, über weltbewegende Erkenntnisse zu verfügen, sondern im Grunde bei jedem Schritt das Gegenteil erklärt, aber ich sage Ihnen, wovon dieses Buch meiner Meinung nach handelt: So etwas wie das Leben, das man haben soll, existiert nicht.

Natürlich bin ich hauptsächlich ein Idiot, der nur gelegentlich unglaublich kurze Anfälle von nebulöser Einsicht hat, und deshalb steht es Ihnen absolut frei zu finden, es handelte von etwas komplett anderem.

Es handelt von dem, wovon es für Ihre Bedürfnisse handeln muss.

Der zweite Grund bist du, Tom.

Ich möchte, dass du weißt, warum deine Mutter und ich dir den Namen gegeben haben, den du trägst, und was wirklich passiert ist, falls ich es dir aus irgendwelchen Gründen nicht erzählen kann oder will oder einfach nicht erzähle. Ich habe es aufgeschrieben, wann immer ich konnte, ein bisschen jeden Abend, und manchmal hast du dabei auf meinem Arm geschlafen, während deine Mutter sich zwischen dem Stillen eine Weile ausgeruht hat. Ich habe versucht einzufangen, wie es sich zum jeweiligen Zeitpunkt angefühlt hat, damit es so interessant wird, dass du es lesen möchtest, nicht aus Pflichtgefühl oder Verlegenheit, auch wenn meine Beschränkungen als Autor ein bisschen von beidem hervorbringen.

Und es ist in Ordnung, es ist wirklich in Ordnung. Wenn du kein Wort von alldem glaubst, wenn du selbst dieses letzte Kapitel für eine abgedrehte Manieriertheit hältst, für einen von den merkwürdigen Scherzen deines Vaters, der so tut, als wären es Memoiren, was in Wahrheit ein Roman ist, obwohl es sich offensichtlich um eine höchst absurde Fiktion handelt. Sag deinen Freunden, deine Eltern hätten dir den Namen einer Figur in einer unausgegorenen Geschichte gegeben, die dein Vater einmal aufgeschrieben hat, weil er einen Traum hatte, den er nicht loswerden konnte – aber dass er sich weigerte, es zuzugeben, dass er den Scherz immer zu weit trieb und bis zum Ende darauf bestand, dass jedes Wort wahr sei.

Es ist nur so: Ich habe dich aus deiner Mutter kommen sehen, und das hat mein Leben verändert. Alle anderen Augenblicke, die mein Leben verändert haben, kommen mir im Rückblick so sauber und wohlgeordnet vor. Dieser war chaotisch und laut – Schweiß und Blut und Tränen und ein komplettes neues Leben mit Augen, mit deinen Augen, die schon da aussahen wie ihre Augen, zugepresst, und einem Mund, deinem Mund, der schon da aussah wie mein Mund, weit aufgerissen, und Penny, die meine Hand drückte und mich anschaute, während ich ihre Hand drückte und sie anschaute und wir beide wussten, dass dies endlich der Anfang war. Die Welt, die wir haben sollten. Das warst du.

Die ganze Zeit warst es du.

Danksagung

Wir müssen den Dummkopf mit Freuden ertragen, denn wie sonst können wir ihm helfen, kein Dummkopf mehr zu sein? wurde inspiriert durch etwas, das meine Mutter, Judith Mastai, zu sagen pflegte. Genauer gesagt durch ihre Art, ihre Arbeit und ihr Leben in Angriff zu nehmen. Sie starb am 17. Februar 2001, und so konnte sie nie erfahren, zu welcher Sorte Menschen ihr Sohn und ihre Töchter heranwachsen würden. Dieser Roman ist ihrem Andenken gewidmet.

Das Konzept des Unfalls wurde beeinflusst durch die Schriften von Paul Virilio, speziell durch *Offener Himmel*. Gretas Kritik der Science-Fiction ist beeinflusst durch die Schriften von Daniel Quinn, hier speziell durch *Ismael*.

In seiner beruflichen Laufbahn findet man nur wenige Menschen, die genau das tun, was sie versprechen. Mein Agent Simon Lipskar ist einer von ihnen, und ich bin dankbar für seine unentbehrliche Anleitung. Ich danke auch Maja Nikolic, Katie Stuart, Celia Taylor-Mobley, Taylor Templeton, Joe Volpe und allen anderen bei Writers House für das, was sie für mich getan haben.

Als dieses Buch geschrieben wurde, war die Erwartung, dass es veröffentlicht werden würde, gleich null, aber dank einer Reihe von Leuten bei Penguin Random House wurde diese Erwartung widerlegt.

Ich danke meiner amerikanischen Lektorin Maya Ziv, die dieses Buch als Erste eingekauft und – mit viel Esprit und noch mehr Geduld – geholfen hat, es besser zu machen. Mein Dank gilt außerdem Ben Sevier, Christine Ball, Amanda Walker, Alice Dalrymple, Eileen Chetti und allen bei Dutton.

Ich danke meiner kanadischen Lektorin Amy Black für ihre besonnene Hilfe beim Feinschliff an diesem Roman, und ich danke Kristin Cochrane, Val Gow, Susan Burns, Melanie Tutino, Christie Hanson, Tracey Turriff und allen bei Doubleday.

Ich danke meiner britischen Lektorin Jessica Leeke für ihre prägnanten Anmerkungen und ihre leidenschaftliche Unterstützung. Weiterer Dank gebührt Alex Clarke für seinen Input im Lektorat sowie Louise Moore und allen bei Michael Joseph.

Ich danke den Verlegern und Übersetzern, die dieses Buch in so viele andere Sprachen und Länder gebracht haben. Ich hoffe, meine Reisen werden mir erlauben, Sie alle persönlich kennenzulernen.

Dankbar bin ich Frank Wuliger, Greg Pedicin und Karl Austen für jahrelange Freundschaft, Beratung und harte Arbeit. Sie zu kennen hat mich zu einem besseren Schriftsteller gemacht.

Gespräche mit Jonas Chernick, Ron Cunnane, Jonathan Feasby, Zoe Kazan, Anna Levin und Ziya Tong haben mir geholfen, bestimmte Ideen in diesem Buch zu gestalten. Ich danke ihnen. Martha Sharpe und Jonathan Tropper haben mir bei meiner Arbeit an meinem ersten Roman wertvolle Ratschläge gegeben. Ich danke auch ihnen.

Als Englischlehrerin an einer Highschool zu arbeiten kann ein undankbarer Job sein. Aber Muriel Densford an der Sir Winston Churchill Secondary School in Vancouver hat mich dazu inspiriert, Bücher und mich selbst mit anderen Augen zu sehen, und ich hoffe, dies zu erwähnen macht ihren Job ein bisschen weniger undankbar.

Ich danke meiner Familie, Moshe Mastai, Galit Mastai, Talia

Mastai, Bill Morris, Mary Morris und überhaupt allen, die den Nachnamen Mastai oder Morris tragen oder mit Trägern dieser Namen verheiratet oder verwandt sind.

Ich danke meiner Frau Samantha Morris Mastai und meinen Töchtern Beatrix und Frances. Durch sie bin ich Ehemann und Vater, und deshalb hat so vieles in diesem Leben endlich einen Sinn.

Im Haus meiner Großeltern gab es ein niedriges Regal mit zerfledderten, alten Science-Fiction-Anthologien aus den fünfziger und sechziger Jahren. Als Kind habe ich sie vorsichtig herausgezogen, die brüchigen Cover angeschaut und mir die verschiedenen Arten von Zukunft ausgemalt, die die Autoren und Illustratoren erdacht hatten und die ein fester Bestandteil meiner frühen Vergangenheit waren. Meine Großmutter Leonore Freiman starb 2004, mein Großvater Milton Freiman 2006. Ihre Sammlung von Anthologien steht jetzt auf einem Bord bei dem Schreibtisch, an dem ich dieses Buch geschrieben habe. Noch heute schaue ich mir manchmal die Umschlagbilder an.